孤独者 如向死而生

蹦极

卢山 著

江苏凤凰文艺出版社
JIANGSU PHOENIX LITERATURE AND
ART PUBLISHING

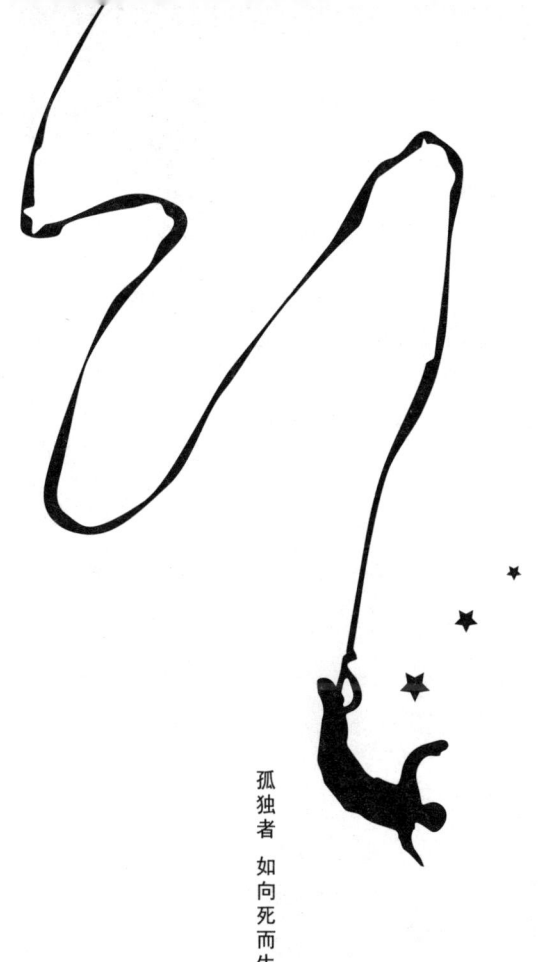

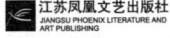

图书在版编目（CIP）数据

蹦极 / 卢山著 . —— 南京：江苏凤凰文艺出版社，2021.5（2022.5 重印）
ISBN 978-7-5594-5929-9

Ⅰ . ①蹦… Ⅱ . ①卢… Ⅲ . ①长篇小说 – 中国 – 当代 Ⅳ . ① I247.5

中国版本图书馆 CIP 数据核字（2021）第 089996 号

蹦极

卢　山 著

出 版 人	张在健
责任编辑	王　青　李成懿
装帧设计	张景春
责任印制	刘　巍
出版发行	江苏凤凰文艺出版社
	南京市中央路 165 号，邮编：210009
网　　址	http://www.jswenyi.com
印　　刷	苏州市越洋印刷有限公司
开　　本	880 毫米 ×1230 毫米 1/32
印　　张	11.125
字　　数	260 千字
版　　次	2021 年 5 月第 1 版
印　　次	2022 年 5 月第 6 次印刷
书　　号	ISBN 978 - 7 - 5594 - 5929 - 9
定　　价	49.80 元

江苏凤凰文艺版图书凡印刷、装订错误，可向出版社调换，联系电话 025 – 83280257

一

那是二十多年前的事了。

说句实话，那天我真的觉得我到不了吉多，也完不成居华大使交给我的特殊任务。飞机再一次出现故障，这可是同一天同一个航班发生的第二次故障。第一次发生故障，机长把飞机开回了基比，紧接着是五个小时漫长的、折磨人的等待。谁也没有想到，再次上飞机后，故障又重新出现了。

早上，我挥手告别到机场为我送行的驻基比使馆的同事，转身登上飞往另一个南陆岛国吉多的航班。

一上飞机，我就注意到机舱里除了我，没有第二个跟我同宗同族同国籍的人了。其实对我来说，这早已习以为常。在坐飞机远未在我们国家普及的年代，我就已经满世界飞了。我甚至记不清这是自己平生第几次坐飞机。航班上常常只有我是个异类。除了开始的几次，我已经很长时间没有在意这一点了。这一回不知为什么，一上飞机我便下意识地看了看整个机舱，结果发现同以往许多时候一样，我依然只是一个人，甚至再没有其他和我肤色相同的乘客。我对此感到失望和沮丧。

我还注意到飞机前半截坐满了乘客,有二十多人,后半截的座位全部被拆走了,腾出来的空间里堆满了货物纸箱。我猜想这肯定是航空公司为赚钱出的新招。这个航线客源有限,一架班机分割成客货两用,兼顾两方面需求,航空公司可以最大程度利用飞机上的有限空间来赚取利润,不然十有八九会亏本。然而机舱里人货共处,不仅看上去杂乱无章,更让人有种说不出的不安全感。

那是一架老旧的英制螺旋桨客机,机身喷涂的"南陆航空公司"几个英文字母和蓝色风琴鸟的徽标已经掉漆,看上去斑驳陆离。机舱里的座位靠垫已经褪色,在发达一点的国家,这样的飞机早该淘汰。实际上,我怀疑这架飞机就是其他大一点的国际航空公司淘汰下来的。

飞机重新起飞后,有一段时间飞行得正常平稳。我坐在靠过道的座位上,再次盘算起到吉多后要做的事情。我到吉多是为建馆,也就是新建我们国家驻吉多使馆,外交圈子里的说法是建馆。建一个使馆,从无到有,有许多事情要做。自从三天前居华大使同我谈过话,让我只身一人到吉多建馆,只要一有空闲,我的脑子便像电脑似的,自动切换到思考模式,一遍一遍琢磨着到吉多后马上要做的事情。眼前要做的,想想就很琐碎,包括为使馆找馆址、举办开馆招待会和拜会吉多领导人。想着想着,我觉得有点饿,也有点困,便简单吃了飞机上提供的三明治,不理会飞机的巨大轰鸣声,昏昏沉沉地睡着了。

不知过了多久,剧烈的抖动将我惊醒。我吃惊地发现飞机正在急速下坠。我能强烈感受到人在急速下跌时五脏六腑被拎起来似的那种生理上的空落。机舱里响起一片惊恐的尖叫和哭喊。Damn it!肯定又出故障了。我在心里骂了一句。但我很镇定,并且敢肯定自己当时没有表现出任何失态,眼睛里似乎也不会掠过一丝恐慌。在外交圈子里，一直流传着这样一个故事：一架国际航班在飞行途中出现故障，飞机上所有人都惊慌失措，唯独一个人淡定如常。这个人不是机长，也不是乘务长，而是一位外交官。我想，当时的我一定就是故事中的那样一位外交官。

的确，这种险情对于像我这样的外交官算不了什么。在我看来，登上飞机就等于把自己交给了命运，或者干脆说，当上了外交官，也就等于把自己交给了命运。外交生涯充满着各种各样的惊险。险情经历越多，越是见多不怪，这些经历将外交官磨练得临危不乱，甚至令其在一片混乱中还可以理智地观察、思考并且应对突发情况，处惊不乱是外交官必须具备的重要心理素质。我很高兴，自己似乎已经达到了这样的境界。

我的左手边，靠窗坐着一位皮肤黝黑、胖胖的中年妇女。那位胖嫂不停地用右手在胸前画着十字，口中念念有词，不断重复着"上帝保佑"。她的手无法控制地颤抖着，右臂一下又一下连续撞击我的左臂，我本能地往右侧让了让，但无济于事。

我的右手边，隔着过道，在前面一排，坐着一位中年男子，正歇斯底里地夸张地尖叫着。他长着一张菱形长脸，喊叫时大张着嘴，坠落的下巴把脸夸张地拉长，像一张驴脸，显得异常怪诞。说实在的，我看不上这样的男人。至于嘛，没有一丁点儿矜持与担当。

从我坐着的位子，正好可以看见面朝乘客坐着的空姐。那是两位年轻貌美的当地空姐。我想，她们本来一定是想抽空坐在那里休息一会儿的。从乘客上飞机开始，不，应该说从乘客上飞机之前开始，她们已经忙了很长一段时间，确实需要休息。飞机一出现异常，她们依然显得有点不知所措。其中一位大概是乘务长，想站起身来，她一定是想去前面的机舱，询问机长究竟发生了什么，好对乘客有个交代。但在飞机剧烈的晃动中，她试了几次都没有成功,不得不心有不甘地放弃了。我看见她耸耸肩,做了一个无可奈何的表情。当然,她耸肩的动作被飞机强烈的震动震得支离破碎,只留下可以意会的分儿。

我抬起左手,想看看时间。因为眼花加上飞机剧烈抖动,我费了不小的劲才看清手表上的指针指向下午四点半。我算了一下,从基比到吉多,全程航行需要大约三小时十分钟,起飞时间为下午两点四十五分,也就是说飞机离开基比机场已经一小时四十五分钟,正好飞过一半的航程。上午的航班是在离开基比不到一个半小时出现的故障,当时航程还不到一半,所以机长决定返航。如果没有那次返航,飞机早该到吉多了。我推断现在返航已经毫无意义,下面是无边无际的大海,附近没有可以着陆的岛屿,机长只有孤注一掷,选择直接把飞机飞到终点——吉多。

我的判断很快被证实是对的,飞机没有像上午那样掉头,而是继续向前。

我在脑子里又迅速捋了一遍自己可能遇到的风险。这早已成为我生命中一种本能的职业反应。只要遇到意外情况,作为外交官,我首先想到的不是自己的生死,而是身上是不是带有机密,以及机密是不是有泄露的风险。上午飞机出现故障时,我已经自查过一遍,现在还是不放心,又重新在脑子里过了一遍。行李箱里,装的是些日常衣物用具,还有一些开馆所需的物品,没有任何问题。手提包里,带有一些洗漱用品,还有一本唐诗和一本朱自清散文集。这一次,我不是外交信使,没有带任何机密文件。本来,我想带一两份文件,最后一刻还是决定放弃。带文件就要带邮包,就得充当临时信使,一路上都要提心吊胆地保护,更重要的是到了吉多后怎么保存也是个问题。使馆还没有建起来,我没有地方可以保存那些文件。现在我暗自庆幸没有带一纸文件,省去不少麻烦。唯一有点风险的可能就是那个密码本。我一个人到吉多,需要同国内联系,密码必不可少,密码本必须要带上。不过还好,密码使用时需要密码钥匙,只有与构成密码钥匙的几个数字合在一起使用,密码才有意义。密码钥匙记在脑子里,我又默默复述了一遍。嗯,没有问题,我对自己说,只要密码钥匙不泄露,密码本就没有任何意义。

想到这儿,我的心里轻松了许多。唯一让我感到沮丧的是,我人还没有到吉多,就遇上了这样的意外,显然不是一个好的开头。我隐约感觉到,这次去吉多建馆不会一帆风顺。

我的注意力转移到引擎的声音上。除了这两年偶尔出现的耳鸣,我的耳朵很灵敏。外交生涯中,我坐过各种型号的飞机,坐的次数多了,只要有心,久而久之便能清楚辨别发动机声音是否正常。我竖起耳朵仔细听了听,右侧的引擎声音没有异常,同上午一样,毛病还是出在左侧的引擎上。左侧的引擎像是得了哮喘,时不时有点喘不过气来,听起来就像呼吸随时随地都有可能停止。再听,左边的引擎忽然停住了,一会儿又发出刺耳的噪音,我判断这一定是机长在试图重新启动。

我似乎觉得同机长有些心灵感应。从引擎的声音中,我能感受到机长不同心境的交替出现,不安与镇定,焦虑与希望。

我在心里默默地为机长加油。

在经历了漫长如一生的一个多小时后,飞机终于有惊无险地降落在吉多机场。起落架一着地,飞机还在跑道上颠簸奔跑,机舱内几乎所有乘客都情不自禁激动地鼓起掌来。我左边的胖嫂先是快速地在胸前画了十字,然后一边使劲拍着手掌,一边大声呜哩哩地叫着。她鼓掌的幅度很大,胳膊肘一下一下重重撞击着我,我只能再次侧过身让她。

如释重负的我，跟着其他乘客一起鼓掌。我相信，自己暗中为机长使的劲肯定起了作用。

我跟着匆匆逃离的其他乘客，走下那架差一点让我们万劫不复的飞机。脚踩着大地，我松了口气。我知道，从现在到下次坐飞机之前，我是安全的，有足够的时间把使馆建起来。

舷梯下是碎石铺成的跑道。我踩着碎石，高一脚低一脚地走向前面的候机楼。候机楼是两栋分开的平房，砖墙草顶，一栋出发用，一栋到达用。

"Hello boss! Hello boss!"我取完行李，正忙着办入境手续的时候，听见有人在叫我。我侧过头去，发现是"假国人"布莱恩。

"不好意思，我来晚了。"布莱恩带着歉意说。

"没事，来了就好。"我说。

布莱恩是我在吉多的朋友。他在吉多经营一家旅馆，还兼海运代理。想想也是，吉多是个小地方，不兼着做，恐怕很难挣到足够的钱养家糊口。

布莱恩的旅馆有个好听的名字，叫"海葡萄"，其实也就只有一排平房，五六个房间。海葡萄旅馆的地点不错，坐落在吉多首府贝卡斯，面对着一个海湾，风景如画，离吉多政府部门也不远。所以，每次到吉多，我都住在海葡萄旅馆。一来二去，同布莱恩就熟了。布莱恩喜欢叫我老板。现在谁都叫老板，见多不怪。可那个时候，没有人叫老板。我听着他叫我老板，觉得别扭，但他喜欢这么叫，也就由他去。布莱恩体格强壮，肤色黝黑，号称血脉里流淌着同我们一样的血液，但他的相貌，除了一双黑眼睛，却很难看出同我们有什么相像之处。我一直怀疑布莱恩只是为了同我套近乎才这么说，因此我在私底下称他为"假国人"。"假国人"布莱恩对我很热心，只要我找他帮忙，他总是有求必应。这次,我在离开基比之前打电话给他,让他到机场来接我。布莱恩一口答应,现在果然来了。

"你总算到了。今天这是我第三次到机场来。我以为你今天来不了了呢!"布莱恩笑着说,一双黑眼睛里闪烁着见到亲人时才有的亲热眼神。每次见到布莱恩,我都能看到这种眼神。这眼神让我感到温暖。一路风险劳顿,今天这种感觉似乎变得更加强烈。

"今天飞机出故障,飞了两次才到达。"我边说边用右手伸出两个指头。

"这是经常的事,你今天也遇到了。"布莱恩笑着说。说话的口气好像我早就应该遇上。

"是吗?"

"当然,我们经常遇上。我们国家小,没钱买新飞机,买的都是别人的二手货。现在用的这些飞机都老掉牙了,只能勉强飞,哪能不出点故障。不过,话又说回来,真出事的还没有过。你知道这是什么原因吗?"布莱恩认真地说。布莱恩说英语带着浓重的吉多口音,不知在哪儿会增加一些音节,又不知在哪儿会吞掉一些音节,好多人肯定听不懂。还好吉多口音与基比口音差不多,我听起来一点问题都没有。

"什么原因?"我问。

"那是因为我们吉多人有老天保佑。"布莱恩说着,又笑起来。

"房子找到没有?"我也被布莱恩逗乐了。布莱恩说得很轻松,好像飞机遇到事才是正常。但我没有接他的话茬,我现在最关心的是房子。从居华大使通知我到吉多建馆开始,我就开始张罗着找房子。我同吉多外交部联系,请他们帮忙找一处馆址,他们答应得好好的,却一直没有下文。我催了几次,都没有结果。还好,我留了一手,也请布莱恩替我找房子。他神通广大,吉多外交部办不成的事，也许他能办成。

"找到了，"布莱恩笑着回答，"你让我做的事，我还能不办成？"

"谢谢，那我们现在就去看看。"

"现在？"布莱恩抬头看看天，"不用这么着急吧。你看现在天都快黑了，你也累了一天。要不这样，今天我先带你到我的旅馆住一晚，明天一大早，我再带你去看房子。"

我也抬头看了看天。吉多机场建在海边。此时的夕阳，有一大半已经落进海平面，眼看就要完全落进大海。夜色聚拢，不一会儿就会把天与地整个笼罩起来，候机楼已经亮起几盏昏暗的小灯。

"不，现在就去。"我用不容商量的口气说。按照最初的想法，如果房子合适，我当天就准备入住。

"那好吧，老板，听你的。"布莱恩见我态度坚决，犹豫了一下，还是答应了。

布莱恩开的车子是一辆马自达，乳白色，有点破旧，是他从基比买的二手车。我们把行李装进汽车的后备厢，上了车。

布莱恩试了几次才把车子发动起来。吉多全岛只有土路，没有像样的公路，汽车是稀罕之物，整个岛上看不到几辆。来往机场接送客人用的大多是摩托车。布莱恩能有一辆汽车，即便破旧，已经足够风光。

"听说你这次留下来不走了，老板？"布莱恩一边开车一边问。

"是的，"我说，"这次我是来建馆的。来了就不走了。"

"那太好了，"布莱恩高兴地说，"你有什么事，尽管找我。"

"那肯定。"我说。

"怎么就你一个人？"布莱恩有点好奇地问，"I mean，就你一个人来建馆？"

"是，开始就我一个人，以后会来更多的人。"我说。这也是居华大使对我说的。居华大使说这次情况紧急，让我先来，然后会派人来。

"哦，是这样。"布莱恩说。

前面有一个坑，布莱恩赶紧踩刹，我整个身体往前冲过去，脑袋差点撞到挡风玻璃上。

"不好意思，"布莱恩说，"你知道的，我们这里的路不好。"

"没事。"我笑笑说。

"你一个人可不容易。"不知为什么，布莱恩又回到了刚才的话题。

我没有说话。布莱恩说得对，一个人建馆不会容易。

布莱恩开着他的乳白色马自达，在坑坑洼洼的土路上颠簸了大概一刻钟，然后穿过一座铁桥，再拐上一条狭窄的小坡路，汽车狠狠颠了两下，终于停了下来。

"到了，老板，"布莱恩指了指眼前的一处房子，"就是这里。"

"就是这里？"我问。

"是的。"布莱恩答。

"这里离贝卡斯有多远？"我希望使馆在首府贝卡斯，离政府部门近些。

"五六公里。"布莱恩说。

"远了点。"我心算了一下，布莱恩车开得不快，要开十几分钟，走路可能需要一个多小时。

"这是在另外一个小岛上，走路是有点远，"布莱恩承认说，"不过，我觉得这不是问题，等你买了车，你肯定要买车的吧？就一点都不远了。"

他说得有一定道理，等有了车，这个路程确实不算远。

我没有再说话,下了车。布莱恩也下了车,领着我一起去看他给我找的未来的使馆。

外面没有灯光,但也不是一团漆黑。天上有月亮,差不多是满月,月色很好。借着皎洁的月光,我能清楚看见眼前黑乎乎草堆一样的房子。这是一处茅屋。这样的茅屋,立刻让我想起"八月秋高风怒号,卷我屋上三重茅"的诗句,也想起故乡,想起小时候。小时候,我在山区长大,住的就是茅屋。不同的是,吉多的茅屋是苇墙草顶,故乡的茅屋是石墙草顶。

借着月光,布莱恩掏出钥匙,打开门,进到屋里,再把灯打开。这里竟然有灯,这让我深感意外。

"吉多有灯的地方不多。你很幸运,这里曾经是一位联合国官员住的地方,所以有电有水。"布莱恩有些得意地说。

我没有说话,只顾专心看房。

"不过,经常会停电停水。"布莱恩诚实地补了一句。

这才是实际情况,我心想,嘴上没有说话。

布莱恩带着我在茅屋转了一圈。茅屋不大,有四个房间,房间与房间之间用苇墙隔开。我算了算,一间可以用作客厅,一间作卧室,一间作办公室,还有一间用作厨房兼饭厅。但这样一处茅屋做大使馆,实在与我想象的相差太远。

"还有没有其他房子可以选择?"转过一圈,我问布莱恩。

"没有了。"布莱恩肯定地说。他一定听出了我语气里的失望。"你也知道,吉多好的房子不多,像这样有水有电的房子很难找到。前一阵子你们那里好像有人来找过房子,也没找到。"

"我们那里?你说是我们的人?"布莱恩无意中说的一句话,让我一下子警觉和紧张起来。

"是,他们说是你们那里的人,我看长得也像。"布莱恩说。

"他们?他们是几个人?"

"两个人。"

"什么时候？"

"就在一个月前。"

"他们来干什么？"

"我也说不清楚，他们说想找一处房子，也不说为什么。我以为他们就是来建使馆的，你原来说过你们要来建使馆。"

"那后来呢？"

"走了，他们在海葡萄旅馆住了几天，后来就走了。"

"他们没有租房？"

"没有。"

"哦。"听说那两个人最终没有租房，我暗暗松了口气。我猜测那两个人是从G方来的。

"这房子我也是费了捕鲨鱼的劲才找到的。"布莱恩说。

我苦笑了一下。"费了捕鲨鱼的劲"是吉多的说法，意思和"费了九牛二虎之力"一样。我相信布莱恩说的是真话。不过，眼前的房子同我想象中的使馆有太大的落差。找使馆馆址，一般而言有三个标准不可缺少，那就是便利、安全和体面。无论按哪个标准，要把这几间茅屋当作使馆，都让我难以接受。

"要不这样，老板，"布莱恩见我犹豫着不说话，又补上一句，"你先在这里暂时住着，我呢，再帮你找。等找到更好的，你再搬过去。"

我还是没有吭声。

我在"假国人"布莱恩的海葡萄旅馆住了一夜。我本来打算当天晚上就住进新馆址。时间有限，我需要马上开始筹办一场建馆招待会。在这之前，我需要尽快找到一个地方作为使馆，不然一切都无从谈起。布莱恩选的使馆馆址我第一眼没有看上。

于是，我放弃了原来的想法，决定跟布莱恩先到旅馆住上一夜，第二天再说。

那天晚上，我躺在床上，翻来覆去睡不着。一来，旅馆里的床垫太软，睡不安稳，我的腰在农场劳动的时候扭伤过，落下了病，喜欢睡硬一点的床。二来，布莱恩不经意间提到有人来找过房子，让我无法安下心来。我们的人很少有来吉多的。如此偏僻的一个岛国，谁会没事跑来。再说了，如果我们的人来过，我肯定会知道。如果那两个人不是我们的人，那就只能是 G 方的人。布莱恩看错了，把那两个人看成是我们的人。也就是说，G 方的人一个多月前曾经来过吉多。他们来干什么呢？经商？不像。吉多这么一个弹丸之地，区区十几万人口，能做什么生意呢？旅游？也不像。旅游用不着找房子。布莱恩说他以为那两个人是来建馆的。如果他们真的是来建某种官方机构，问题就严重了。那说明 G 方是来抢地盘的，同吉多政府有过官方接触。同时也说明吉多政府在我们和 G 方之间犹豫摇摆过。

腰那儿不舒服，我拿了一个枕头塞在下面，把腰垫高，感觉舒服了一些。联想到向吉多政府申请建馆的经历，我感觉到了过程的蹊跷。早在两个多月前，我就根据居华大使指示向吉多方面提出建馆申请。那时还没有确定是我到吉多建馆，但事情交由我来办。照会是我起草的，由居华大使审定，也是由我开车送到吉多驻基比大使馆的，但等了很久却迟迟得不到答复。那段时间，我向吉多驻基比使馆催询过好几次，对方每次都拐着弯搪塞推托，一会儿说国内正在研究，一会儿又说还没有接到国内指示，这让我很生气。我一般很少生气。外交官的工作就是与人打交道，要通过别人来完成自己的任务，如果要生气，会有生不完的气。

但这一次，我真的生气了。

我直接打电话找吉多外交部常秘鲍尔斯。我之前同鲍尔斯打过很多次交道，他给我留下的印象很好。热带人办事大多拖拉散漫，鲍尔斯却是个例外。他办事有板有眼，是殖民时期培养出来的典型官僚。这一次，鲍尔斯的表现也极为异常，要么不接电话，要么吞吞吐吐、欲言又止，让我摸不着头脑。现在我明白了，吉多政府对我们有点冷淡，迟迟不答复我们的建馆申请，实际上是在同 G 方接触，是在同 G 方建立官方关系还是同我们保持外交关系之间出现了犹豫。想到这儿，我被自己的推断吓出一身冷汗。我突然想到，在我们向吉多提出建馆申请的时候，吉多政府也在同 G 方眉来眼去。如果吉多政府决定同 G 方建立官方关系，也就意味着我们必须重新考虑同吉多的关系，我也就来不了吉多了。

腰那儿还是不舒服，枕头垫着也没有用，我索性起床在房间里来回走动。我不喜欢布莱恩找的房子。大使馆是国家的门面。我到过不少国家，见过不少我们的驻外大使馆，也见过很多国外的大使馆，有气派如宫殿的，也有一般的楼宇，但从没有见过以茅屋作为馆舍的。茅屋作为使馆太过寒碜，以此代表堂堂的国家形象，我打心眼里不能接受。我希望有更好的选择，最好是一栋体面的楼房，退一步，一栋简单的砖瓦房也行。但吉多没有。吉多提供不了在其他国家可供选择的使馆馆址。布莱恩说得对，吉多只有茅屋。在吉多，一般人家连茅屋都住不起，住的是草棚。吉多的草棚类似我们国内农村瓜地里搭建的看瓜棚子，只有顶，用几根木头柱子支着，没有四壁，简陋得不能再简陋。布莱恩替我找的茅屋已经属于当地有身份家庭的体面住宅了。

我知道，我可以选择先在海葡萄旅馆住一段时间，等找到合适的房子再搬过去。但我等不起。居华大使对我的指示很明确,要我到吉多后尽快把使馆建起来,并且在两国建交十周年纪念日这一天举行开馆招待会。我也向居华大使作过承诺。军人执行命令是天职,外交官也一样。要完成对居华大使的承诺,我必须尽快确定一个馆址。退一步讲,等也不一定能等来理想的房子。万一找不到更合适的,回过头来现在的房子也没有了,那就更是鸡飞蛋打。我不能在馆址问题上再浪费时间。如果以后能找到更合适的地方,到时再说。

第二天一大早,我找到布莱恩,他正忙着准备早餐。

"我想好了,那个房子,我要了。"我对布莱恩说。经过一夜的反复思考权衡,我决定先住进去。现在压倒一切的是把使馆先建起来。

"这就对了,老板。"布莱恩听我这么说,很是高兴。"你先住进去,要是住着不满意,我们再另想办法找别的房子。"

"那一言为定,"我说,"我先住进去,你呢,想办法再找一处更好的房子。"

"No problem, no problem."布莱恩笑着点头。"没问题"是布莱恩的口头禅。

吃完早饭,我先到海葡萄旅馆边上的杂货店买了点日常用品。布莱恩帮我把行李和日常用品搬上车。

"东西都准备好了,老板,"布莱恩说,"我们走吧?"

"走。"

也许是因为白天,也许是因为想通了,再看布莱恩帮我找的房子,我的感觉变了,觉得这里变得亮堂了。热带亮闪闪的阳光照在茅屋上,给茅屋涂上一层鲜亮的光泽,屋前屋后繁茂盛开着的花草,又增添了色彩斑斓的美丽衬托。茅屋在阳光下显得有了生机,不再是月光下一团黑乎乎的草堆。

"我说挺好的吧。"布莱恩似乎感觉到我心情的变换,笑着说。

我"嗯"了一声作为回答。以使馆的标准来要求，这房子还是相差太远，我心里想，嘴上没有说。

"要不要我帮你一起收拾，老板？"布莱恩热心地问。

"谢谢！不用了，我自己来。"我想了想，婉拒了布莱恩的好意。

"真的不要帮忙？"布莱恩又追问了一句，"你要愿意，我可以给你派一两个人来，我那里有人。"

"真的不用。"我摇了摇头。

"那行，老板，"布莱恩把钥匙交给我，"还是那句话，你有什么事，尽管找我。"

"好。"我说。

"那再见了，老板。"布莱恩说。

"再见。"我说。

布莱恩冲我挥了挥手，转身要走。

"等一等。"我突然叫住正准备钻进车里的布莱恩。

"什么事？老板。"听见叫声，他转过身来。

"你不是说能找到柴油发电机嘛。过几天，我要举办一场开馆招待会。这两天你给我搞一台来。另外，我这里需要一部电话。不知能不能安装。"我说。

"你来之前，这个屋里原来住的是一位联合国官员，应该有电话线，有电话机就可以接通。"布莱恩说完，回到屋里查了查，发现果真有电话线。

"那你尽快帮我接通，要不然，我谁也找不到。"我说。

"没问题，老板，我马上去办。谁让我们身体里流着同样的血呢，我不会把你扔在这儿不管的。有事，找我。"布莱恩爽快地答应了。

我挥挥手，同"假国人"布莱恩告别。

站在茅屋门口,看着他钻进车里,开着那辆乳白色的小车远去,我的心里顿时感到一种从未有过的空落。现在只剩下我一个人了。我曾经无数次独自一人行走在世界各地,还没有哪次感到像现在这样孤独。

　　我回头看看孤零零的茅屋,一间茅屋,加上我,就是一个使馆了。

　　这恐怕是世界上最简陋的驻外使馆了,并且独一无二,别无分号,我想。

二

接下来的几天里,我一边收拾房子,一边准备开馆暨庆祝我们国家同吉多建交十周年招待会。

因为吉多方面的拖延,我抵达吉多时离两国建交纪念日只剩短短七天。在这么短的时间里要筹备一场招待会,在一个人员编制充足的使馆还好,琐事再多,大家分分工、加加班,差不多三天还是可以解决问题的。可现在的问题是,使馆只有我一个人,一个光杆司令,需要做的事情远比我盘算过的要多得多、困难得多。一般而言,到国外建一个使馆,最起码需要三四个人。三四个人的活,现在需要我一个人来完成,难度可想而知。

对我来说,目前最好的选择是把招待会推迟一段时间,等到环境熟悉了,生活安顿了再举办。I don't have that luxury. 临走前,居华大使一再要求我尽快把使馆建起来。我明白居华大使的想法,G方同我们对吉多的争夺激烈,在这种情况下,需要我们尽快以某种方式对外重申我们同吉多的关系。再说了,每行每业都有自己的职业本能。建交周年这样的纪念日,凡是外交官都会有一种本能的职业好感。还有什么时间比在这样的日子举办开馆招待会来得更合适呢？没有。我自问自答。这么好的机会，我不会，也不可能轻言放弃。我对自己说，不管多苦多累多难，无论如何也要如期举行招待会。

我用前三天的时间把使馆里里外外收拾了一遍。还好，房子里的家具都是现成的，只需收拾干净，擦擦门窗，扫扫院子，理理树枝。我不想雇人帮忙。我在山里长大，大学毕业后又在农场锻炼过，自认是把干活的好手。山里出来的人，对事情最本能的反应就是能自己干的就不让别人干，能节俭就节俭。这是骨子里的东西，想丢都丢不掉。不过我发现，真做起来却并不是件容易的事。茅屋不大，院子却不小，里面种了三角梅、鸡蛋花树，还有一棵一人高的椰子树和一丛香蕉树，仔细收拾一遍花了不少时间，累得我腰酸背疼。我一边干一边感叹岁月不饶人，后悔自己在这个岁数还要逞能。

院子好不容易收拾完，接下来要做的就是让茅屋多少有点我们的民族特色。这颇费心思。使馆的牌子，我从基比带了来。牌子是铜制的，上面刻着使馆的中英文名称，很是醒目。我同时带来的还有锤子、钳子和钉子。出发前，我担心初到吉多一时找不到合适的工具，耽误该做的事，所以随身带了来。说实话，我也喜欢这些工具，随身带着心里踏实，有什么需要敲敲打打的，就不需要临时去找人了。现在果然可以派上用场。我在门外右侧墙上找了个合适的地方，钉上钉子，把铜牌挂上去。挂完铜牌，我退后几步，仔细打量一番，觉得挺满意。铜牌一挂，来人一看，便知道这是我们国家的使馆。

布莱恩来送电话机。我几次催促，他才把电话机送来。如果不催，鬼知道要等到什么时候。布莱恩热心，但热带人身上的毛病一样不少，所以找他办事，我的办法是多盯着。

布莱恩看到新挂上的使馆铜牌，在门外看了半天，还逐字念了一遍，然后大着嗓门叫我。我不知道他要干什么，赶紧走出去，看见他在那里傻笑。

"This is really very nice!"布莱恩边说边朝我伸出大拇指。布莱恩说话时，嘴夸张地张着，露出一排雪白的牙齿，看上去比我还高兴。

"是吗？"我有点得意，又觉得布莱恩有点小题大做。

"当然喽，"布莱恩说，"这一挂，整个房子就不一样了，气派多了。"

"那倒是。"我同意他的说法。使馆铜牌一挂上，茅屋不再只是茅屋，而是有了新的身份，新的生命。

布莱恩帮我把电话装好后才走。（电话除了吉多，国外只能打到基比，国内太远，连不上。）即便如此，我也已相当满足。有了电话，我就可以同外界保持联系。我试着给居华大使打长途。电话竟然通了。我有点激动，心跳加快、喉咙发干，说话的声音都有点艰涩。虽然分开没几天，但真是如隔三秋。我在电话里向居华大使汇报我到吉多这几天的情况，告诉他我已经找到了一个地方作为使馆，现在正在布置。居华大使连声说好。听得出来，他也有点激动。居华大使问我有什么困难，我说没有。我说我正在筹办建馆招待会，一定如期举行。居华大使说，他期待我的好消息。

屋外有了一块表明身份的铜牌，屋内却总觉得少点什么。我想了想，找到了原因。缺少烘托气氛的装饰。最好有几个红灯笼，往屋里一挂，就有了气氛。我来的时候连工具都带了，但百密一疏，压根儿没想到要带些装饰品来。灯笼没带，其他传统文化装饰也行，但我没有，现在后悔已经来不及。吉多这样一个偏远的岛国，除我之外，没有任何其他同族同胞，上哪儿去找与我们民族文化有关的装饰品？我突然想起挂历，来的时候我带了几本，想着自己要用，也可以送人。那个年代，国内时兴美人挂历，我没有要。我带的是风景挂历，挂历上都是风景画，山山水水，赏心悦目，加工一下就是不错的装饰品。我赶紧把挂历找出来，选出几幅喜欢的，剪下来，加了白色卡纸做的框，贴到客厅光秃秃的墙上。说来奇怪，有了这几幅山水画，屋子顿时有了灵气，我也有了归属感。

"你还真行，老板，没过两天，就把茅屋真正变成了你们的使馆！""假国人"布莱恩每天都来转转，看看能帮上什么忙。这天他送柴油发电机来，看着屋里的改变，便不停地夸着。

我笑着，没有说话。

"These pictures are really beautiful."布莱恩一脸羡慕地盯着那些山水画。

"那当然，我们国家地大物博，山水风景漂亮着呢。"我得意地说。

"是啊，我从来没有见过这么漂亮的地方。我这辈子一定要去看看。我可是你们的同族后人，我的爷爷就出生在那里。老板，你得安排我去一趟，去看看我爷爷出生的地方。"布莱恩半真半假地说。

"好啊，等你定了时间，我给你办签证。"我笑着说。

"我说的可是真的。"布莱恩认真起来。

"明白，"我顺着他说，"有机会我一定给你安排。"

"那说定了。"布莱恩说。

"说定了。"我说。话虽这么说，但我无法给他任何承诺。

整理内务的同时，我也开始为举办开馆招待会做准备。首先要准备请帖。来吉多时，我带来一些空白请帖。驻外使馆用的请帖有两种，一种带国徽，一种不带国徽。国徽是国家的象征。带国徽的请帖只能大使用，因为大使是国家元首的特命全权代表，代表国家。大使不在，代办也可以用，代办代表大使，其他外交官却绝对不能使用。在吉多我是代办，以我的名义举行招待会，我很荣幸可以使用带国徽的请帖。这是我第一次以自己的名义使用这种请帖，我一个大山里走出来的孩子，同我们国家的国徽联系在了一起，内心里油然生出满满的自豪感。不过，现在我首先需要做的是设计一个请帖的样式。使馆只有我一个人，没人帮得了我，只能亲自动手。那个年代，电脑刚刚兴起，还没有普及，即使有，我也还没学会。所以，我还是采用老办法。我让布莱恩找一台英文打字机，他找来一台老式的。我先打出一个样式，不满意，再打一个，还是不满意。要么字的排列有问题，要么格式不美观。反复试了几次，总算确定一种格式。上面的英文字是这样的：

TO MARK THE OFFICIAL OPENING OF THE EMBASSY

& the 10th Anniversary of Diplomatic Relationship between

The People's Republic & the Republic of Jito

Charge d'Affaires a.i. of the Embassy of the People's Republic in the Republic of Jito Mr. Zhong Liang

requests the pleasure of your company

at a reception at 19:00, Thursday, March 18, YYYY

请帖下面写着地点。样式确定后，我一口气打印了四十张。邀请名单，我来吉多前准备了一份，其中包括总统、副总统、内阁部长、外交部官员、警察总监等，还有其他国家驻吉多的外交代表。所有请帖都是1+1，也就是来宾带配偶。我算了一下，四十张应该足够。我根据名单打好信封。请帖里没有写客人的名字，信封上一定要写明，这是规矩，疏忽不得。打完，我又认真核对两遍，确保正确无误。然后，我带着准备好的请帖去拜访外交部常秘鲍尔斯。我把请帖交给鲍尔斯，请外交部帮忙分发。鲍尔斯一口答应。其他国家驻吉多使节的请帖，我让布莱恩替我送去。这样一来我可以省出不少时间。

最后的两天，我把精力集中在招待会的准备上。准备讲话稿，准备招待会的布置，还要准备吃喝。要大包大揽做所有事，我一个人肯定做不了，也来不及。讲话稿只能我自己准备，其他的事情，我想了一个办法，外包给布莱恩，让他全权负责。我同布莱恩商量好招待会的场地该如何布置，酒台食品台该放在哪里，需要几个招待员，还需要几个洗碗碟的。我还同布莱恩商定了菜谱，订了八十人份的酒水和食物。我估计招待会能实到五六十个人。多订几份是留有余地，避免到时出现尴尬。

现在我终于站在茅屋使馆门口，等待着客人的到来。

刚才我还在紧张地同"假国人"布莱恩较劲。我原来做过礼宾工作，喜欢对每个细节都抠得很细。布莱恩一口一个"No problem"，关键时候却容易掉链子。我让他提前一个小时准备好食品，可是左等不来，右等不来。我打过几次电话，但他就是不接。眼看离招待会开始只有不到十五分钟了，他才带着人把东西送来。

"你们怎么才来？"我朝布莱恩狠狠瞪了一眼。礼宾工作的经历让我最讲究准时，最痛恨拖拉。

"不好意思，老板，"布莱恩笑嘻嘻地说，"遇着点小麻烦，不过，耽误不了您。"

还好，酒台食品台事先都已准备好，酒水事先也已经摆好，只要把食品放上餐台就行。

我看着布莱恩他们把食物放好，又前前后后检查了一遍，确信一切准备就绪，才来到大门口。

几天的忙碌，终于等到举行招待会的正日子。从今往后，使馆就算正式开张了。

热带的白昼长,快到七点了,天还亮着,夕阳好像舍不得离开,阳光透过椰树叶子的缝隙照在我的身上,传送着强烈的热度。不知是因为夕阳的照射还是心里紧张,我虽然只穿一件白色短袖衬衣,依然感觉炎热,热得有点窒息。我不停来回踱着步。说实话,我内心是紧张的。过去我也经常在招待会上担当迎来送往的角色,但那是作为礼宾官替大使迎送客人。客人一到,我会上前问候迎接,然后把他们引见给大使。客人走时,由我代表大使把客人送出门外。这一次,我不再是大使的礼宾官,我自己成了主人。我是以使馆临时代办的名义作为主人举办招待会。这对我来说是一种全新的感觉和体验。

儿子小松小的时候,一次不知从哪儿听说临时代办这个词,回家来问我:"爸,临时代办是个什么官?"

我一下子被儿子的问题给难住了,一时不知该如何回答。我想了想,对儿子说:"这么说吧,临时代办有点像你们的代理班主任。如果班主任生病了,或者临时有事请假,就由别的老师代理,管你们。"

那时儿子还小,我只能这么解释。儿子眨巴着眼睛,一副似懂非懂的样子。实际上何为使馆的临时代办,不是一两句话能够说清楚的。每个驻外使馆都有大使,大使离开驻在国境内的时候,比如回国休假、出差等等,就由大使馆的首席馆员,也就是二把手,出任临时代办,代理大使负责使馆的事务。这样的临时代办,级别可高可低,取决于使馆的大小和首席馆员配备的级别。大的使馆有公使、公使衔参赞,中等使馆大多是参赞,小的使馆就说不定了,有的是一秘,有的甚至可以是二秘或者三秘,这是一种情况。还有一种情况是两国之间本身建立的就是代办级外交关系,两国派驻对方国家使馆的最高外交官就是代办,而不是大使。那个代办就是代办,前面不加"临时"二字。现在很少有这种情况。这样的代办,级别往往比较高,实际上可以等同于大使。我在吉多出任的临时代办又是另外一类情况。我没有到吉多前,我们国家没有在吉多设立使馆,两国之间的关系由驻基比使馆负责,驻基比的居华大使同时兼任驻吉多大使。也就是说,居华大使一人兼着驻两个国家的大使。我来到吉多,建立起新馆,大使仍由居华兼任,但两国关系的具体事务转移到驻吉多使馆,由我当临时代办,代替居华大使管理使馆事务。

这听起来很啰唆。外交就是这么啰唆。连一个代办都有这么多种说法,其他的就更不用说了。所以,国际上专门有各国签署的公约,对外交官的名称、级别和享受的待遇作出规定。

我到吉多出任使馆的临时代办,外交职衔的级别没有变化,还是一等秘书。说实在话,我内心里多少有点失落。外交官们或多或少心里都揣着一个大使梦,喜欢听人叫一声"Your Excellency",也就是"大使阁下"的意思。我当然也不能免俗。我希望自己能不断进步,希望这次能当上参赞。参赞是当大使的必经之路,要想圆上大使梦,这一步必须要迈出去。当然这是我自己心里想的,当着别人的面,我什么也没有说。出乎我意料的是,居华大使找我谈话时,特意提到我的级别问题。

"这次情况特殊,国内急着让你过去,关于级别,现在暂时不变,但我会替你想着的。"居华说。

"谢谢大使。"我说。我知道居华大使说的是给我解决参赞的职衔。我感谢居华大使想着我,但我知道这得由国内决定,也取决于我这次能不能在吉多有所建树。这次情况紧急,要不国内也不会只派我一个人到吉多。这对我来说是一个挑战,也是一次机会。

以临时代办的身份站在门口等待客人到来,我第一次真正感到压在自己身上的担子。吉多是个小国,但我能搞定这个国家吗?因为有G方插手争夺,我们同吉多的关系突然就处在我们国家外交斗争的第一线,重要性远远超过吉多本身应有的分量。在这样的风口浪尖上,我能顶得住吗?居华大使这次给我两个任务,一个是稳定两国关系,还有一个他没有说。我不知道他为什么不说。他说到时候会同我说,我也不好多问。该问的问,不该问的不问,这是我们的纪律。我能完成居华大使给我的两个任务吗?

眼看着时间到了,客人还没有来,我开始担心客人会不会来,会来多少人,总统会不会来,副总统会不会来。

"布莱恩,客人怎么还不来?"看见布莱恩搬着一箱啤酒从我面前走过,我忍不住问。

"别急,老板,"布莱恩笑着说,"你还不了解我们吉多人,我们都习惯晚到。"

"是,你说得对。我知道了,你忙你的去吧。"其实,布莱恩不说,我也心知肚明。南陆人都有拖拉不守时的习惯,基比是这样,吉多也这样。

正担心着,有客人来了。最早来的是基比驻吉多使馆代办伦杰和他的夫人。大概是因为我在基比常驻过的原因,伦杰很给面子,第一个到,让我很是感激。我同伦杰热烈握手,感谢他第一个来给我捧场。

接着来的是外交部常秘鲍尔斯。鲍尔斯中等个子,和我差不多高,偏瘦、黑眼睛、黑皮肤,比我小三五岁,不过花白头发却一点不比我少。我每次来吉多,都要同吉多外交部打交道,少不了要见鲍尔斯,见得多了就熟了,成为朋友。我总觉得我与鲍尔斯有不少相同之处。

"Thank you for coming."见鲍尔斯过来,我赶紧迎上去,热情地同他握手。鲍尔斯一来,我心里有了底。

"Well, my friend, Congratulations! You know it is not easy."鲍尔斯向我表示祝贺。鲍尔斯曾在欧洲留学,说话拿腔拿调。我曾经问过他,为什么不留在欧洲,要回到吉多。鲍尔斯告诉我,他毕业后曾经在欧洲工作过一段时间。他本来以为会一直在那儿待下去,但他在欧洲水土不服,不能适应那里的气候,一是太冷,二是晒不到阳光。他本想熬上几年,以为终会适应,结果恰恰相反,他在欧洲待的时间越长,越不能适应那里的气候,身体的反应越来越强烈,也越来越想念热带,最终还是决定回到吉多。

"是,是不容易。"我顺着他的话说。鲍尔斯的话有点奇怪,既是祝贺,又有感慨。这次到吉多后我去拜访鲍尔斯,向他报到。除了对我到吉多建馆表示欢迎外,鲍尔斯说的第一句话也是这一句。联想到布莱恩提到G方有人来过,我认定他话里有话,在我们在吉多建馆的事情上有难言之隐。我没有直接问,而是拐着弯套他的话。鲍尔斯是个聪明人,明白我的意思,但不直说,只是暗示有人对我们在吉多建馆有不同意见。我想问是谁,话到嘴边又咽了回去。毕竟这是人家内部的事情,就是问,他也不一定说,反而尴尬。于是我旁敲侧击,问他G方是否有人来过。鲍尔斯讳莫如深,既不说是,也不说不是。他的态度更加印证了我的怀疑。

"Well,你让我们发的请帖,我们都替你发了。估计今晚会有不少人来。""Well"是鲍尔斯的口头禅,似乎没有这个,他就开不了口。

"谢谢,没有你的帮助,我这个使馆恐怕开不了。"我一语双关地对鲍尔斯表示感谢。

"不用客气。"鲍尔斯欠欠身体。

"那,今天晚上还是你讲话?"我问。我在招待会上会有一个致辞。在拜会鲍尔斯时,我提出希望吉多方面也有人出面讲话。鲍尔斯当场答应,说到时他会代表吉多政府讲话。吉多国家小,总统自己兼着外交部长,外交部的常秘就是二把手,负责处理外交部的日常事务。所以,由常秘讲话是再正常不过的安排。

"是的。"鲍尔斯点点头。

客人们陆续到了。就像做生意,只要开了张,后面就会有生意跟来一样,举行招待会,只要有客人来,其他客人也就随之而来。我站在大门口,同客人们一一握手,一边同他们寒暄,一边把他们请进客厅。现在我不再担心客人会不会来,而是担心我一个人是不是忙得过来,会不会怠慢来客。我一会儿站到门口迎接客人,一会儿抽空到客厅同客人聊几句,生怕冷落他们。此时的我分身乏术,恨不能变成万能的孙悟空,拔几根汗毛,吹口气,变出许多个自己来。

正在这时,来了一个大腹便便的男子,蓄着络腮胡子,一看就不是本地人。

"谢谢你的邀请,"络腮胡子说,"我叫布朗,是 P 国驻吉多代办。"

"欢迎。"我说。

"吉多这里没有几个外交官,也欢迎你到吉多来。"布朗说。

"谢谢。"我说。

"Interesting,吉多这么小一个国家,你们也来建馆了。我猜应该没有什么事情可做吧。"布朗不阴不阳地说。

布朗的话像是让我吃了一只苍蝇。我狠狠瞪了他一眼。布朗显然话里有话,但这会儿,我没有工夫理他。

不一会儿,客厅挤满了人,有吉多议会议长,十位内阁部长当中来了五位,还有各部委常秘、警察总监以及吉多政府其他高官和他们的夫人们,都来了。值得一提的是警察总监叫尤素福,他是带着夫人一起来的。我一看他的夫人,心里就乐了。原来他的夫人不是别人,正是飞机上坐在我身边的那位胖嫂。常驻吉多的其他国家外交官、国际组织代表以及他们的夫人们也都来了。看着那么多人来捧场,我虽然忙,心里却是高兴的。

现在只剩下总统和副总统还没有到。鲍尔斯说他们两个今天都会来。

就在大家等待总统到来的时候,外面走进一个人来。此时,我还不知道这个人将成为我在吉多怎么也绕不过去的苦主。

"晚上好,欢迎你来!"我迎上去向来客打招呼。

"晚上好,好像今天来的客人还不少。"来客说,声音有点女气,口气有点怪。

"是,来的人不少,也很高兴你能光临。"我依然客气地说。

"我们见过面。"来人诡异地笑了笑。

"你是……"他一笑,脸一下子拉长了,我突然想起飞机上那个尖叫的驴脸男子。"是的,我们在飞机上见过面。"

"我叫德皮,是副总统办公室主任。"来人自我介绍说。

"很高兴认识你,德皮主任。"我说。

世界真是小,来吉多的飞机上给我印象最深的两个人,今天竟然都来参加我的招待会。

"我是代表穆尼副总统阁下来的,"德皮神秘地把他的长脸凑过来,轻声对我说,"他今天有事来不了。"

"欢迎,欢迎!"我说。副总统穆尼不能来,让他的办公室主任来,在礼节上挑不出毛病,但副总统不来,我还是有点失望。我担心总统会不会也变卦不来。

还好，德皮到后没多久，总统达鲁和夫人就到了。魁梧的达鲁总统穿着短衣短裤，穿着一双拖鞋。

"欢迎总统阁下。"我赶紧迎出去。

"谢谢你的邀请。"达鲁总统握着我的手，很郑重严肃地对我说，"钟代办，我代表吉多政府正式欢迎你们在吉多设立大使馆。这是两国关系中的一件大事，是我们的荣幸，也是对我们的巨大支持。当然，我也非常欢迎你来我们吉多当代办。"

达鲁总统说的时候，特意把"你"字拖长，说完，笑着拍了拍我的肩膀。

"我十分高兴总统阁下和夫人出席我们使馆的开馆招待会，"我说，"你们的到来是我莫大的荣幸，让我感激不尽。"

"不用客气，这么大的事，我们当然要来。"达鲁总统大笑着说。

总统一到，鲍尔斯就走过来，示意我招待会可以开始了。

一般情况下，这样的招待会都会有专门的司仪，主持招待会的每一个环节，要么由使馆的二把手担任，要么由外文、形象俱佳的其他外交官担任，但我是光杆司令，使馆没有第二个人。我只能自导自演，唱独角戏，自己当自己的司仪。我先把总统达鲁和鲍尔斯常秘请到身边，然后拍拍手，招呼大家都聚拢来。客厅不大，来的客人多，有的已经站到院子里去了，听见招呼，都聚拢过来。我清清嗓子，宣布招待会正式开始。

首先要奏两国国歌，先是吉多国歌，然后是我们的国歌。事先，我准备了一个双卡录音机，两边各放一盘磁带，一盘是吉多国歌，一盘是我们的国歌。我把放国歌的任务交给了布莱恩。事先也同他演练了好几遍，避免他搞错顺序。

我一说奏两国国歌，等在录音机边上的布莱恩按下一个"play"键，吉多国歌响起来。吉多国歌奏完，布莱恩按下停止键，换一边摁下去，放我们的国歌。国歌放完，我松了一口气。

外交讲话是有讲究的，要遵循一定的套路。两国国歌放完，轮到我讲话。我多次为居华大使起草过讲话稿，对写讲话稿有一定心得。准备讲话稿，有几个基本点一定要照顾到，譬如，你到别人的国家，总得说说人家的好，夸夸人家吧，这是其一。譬如，你是外交官，总要说到两国关系吧，这是你主管的领域，责无旁贷，最好讲一两个两国建交的传奇故事，这又是一个方面。还譬如，两国关系中总有一些重要的问题，尤其是敏感问题，也要涉及。

这次为自己准备讲话稿，还是费了我不少脑子和时间。在做其他事情时，我也会惦记着讲话稿。虽然有套路，虽然就是那些话，但针对不同对象，面临不同情况，处在不同场合，在遣词造句、起承转合、层次顺序上都有不同，做起来并不容易。再说了，这是我到吉多后第一次讲话，我也一定得开个好头，有个好的亮相。我心里清楚，起草讲话稿和自己讲话不是一回事。我有起草讲话稿的经历，自己讲话却是第一次。为确保万无一失，临场有好的发挥，我事先演练了无数遍，直到把讲稿熟记于心。

开口讲话前，我深吸了一口气，让自己有点紧张的情绪平复下来。我首先宣布我们驻吉多大使馆正式开馆。刚开始，我说话有点赶，嘴巴有点跟不上，毕竟英语不是我的母语。趁大家鼓掌的时候，我稳了稳节奏。按照套路，我先用几句话夸了夸吉多风光的美丽和人民的友好，我能感觉到在场的人听了都很高兴。接着我讲了两国关系的重要性，然后话锋一转讲到两国关系当中的敏感问题。我们同吉多最重要也最敏感的就是G方问题。越敏感的问题越不能回避，回避不说，别人以为你不在乎，会引起误解。所以，一定要讲。当然，讲要讲究技巧，既要阐述自己的立场，又不得罪对方。我讲的时候，并没有直接提G方，而是重点表明我们对维护国家主权领土完整的立场，同时强调对吉多方面尊重和支持这一立场表示赞赏。这看似没有新意的外交辞令，实际上就像外交上的"紧箍咒"，需要反反复复不停地念叨。

G方问题一讲完，我停顿了一下。现在，我已经可以从容把握讲话的节奏了。我用余光扫视一遍站在我面前听我讲话的客人。除了一两个人外，大家都盯着我，显然大家都在认真听我讲。

So far so good. 该收尾了，我对自己说。"今天开馆也适逢两国建交十周年。在这样大喜的日子里，我们驻吉多大使馆的建立也就更多了一层意义，标志着两国友好合作关系进入一个新时期。大使馆的开馆得到了达鲁总统阁下、吉多政府和在场所有朋友的热心支持和真诚帮助，我在此谨向大家表示衷心感谢。我很高兴担任使馆的第一位临时代办，我愿为两国关系的长足发展尽自己一份绵薄之力。相信在履行我的职责时，我一定能得到大家的慷慨支持和帮助。"

最后一句话，我用的英文是："I am sure that when discharging my duty, I will have your generous support and assistance."。这是一句英文套话，用在这里恰好是我最想说的。

我一讲完，达鲁总统带头鼓掌。其他人跟着给了我一阵热烈的掌声。我鞠了一躬表示感谢。我正想走开，突然看见鲍尔斯在冲着我笑，还用手指了指他自己。我突然想起我还需要履行司仪的义务。

"哦，对了，我差点忘了，我还得当司仪。"我笑着说。我的失误，娱乐了大家。包括达鲁总统在内，在场客人都笑了起来。

"下面请允许我邀请尊敬的吉多外交部常秘鲍尔斯先生讲话。"我说着带头鼓起掌来。

鲍尔斯彬彬有礼地向我欠了欠身体，也向总统点了点头，然后接过秘书递过去的讲稿，开始讲话。鲍尔斯代表吉多政府祝贺并欢迎我们在吉多开馆，感谢我们国家对吉多的发展提供的慷慨帮助。在 G 方问题上，鲍尔斯也作了回应。鲍尔斯说吉多感谢我们国家对吉多独立的支持，同样吉多将一如既往支持我们在维护国家主权和领土完整问题上的立场。他也没有直接提到 G 方，但我明白他说的就是针对 G 方。这是我最想听到的话。有了这句话，说实在的，其他的话都可以忽略不计。外交讲话中，有的时候，就是一两句话的事，只有那一两句话才是最重要最关键的。

我高兴地同鲍尔斯握手，感谢他刚才的讲话。

鲍尔斯的讲话一结束，接下来就是请客人享用准备好的吃喝。美中不足的是我没有办法让他们品尝我们的美食。我没有厨师，我们的人也还没有来吉多开餐馆的。我只能将就着让海葡萄旅馆准备一些当地食物，主要是鱼虾，配了一些面点。还好我从基比带来一些国内的罐头，有霉干菜扣肉和八宝饭，正好可以用上。这样至少有点带民族特色的菜和甜品作为点缀。有人专门照顾达鲁总统和夫人用餐，这是我同布莱恩事先商量好的。我陪着总统夫妇，边吃边聊他们去我们国家访问的往事。我邀请达鲁总统有时间再去访问，达鲁总统高兴地答应了。

大家边吃边聊，兴致盎然。正当我以为这场招待会会圆满结束时，突然停电了。我让布莱恩用他送来的柴油机发电。不知是紧张还是别的原因，布莱恩怎么也发动不起来。他有点抓狂，大概是怕我生气，一个劲向我道歉。我没有抱怨。这一天，他已经做得足够多、足够好，我没有必要再埋怨他。我突然想起一位同事曾经说过的话，不出点意外的招待会是不完整的。那当然是调侃，但也是实话。要确保一场活动不出现任何瑕疵，怕是比登天还难。那就留点瑕疵吧。

还好,屋里还备了桅灯。我让服务员把桅灯点上。

那天,达鲁总统夫妇和其他客人是在桅灯的光亮中离开使馆的。

三

招待会结束的第二天,我去了趟贝卡斯。我怎么也没有想到,我早上去的时候好好的,是自己用两条腿走着去的,回来却是被人用自行车驮回的使馆。

前一天晚上,送走最后一批客人,夜已经深了。我关上大门,想坐下来休息一会儿,才发现自己的短袖衬衣和西裤都已经被汗水浸透。我的双腿僵直,连坐都坐不下来。这一天,我从早上六点起床开始干活,一直到深夜,算起来已经马不停蹄忙碌了十七八个小时。客人一走,稍一松懈,我恨不得倒头就睡。但在这之前,我还有一件重要的事情需要完成。我必须把在吉多举行开馆招待会的消息立即发出去。今日事今日毕,这是对我们的要求,也是我们的习惯。我强打起精神,用脸盆盛了点水,擦了擦脸和身子,换了身干衣服,觉得恢复了点精神。我坐到办公桌前,拿起笔,开始写招待会的消息稿。累了一天,我发现自己的手已经不听使唤。

我忙到凌晨才把消息稿发出去。一个人举行开馆招待会,确实把我累得不轻。从小在山里长大,我自认为身体底子不错,但岁月不饶人，毕竟已是知天命年纪，一周忙下来，竟是从未有过的累，仿佛浑身上下的精气神都被这一场招待会给抽走了。但我又是无限兴奋的，这是我凭借一己之力成功举办的一场重要外事活动。我想，我应该是完成了居华大使交给我的到吉多的第一个任务——在吉多正式建立了我们的使馆。现在回想起来，我依然为此感到自豪。我是驻吉多使馆的第一人。吉多方面很配合，很给面子，出席的规格很高，有那么多吉多政府高官来捧场，这样的场面在一个人的外交生涯中可遇而不可求。说句实话，越是大的国家，参加招待会的官员级别就越低，反之越是小的国家，来客的身份就越高。我以前只是听外交界的前辈们说过，现在自己亲身经历，从中感受到的喜悦难以用语言来描述，也让我更多了几分作为外交官的神圣感和荣耀感。还有一条让我满意的是，鲍尔斯代表吉多政府在公开场合再次重申了对我们国家领土完整的支持。一段时间以来在外盛传的吉多要同G方建立官方关系的谣言也就不攻自破。

　　当然，招待会上我也感觉到了涌动的暗流。招待会这类外交活动，看起来只是吃吃喝喝，讲几句官样话，实际上大有乾坤。别的不说，在邀请的客人当中，谁来谁不来，谁讲什么话，甚至在你讲话时，对方是什么表情，你都能感受到对方的态度。副总统穆尼说来，结果没有来，我总觉得事出有因。原因是什么，我不知道。P国代办布朗虽然来了，但来者不善，不阴不阳的话就是成心想挑事。布朗为什么是这种态度呢？我暂时说不清楚。我在讲话中讲到有关G方问题时有意做了停顿，发现有两个人的表情和其他人不一样。一个是德皮，德皮低着头，没有在看我。还有一个就是布朗，布朗的胡子欠了一下，一副似笑非笑的样子，一定也不怀好意。

　　这天，我本来想多睡会儿，在家歇着，好好养一下，但上了岁数，想多睡也睡不着，还是早早就起了床。我去院子里走了走，空气很清新，几种不同颜色的三角梅盛开着，木瓜树上挂着大大小小的木瓜。我顺手摘下最底下、最大也是最熟的那个木瓜。木瓜已经呈金黄色，很是诱人，拿在手上，我竟然有一种久违的自得其乐的收获的感觉。这时，有一对小鹦鹉呱呱叫着从我眼前飞过。这些小鹦鹉有个好听的名字叫 love bird，也就是传说中的爱情鸟。它们总是成双成对地出没。看见它们我想起了吕淑琴。这一个星期我只顾忙着筹办开馆招待会，还没有来得及给家里寄封平安信。

我决定去趟贝卡斯，给吕淑琴寄封平安信，顺便补充一下快要用完的日常用品。

贝卡斯坐落在吉多岛的另一侧。到吉多以后，我几次去贝卡斯都是由布莱恩开车接送。这是我第一次自己走路去。从使馆到贝卡斯要经过一座铁桥。在使馆院子里，就能隐约望见那座铁桥。我很喜欢那座铁桥。其实铁桥很普通，只不过五十来米长，架在一个小海峡上，将吉多和乔治两个岛连在一起。在我看来，这座铁桥是镶嵌在周围热带风物之间的一道风景，让这个偏僻的地方多少有了一点现代的气息。走在铁桥上，我联想到家乡的桥。家乡的桥架在山沟里，山沟里有了桥，可以少走不少弯路，也添了风景。对于小孩而言，则是又多了个可以玩耍的地方。小时候上学放学，走在桥上，我会停下来，看四周的山，看山里四季变换的景色，看时而路过的车辆和行人。有时，我还会同其他小伙伴一起在桥上玩游戏。桥下的山沟里流淌着一条小溪，溪水时而湍急、时而舒缓地向山下流去。在我看来，桥是大山与外界的一种连接，总给人一种神秘的感觉。

走过铁桥，就来到了吉多岛。吉多岛是这个群岛国家的主岛，国家的名字也是根据这座岛的名字命名的。吉多岛瘦削狭长，从头到尾只有一条道路。道路两旁是椰林，椰林中可见一间间四面透风的简陋草棚。同基比人一样，吉多人家，条件好的住茅屋，条件差的住草棚。第一次在基比见到这些茅屋草棚，我还禁不住担心：这种既不挡风也不遮雨的茅屋草棚，到了冬天该怎么办。后来转念一想，基比是热带，一年到头只有如夏的气温，没有四季之分，更没有冬天。我不禁哑然失笑，被自己的无知逗乐了。我从小根深蒂固的概念就是天地终有四季，自从到基比常驻，才开始逐渐接受世界上还有四季不分的地方。

一路上是热带的风景，椰树、棕榈树随处可见，还有凤凰木。凤凰木应该正是盛开期，满眼都是红黄两种颜色，让这个岛国变得妖娆起来。与美丽的花草树木相比，脚下的道路就没有那么赏心悦目了。道路早已年久失修，路面坑洼不平。路上有一些行人，衣着简单，有的穿拖鞋，有的干脆打着赤脚。看不见汽车，摩托车也不多，最多的是自行车，丁零零，丁零零，来来回回，从我身边经过。自行车有各种各样的牌子，有国外的，竟然也有我们国内的牌子。国内牌子的自行车，我很熟悉，看着很亲切，想不到在遥远的吉多，也有我们的自行车。看着来来往往的自行车，我突然很想也拥有一辆。在这样一个岛上，骑自行车肯定别有情趣。不过，这些自行车，零星驶过的摩托车，还有更少见到的汽车，似乎与周围的环境有点不搭调，一种代表现代，一种代表原始，放在一起，形成一种强烈的反差。如果没有这几样交通工具，吉多看上去仍然处于原始的状态，好像几千年都没有发生过变化。生态是原始的，人们的生活方式也是原始的。

我顶着太阳走在路上，时空倒转，就好像回到了从前，回到小时候，走在家乡的路上去上学。对外交官来说，我们经常会有这种时空错乱的感觉。我们出国常驻，去不同时区的国家，会有时差反应,去不同纬度的国家,会遇到季节气候的差异。除此之外,我们还是时空的穿越者。世界上那么多国家,不同国家所处的历史发展阶段不同,我们也就常常要经历历史的穿越。一类是穿越到过去,一类是穿越到未来。去一个比自己国家发达的地方,是穿越到了未来,反之无疑是穿越到了过去。这样的穿越,反差之大很难说清楚,伴随着的是精神上的惊诧与痛苦。在外交官的职业生涯中,我们每隔几年就要换一个国家,也就经常是几年生活在过去,几年生活在未来,不间断地在两种状态之间转换穿梭,只有回到祖国,才算回到现实。但即使回到自己的国家,我们也只是匆匆过客,过不了几年,又要像军人出征一样,开拔到另一个遥远的地方,穿越到一种完全陌生的、或过去或未来的生活。

不用说,我这次到吉多,肯定是穿越到过去。到基比常驻,我已经穿越到了过去。吉多的发展比基比还落后一些,那么到了吉多,我就是穿越到了更遥远的过去。

贝卡斯贵为一国之都,说实在话,却很难同我见过的任何一个首都联系在一起。在我的外交职业生涯中,我当过几年外交信使,见识过大大小小几十个国家的首都,像贝卡斯这样的首都,却是第一次见到。到基比时,基比首都在我看来最多只能算是我们家乡的一座小县城,而且还是山里的小县城。贝卡斯充其量只能算是一个小山镇,不,是小渔镇,有一个小集市,几家破旧的小商店,只能买到最基本的商品。

还好,邮局贝卡斯还是有的。这对我来说很重要。二十世纪九十年代以前,外交官的家信都是由外交信使来回传递。那个年代,外交信使应该是驻外使馆最受欢迎的客人。我当过信使,也曾在使馆负责接送信使。信使每个月来一次,他们来的那天便是使馆所有人的节日。无论信使什么时候到,到得有多晚,使馆上至大使,下至司机,每个人都会耐心而焦急地等待。信使一到,大家全体出来迎接,就像迎接凯旋的英雄。真的,英雄有的时候很简单。只要他能满足你的某点需求,你就会把他当作英雄。信使满足了我们同国内沟通的需求,他们就成了我们的英雄。信使每次来,使馆每个人都会收到来信,有的人多一点,有的人少一点。收到信最多的人最得意,往往会被别人羡慕。我最多一次收到过18封信,有从家里来的,有同学来的,有原来单位的同事写来的,当然少不了还有吕淑琴的信。但那样风光的时候不多。一般情况下,我收到的只有吕淑琴和家里的来信。随着时代的变化,原来的做法改变了,信使不再给我们带邮件。我们同国内的信件往来变成通过邮局直接寄送。外交官们也就从原来望眼欲穿地盼望信使,变成隔三岔五勤着跑邮局。

到了贝卡斯,我自然先去邮局,给吕淑琴寄了一封信。信早几天就已写好,只是因为忙着准备招待会,一直没来得及寄。我在信里告诉吕淑琴,自己已经到了吉多,一切都已经安顿好,请家里放心。我还在信里写了我在吉多的详细地址。前一封写给吕淑琴的信,还是从基比寄出去的。我告诉她我要到吉多常驻,让她等我的信,信里会有新地址。我怕吕淑琴担心,没有在信里告诉她我是一个人到吉多来的,使馆也只有我一个人。我不愿让她担心。这么多年来,给吕淑琴写信,给家里写信,我早已养成一个习惯——只报喜不报忧。确实,吕淑琴一个人在家带孩子已经不易,我不能再把自己的压力转给她。我知道,吕淑琴给我来信,基本上也采用相同的方式——报喜不报忧,只有实在扛不住了,才会抱怨一两句。但那样的时候少之又少。在我常驻国外的日子里,我能感觉到,吕淑琴逐渐变得坚强。

从邮局出来,我去了趟集市。贝卡斯的集市以海产品为主,这也对,靠海吃海,吉多的特色就是海鲜。集市内海鲜品种十分丰富,都是渔民一大早刚打回来的,新鲜诱人,价格便宜,看着由不得你不动心。我买了两条当地人喜欢的红鱼。这种鱼长得有点像大黄花,鱼鳞是偏红的深粉色,所以叫红鱼。我想买点猪肉,转了几圈没有找到,问集市里的人,都说没有,只得作罢。我想买蔬菜,结果发现只有几样块茎类的,我们喜欢的叶子菜压根儿就没有。我将就着买了点土豆西红柿。转出集市,我又去杂货店买了几样日用品。

买完东西,已是中午。我本想去海葡萄旅馆看看布莱恩,顺便感谢他这几天的帮助。转念一想,现在是吃饭时间,在饭点去找他不礼貌,就打消了这个想法往回走。现在正是吉多太阳最毒辣的时候,阳光照在身上,像是要把人给烤熟。我尽量找有树荫的地方走。即使这样,不一会儿我就汗流浃背。我一路走一路歇,终于远远地看见了铁桥。见到铁桥,差不多就到家了。一过铁桥,再上一个小坡,就是使馆。

走到桥头,我听见身后有马达声音传来,由远而近。那是摩托车的声音,起初我并没有当回事。同世界上其他地方一样,在吉多骑摩托车的大多也是年轻人,喜欢招摇过市。我不喜欢摩托车,对摩托车从没有过任何好感。在吉多,我似乎更讨厌摩托车。摩托车噪音大,常常将岛上本有的宁静搅得支离破碎。

摩托车的马达声越来越大,越离越近,我下意识地感觉到了威胁。摩托车似乎正朝我冲过来。我一边本能地往桥边让,一边想回过头去看个究竟。就在那一刹那,摩托车直直朝我猛冲过来。我躲闪不及,被狠狠地撞倒在地。

我失去了知觉。

不知过了多久,我才慢慢醒过来。醒来时,我发现身边围着几个人。他们都是吉多当地人。我感觉头晕，伸手摸摸脑袋，脑袋上鼓起了一个包，但竟然没有破，也没有流血。我伸伸手和腿，发现左手和左腿疼得厉害。我想坐起来，却怎么也坐不起来，挣扎了几下，身体还是不听指挥。几位好心的吉多人上前帮忙，扶我坐起来。我低头一看，发现自己的左膝盖和左手臂摔破了，血迹斑斑，皮肤上还沾着沙子。我伸手小心摸了摸，刚一碰到，就感到刺骨的疼。我买来的东西，包括那两条红鱼散落一地。

"What happened?"我张口问。但我意识到，我的嘴张开了，声音却没有发出去。

"刚才我是不是被摩托车撞了？"我强忍着痛，又试了试，这回总算发出了声音。

"是啊。"有人回答。

"那，那辆摩托车呢？"我问。

"走了，逃走了。"还是刚才那个人的声音。

"那你们看见骑摩托车的人长什么样了吗？"我又问。

几位吉多人不约而同地摇了摇头。我想起被撞倒前，我回头看过一眼，骑摩托车的人是戴着头盔的，看不清脸。

"那你们看清车牌没有？"我再问。

"这里的摩托车不用上牌照。"有人告诉我。

我无语。在吉多人的帮助下，我挣扎着站起来。

"要不要送你去医院？"有人问。

"不用。"我边说边摆了摆手，顺便指了指前方，还剩没几步路，我无论如何都能自己走到家，我想。

我试着向前迈腿，一阵刺心的疼痛传遍全身。我无奈地发现，自己根本没法走路。

"要不，我用车把你驮回去？"围在我身边的吉多人当中，有人骑着一辆我们国家的自行车,见我走不了路,提出用自行车驮我回家。

这一次,我点了点头,没有拒绝。没有其他人可以帮我,使馆只有我一个人。我只能依靠当地人帮忙了。

在场的几个吉多人帮我把散落在地上的东西捡起来,包括那两条红鱼,交给我。我拿着东西,小心翼翼坐上自行车的后座。那位好心的吉多人推着自行车,一路把我送回使馆。

这一撞,我走不了路,出不了门,不得不把我安排的到任拜会往后推延。到任拜会,在外交词汇中,也叫礼节性拜会,目的是同驻在国领导人和重要官员建立联系,联络感情。新到一个地方,拜拜山头是人之常情,外交上也不例外。英语中也有一个说法,叫做"get to know which door to knock, whom to call"。外交官新到一地,一定要同驻在国有关部门建立联系,知道遇到什么问题该找谁,找什么单位才能解决。我到吉多担任临时代办,不需要像大使那样递交国书,但还是要履行一定程序。我需要给吉多外交部去一个照会,通知吉多方面我们将在吉多建馆,由我出任临时代办,希望吉多方面提供方便和协助。这在我到吉多之前就已经完成。到了吉多后,我先约见了外交部常秘鲍尔斯,实际上就是向吉多外交部先报个到。我打算忙完招待会,等有充足的时间,从容拜会吉多国家和政府部门的领导人。我甚至同外交部已经联系好了,还向他们提交了一份我要拜会的吉多领导人和其他重要官员的名单,外交部答应帮我联系。然而现在,我不得不足不出户,在家养伤。

在铁桥上莫名其妙被撞,我认为一定事出有因。我因此联想到很多事情。外交没有硝烟,但也是一个战场。当外交官几十年,我无数次听说有关外交的种种明枪与暗箭的故事,有的传奇，有的没那么传奇。在这个战场上，外交官们实际上每时每刻都面临着各种各样的危险，有以前的，也有现在的。我们听得多了，经历得多了，也就把这些风险当成了职业的一部分，也就知道和平年代的外交并不和平。

记得有一段时间，在使馆拆信都是个高风险工作。驻外使馆每天都会收到很多信件，有来自驻在国政府部门的公函，有当地民众的来信，有水电市政费用的账单，还时不时会有包裹。在这些信件包裹当中常常会混进恐吓信，甚至炸弹邮件。我第一次驻外就遇到过。那时，我在使馆每天的一项日常工作就是收拆外来邮件。交接班时，我的前任专门交代我拆信一定要当心，特别是那些包裹。所以在使馆，收到这些外来邮件同收到国内邮件时兴奋的心情完全不一样，需要的是冷静与小心。一次，我收到一个可疑的包裹。我叫来一个懂行的同事帮忙，小心翼翼打开包裹，发现果然里面藏有炸药。炸药量虽不大，但一旦爆炸，足以致人残疾。也就是说，要不是我多长个心眼，说不准那次我就被炸了手，炸了眼睛，成了残疾。从此以后，我对信和邮件更多了几分职业的戒心和防备。

来吉多的路上，两次遇到飞机故障，我就意识到自己这一趟在吉多不会一帆风顺。飞机安全抵达吉多时，我庆幸地对自己说，直到下一次坐飞机前，我是安全的。想不到来吉多没几天，我就无故被撞，还没有等到下一次坐飞机，我就遇到了危险。对我生命构成威胁的不仅仅是飞机，还有其他交通工具，譬如摩托车。我不能断定这是一起针对我的阴谋，是为了恐吓甚至谋害我。我没有足够的证据，但这种可能性绝对不能排除。

布莱恩来看我，顺便给我带来一些外用药和绷带。

"会不会有人想害你？"布莱恩突然对我说。

"我不知道，"我说，"你有没有听说什么？"

"没有，没有，我没有听说什么，"布莱恩赶紧声明，"我只是觉得奇怪。你想想，我们这里摩托车本来就不多，很少发生这种情况。你才来没有几天，为什么偏偏发生在你的身上？"

"是啊，这确实很奇怪，"我说，"你要是听说什么，一定告诉我。"

"好的，不过你还是得小心点。"布莱恩答应说。

我没有再问下去。但是布莱恩的话让我进一步意识到，吉多虽然偏僻，民风虽然淳朴，但也不是世外桃源。布莱恩能这么想就很说明问题。像其他任何地方一样，国际上的风吹草动也会通过各种渠道渗透到吉多来。不说别的，就说我们与G方的斗争也早就在吉多登陆。事实上，吉多从独立开始，就成为我们同G方争夺的一个新阵地。虽然吉多最终选择我们，但G方对吉多的觊觎一刻没有停止，渗透也从没有停止。我之所以只身一人到吉多来建馆，很大程度上就是被G方逼出来的。我到吉多来，按照鲍尔斯的说法，"并不容易"。为什么不容易？答案很简单，就是有人从中作梗。我知道，鲍尔斯指的是吉多内部。林子大了，什么样的鸟都有。吉多这个林子不大，但同样什么鸟都有。我必须提高警惕。

被摩托车这一撞，让我对现在使馆的地点再次产生深深的疑虑。我再次认为这个地方不适合作为使馆，太偏僻，风险太大，不宜久留。刚来的时候我没有看上这个地方，出于无奈才勉强搬进来。现在看来，我的第一印象是正确的。再在这里住下去，我不知道还会发生什么样的事情。等把伤养好，我要赶紧另外找个地方搬过去。

对了，我还应该领养一条狗，一条看家狗，用来防身护院。在基比使馆，我们就养了一条狗。看来，我一个人在这里，更需要一条狗。

我正在给自己换药，电话铃响了。我单腿跳过去接电话。来电话的是鲍尔斯。鲍尔斯听说我被摩托车撞了，打电话来慰问我。

"听说代办先生被摩托车撞了，我们感觉很难过，"鲍尔斯说，"同时，我们也向你表示歉意。"

"谢谢你的关心。"

"你现在情况怎么样？我抽空去看你。"鲍尔斯说。

"还好，但我走不了路了，"我说，"这几天的拜会活动恐怕要推迟。"

"这事你不用担心。好好休息，拜会的事等你能走路了再说。"鲍尔斯说。

"谢谢。"我说，"常秘先生，我希望能找到肇事者。"

向鲍尔斯提这个要求是我想好的。我在吉多被摩托车撞伤是意外事件，也有可能是有人故意为之。要保护好自己，我可以搬家，也可以养狗，但这些都是不够的，我必须寻求驻在国的保护。这是维也纳外交关系公约赋予外交官的权利，也是给驻在国提出的要求。驻在国必须无条件保护外交官的生命和财产安全。也就是说，吉多方面有义务找到肇事者，查清事情真相，并为我提供应有的安全保障。我本想过几天给吉多外交部发一个正式照会，提出这些要求。既然现在鲍尔斯主动打电话来，我正好利用这个机会向他先提出来。我孤身一人在一个陌生的地方，无法自己保护自己，只有通过驻在国政府来提供安全保护，确保类似事情不再发生。

"Well! Be rest assured. 你放心，代办先生，"鲍尔斯认真地说，"我已经同警察总监尤素福先生说过了。我们一定会尽快追查肇事者。有消息会及时告诉你。同时，我们也向你保证，我们将竭尽全力确保这样的事情不再发生。"

"谢谢常秘先生,谢谢你的关心。"我说,"同时,我也希望尽快得到你们的消息。"

"好的,我们会尽快把事情调查清楚。"鲍尔斯说。

我感谢鲍尔斯作出的承诺。我希望他们能一追到底,只要他们有决心,应该不难查清楚。吉多本来人就不多,就像布莱恩说的,有摩托车的一共也没有多少人,查出是谁应该不是问题。但问题是,吉多方面能有这样的意愿和决心吗,我心里没有底。

在家养伤是一段心灵与身体备受煎熬的日子。头上撞出来的鼓包竟然没有大碍,没有造成脑震荡。即使有,我也没法去查,好在鼓包消得很快,也没有留下什么后遗症。手臂和膝盖上的伤却一直好不了。我开始以为,在热带伤口会愈合得快,结果不然。在热带,人好动,伤口刚结痂,一不小心又裂开了,还化了脓。就这样,好了又裂,裂了又好,只得十分小心,什么事也不做。吉多这个地方,没有电视,除了一份消息稿,甚至连一份像样的报纸也没有。电台只有一个,每天只播四个小时,是我唯一了解外界的渠道。我想出去办事,有不少事情等着我去做,但去不成,因为我走不了路。我想到院子里去种点菜,好解解馋,来吉多后我就没有吃过像样的叶子菜,但也不行,因为我没有办法蹲下身去。我只能坐着或躺着,一瘸一拐地在屋里走走,做饭也得小心翼翼。实在无聊时,我就拿出随身带来的那本唐诗和朱自清散文,翻来覆去地看,看来看去看到的都是"举头望明月,低头思故乡"和父亲的背影,心里装满无法排解的乡愁。

生病的时候,人最为脆弱,而在一个远离亲人,甚至是远离国人的孤岛上,一个人生着病,没有人来看我,没有人来问寒问暖,没有人给我哪怕是递上一碗热汤面,我的心里更感到从未有过的孤独和委屈。我想起收到去基比常驻的通知后,我回家告诉吕淑琴，说我要到基比常驻。

"基比是一个什么国家？"儿子小松在一旁听见了，问我。

我刚想回答，不料小松又加了一句："爸，你怎么老去那些我听都没有听说过的国家。"

我没有说话。

我无言以对。儿子的心思，我心里明白。我要是去一个国名如雷贯耳、发展水平高的国家，小松在别的孩子面前就有面子。到基比这样一个国家，小松自然提不起精神，不仅提不起精神，甚至感觉有几分丢人，几分不屑，觉得自己的父亲混得不够风光。是啊，我去的地方越来越小，越来越穷。我第一次去了一个亚洲邻国，第二次去了非洲，现在要去南陆，美国欧洲从来轮不上我。别说是儿子，吕淑琴也不理解，觉得丈夫没出息，人家去好地方，只有她丈夫每次都去落后的地方，成了穷国专业户了。

说实在话，我心里也是矛盾的。一方面，外交工作身不由己，由不得我做选择，需要的时候，我无法也不能推脱。或许与常人的想法相反，我总觉得艰苦而非享受才是干外交的应有之义。在我看来，我可以拒绝去一个条件好的国家，却不能拒绝一个艰苦的地方。也许这是我的性格决定的。如果艰苦的地方谁都不去，困难的事情谁都不做，那我们的外交还怎么搞？我一直认为，我是有这样的境界的。另一方面，我也不是不想去一个好一点的地方。我有时也会想，自己为什么不能去个发达点的国家、条件好一点的国家、名声响一点的国家，自己过得舒服一点，让儿子也风光一点。当然，我有时又会想，俗话说苦尽甘来。或许我现在到了最艰苦的地方，终有一天会有机会去好一点的地方，那我今天的苦就是为了换来明天的好。两种不同的想法交替出现在我的脑子里，我反复在心里念叨，但无论哪一种，我都不能对吕淑琴和儿子说。

放下手中的唐诗，我费力地挪到办公桌前，随手录下下面几句：

故国一去九万里，时光倒溯三百秋。海涯孤岛独自守，辛酸落寞无泪流。

四

过了四五天,鲍尔斯打来电话,通知我说达鲁总统第二天要见我。

"你的伤好了没有?能不能去?"鲍尔斯关心地问。

"没有问题。"我说。

"如果不行,我们可以另找时间。"鲍尔斯体谅地说。

"没有问题,我一定去。"我说,口气不容置疑。其实,我的伤还没有好利落,左腿依然瘸着,但总统要见,这么重要的会见,机会难得,除非病得起不了床,否则我瘸着腿也要去。

"Well,那就这么定了,"鲍尔斯说,"明天上午十一点,在总统府。到时,我也去。"

"没问题,"我现在的口气有点像布莱恩,"我一定准时到。"

我本来想问问鲍尔斯有没有找到撞我的那辆摩托车,想了想,反正马上要见面,不如到时再说。

放下电话,我开始准备同总统的会见。外交官代表国家,对外不能随便讲话,更何况现在我要去见一国之主,说出去的话责任重大,要有分量,因此说什么,不说什么,怎么说,事先都要想好，甚至设计好，要做到胸有成竹。我为此专门打电话请示居华大使，听取居华大使的指示。

"你现在情况怎么样？"谈完正事，居华大使关心地问我到吉多后的情况。

"我一切很好，一切都很顺利。"我说。

我隐瞒了被摩托车撞伤的事。

第二天，"假国人"布莱恩开车来接我。他是我请来的。使馆买的车还没有运到吉多，我走路还不利落。再说去见总统是件大事，请布莱恩替我开车，正好可以摆点小谱，这在外交礼仪上也是需要的。

布莱恩提前到了使馆。我打电话给他时，再三强调让他一定早到。这一次，布莱恩没有让我失望。他早早开着车到使馆来了。布莱恩一定意识到这次活动对我的重要性，不敢马虎。

"这不是你的车啊？"我出去一看，发现布莱恩穿一件白衬衣，系一个领结，下着一条浅灰色西裤，还穿上了皮鞋，和平时打扮完全不一样，像是换了一个人。再看他开来的车，是一辆黑色小轿车，不是那辆破旧的小白车。

"这是我新买的，怎么样？"布莱恩笑着说。

"不错。"看来这家伙生意做得不错，有钱换车了。

"骗你的，这车不是我买的，我是临时找人借的。"布莱恩见我信以为真，哈哈大笑着说，"你去见我们的总统，总不能开我那辆破车吧。"

"那多谢了。"我说。那倒也是，布莱恩的那辆小白车确实破旧了些，白色也轻飘了点，不适合正式活动。官方场合用车一般都是深色系列，尤其是黑色，显得庄重，看来布莱恩也有心细的时候。从这一点看，也许他还真有点我们的血统。

总统府坐落在首都贝卡斯的市中心。市中心有一个独立广场,广场四面是四幢老建筑。四幢建筑当中,一幢是教堂,一幢是警察局,一幢是邮局,还有一幢就是总统府,这是殖民时期通常采用的布局。总统府就是原来的总督府,其他三幢楼还保留着原来的功能。这四幢建筑都是砖木结构,二层楼,屋顶上铺着铁皮,刷成橙黄色,在以茅屋为主的贝卡斯传统建筑中独具一格,特别醒目,算是贝卡斯最养眼的建筑景观了。

布莱恩把车停在北向的总统府正门前。在国内,我们的建筑讲究坐北朝南,采光好,风水好,南陆地区处在南半球,建筑都是坐南朝北,正好同我们相反。

车刚一停稳,还没等我反应过来,布莱恩快步绕到我坐的这边,替我开门,还把手搭在车门框沿下面,护着我的脑袋。布莱恩的举止有点夸张,有点滑稽,但显得很专业。我冲他笑了笑。我这个当代办的,今天不仅有人替我开车,还有人给我开门,让我既有点得意,又有点不自然。

布莱恩见我行动不便,又扶我下车。

"谢谢,"我笑着对布莱恩说,"你真把我当残疾人了。"

"不客气,老板。"布莱恩认真地说,我倒有点不习惯。

总统府门前,有礼宾官在迎接我。礼宾官是位年轻姑娘。在她的引导下,我一瘸一拐地走进总统府。姑娘告诉我达鲁总统正在会客,让我在前厅等候。我在前厅的一张沙发上坐下,抬手看了看手表,提前了十七分钟,这差不多是我算好的时间。外交活动,到的时间有讲究。如果出席宴请,一般不能提前到,最好晚到五分钟,不超过十分钟。当然,国内的宴请都是提早到,在国外提早到是不礼貌的。如果是招待会,晚到十五分钟左右都属正常。见总统这样的重要活动,那必须提前到。

沙发前的茶几上,放着几本介绍吉多的杂志,我随手翻了翻。前厅有点热。因为见总统,我穿了一套藏青西装,还是几年前做的。国内做的西装,带着内衬,不适合在热带穿。

等了半个多小时,我看见 P 国代办布朗从里面走出来。布朗胖胖的面包身材,再加上络腮胡子,见过一面就难忘。那天建馆招待会,布朗没有给我留下好印象。

"早上好,代办先生。"驻吉多没有几个外交官,低头不见抬头见,出于礼貌,我起身同布朗打招呼。

"哦,早上好,代办先生,"布朗见到我,有点惊讶,迟疑了一下,停下脚步,"你也来见总统阁下?"

"是的,"我说,"我来见总统阁下。你刚同他见过面?"

"是的,我同达鲁总统阁下刚见过面。It is an interesting meeting,我还不知道达鲁总统还要见你,"布朗说,口气依然不阴不阳,同他的长相完全不合,"我刚才同总统阁下进行了一场 interesting meeting,我想你也会有一场 interesting meeting。"

"Have a nice day。"我面无表情地看了一眼布朗。听了布朗的话,我不想再搭理他。布朗话里有话,短短几句话里,interesting 这个词用了三次。Interesting 中文翻译一般是有趣、有意思,是它褒义的一面,但布朗说的显然是另一层"有意思",从他的语气和表情来看,这个 interesting 就一点都不 interesting 了。布朗同达鲁总统恐怕谈得不顺利。

"Have a nice day。"布朗眯着眼睛也看了我一眼,回了我一句,然后挺着大肚子走出前厅。布朗眯着眼睛看我的那一眼,让我感觉眼熟,但一时想不起来。我有点脸盲,记不住人。我把我的脸盲归咎于见的人太多,见的人多了,他们的脸都混到一起去了。

布朗刚走,鲍尔斯从里面出来。

"你的伤好利落了?"鲍尔斯问。

"差不多好了,"我说,"现在走起来已经没有什么大问题了。"

"那就好。"

"谢谢你的关心。"

"不用谢，"鲍尔斯说，"对了，在你进去见总统之前，有一件事想同你商量一下。"

"你尽管说。"我刚想问鲍尔斯有没有找到撞我的那辆摩托车，听鲍尔斯这么一说，便放在一边。

"是这样的，"鲍尔斯说，"你知道，我们吉多的基础设施很差。机场年久失修，已经不成样子。我们的议会需要翻建，还有医院也成了危房。居华大使来的时候，达鲁总统同他也谈过。"

"这个我知道，我也参加了会见。"上次居华大使来见总统，就是我陪同的。

"达鲁总统刚见了P国代办布朗，你一定也遇见他了，也探讨了这些项目，"鲍尔斯说，"我们本来想请P国替我们做一两个项目，但他们提出的条件我们不能接受。"

"他们提什么条件？"我问。

"具体条件布朗没有说，"鲍尔斯说，"但话里话外听得出来，他对我们同意你们在吉多建使馆十分不满。"

"那可不可以理解为，他们是想以你们同我们断交作为条件？"我说。

"我想是这样的，"鲍尔斯说，"这我们不能同意。达鲁总统明确告诉布朗，在这个问题上我们没有商量的余地。吉多是主权国家，吉多的事情只能由我们自己做主。"

"谢谢达鲁总统。他们太不像话了。"我现在明白为什么布朗会说他同达鲁的会见是interesting的。我在心里暗暗骂了一句。他们竟然连一个小国都不放过，挑着吉多同我们斗。国际斗争确实没有大国小国之分，该来的绝对躲不过。看来，我还是把事情想简单了，我以为建馆招待会一举办，我们同吉多的关系就算是铁板钉钉了。显然不是，过招才刚刚开始。

"Well，他们从来就喜欢这样，"鲍尔斯耸了耸肩膀，摊了摊手说，"所以，达鲁总统愿意同你们打交道。你们尊重我们，平等对待我们。一会儿达鲁总统肯定会谈到项目的事情。我先同你打个招呼，好让你心中有数。"

"谢谢你。"我说。

我同鲍尔斯正聊着，达鲁总统的助手塞克莱来到前厅，请我和鲍尔斯进会客厅。

"代办先生，总统阁下出去一下，一会儿就回来。"塞克莱说。

"好的。"我说。

吉多总统府我来过几次，里里外外都很熟悉。楼上是总统办公室，楼下是会客厅。会客厅大概是我见过的最简朴的总统会客的地方，里面放着几把藤椅，配上藤条茶几，墙壁上挂着一些由贝壳和鱼骨制成的传统手工艺品。这次不同的是，会客厅里多了一幅达鲁总统的画像，挂在藤椅后面的墙上。画像里，身材魁梧的达鲁坐在办公桌前，双手放在办公桌上，右手握一支钢笔，两只眼睛炯炯有神地注视着前方。

"这是一位旅居欧洲的吉多画家画的，刚挂出来。"鲍尔斯见我对那幅画像感兴趣，介绍说。

"画得不错。"其实我不懂画，但画像确实画得很传神，既有总统的威严，又保存着渔民的气息。

"钟良代办来了没有？"不见其人，先闻其声。我同鲍尔斯赏画聊天的时候，就听见达鲁总统在大声问。话音未落，达鲁总统已经进了会客厅。

"谢谢阁下拨冗接见我，我很荣幸。"我边笑边迎上去与他握手拥抱，我能感觉到他粗糙的大手和宽阔的胸膛。"也谢谢您和夫人赏光参加我举办的招待会。"

"不用谢。你的伤好利落没有？"达鲁看见我瘸着腿，一边问，一边指着身边的藤椅让我坐下。

"好多了。"等达鲁坐下，我也在他指定的藤椅上坐下。达鲁坐下去的时候，藤椅吱嘎吱嘎地响了几声。

鲍尔斯也依次坐在达鲁身边的藤椅上。达鲁与鲍尔斯坐在一起，形成鲜明对照，很有喜感。达鲁魁梧壮实，鲍尔斯瘦削羸弱；达鲁粗犷豪爽，鲍尔斯温文尔雅；达鲁看上去像包公，鲍尔斯看上去像张生；达鲁穿着朴素简单，鲍尔斯穿戴讲究，参加活动一定正装革履，一丝不苟。他们的长相、性格差异像有山海之别，却是互补性很强的一对搭档。

"那个……那个叫什么？就是那个撞我们代办先生的人，找到了没有？"一坐下，达鲁就问鲍尔斯。

"Well，还……还没有。"鲍尔斯大概没有想到达鲁一上来会问到这件事，一时不知该如何回答，"我问了警察总监，他说找到了那辆肇事摩托车。摩托车是一个吉多人的。不过那天不是他骑的车。骑车撞代办先生的是他的一位朋友，是从基比过来的。他害怕被查出来，第二天就离开了吉多。"

鲍尔斯的说法我是第一次听到，很感意外。出事之后，我同警察总监尤素福联系过几次，前一天还通过一次话，尤素福一直说他们还在查。

"出这样的事情实在不应该，"达鲁总统说，"我们对不起代办先生。我的常秘先生，你们一定要采取措施，确保我们代办先生的人身安全。"

"好的。"鲍尔斯说。

"谢谢总统阁下的关心。"我说。当着总统的面，这个话题我不想再多说，找时间我再好好问鲍尔斯。

"再次欢迎你到吉多来。"达鲁转过身来亲热地对我说,"我早就说过你会回来的,我说的没错吧?"

"总统先生,托您的吉言。"我会心一笑。有一次,我受居华大使委托,只身一人来吉多出差,当时也有幸受到达鲁总统的接见。会见时,达鲁半开玩笑半当真地说:"希望你来建馆当大使。"时隔没多久,我果然受命以代办身份来吉多建馆。

达鲁点点头,没有说话。

"请允许我借此机会首先转达居华大使对您的问候。"

"谢谢你,代办先生,也请你向居华大使转达我的问候。"

"好的,我一定转达。"

"你知道,代办先生,我对你代表的国家怀有特殊的感情。"

我点点头。我当然知道达鲁对我们的感情,两国建交是他一手操办的。吉多甫一独立,达鲁领导的政府就决定同我们建交。建交后,达鲁先后三次访问我们国家,同我们建立起深厚友情。达鲁对两国关系的方方面面如数家珍,只要一聊到两国关系,他就会提到我们对吉多独立运动的支持,提到我们对吉多独立后的援助。两国建交时,我们向吉多援助了一批物资作为见面礼,其中包括渔具和自行车,达鲁也言必谈及。

"我们很重视与贵国的关系,"达鲁继续说,"相信你来以后,我们两国关系会有一个大的发展。"

"有您的亲自关怀,我们两国关系肯定会不断向前发展。"我说。

"代办先生,有一件事我想请你们帮忙。"达鲁一改刚才轻松的口气,神情变得严肃起来。达鲁说话的时候,挪了挪身体,藤椅吱嘎响了一下,我的心也被揪了一下。

"你知道,还有不到半年时间,我们要举行大选,"达鲁继续说,"我已经当了十好几年的总统了,这次决定不再参选。你大概也已经听说，副总统穆尼将代表我们党参加大选。目前看，形势对他来说不是很好。如果我们在这几个月里，不能做出点成绩来，让老百姓信服，反对党就有可能上台。你也知道，反对党主张同G方发展关系。在这个问题上，我们党内也不是没有不同意见。所以，我想，趁我还当着总统，能同你们一起多做点事，把两国关系稳定下来，避免发生我们不愿看到的事情。"

达鲁这么一说，我的心一下收紧。吉多有两个政党，一个是达鲁领导的民族独立党，还有一个党，叫做人民党，是反对党。人民党的领袖詹姆斯原本也是民族独立党的一员，还当过达鲁的外交部长，后来因为政见不合，同达鲁闹翻，拉出去一支队伍，另立山头，并且不断坐大，逐渐对民族独立党的执政地位构成威胁。詹姆斯成立新党后为与达鲁拉开距离，在G方问题上与达鲁对着干，达鲁同我们关系密切，詹姆斯就同G方走得近，还曾去G方总部访问过。这些我都知道，但达鲁提到的民族独立党内部也有不同意见，让我感到震惊。达鲁提到的不同意见是指谁呢？职业的敏感让我不安起来。

"总统阁下，您有什么想法，尽管说，我愿闻其详。"我说。

"我想请你们替我们修建医院。"达鲁说，"你知道，我们的医院还是殖民时期留下的，年久失修，已经不成样子。医院关系到民生，如果你们能帮忙维修扩建，会对我们争取民心，赢得大选有帮助。我们赢了大选，两国关系也就有了保障。"

"这是件大事，我需要向国内汇报。"我说。

"不好意思又给你们出难题了。另外，我们商量过了，我们想可以暂时不修建新议会楼。"

"不修了？"我有点惊讶。修建新议会楼是上次居华大使来访时，吉多方面提出来的。我清楚记得，居华大使夫妇参观完议会，来见达鲁，刚入座达鲁就提出希望中方帮助吉多建一处新议会楼。那次访问结束回到基比,我马上根据居华大使指示把达鲁的要求报告国内。就在我这次来吉多之前,国内给了答复,原则同意吉多方面的请求,我们将提供必要贷款,帮助吉多新建议会楼。我已经向鲍尔斯通报了我们的决定。看来,他们现在又有了新的想法。

"不修了,鲍尔斯常秘已经把中方同意帮助我们修建议会楼的消息告诉我了。"达鲁看了一眼鲍尔斯,又接着说,"我们再次研究了一下,我们确实需要建一个新议会楼,但我们从未向外国贷过款。我们知道借钱是要还的,有借有还,才是好朋友。建议会楼是一次性投入。钱投进去,不能产生新的财政收入,我们也就没有办法偿还朋友借给我们的钱。既然这样,我们还不如先修医院。毕竟,医院是对老百姓有好处的。不知道代办先生如何看。"

"这个,我需要请示居华大使。"我说。修建议会楼和修建医院虽然都是修建,但两个不同项目,预算金额未必一样,甚至可能相差很多。要让国内改变已经做出的决定,我没有把握,我需要请示居华大使。

"我知道,我们难为代办先生了,请代办先生谅解。"达鲁似乎看出了我的为难。

"我明白您的意思,总统阁下。"我说,"我会如实向居华大使汇报,也会如实向国内汇报。"

"另外还有一件事,也想同你谈一下,我曾经同居华大使也谈过,"达鲁总统接着说,"吉多的医疗条件有限,医护人员短缺,水平也不高。你们向其他国家派有医疗队,希望你们也能给我们派支医疗队来,帮吉多百姓看病。不用说,你们的医生医术高超,一定会受到吉多人民的欢迎。我相信这个忙你们一定能帮。"

"派医疗队的事，总统阁下，我们已经将您的要求报回国内，"我说，"据我了解，我们正在给予积极考虑，相信不久就会有答复。"

"那太好了，十分感谢你们。我说过了，你们才是我们真正的朋友。不像有的国家，做什么事情都要讲条件。"

我会意地笑了笑，没有说话。

会见结束，达鲁执意亲自送到我门口。达鲁问我夫人什么时候来。我如实告诉达鲁，吕淑琴要在国内管儿子读书，一时还来不了。

"那就你一个人在我们这里，不容易，有什么困难尽管说，"达鲁指指鲍尔斯，"你同他说，他会替你解决。"

我感激地点点头。

同总统的见面，开启了我在吉多一系列的到任拜会。短时间内，我瘸着腿奔波于吉多各部委之间，拜会各部部长。布莱恩依然是我的拐杖，开着车接我送我。不过我也不能让他白干，该支付的费用，我会加小费支付给他。布莱恩起初不愿收，理由当然是他是我们的血脉。我说这不是理由，如果你身上流着我们的血液，那么你一定要知道我们的一句话：亲兄弟明算账。我还威胁他如果他不收，那我就只能找别人。我这么一说，他才同意收我的钱。

在拜会吉多政府官员的同时，我也去拜会了其他国家驻吉多的使节。常驻吉多的使馆一只手都能数过来，就那么五家，P国、E国、A国、基比，再加上我们。我首先去拜会了基比使馆代办伦杰。

伦杰在门口等着我。布莱恩把我放下后，我让他先去忙他的，一会儿再来接我。

"我的朋友,你的伤好利索了?"我刚下车,伦杰就走过来,同我拥抱。伦杰身材高大,我拥抱他的时候双手需要抬高。

"完全好了。"

"那就好,他们抓到撞你的那个人了吗?"

"没有,他们说那是个基比人,撞我的第二天就逃回基比了。"我说。那次在总统那里,鲍尔斯说是基比人。后来我又问过鲍尔斯和尤素福,他们给了同样的答复。看来他们对过表,对我说的口径一致。我无法知道他们说的是不是实话。我来见伦杰前就有心想要问问他,看他有没有听说。

"基比人?"伦杰一脸迷茫地说,"我怎么不知道?"

"那就奇怪了,你竟然不知道。"我有点惊讶。如果是基比人,吉多方面应该告诉伦杰。某种意义上,我希望听到伦杰说他知道。这样就可以证明鲍尔斯和尤素福说的是真话,撞我的就是基比人。现在伦杰说不知道,那也就意味着鲍尔斯和尤素福没有对我说实话。不说实话,只能说明他们有意隐瞒。他们要隐瞒什么呢?

"他们没有同我说。"伦杰摇摇头,又重复了一遍。

"哦,是这样。"他说不知道,我也不好再问下去。

"不好意思,我们在门口就聊上了,"伦杰笑着说,"走,去我的办公室。"

伦杰把我领进他的办公室兼会客室。国外习惯把办公与会客两个功能合而为一。伦杰安排我在他的办公桌前的一张木椅上坐下,自己坐到办公桌后面的转椅上。我看见他背后的墙上挂着基比总统兰克里的画像。兰克里总统我在基比见过,一眼就能认出来。在办公室挂国家元首的画像是南陆地区的习惯。

有个姑娘进来,看来是伦杰的秘书。

"喝茶还是咖啡?"伦杰问。

"咖啡吧。"我说。

"那就两杯咖啡。"伦杰对姑娘说。姑娘答应了一声,走了。

"你这里有几个人?"我问伦杰。

"没有几个人,一共就四个人。除我之外,有一个基比来的外交官,还有两个当地雇员,一个当秘书,还有一个是勤杂工。"

"不错。"我有点羡慕伦杰。同我独自一人相比,伦杰简直算很阔气了。

"吉多马上要举行大选了,你怎么看?"我问。我同伦杰先聊了几句基比的事,然后就聊到了吉多。外交官们凑在一起,聊得最多的就是驻在国的事。

"你没有看出来,总统和副总统正闹矛盾呢?"伦杰很直爽。这是我第二次见伦杰。后来我同伦杰常见面,熟了,知道他不是职业外交官出身。他原本是个商人,后来混入政界,再后来就被派到吉多当代办。说是当代办,实际上是亦官亦商,当着代办,也兼做点生意,一举两得。

"什么原因?"我问。我虽然听人说过,但还是想听听伦杰怎么说。不同的人,看同一件事,会有不同的角度。

"It is a long story."伦杰拉开架势,准备讲一个长长的故事,"他们早在吉多独立时就结下梁子。不知道你有没有听说。"

我摇摇头。

"当时他们选总统,有好几个人出来争,其中最有希望的就是达鲁和穆尼。达鲁渔民出身,从小就是捕鱼高手,在吉多名望很高。达鲁在我们基比上过大学,本来可以留在基比,或者到欧洲深造,但他回了吉多。回来后,达鲁就投身到吉多的独立运动。相比而言,穆尼的家境要好上许多,出身商贾之家,从小受西式教育,同达鲁在政治理念上从一开始就有分歧。他们两个人家庭背景不同,理念不同,有矛盾分歧再正常不过。"

"是。"伦杰说的这些,我都听说过。我在基比时兼管着吉多,对达鲁的情况应该说比较了解。达鲁政治上早慧,二十多岁就在吉多政坛崭露头角,当选独立前的吉多自治议会议员,刚过而立之年出任自治政府部长,三十五岁不到当上了总统,现在也就不过四十五岁。吉多独立时,达鲁当选为首任总统,成为吉多共和国的缔造者。

"回过头来再说那次总统大选,"伦杰继续说,"几个重要候选人相持不下,有人就提议说吉多是岛国,吉多人都是渔民,以捕鱼为生。谁想当总统,谁就应该是吉多最好的渔民,不如搞一个捕鱼比赛,谁赢谁就当总统。"

我笑了。想出这一招的人一定是达鲁的支持者。

"你听了肯定认为这是笑话。"伦杰看我笑起来,认真地说,"但千真万确,那是真的。当时,绝大多数人都表示同意,只有穆尼不同意。穆尼知道,论脑子,穆尼不输达鲁,甚至比达鲁还强点,论捕鱼,他肯定不是达鲁的对手。但穆尼孤掌难鸣,最终还是举行了一场捕鱼比赛,设定的条件是出海一个晚上,谁捕鱼多,谁就当总统。结果自然不用多说了,比赛一边倒,达鲁赢了比赛,也就当上吉多的首任总统。"

虽然伦杰信誓旦旦说他讲的是真事,但不用说,那不过是一个传说,一个美丽的传说而已。生活就是这样,有时大家都需要一点传奇,就像做菜一定要放一些特殊的调料一样。不过有一点他说的是对的,达鲁是一个捕鱼高手。据说,即使当了总统,达鲁依然自己出海捕鱼。同他握手,就能感觉到他的手多么粗壮有力。我曾听鲍尔斯说过,吉多的男人都要出海捕鱼,必须要捕到一家人够吃一个星期。另外还有一点,我从伦杰的故事里也听出来了,那就是达鲁和穆尼的矛盾由来已久,这应该是真的。

"你想想,"伦杰接着往下说,"达鲁这样当上总统,穆尼能服嘛?两人较上了劲。为了息事宁人,达鲁让穆尼出任副总统,但两人一直貌合神离。今年,达鲁突然宣布不再参加大选,确定让穆尼参加。穆尼已经迫不及待想取而代之,两人在政策上的分歧越来越大。"

"那你觉得,他们主要在什么问题上有分歧?"我问。我觉得有时候,外交官比记者还要爱打破砂锅问到底。我就有这毛病。我也看出来伦杰是个话痨,既然他愿意说,正好我可以多问几句,多了解点情况。

"在很多问题上都有分歧,譬如在渔业问题上、在医疗卫生问题上、在政府预算问题上,两人都有分歧,尤其是在社会福利问题上,他们分歧最大。"伦杰说。

"那你觉得他们在对外政策上有没有分歧?"我虽然这么问,最想知道的其实是他们在我们同吉多两国关系上有没有分歧。

"我猜,你想问的是他们在与你们的关系上有没有分歧吧。"伦杰笑着说,他显然猜出了我的心思。"这个我不好说。我不掌握足够的情况。你自己应该最有感觉。你到现在见过他们了吗?"

"我见了总统,但副总统一直没有见到。我约过他几次,他都说日程安排不开。"

"在我看来,这显然不是个好信号,"伦杰说,"他不见你,这本身就反映出他对你的态度。"

"你说得对。"我说。我虽然心里不愿这么想,但俗话说,旁观者清,我不得不承认,伦杰说的是对的。

送我出来握手说再见的时候,伦杰突然又问:"是他们说,撞你的那个人是基比人,对吧?"

"对。"我愣了一下,答道。看来,伦杰对这个说法很不感冒。

到任拜会的这一段时间，我抽空领养了一条狗。被摩托车撞伤之后，我就想要养条狗来护身，但苦于一直找不到合适的。吉多地方小，要找一条合适的狗不容易。布莱恩帮我找了一圈，没有找到。我让伦杰帮我留心，他也没有任何进展。后来听说警察总监尤素福家有一条母狗，刚生下一窝小的。开始，我不想去找尤素福。我总觉得在我被摩托车撞伤的事情上，尤素福一直搪塞我，对这件事不上心。但别的地方一时半会儿找不到合适的小狗，我只好硬着头皮去了一趟尤素福家。

尤素福不在，胖嫂在。

我向胖嫂说明来意。胖嫂一听我是来要狗的，很是高兴。

"好啊，好啊，"胖嫂说，"我们刚有一窝小狗，眼看着一天天长大，我们也养不起。本来就想处理掉，你要，那最好了。"

我看见尤素福家的小狗一共有三条，毛茸茸的，心里就喜欢。我问胖嫂："这是什么狗？"

"拉布拉多，"胖嫂说，"这狗性情好，同人亲，是看家的好狗。"

"那行，我带一只走。"一听说是看家的好狗，我没有犹豫就要了一条。临走前，我留下足够的钱给胖嫂。我不能白要人家的。

那是只小公狗。

回到使馆，我给小狗洗了澡，一边洗，一边想着起个名字。

"看你长着一身黄毛，要不就叫你黄毛吧。"我说。

自从得了小狗黄毛，我的生活有了改变。我有了个伴，不再是孤零零一个人。出门办事回到使馆，有小狗汪汪叫着，送我走，又等我回来。我每天喂它，逗它，还训练它。在外办事，我用英文，训练黄毛，我就用家乡话。没有小狗的时候，我只能自说自话。现在我就有了天天说家乡话的机会。我叫小狗坐，小狗就坐；叫小狗趴下，小狗就趴下；不让小狗叫，它就不叫。

只要我在使馆,小狗就围着我转;我在院子里干活,小狗就在一边转圈;我做饭,小狗就在边上看着。

一天,记得那是个星期天,我带着黄毛围着乔治岛转了一圈。黄毛很兴奋,一路小跑,不停地在路边撒尿,朝上提起一条后腿,撒点尿,留下它的气味,圈自己全新的领地。

转到岛的最顶端,我看到了一个礁石湾。礁石湾是我起的名字,我不知道当地人管这里叫什么。我看见礁石湾的时候,海水刚开始涨潮,湾口裸露着形状各异的礁石,围成一个圈,湾里礁石聚集得更多,嶙峋的,或躺、或坐、或站。潮水从一望无际的南陆海的深处涌进来,先是将一块块礁石围起来,然后又将礁石淹没或半淹没。淹没或半淹没的礁石,四周的海水形成一股股怪诞的毫无规律的水流,涡漩转圈,腾翻穿行,像是要把一块块礁石卷走,来来回回,千遍万遍,一副不达目的誓不罢休的样子。

我并不是专门去看礁石湾的,但我被礁石湾的那幕景象震撼了。我停住脚步,站在岩边望着礁石湾里正在发生的一切。我从来没有见过如此湍急的海水,海水与礁石短兵相接的碰撞,产生出像要粉碎一切的力量。海水借着风势和潮流冲过来,带着飞扬的冷冷的杀气,撞在崖壁上,撞出巨大的声响,水花喷溅,溅到我的身上。我不禁打了个寒战,倒退几步。黄毛吓得不轻,惊恐地狂叫着往回跑。

我突然联想到目前我在吉多的处境,不就像这个礁石湾,不就像礁石湾中涌动翻滚着的水流吗?对,就是这样。海湾里错综复杂的礁石水流,就是我在吉多目前面临的形势。前一阶段,我紧锣密鼓,敲开一扇扇门,拜会各路神仙,收获的是对这个岛国更多的了解,有正面的,有负面的,有以前知道的,也有第一次听说的。我听到看到感觉到的,再次印证我坚持的判断是对的。别看吉多地方小，不起眼，别看这里表面上风平浪静，其实环境一点也不简单。这个国家政治圈子里的争权夺利，尔虞我诈，一点也不比别的地方少。各方势力在不停地撞击撕扯着，就像这礁石湾一样凌乱无序。

我在海潮的轰鸣声中定下心来算了算，吉多至少有五支不同力量同时存在，相互角力缠斗。我被深深卷入其中。第一支当然是达鲁，还有鲍尔斯。这是唯一一支我可以依靠的中坚力量。没有达鲁的支持，我根本无法在吉多立足。第二支是穆尼，加上驴脸德皮。我举办开馆招待会，穆尼先是说来，结果没来，派他的办公室主任德皮代为出席。我到任拜会，他一直迟迟不愿见我。有一次吉多外交部举办活动，穆尼是主宾，在会上作了发言，我也参加了。我趁会议间隙同他打招呼，当面提出想去正式拜会。穆尼倒是没有拒绝，他很礼貌地让我找外交部联系。这是个很好的借口。之后，我几次向外交部催问，外交部都以穆尼副总统日程安排不开为由没有安排。我明白了。日程安排不开是外交上常用的堂而皇之的托词，实际上就是穆尼不想见我。联想到我见达鲁时，达鲁提到民族独立党内部在对待两国关系上也有不同意见，我猜想达鲁指的肯定就是穆尼。也就是说，穆尼在我们与 G 方之间是摇摆的。他就像一个精明的商人，算计着如何左右逢源，使自己的利益最大化。然而，不管他多么摇摆，我心里明白他仍然是我需要，也是最有可能争取的对象。

第三支是詹姆斯的反对党人民党。对我来说，人民党最麻烦。人民党的头，也就是詹姆斯，同 G 方走得很近。在执政党与反对党势不两立的情况下，我不可能贸然去找他做工作。同他接触，不啻自毁长城。达鲁再宽容大度，也会不高兴。我没有必要因为接近詹姆斯去得罪达鲁，这样只会得不偿失。在我的棋盘上，人民党是一个死子，不到万不得已，我没有办法去碰它。

第四支是 G 方。记得我到吉多之前，居华大使找我谈话，我们在海边一边散步一边说事。居华告诉我，现在 G 方势力在南陆地区的活动很猖獗，来无影去无踪，千方百计想破坏我们同南陆国家的关系。居华嘱咐我到吉多后一定要注意提防 G 方势力。我知道，他们本来就是几股势力纠合在一起的，一直在国际上同我们对着干。他们常常是隐形的，你在明处，他在暗处，不好提防。按照布莱恩的说法，G 方那边在我到吉多前曾有人来过。我来了之后，再也没有见过他们。但这并不意味着 G 方的退出。来吉多时间不长，我似乎能清晰地感觉到 G 方在暗中盯着我，随时伺机出来兴风作浪。

第五支就是那个留着络腮胡子叫布朗的家伙为代表的 P 国。同络腮胡子虽然只有两次短短的接触，我已经感受到他的敌意。听鲍尔斯说，络腮胡子手下有十几个外交官，外加二十几个当地雇员。我不知道他们为什么会有那么多人。他们肯定也不理解为什么我这个使馆只有我一个人。络腮胡子，加上他的人，会是我强劲的对手。

看着礁石湾的急流险礁，想着我在吉多面临的各种政治暗流，我在心里有种悲怆的感觉生发出来。我问自己，在这样一个到处是险礁暗流的地方，我孤身一人，单枪匹马能抵挡得住吗？我能全身而退吗？我再一次意识到，建馆虽然困难重重，充其量不过是一场预演而已，更艰难的还在后头。建馆难，保住这个馆只会更难。要想在复杂的环境中生存下来，我没有别的选择，唯一可以做的就是 "brace up" 和 "dig in"。是精神层面的，是得先保护好我自己。

黄毛在一边叫起来，把我从沉思中唤醒。

"对了，"我俯下身，把黄毛抱起来，摸着黄毛的头说，"有你做伴，我不再是单枪匹马了，我不再是一个人战斗了。"

五

每天早上起来，我都会在挂历上划上一条杠。划一条杠，就过去了一天。我好不容易划到了第三十天，也就是说我到吉多已经整整一个月了。迄今为止，没有任何有人要来的消息，这个使馆还需要我一个人坚守下去。

这一天，我先后接到两个电话。一个是驴脸德皮打来的，还有一个是布莱恩打来的。每次电话铃响，反应最快的是黄毛。铃声一响，黄毛就会叫起来。有时候，我在院子里侍弄我的菜地，听不见电话铃声。黄毛成了我的门铃和电话铃，只要它一叫，我就知道，要不就是有人来，要不就是电话响了。

驴脸德皮是上午九点刚过打来电话的。德皮主动找我，让我颇感惊讶。开馆招待会之后，我还一直没有见过他。

"代办先生，你看什么时候有空，我们见个面。"德皮在电话里尖声尖气地说。

"我这两天正好都有空，看你什么时候方便。"我说。前一阵子，我忙着拜会各部部长，这两天恰好空着，没有别的安排。

"那就今天吧，我去你们使馆。"德皮说。

"今天？什么时间？"我有点吃惊，看不出来，德皮还是个急性子。他着急想见我，也许有什么要紧事想谈。

"上午十点，不知是否合适。"德皮说。他有点娘娘腔，礼貌倒是一点不少。

"你是说今天上午十点？"我以为听错了。现在到十点连一个小时都不到。

"你以为是晚上十点？"德皮反问，"是的，上午十点。"

"好吧。不过，按照礼节，我想我还是去你的办公室吧。"我这么说，是因为礼节上，一般应该是我去他的办公室。

"不用了，我去你们使馆。"德皮说。

"那好吧。"话说到这儿，恭敬不如从命。也许德皮有什么话在办公室说不方便，想到使馆来，那样就没有其他人可以听得见，我想。

说实话，我还是很期待与驴脸德皮的见面。我不喜欢德皮，看见他那张脸，首先就不舒服，听见他拿腔拿调的声音，身上更是会不自觉地起一身鸡皮疙瘩。我猜不出德皮来要说什么。但他是副总统穆尼身边的人，他要来见我，应该是穆尼的意思。目前为止，我还没有见到穆尼，德皮自己先送上门来，对我是一个难得的机会，或许通过他能够摸清穆尼的葫芦里究竟装的是什么药。我很想知道，是什么事情让德皮这么急急忙忙地要来见我。

我提前烧好开水，泡上一壶茉莉花茶。使馆招待客人，用的大都是茉莉花茶。外国人同我们不一样，总体上不爱喝绿茶。茉莉花茶香气浓郁、鲜醇爽口，他们不仅接受，还很喜欢。久而久之，我们驻外使馆招待外国客人，都以茉莉花茶为主，我到过的使馆都是这样。

"怎么还不来？"我对黄毛说。黄毛看着我，一脸的迷惑。

等到十点，驴脸德皮没有来。南陆地区的人大多不守时，看来驴脸德皮也不例外，我想。我的心理预期是他会迟到十到十五分钟，甚至半个小时，都是可以接受的。一个政府高官屈尊来使馆造访一个外交官，本身就是给了你面子，晚到一点也不为过。十五分钟过去了，我到门口张望过几次，没有看到驴脸德皮的影子。半个小时过去了，一个小时过去了，德皮还是没有露脸。

我一直等到吃过午饭，驴脸德皮也没有出现。我往他的办公室打了几次电话，但没有人接听。

我正生着气，黄毛叫起来。我以为是德皮来了，赶紧到门口去看，结果发现没有人，这才反应过来是电话铃响，赶紧回过头接听电话。电话那头不是德皮，是布莱恩。

"老板，你能来趟医院吗？"听口气，布莱恩很着急。

我一听医院，不知道发生什么事，就问，"现在？什么事情这么着急？"

"是这样的，老板，有一位你们那儿来的船员，病得很重，刚送到医院。他不会说英语，有空你马上过去帮帮他。"布莱恩说话的语速很快。

"好的，我马上过来。"一听说有我们的船员病重住进医院，我赶紧撂下电话，也顾不上驴脸德皮的事，开车直奔医院。

医院离使馆开车不到十分钟的路。医院坐落在一个避风的山坳里，选址的时候一定是考虑到这样可以躲避南陆地区常见的飓风。医院建筑比较简陋，也就是三排平房，白墙，蓝铁皮顶，颜色已经褪得差不多了。这是吉多最好的医院，看上去还比不上老家的山村医院，难怪达鲁总统提出要先修医院。看到了医院，我才真正感觉到，修医院是个不错的主意。

一间病房里，我见到了布莱恩说的那位船员。病房里床位挨着床位,都有病人占着。我们那位船员躺在最里面的病床上。我见到他时,他双眼紧闭,眉头紧锁,脸色苍白,下巴尖削,一脸痛苦不堪的表情。

"他是怎么到这里的?"我问值班医生。

值班医生叫伦比,是位高个中年男子,"代办先生,是这样的,布莱恩告诉我,他在海上晕船晕得很厉害,吃了就吐,根本无法进食。如果再随船航行,就会有生命危险。所以,船开到吉多海域附近,船长决定临时停靠港口,把他送上岸。是布莱恩打电话给我们,我们去码头把他接到医院。谢谢你来看望他。他不会英语,我们也没有办法同他交流。"

"那他现在的病情怎么样?有没有生命危险?"

"现在看来,生命危险不一定有,"伦比医生说,"他的主要问题是因为晕船不能进食,目前营养严重跟不上。我们正在给他输液。我觉得,他到了岸上,不晕船了,很快能够自己进食,也就能很快好起来。"

我同医生说话的时候,那位船员微微睁开眼睛。那是一张年轻人的脸,不过就是与我儿子小松差不多的年纪。小伙子颧骨突出,脸型消瘦,一副虚弱无助的样子,我一下子心疼起来。

年轻人见到我,眼里透出了惊讶与不安。我凑过去轻声对他说:"我是驻吉多使馆的代办钟良,我是专门来看你的。"

看得出来,小伙子很警惕。我问他叫什么名字,为什么会到吉多。小伙子一句话不说,然后又虚弱地闭上眼睛,不再理我。小伙子一定不知道我到底是什么人。他一定想不到在这样一个偏僻遥远的岛上,还会有自己国家的使馆。

小伙子不搭理我,我也不再往下问。

"船上有没有东西留下来?"我转身问伦比医生。我想船上肯定会有东西留下来。

"都在那儿。"伦比医生指了指桌上,对我说。

我一看,桌上放着一个手提包和一箱方便面。手提包不大,我猜想里面一定装着船员的随身用品。方便面也一定是船上人特意留下的。他们一定担心他吃不惯当地食品。我们的同胞,别的还好说,就是胃十分顽固,无论如何吃不惯别人的饭菜。我自己就是这样,无论到哪里,一定要吃自己的饭。西餐偶尔吃一顿两顿可以,吃多了就不行。我留意看了看方便面的包装,发现清一色都是香辣牛肉面。我不吃辣,想着一个病人更不能吃辣,恐怕还得想办法给他弄点清淡的食物。

我嘱咐伦比医生照顾好这位船员,便离开了医院。

回到使馆,我花时间熬了一锅粥,摊了一张饼,还煮了几个茶叶蛋。我自己生病,最喜欢喝粥,吃摊饼。我想这个时候年轻船员一定也想吃这些东西。傍晚时分,我带着稀粥、摊饼和茶叶蛋,拿上一瓶从国内海运来的酱菜,开车又去了趟医院。

进病房的时候,小伙子闭着眼睛躺在床上,听见有人来,睁开眼睛看了一眼,没有说话。我把带来的晚饭放在他的床头柜上,让他坐起来吃。

"我想,你肯定很想吃点清淡的东西。我给你熬了粥,做了烙饼和茶叶蛋,还带了点酱菜,也不知道你喜不喜欢。"我说。

小伙子看了看我,又看了看床头柜上的几样东西,眼睛里透着想吃的眼神,手却没有动。

看着小伙对我还没有解除疑虑,我不好勉强,就对他说:"这样吧,我晚上还有事,我把东西放在这里,明天再来看你。"

那天晚上,我从医院直接去了E国驻吉多使馆代办史密斯的官邸,参加他举办的E国国庆招待会。史密斯的官邸是一栋还不错的房子,砖墙铁皮屋顶,院子很大。院子里临时搭建了一个大帐篷。我到的时候已经晚点，史密斯正在讲话。我悄悄站进客人堆里。

招待会是外交不可缺少的一种社交活动。我其实并不喜欢这样的招待会，吃也吃不饱，喝也喝不好。但不管你是不是喜欢，你都得习惯经常出入这样的场合。招待会只是一个通称，英语叫做"reception"，可以有几种不同的形式。最简单的是酒会，提供饮料和一些手拿的小吃 (finger food)。还有冷餐招待会，准备的食物会多一些。另外还有一种形式，虽然也叫招待会，实际上等同于正式宴请，可以围着桌子坐下来，菜也一道道上。外交官参加招待会，吃喝并不重要，重要的是场合，你可以见到许多平时见不到的人，同他们聊聊，也可以得到平时得不到的信息。如果运气好，找对了人，有时还可以直接把事情办了。

讲话环节一结束，我上前同史密斯简单聊了几句，送上国庆祝福之类的话。我也同刚讲完话的外交部常秘鲍尔斯打了招呼。鲍尔斯问起医院项目的事。我告诉他，我已经向国内报告，但还没有得到答复。

鲍尔斯说："达鲁总统十分关心这件事，希望能尽快得到你们的积极答复。"

我说："我相信我们国内一定会给予积极考虑。一有答复，我马上告诉你。"

"那好，我等你的好消息。"鲍尔斯说。

有人凑过来找鲍尔斯，我知趣地走开了。我刚想去吧台取杯饮料，突然听见身边有人招呼我，回头一看，是基比代办伦杰。

"你好！代办先生。"我赶紧应了一声。

"你说的事，我问过他们了。他们说，他们没有说过撞你的人是基比人。"伦杰悄悄凑到我耳边说。

"Is that so？"我惊愕地说，"可他们告诉我是基比人。"

"他们说不是。"伦杰坚持道。

"那他们说是谁？"我问。

"他们没有说。"伦杰答。

"这就奇怪了。"我说。同时在想，这里面肯定有问题。吉多方面告诉我撞我的人是基比人，伦杰去问，他们又否认。针对不同的人，他们有不同的说辞，只能说明他们没有说实话。他们一定是藏着掖着什么。那么，他们藏着掖着什么呢？

"我很高兴撞你的人不是基比人，我也不相信基比人会做这样的事情。"伦杰显然心情轻松下来。我能理解伦杰的心情，碰到谁也不愿背这样的黑锅。

我正在琢磨怎么回复伦杰的话，有人插话进来，"你们俩在说什么？这么神秘！"

抬头一看，是驴脸德皮。我等了一天他没有来，想不到他在这儿出现了。

伦杰见德皮过来，借口走开了。

"不好意思，上午我失约了。"德皮笑嘻嘻地说，"你知道，就在我准备出门时，副总统把我找去了，一直忙到现在。"

"哦，是这样。"我淡淡地回道。我不好判断他说的是真还是假。基于仅有几次同他打交道的经历，我知道对于驴脸德皮，不能以常识来判断。

"代办先生，如果你不介意，我们借一步说话。"德皮说。

我们离开帐篷，经过吧台时，德皮拿了一杯红酒，我拿了一杯新鲜椰汁，来到院子一角。那里有一棵高高的椰子树，树上挂着椰子，我们就站在椰树下。

"还是这里舒服，帐篷里有点闷。"我说。

"听说你见过总统了？"德皮问。

"见过了。"

"听说你们谈了修建医院的事？"看来驴脸德皮什么事都知道。

"谈了。"既然德皮知道，我也没有必要隐瞒。

"你们同意了？"

"我已经向我们政府报告，但还没有接到反馈。"

"哦！"德皮好像松了一口气，"我以为你们已经同意了呢。"

"还没有。"我又重复了一遍。

"我们非常感谢你们对吉多的支持，"德皮表情转为严肃档，"穆尼副总统很重视发展我们两国之间的关系。"

"我们同样十分重视发展同吉多的关系。"我顺着他的话说。我在等德皮接下去会说什么，这第一句话只是一个过门，下面会有一个转折，转折之后才是他找我的真正原因。

"我在想……"德皮举起杯子，喝了一口，欲言又止。

我没有说话，等着他把话说完。我本能地感觉到德皮想同我说的事与修建医院有关。

"我在想……"德皮的吞吞吐吐同他平时的表现不一样，"我在想……这当然是我个人的想法，不代表其他人，特别是不代表副总统的想法，而且也只是一个想法。"

"你说吧。"我说。

"你知道，我们马上要举行大选了。穆尼副总统将作为本党候选人参加大选。现在形势对我们不利，你知道为什么吗？"

"愿闻其详。"我其实大概能说出几个原因来，譬如吉多经济状况不好，现政府政绩不佳，反对党经营有方、力量增强等等。这些都可能是原因。但我不想说，我更想听听德皮怎么说。他是穆尼身边的人，他说的话能反映出他们的真实想法。

"我不认为是穆尼副总统缺乏政治魅力，"德皮说，"不是的。恰恰相反，穆尼副总统是吉多最有魅力的政治家。是的，最有魅力的政治家。与反对党相比，我们现在缺的是资金。反对党从外面弄来不少钱，他们在用钱拉拢选民。所以，我在想……"

"你说什么？"有打碎杯子的声音以及随之而起的惊叫声传过来，我没有听清他说的最后一句话。

"我是说你们……你们……"德皮把脸凑过来，"能不能直接给我们一笔……"

"主任先生，"我打断驴脸德皮的话，"我们最好找个合适的时候再谈，你说说你的想法，我也把我们的政策给你介绍一下。"

到这个时候，用不着德皮再往下说，我已经明白他想要说什么。德皮吞吞吐吐，欲言又止，想说的就是希望我们能向他们直接提供现金。根据我们的政策，这是绝对不可能的。向其他国家的一个党派提供支持，不符合我们不干涉别国内政的一贯原则。我不希望德皮再往下说，再往下说，把话彻底挑明了，我没有别的办法，只能拒绝他，双方都会难堪。

"你知道，代办先生，"德皮大概听出我的态度，换了一种态度，"你大概也明白，有人在同我们联系。他们愿意向我们提供支持。我找你是想转达穆尼副总统的意思，穆尼副总统还是想同你们发展关系。"

听出来了，德皮是在威胁我。这个家伙是有备而来。他的话已经说得很明白，如果我们不给他们提供现金支持，他们就会去找别人，这个别人百分百就是那一方的。德皮就是想用那一方来向我们施压，让我们同意向他们提供现金支持。

"主任先生，"我不能再作矜持——尽管矜持是外交官特有的气质，毫不客气地对德皮说，"我想有两点必须向你说明白，一是我们赞赏吉多政府对我们国家领土完整的理解与支持，我们同吉多两国拥有良好的合作关系。自从两国建交以来，我们向吉多提供了力所能及的援助，给吉多的国家发展和人民生活带来了许多好处。我们还将继续这样做。二是我们奉行不干涉别国内政的原则,这是我们永远也不会改变的立场。我们不插手吉多的内部事务,这一点也请你理解。"

一阵大风刮过来,把院子里的树叶刮得乱响。一个椰子从树上掉下来,"砰"的一声,掉在我和德皮身边,我和他都吓了一大跳。我们两个人都有可能被那个掉下来的椰子砸到。

"要下大雨了。"有人在叫。

"下雨了。"德皮跟着说了一句,窜回到屋里。

再次见到船员小伙是第二天早上。外面下起雨来,还好是太阳雨,刚出门的时候刮过一阵风,就下起雨来,开车没走多远,又云散雨停了。也许是因为离开了不停摇晃、永远站不稳的渔船,又在医院睡了两天安稳觉,小伙子的气色红润了许多,精神也明显见好。看见我进来,小伙子有点不好意思,眼神不知道往哪里搁。

"我带来的东西你吃了?"我问。

"吃了。"小伙子嘿嘿笑起来,怯怯地说。

"好吃吧?"我扫了一眼床头柜,我带给他的粥和烙饼都吃完了,只剩一个茶叶蛋。

"好吃。"小伙子又嘿嘿笑了笑。

"听口音,你是北方人吧?"

"是。"小伙子点点头。

"难怪你会晕船呢,现在好点了?"

"好多了。"

"你有没有船员证?"我问。我想了解证实一下他的身份,有什么事也好办。

"有。"小伙子说着,从手提包里掏出他的船员证。我接过来,打开一看，小伙子叫刘阳，二十一岁。

"真年轻。"我说，带着羡慕的口气。

小伙子腼腆地笑笑。

"你是怎么到吉多来的？"我问。

刘阳抬头看了看我，然后低下头，说起他的经历。

"我和几个老乡看到一家国内公司招聘海员，我们就去应聘，"刘阳说，"公司很快就录用了我们，把我们送到一家外国渔业公司当海员。经过一段时间的简单培训，我们就被派出海捕鱼。我们几个都是大山里出来的，从来没有出海航行的经历，一出海，就又晕又吐。他们几个还好，没几天就习惯了，也不再晕船。只有我一个人晕得最厉害。开始我以为，我比他们多晕几天也就能适应。没想到我越晕越厉害，不断吐，五脏六腑都要吐出来了。我一边晕船，一边还要坚持干活，身体越来越虚，到后来实在干不动了，只能躺在船上，什么也做不了。原本我以为出一次海，十天半月就能回到陆上。哪知道这一出海就是好几个月。最后我实在坚持不住了，如果继续留在船上，我肯定会死在海上。我吵着闹着要下船，老乡也替我找船长求情，船长看我实在不行了，就同意让我下船。但离得那么远，他不可能把我送回国去。当时，我们的船正好航行到这个岛附近，就把我放下来。上岸时，我连这个岛叫什么名字都不知道。"

"这个岛叫吉多，是南陆的一个小岛国。"我说。

"吉多，"刘阳说，"这个名字我从来没有听说过。"

"这很正常，这是个小岛。"我说，"一般人都不会听说。不瞒你说，我这个搞外交的，来南陆之前，也没有听说过吉多这个地方。"

"下船之前，"刘阳继续说他的故事，看来有很多话他一定憋了很久，想一吐为快，"我和一起出来的老乡抱头痛哭。我们不知道这是什么地方,也不知道下船以后是凶是吉。不瞒您说,我完全没有想到在这样一个小岛上还会有我们的使馆。昨天睁开眼睛看到您,我不敢相信自己的眼睛。"

刘阳说到这儿,有些难为情。

"我猜你肯定不敢认。"

"对,我没有想到会有我们的人,再说了……"刘阳说了一半突然停住了。

"你不会以为我是当地人吧?我晒得有这么黑吗?"我哈哈笑起来。我突然明白他为什么不敢认我。

"有点。"刘阳轻轻地说。

我无语,只能自嘲地笑笑,换了个话题。

"不用担心,有我呢。你的福气不错,我们使馆刚建起来,现在只有我一个人。我会尽力帮助你。"

"一个人?"刘阳顿时瞪大眼睛看着我,惊讶地问。

"对啊,就我一个人。"我笑着说。

刘阳笑了笑,没有话再说。

"现在你什么都不用想,好好养病,身体养好了,我再想办法把你送回国。"

"好的,我会的。"刘阳点了点头。

告别刘阳,从医院出来,想到现在吉多又多了一个同胞,我异常兴奋。自从踏上吉多岛,我已经很久没有见到我的同胞了。布莱恩自称有我们的血统,但我不觉得他和我同宗同族。我渴望遇到一个真正的同类,说上几句家乡话,慰藉一下思乡之情。我根本没有想到,会以这样一种方式遇到自己的同胞。见到刘阳,我有一种久违的亲切和激动。

回到使馆,小狗黄毛叫着欢迎我,在我身边转圈,伸舌头舔我的手,当然还不停地摇尾巴。

"黄毛，你乖点，这几天我忙，"我对黄毛说，"我有人要照顾，他是我们自己家里来的人，我要好好照顾他。"

黄毛傻傻地看着我。它当然不懂我的心思。刘阳让我想起儿子小松。自从见到刘阳，我甚至会出现幻觉，觉得刘阳就是小松，小松就是刘阳。刘阳到吉多来，就是小松到吉多来，来看我，来陪伴我，让我不再觉得孤独。

我走到院子里，思绪还在儿子身上。长年来，我一直觉得自己亏欠儿子太多。说出来，别人可能难以理解。结婚不到两个月，我就出国常驻，连儿子出生都不能回家。算起来，我陪在儿子身边的日子屈指可数。外交圈一直流传这样一个故事：有一次，有个常驻国外多年的外交官回国休假。回到家里，他的儿子不肯认这个父亲，躲在妈妈背后，不肯叫他爸爸。到了晚上睡觉的时间，儿子问他妈妈："妈妈，这个叔叔为什么还不走？"

这个故事流传很多年了，不知道确有其事还是有人杜撰。我一直相信这个故事是真的，凭空编是编不出来的。所以，每次有人说起，我心里总是酸酸的。小松还小的时候，我回国休假，有好几天，他都不认我这个父亲。小松倒没有问"这个叔叔为什么还不走"，但他挣扎了好几天才喊出一声"爸爸"，我流泪了。我对吕淑琴说，我要争取在国内多待一段时间，好好陪陪儿子。不过，这由不得我。我们这一代正好赶上国家外交大发展的时代，驻外使领馆需要大量人手，我在国内待不了多久就要出国常驻，在国外的时间远远超过在国内的时间。

这次到基比前，儿子在上高二，我本想陪儿子参加完高考再出国，尽一份做父亲的责任。结果，我的如意算盘再次落空。接到赴驻基比使馆工作的通知，我特意去征求儿子的意见。

"爸，你走吧。我没事。"儿子说，"你在家里，我反而压力大。再说了，我长大到现在，你也没有管过我什么，我已经习惯了。"

儿子的话，堵在我心上。我得承认自己确实管他管得不多。没有我在身边，小松的成长总是少一块。缺少母爱的孩子难，缺少父爱的孩子也不易，尤其是儿子。好在儿子争气，没有因为父亲不在身边而放松自己，从小自制力强，很小就帮着母亲做家务，在学校成绩也一直名列前茅。这让我备感欣慰。外交官的孩子，因为家庭经常处于不完整状态，容易出问题，甚至学坏。我的同事中不乏这样的例子。小松却从来没有让我有过这样的担心。

我坐在院子里的铁椅上，眼前是热带的花草树木，黄毛跟着我，趴在铁椅脚下。

唯一让我觉得遗憾的，是儿子不愿子承父业。我希望儿子将来接我的班，当一个外交官，但他不愿意。高中分科的时候，我希望儿子进文科班，以后上外语大学。儿子死活不同意。我当时正好在国内。我去找儿子商量，做他的工作，儿子却毫不客气地对我说，他不进外语学院，将来也不当外交官。我问他为什么，儿子白了我一眼说，不为什么。

"你知道他为什么不愿意吗？"我问蹲在我身边的黄毛。黄毛看了我一眼，又把头转过去了。

儿子不说，我心里明白，儿子不愿像我一样一辈子在外颠沛流离，连家也不顾。记得有一次，吕淑琴去换煤气罐。当时家里用的是煤气罐，我在家时每次都是我去换，我不在，只能吕淑琴去。自行车上挂个煤气罐，空的时候还好，满罐的时候连我骑起来都费劲。吕淑琴不敢骑，只能推着走，但推也不易。那次，吕淑琴被路过的汽车剐了一下，连人带车摔倒在地，手上膝盖上都蹭破了皮。吕淑琴流着眼泪回到家，抱怨我不在。儿子心疼母亲，母亲哭，他也哭。当时，只有十岁的儿子发誓这辈子不当外交官，要在家里陪母亲。从此后，每次家里换煤气罐，儿子都要陪母亲一起去。这件事情，吕淑琴没敢写信告诉我，怕我在国外担心，还是在我回国时才悄悄同我说的。

为了这，我没再劝儿子，让他自己选择上了理科班。

刘阳让我不自觉地儿女情长起来，也似乎激发起我的父爱来。我觉得老天好像是专门给我一次机会，让我弥补对儿子的亏欠。我一直想证明，只要给我时间，只要儿子在我身边，我有着像海洋一样宽阔深沉的父爱，完全可以做一个合格的好父亲。

黄毛汪汪叫了两声。我看看手表，已经到午饭的点了，黄毛一定饿了。我得去弄点吃的，给自己，也给黄毛。

六

就在照顾刘阳的时候，我接到国内一个指示，大意是在今年 RH 国际组织年会上，一些国家将再次提出反对我国的提案，要求我们做好驻在国的工作，争取到足够多的票数，投票时能否决他们的反对提案。

居华大使紧接着打电话给我，嘱咐我事关重大，要求我一定想办法完成任务。我说，我一定全力以赴。

"有什么困难没有？"居华问。

"没有，大使，没有。"我说了两遍没有。去年，我为了同一件事专门跑过一趟吉多，结果很好。吉多支持了我们。有了去年的先例，今年争取吉多继续支持我们应该没有太大问题。我有这个信心。

但我想简单了。

放下电话，我又回头看了一眼电话机。电话是一个奇特的存在。那么小小一个东西，就把我同世界联系起来了。其他地方发生的事情，我在这里也可以同步了解。我想在我接到指示的同时，我在世界各地的同事也接到了同样的指示。我们都会在同一个时间维度从事同一件事情。我有一种小小的自豪感，虽然我在天远地远的吉多，却也是这整个事件的参与者。

我花了点时间准备了一份照会，带着照会去见鲍尔斯。外交照会是一个国家政府致另一个国家政府的信函，起头和结尾都遵循一定格式，中间才是要写的内容。照会看似有定式，其实大有乾坤，没有一定时间历练，很难搞出一个像样的照会来。

见到鲍尔斯，我把照会交给他。

"情况我在照会里说了，今年 RH 国际组织年会马上就要召开了。"我说，"据我们了解，有些国家还会像去年一样提出对我们国家不利的议案。他们这样的做法，我们坚决反对。吉多是我们的友好国家，我们希望吉多在今年的年会上一如既往地支持我们。"

"Well，代办先生，这件事我认为应该没有问题。"看完照会，鲍尔斯爽快地说，"去年，我们是支持你们的。我记得你还专门来了一趟吉多。这一次应该也不会有问题。"

"那十分感谢。"听鲍尔斯这么说，我非常高兴，"那我向居华大使报告。他听了肯定也会高兴的。"

"不急，你再等我一两天时间。我会尽快跟上面再确认一下，然后正式给你回一个照会。"

"那样最好，我希望尽快拿到照会。"我说。

"好的。"鲍尔斯说。

我同鲍尔斯握手告别，高高兴兴地从办公室走出来。没想到事情会如此顺利，顺利得让我不敢相信。果然，我在过道里还没有走出几步，竟然又同那个络腮胡子布朗不期而遇。

"我猜，你一定是来见鲍尔斯常秘的。"布朗停下脚步诡异地说。

"没错，我猜你一定也是来见他。"我不动声色回了一句。

见鲍尔斯这样的事用不着隐瞒。

"哈哈哈。"布朗笑起来,络腮胡子跟着颤抖。一同颤抖起来的还有他过肥的身体。"你说的没错,我也是来见鲍尔斯常秘。不过,我还能猜出你为什么要来找鲍尔斯。"

"哈哈哈哈,彼此彼此。"我也大笑起来。

"不过,伙计,"布朗停住了笑,"这次你们不会成功的。"

"是吗?"布朗的话明显带着挑衅,我拖长了声音反问。

"上次算你们侥幸,那时我不在吉多。"布朗加了一句。

"也许吧。"我说。

"这次没有'也许'。"布朗右手伸出食指,在嘴巴前面晃了两晃。

"那我们走着瞧。"我说。

布朗做了一个OK的手势。布朗连续两个手势让我看着眼熟,但我想不起在哪儿见过。

我也还了一个OK的手势。

布朗转身要走。

"哦,对了,"我叫住布朗,"过一阵这里要举行蹦极比赛。谁输了谁去跳蹦极,怎么样?"蹦极据说发源于南陆地区,是南陆一项特殊文化传统,我在基比的时候见过。吉多也有蹦极跳。我前几天刚听布莱恩说,过一阵就要举行每年一度的蹦极比赛。

"你说什么?你说蹦极?为什么?"布朗停住脚步,脸上写满疑惑。

"对啊,蹦极,谁输谁去蹦极。"我重复了一遍。

"蹦极?为什么蹦极?"布朗重复着,摇摇头,摊开双手,拖着胖胖的身躯走了。

我这些话是在向布朗下战书。那是我的临时起意,有点冲动。刚一说出去,我就有点后悔了。RH国际组织年度会议上针对我们的不利提案，背后主要推手就是 P 国。络腮胡子布朗见鲍尔斯，不用猜我也能知道，他是为了这件事来的。说句实话，P 国在吉多经营很多年，给予吉多的援助数量远远超出我们。鲍尔斯虽然对我作出了承诺，但吉多方面能顶住来自 P 国的压力吗？吉多会以得罪 P 国为代价来支持我们吗？我突然预感到，在 RH 组织提案问题上，事情不会像鲍尔斯说的那么简单，出现反复的可能性很大。

我是带着不祥的感觉离开外交部的。

怕什么来什么。第二天，鲍尔斯打电话给我。

"不好意思，代办先生，"鲍尔斯说，"那件事不好办。"

"哪件事？"我明知故问。我一下子听出鲍尔斯指的是什么事，但内心却希望他指的是别的事，不是 RH 国际组织年会的事。

"就是昨天我们说的 RH 国际组织年会的事。"鲍尔斯说。

"为什么？"

"Well... Well... "鲍尔斯吞吞吐吐起来。

"在这件事上，我们希望吉多方面一定支持我们。"我说。

"Well... Well... "鲍尔斯依然不知道该如何说，这不像他往日的风格。

"是不是昨天布朗代办也找了你？"我问。

"他是找了我，但是……"鲍尔斯欲言又止。

"是不是他们给了很大压力？"我追着问。

"你知道，我们在感情上同你们相通，也是一直支持你们的。"鲍尔斯说。他说得很委婉，但我听出来了，他等于承认络腮胡子布朗给了他很大压力。

"是不是因为他们，事情不好办了？"我还是没有放弃。我同布朗下过战书，我不能不明不白输给他。

"这不是一两句话说得清楚的。"鲍尔斯不说是，也不说不是，外交上拿捏得无可挑剔,"要不这样吧,你去找一下副总统办公室的德皮主任。"

"为什么是德皮主任?"我不解地问,"这件事应该由外交部管,同德皮主任有什么关系?"

"是这样的,"鲍尔斯解释说,"你知道,达鲁总统休假去了。现在是穆尼代理总统……外交也归他管。所以你如果想把事情办成,就得去找德皮主任。"

"Damn it!"我心里蹦出一句骂。鲍尔斯说话很外交,但我听出来了,络腮胡子布朗虽然给了他很大压力,现在最大的问题还不在络腮胡子,而在穆尼那里。也就是说,鲍尔斯在穆尼那里碰了钉子。正因为如此,鲍尔斯才会让我直接去找德皮。

放下电话,我的心里感到无比孤独。事情变得复杂了。我想找个人商量一下,分析一下形势,看看下一步该怎么走。我没有人可以商量。居华大使那里,我在 RH 国际组织这件事上已经作了承诺,我说过不会有问题。我不能对居华大使言而无信,一会儿说没有问题,一会儿又说有问题。我自己给自己立了军令状,就得自己来承担。当然,现在在吉多岛上还有一个自己的同胞,那就是刘阳。可刘阳根本无法理解我现在的处境。

停杯投箸不能食,拔剑四顾心茫然。我想起李白的诗句,现在我的心境就是诗中描述的心境。

黄毛在院子里叫起来。黄毛一定又遇见鸟儿了。只要看见有鸟儿飞进院子,在地上觅食,黄毛就会去追,边追边叫,鸟儿惊吓着拍打翅膀飞走。飞走的时候会有羽毛掉下来,羽毛便在院子里飞舞着。我看着黄毛,黄毛有黄毛的世界,黄毛追逐鸟儿,那就是它的游戏。

我硬着头皮去见德皮。

不是冤家不聚头。对我来说，同德皮有关的事情都不会是容易的事情，我唯恐避之不及。人生就是爱开玩笑，你越是想躲的人，越是躲不过。我刚在E国使馆代办的招待会上同德皮交过手，把他顶了回去，让他吃了软钉子，才没过两天，我反过来要去找他，真是此一时彼一时。事情就是这样，同你喜欢的人要打交道，不喜欢的人也得硬着头皮去打交道。外交上，任何事情只能以国家利益为准绳，不以个人好恶来决定。

"那天我同你说的事，你想明白了？"一见面，德皮就问。他好像吃定了我要去找他，等着要这样问我。

"我来见你是为了另外一件事，"我试图避开他的问题，"我这次来，是想同你谈RH国际组织年会的事。"

"是吗？"德皮听了，显得很不高兴，脸比平时拉得更长了。他把脚跷到了茶几上，一副不以为然的样子。

"我们希望在RH国际组织年会上得到吉多政府的支持。"我直接表明态度。

"好啊，"德皮说，"但我们也需要你们给我们支持。"

我心里的怒火在往上蹿，已经蹿到喉咙口，被我硬生生压了回去。外交官不是没有火气，只是职业需要我们学会压住火气。我当然知道德皮指的是什么。他要把两个问题挂起钩来，想让我们以提供资金支持他们大选，换取他们在RH国际组织年会问题上对我们的支持。外交上挂钩是经常的事，但这样的挂钩违反我们的原则。德皮一上来就把两件事搅在一起，看来我今天是遇到麻烦了。但既然来了，不管他说什么，不管他是什么立场，我要做的就是想办法说服他，争取他对我们的支持。

"我们一直在支持吉多。"我说。为了支撑我的观点，我列举了一系列我们对吉多提供的多方面支持，包括物资上的、项目上的，等等。最后我说，"希望吉多方面能够从维护两国关系的大局出发,在 RH 国际组织年度会议上支持我们。"

"我不是要挂钩,"德皮狡辩说,"你们需要我们支持,我们也需要你们支持。"

这不是挂钩,还是什么?

我苦口婆心,但不管我怎么说,驴脸德皮都不为所动。他所关心的只有一个问题,那就是穆尼的大选。他坚持要把两者挂起钩来,坚持如果我们不同意提供资金支持穆尼,吉多方面在 RH 国际年会上也无法支持我们。

谈话陷入了僵局。

"德皮先生,"我又做了最后的努力,"我们两国都是发展中国家,一直相互支持。我们支持吉多反殖民的独立斗争,支持吉多独立后的国家发展,也一直向吉多提供无私援助。我们感谢吉多方面在国际事务当中,在涉及我们国家领土完整问题,以及 RH 国际组织提案问题上对我们的支持。我想,这种相互支持对双方都是有利的。我们希望进一步发展这种互利互惠的合作关系。我个人认为,我们不要把两者挂起钩来,而是分开处理。今后我们也还会以双方可以接受的方式向吉多提供援助,支持吉多的社会经济发展。我们真诚希望吉多方面以两国关系大局为重,在 RH 国际组织针对我们的提案上支持我们。"

我觉得我说得很雄辩,也很明确,只要不挂钩,我们还是愿意提供必要帮助。

"吉多方面也重视两国关系的发展,"德皮打着官腔说,"正因为如此,我们希望你们能支持穆尼。穆尼当选了,才能确保两国关系继续顺利发展。代办先生,难道不是这样吗?"

我竟无言以对。德皮说的道理,我挑不出什么毛病,但又是我们无法做到的。

德皮够狡猾,他这样的反问让我很难回答。吉多反对党一直主张同 G 方发展关系。如果反对党在下一届大选中当选上台，那吉多很有可能同 G 方建立官方关系，我们不得不同吉多断交，这是我们不愿意看到的。德皮知道我很明白其中因果，他的意思也很明白，只有穆尼当选才能确保双方关系继续稳定发展。德皮把我们是否拿钱支持穆尼当成了一张牌来施加压力。对我来说，我没有办法作出任何承诺。我所能做的承诺就是我们将继续向吉多提供力所能及的援助，是对一个国家，而不是对某个个人。换句话说，即使在穆尼和吉多反对党之间，我们更希望穆尼当选，我们也不能对他提供针对大选的任何帮助。因为对任何一个党派的任何帮助都将违反我们不干涉别国内政的原则。

"我能不能见见代理总统阁下？"我想，也许直接找穆尼更有可能说得通。

"很抱歉，这个我没有办法帮你安排。"德皮一口回绝了我。

我同他不欢而散，很是郁闷地回到使馆。黄毛见我回来，开心地绕着我转圈子。黄毛开心，我却郁闷无比。

"去，一边去。"我挥了挥手，让黄毛走开。黄毛不解地看了看我，悻悻地走开了。

事情走进了死胡同。我想起了在礁石湾里看到的那些恶浪和暗流。对我不利的是两股力量，一股是 P 国，还有一股就是穆尼。我不知道这两股势力现在是不是合流到了一起。从我同他们的交锋看，两方面的诉求并不一致，似乎没有合在一起。现在唯一可以争取的力量还是达鲁。我决定再去找一趟鲍尔斯。

我向鲍尔斯详细说了我同德皮谈话的情况。

鲍尔斯听我说完，沉默良久。

"我按照你的建议去见德皮主任，"还是我打破沉默，"不管我怎么说，他都坚持要把贵国在 RH 国际组织对我们的支持同提供资金挂钩。你也知道，这不符合我们的外交原则。"

鲍尔斯点点头。

"要不，你出面帮我安排去见穆尼，也许我能说服他。"我说。我想过，德皮口口声声称自己代表穆尼，但我怀疑他言过其实，夸大了他对穆尼的影响力。

鲍尔斯摇了摇头，"恐怕很难。"

"那就只有一条路了，"我说，"不知道是否方便问，总统现在在哪儿？"

"你的意思，你想直接去见总统？"鲍尔斯惊讶地看着我。

"是的，我想直接去找一趟达鲁总统。"去见鲍尔斯之前我就已经想好了。实在不行，我就直接去找一趟达鲁。这个时候，也只有他能破这个局。

"Well，不瞒你说，我同达鲁总统有过联系，"鲍尔斯说，"他让我同穆尼代总统商量。"

"但你也知道，现在穆尼副总统那里说不通，"我不自觉地提高了嗓门，"从事外交这么多年，我知道，两个国家关系的好坏有时候就体现在一两件关键事情上，处理得好，两国关系就会发展顺利，处理不好，两国关系就会受到影响，甚至出现倒退。现在我们遇到的就是这样的关键事情。你也知道，我国政府对这件事非常重视。如果这个时候，在这样关键的问题上，我们得不到吉多的支持，那无疑将对两国今后关系发展不利。"

"我明白你的意思，"鲍尔斯说，"也同意你的说法。我们不希望看到两国关系因为这件事而受到损害。"

"是这样，我们也不希望。我知道达鲁总统重视两国关系，现在也只有达鲁总统出面才能打破僵局。所以我想直接去见他。"

"Well，要不这样，"鲍尔斯沉默了好一会儿说，"现在也许只能这么办了，我帮你安排去见总统。"

"那他现在人在哪儿？"我问。

"他现在和家人一起在棕榈岛度假。"鲍尔斯说。

"棕榈岛？"这个岛名我听说过，但仅此而已。

"是的，棕榈岛，离这里三百多海里。"

"还挺远。"

"是的，恐怕你得坐飞机去。"

"好的。"

"去棕榈岛没有航班，你还得想办法租飞机。"

"这你就不用管了。"

"那你什么时候去？"鲍尔斯问。

"当然越快越好。"我说。

"那就明天吧！"

"好的，我现在就去准备。"

"不过有一个条件。"

"你尽管说。"

"你要绝对替我保密，不能告诉任何人是我安排你去的。"鲍尔斯说。

"这没问题。"我一口答应。

我没有料到，到吉多之后，在如此短的时间内，我又要搭乘飞机了。上一次，飞机最终在吉多顺利落地时，我就对自己说过，直到下次坐飞机前，我是安全的。当然，在这之后，我被摩托车撞伤，究竟是被谁撞的，背后是不是有阴谋，直到现在还是一个悬案。

就像鲍尔斯说的，要去棕榈岛，没有航班，只能自己租飞机去。但在吉多租飞机，说起来容易，做起来颇费周章。我让布莱恩帮我找架小飞机。布莱恩先是说没有，让我无端焦虑了一阵。后来他又说有,说是机场刚到了一架,可以安排明天为我飞一趟棕榈岛,早上八点出发,当天去,当天回。我听了很是高兴。布莱恩让我到时去机场找一个叫约翰逊的经理。

第二天,我起了个大早,把黄毛安顿好,又带上吃的喝的,开车就上路了。外交官永远在路上,不是在出国的路上,就是在回国的路上;不是在出差的路上,就是在出差回来的路上。外交官的路,遥远又不确定,会带着你去到最偏远的犄角旮旯,遭遇最意想不到的经历体验。来一场说走就走的旅行,对外交官来说是家常便饭。有时来得很突然,事先没有任何征兆。就像这一次。

七点不到,我就到了机场。候机楼还没有开门,停机坪上空空荡荡。等到七点半,也还是没有一个人,也没见一架飞机。我心里嘀咕起来,他们不会放我鸽子吧?那个时候没有手机,没有办法同对方联系,只能干等着。在吉多,等是常态,不等才不正常,我常常这样自己安慰自己。

到了八点,才有人陆续来上班。我赶紧进到候机楼里去找约翰逊。约翰逊还没有到。又等了一会,约翰逊才来。约翰逊我是第一次见,看上去四十多岁。

"早上好。"我同约翰逊打招呼。

"早上好。"约翰逊淡淡地回了一句。

"我租了一架八点的飞机,我想问一下是不是到了?"我问。我本来想问,怎么还没有到?想了想,还是换了一种说法。

约翰逊抬起头来,看了看我,没有说话,低头写着什么。

"我是请布莱恩先生替我租的。"我提布莱恩是想试试约翰逊的反应。

约翰逊好像没有听见似的,依然没有说话。

我等着,也不再说话。看来,布莱恩的名字在约翰逊这里不起作用。要不他们不熟,要不他们熟悉但并不是朋友,我在心里想。

"你是钟先生吧?"过了一会儿,约翰逊放下笔,主动问我。

"是的。"我说。

"听说,你们有一种小东西,防蚊虫用的,叫什么来着?"约翰逊抬头看着我,摸了摸脑袋。

"Ointment."我说。我明白,他是在问我要清凉油。

"Yes, it's ointment."约翰逊用手指了一下我,笑起来。

我从包里掏出一盒清凉油,递给约翰逊。在热带常驻过的外交官都知道,出门办事,随身带上几盒清凉油,过程会变得愉快许多。这个秘密武器,我是从老前辈那儿学来的,也屡试不爽。

"对对,就是这个东西。"约翰逊接过红色的小盒子,拿在手上翻看了几下,笑得更灿烂了。

"蚊虫咬了,涂上一点,可以消肿去痒。头疼了,在太阳穴那儿抹一点,也管用。"我说。

"太感谢了,"约翰逊说,"还能多给我一盒吗?"

"OK。"我咬咬牙,又给了他一盒。

"谢谢啦。"约翰逊举着手中两盒清凉油,高兴地说。

"不客气。"我说。

"你刚才问飞机的事,是吧?飞机昨天临时有事,飞走了,今天飞回来。"

"什么时候能飞回来?"我听了不舒服。飞机飞走了,他们事先不告诉我,至少也应该同布莱恩说一声。

"这说不准。"约翰逊说。

"那什么时候能走?"我问。

"飞机还没有到,等飞机到了,就可以走。"约翰逊说。

"大概要等多长时间？"我拐着弯问。我听出来了，飞机什么时候到，没有一个点。原来说的八点，只是一个大概的时间。飞机改变了行程，他们也说不准。

"这不好说，等到了，我立即通知你。"约翰逊说。

"谢谢，那我在外面车上等。"我说。

整个对话过程中，我一直压着火气。我知道这个时候发火，不仅解决不了问题，反而会把事情弄得更糟。

回到车上，我对自己说，看来，只有等一条路了。刚才在见到约翰逊之前，我已经盘算过了。飞机来不了的概率相当大，至少是五五开。如果我今天去不了棕榈岛，就没有办法见到达鲁总统，也就争取不到吉多在RH国际组织年会上支持我们。今天去不了，如果明天能去，时间上还来得及。但明天能不能去，也是个未知数，今天事先说好的飞机没有来，同样的事情也可能在明天发生。我也明白，身在孤岛，我只能坐飞机去。海陆空三种交通方式，陆路不是选项，海路虽是选项，但航行时间太长，来不及，飞机是唯一的选择。

既然飞机是唯一的选择，那等就是我现在唯一的选择。

我在车上等着，只想着一件事，那就是等到地老天荒，今天我也一定要去棕榈岛，一定要见到达鲁，一定要搞定吉多在RH国际组织年会上支持我们。络腮胡子布朗的冷眼不时会在我眼前浮现，我不能让布朗看我的笑话。我不能输给他。

七

我的眼睛一直注视着远方的天空。天气晴好，能见度很高，是个飞行的好日子。这对我来说是个利好，至少飞行不会因为天气原因而取消。然而，一个小时过去了，没有见飞机来，又一个小时过去了，还是没有见飞机来。这段时间里，我又几次去问过约翰逊，约翰逊态度变得很好，笑脸相迎，但回话都极其简单：还没有消息。约翰逊让我再等等，甚至建议我回使馆等。他说有了消息他会打电话通知我。约翰逊的这个提议立即被我拒绝了。既然要等，那就在机场等。无论现在有没有飞机，机场永远是离飞机最近的地方。只有在机场，我才有可能等到飞机。

等到差不多十点半，终于远远看见有一架飞机飞过来。我目不转睛地盯着那架飞机。飞机越来越近，最终降在跑道上。我希望这架飞机是来接我的。

"钟先生，飞机来了。"约翰逊从候机室跑出来，边走边向我招手，示意让我跟他走。

我下了车，跟着约翰逊跑过去。

那架飞机果然是来接我的。约翰逊把我介绍给机长。机长叫凯普顿，是欧洲人，四十多岁。在南陆地区，飞行员大都来自欧洲。

凯普顿的飞机很小，只能用mini来描述。我还是第一次见到这么小的飞机。飞机小到什么程度呢？这么说吧，也就和我刚到货的小轿车大小差不多，只是加装了两个翅膀和两个螺旋桨，当然还多一个尾巴。

等加完油，我坐上了这辈子坐过的最小的飞机。凯普顿安排我坐在后排，正好和他的位置错开，这样我可以有更好的视野透过挡风玻璃看见飞行的前方。这是我从未有过的经历。我是乘客，但和飞行员同在一个舱室里，凯普顿机长的一举一动，我都能看得清清楚楚。

飞机启动后，我才发现，这架飞机已经破旧到一定程度了，舱门关不严，飞机在地面滑行时就开始哗啦作响，有风顺着缝隙钻进来。

到了这个时候，我不可能叫停飞机。叫停了，也没有飞机可换。

好吧，还是那句话，上了飞机，一切听天由命。

还好，一路上飞行顺利，上面是碧蓝的天，下面是湛蓝的水，风景很美。海面上散落着数不清的岛屿，有大点的，有小点的。我们飞过一个又一个岛屿，飞行了大约一个半小时，有惊无险地到达了棕榈岛。飞机着陆在棕榈岛机场。可以说，棕榈岛机场是我见过的最简陋、最奇特的机场。等见完达鲁总统，我回头再详细说说那个令人终生难忘的机场。

到达机场时，已经有人在等着我。那是鲍尔斯事先安排好的。鲍尔斯告诉我，达鲁总统同意见我，我到棕榈岛后会有人来接我，带我去见达鲁总统。

我从没想过会有机会来棕榈岛。棕榈岛是个旅游天堂,景色明显要比吉多岛更胜一筹。不过,现在我无心欣赏车外掠过的美丽风景,一门心思只想着同达鲁总统的会见。我把准备同达鲁总统说的话又在脑子里详细过了一遍。说实话,在争取吉多在 RH 国际组织年会上支持我们这件事情上,我的压力很大。过去几年,我们没有在吉多建馆的时候,吉多每年都支持我们。现在我们有了使馆,我当着临时代办,在这种情况下,如果还争取不到吉多对我们的支持,那就说不过去了,那就是我的失职。

汽车在临海的一栋草房前停下来。草房很别致,带着南陆独特的风格,外面看上去还是草屋,透过窗户看进去,里面的设计装修却是现代的。这样的草屋应该算是高档民宿了。下了车,有人把我领进草房外面的廊棚里。这种廊棚在热带海岛上很实用,既美观又舒适,能遮阳挡雨,还四面通透。

我在竹椅上坐下,不多一会儿,达鲁总统从屋里出来。

"代办先生,什么风把你吹来了?"达鲁笑着问。达鲁总统说的是"What brought you here?"。

"总统阁下好,很高兴见到您。"我赶紧站起身来,同达鲁打招呼。

我们握了手,达鲁请我坐,自己也在边上的一个竹椅里坐下。

"总统阁下,不好意思打扰您的度假。"我边说边从随身带着的皮包里拿出笔和笔记本。

"代办先生,很高兴你能来。"达鲁说,"听鲍尔斯常秘说,你有重要的事情找我。"

"是的。"接着,我把有关 RH 国际组织年会上一些国家要提出针对我们的提案、我们希望得到吉多支持等等,一五一十都同达鲁总统说了。

"哦，是这样，"达鲁听完后说，"难怪你着急要来见我。前两天，鲍尔斯打电话给我，说了这件事，也没有说清楚。我让他交给穆尼副总统做决定。"

"我想见穆尼副总统阁下，但没有见到。另外，您知道，有的势力还在背地里捣鬼。所以，我只能冒昧来打搅您。"我说。

"我明白了。我想，有一点，你是知道的，"达鲁变得严肃起来，"我们两国是友好国家，是好朋友。在国际问题上，我们同你们有着相同的观点，不管别人说什么，做什么，我们一直坚定地同你们站在一起。只要我还是总统，这个立场就不会改变。"

我认真听着，在笔记本上记下达鲁的话。

"这一次也一样，"达鲁继续说，"我们会继续支持你们。我会同穆尼副总统打招呼。另外，你说有的势力在背地里捣乱，你不说，我也知道是谁。不去管它，总有人会说你这也做得不对，那也做得不好。我们知道自己是谁，也知道谁在感情上同我们走得近。所以，我同鲍尔斯常秘说过，凡是钟代办要我们做的事情，我们一定要全力支持。"

"谢谢总统阁下，您的话让我十分感动。"我说。这不是客气话，达鲁的话确实感动了我。

"应该的，你知道，在我看来，支持你们，也就是支持我们自己。"达鲁说。

"再次谢谢总统阁下。"听了达鲁的话，我如释重负。

"不客气。"达鲁说。

"另外，总统阁下，关于医院和医疗队的事，现在有了一定进展，"我换了个话题，"我们会先向吉多提供一些药品、医疗器械和耗材。"

"这样吧，代办先生，现在到饭点了，要不你同我一起吃个午饭，我们边吃边聊。"达鲁说。

"不了，谢谢总统阁下的邀请，"我说，"我得马上赶回去，居华大使还在等着我的消息呢。"

"那就不留你了。医院和医疗队的事，我们回吉多再聊。"达鲁说。

"那一言为定。"我起身告辞，紧紧握住达鲁粗糙的手。

"SAFE JOURNEY BACK。也替我问居华大使好。"达鲁说着，一直把我送到车前。

告别达鲁，我很快又回到机场。坐上飞机，眼前就是跑道，我深深松了口气。现在离完成任务只剩下一架飞机的距离，我在心里说。

我还是坐在凯普顿斜后方。等我坐稳，系好安全带，凯普顿就把飞机发动起来。不一会儿，飞机上了跑道。凯普顿加大油门，飞机滑行的速度越来越快。就在我以为飞机马上要升空时，凯普顿手忙脚乱一通操作，飞机突然减速。减速来得太突然、太猛烈，我本来往后仰的身体，猛然向前冲，然后又被安全带死死拽住，脑袋差一点撞上前面副驾驶座的后背。

在轮子与机场跑道剧烈摩擦的刺耳声中，飞机戛然停了下来。

"对不起，代办先生，"凯普顿停了手，回过头来对我说，"有个小孩上了跑道，好险，差点撞上他。"

我探头往外一望，果然看见有个小孩站立在跑道中间，就在飞机前面。飞机与孩子之间的距离已经很小了。太悬了！要不是凯普顿及时发现，制动得快，小孩恐怕早就没命了。

凯普顿停了发动机，愤怒地跳下飞机。我看见，凯普顿快步走到小孩面前，狠狠把小孩教训了一顿。

我没有下飞机，依然坐在座位上。我现在有时间仔细观察眼前这个又简陋又奇特的机场了。说是机场，实际上只有一条跑道。跑道是在一片椰林中开辟出来的,两边是椰树,跑道上没有一寸水泥,长满了青草,看上去更像是一片草地。当然,说草地也不确切。跑道上曾经铺过砂石,时间久了,没有人管,上面就长出草来。在长出来的草地上,依稀能看见飞机轮子压出来的轮辙裸露在外,让人知道这就是跑道了。

来的时候,我在空中看见的只有椰林和草地,压根儿没有发现跑道。凯普顿把飞机对准那片草地的时候,我以为凯普顿看错了。等我看清那片草地就是跑道时,又发现跑道出奇的短。在那么短的跑道上,飞机能停得住吗?我脑子里充满了怀疑。不过,还没等我反应过来,飞机已经落地。英语里有 soft landing 和 hard landing 的说法,飞机在这样的跑道上降落,软着陆是不可能的,只能硬着陆。硬着陆的飞机颠簸着往前冲,我能明显感觉到飞机在向前猛冲一段距离后,机头开始往上仰,速度明显降下来,不一会儿就停住了。我感觉很神奇。在凯普顿把飞机开回来的时候,我才发现这条跑道的神奇之处。一般的跑道是建在平地上,这条跑道居然建在一个斜坡上,一头高,一头低。飞机在低的那头降落,然后向高坡爬,借助坡度的阻力可以很快停下来,不需要像正常降落那样,滑行很长的距离。

凯普顿训完小孩,又围着飞机检查了一圈,才回到飞行员的座位上。

"要不是我反应快,今天就出大事了,"凯普顿一边重新发动飞机一边对我说,"我早就跟他们说把跑道围起来,不要让人乱穿行,他们就是不听。"

听凯普顿一说,我也才意识到这个机场还是开放式的,同我对机场的概念完全不一样。

在这样的机场上起飞,飞机也是从跑道低的一头向高的一头加速,然后借助坡度腾空跃起。这差不多就是航空母舰的起飞模式。飞机起飞后,我回头望了一眼,不禁倒吸一口冷气。原来飞机腾空跃起的最高点是一个陡峭的悬崖顶。也就是说,飞机降落时如果稍有不慎,冲出那个最高点的话,就会坠落悬崖,机毁人亡。

我看了一眼凯普顿的背影,他正在认真操纵着驾驶杆。我突然觉得像凯普顿这样在南陆当个飞行员确实也不容易。

飞机起飞后平稳地飞行了一段时间。我有时间从随身带来的包里掏出三明治啃起来。这时我才发现肚子已经很饿了。

海上的天气,变幻莫测,刚开始还晴空万里,不一会儿前方就出现了一团团白云。小飞机最怕白云,白云往往带着气流。凯普顿操作驾驶杆,一边让飞机往上爬,一边左躲右闪。显然凯普顿想努力躲避气流。

怕什么来什么。刚才还在平稳正常飞行的飞机,冷不防遭到强气流的袭击,剧烈震动起来,一下子跌落好几十米。突如其来的下跌让我感觉整个身体失重,仿佛五脏六腑都要从胸腔中飞出去了一样。

"代办先生,我们遇上强气流了,请一定把安全带系紧。"凯普顿一边冲我喊着,一边紧紧握着操纵杆。我猜想,凯普顿一定是想迅速爬高,冲出强气流,升到云层上面。

我脑子快速运转起来。我现在最担心的不是别的,而是我无法把达鲁说的话第一时间报告给居华大使。如果那样,我只能寄希望于鲍尔斯。达鲁说了,他会同鲍尔斯联系。如果我的飞机出事,我想鲍尔斯肯定会同居华大使联系。唯一的遗憾是看不到络腮胡子跳蹦极了。

又一股强气流迎面而来,飞机一下子翻了个跟斗。翻了个跟斗的飞机没有回到平衡状态,而是一边机翼高,一边机翼低,像断了线的风筝,摇晃着往海面跌落下去。这次的跌落比刚才更恐怖，飞机如果继续失控下去，就会一头栽进海里。

短短几秒钟，飞机已经跌到了离海面很近的地方。我已经能够看见海面上的浪花，白花花的，一卷一卷的。我甚至还隐约看见海水下边游着的鲨鱼。再往下跌，飞机就要扎进大海了。

就在这一瞬间，我感觉身体猛然被扯了一下。

我们回到吉多已经是晚上。还好在最后时刻，凯普顿稳住了飞机，才避免灾难发生，安全回到了吉多。

同凯普顿道谢告别时，我们相互使劲拥抱了一下。

"谢谢你让我体验了一次极限运动。"我笑着对凯普顿说。

"不客气，你什么时候想再玩，联系我。"凯普顿也幽默地回了我一句。

我开车回使馆，还没有到门口，就听见黄毛在屋里高一声低一声地叫唤。我赶紧把车停好，开门进屋。黄毛扑过来，又是跳又是叫又是转圈。

"黄毛，今天受委屈了，把你扔在家里一整天。"我抱起黄毛，摸着黄毛的脑袋说。

黄毛转过头来，舔我的手，舔我的脸。

"黄毛，你不知道吧，"我把黄毛举起来，让它的脸对着我，"我今天差一点就回不来，差一点就喂了大鲨鱼了。"

黄毛看着我，呜呜呻吟两声，好像听懂了似的。

"不过，我的命大，我知道你还在等着我，我怎么能不回来呢！"我说。

黄毛又呜呜两声。

"黄毛，现在还得委屈你一下，我得给居华大使打个电话，把消息告诉他。然后，我就可以给你弄点吃的。我也饿得够呛，今天下午也就凑合吃了两个三明治。"

把黄毛放下地，我立即拨电话给居华。刚响两声，电话那头就传来居华的声音。

"我见到达鲁总统了，"我急着向居华报告好消息，"他答应吉多会在 RH 国际组织年会上支持我们。"

"好，太好了！你辛苦了，"居华在电话那头高兴地说，"钟良，你一个人不容易。"

我没有说话。我感觉眼睛有点潮湿。

"不过，现在还不能放松，"居华继续说，"光口头承诺还不行，还要让他们来个书面的。"

"好的。"我说。来个书面的，就是书面照会的意思。

"你一定要同吉多外交部保持联系，一定要盯住他们，一定要确保达鲁总统的承诺得到落实，一定要确保吉多在 RH 国际组织年会上投票支持我们。"居华不容置疑地说。

"好的，一定，我会的。"居华一连用了四个"一定"，我知道事情的重要性，不能有任何闪失。军中无戏言，外交也无戏言，这一点我当然知道。

"另外，"居华大使接着说，"你那儿一直缺人。驻吉多使馆总不能永远只有你一个人。我同国内联系过几次，他们正在物色人选。但目前还没有消息，请你理解。"

"没有问题。"我说。我当然希望国内早点派人来，分担点事儿，我也好有个人商量，但这由不得我。看来，我这一个人的使馆还得持续一段时间。

第二天一大早，我去找了趟鲍尔斯。

"Well，听说你去见了总统了。"鲍尔斯笑着说。显然他这是明知故问。

"是啊，见了。"我说。

"事情解决了？"鲍尔斯问。

"解决了。"我说。

"达鲁总统也给我说过了。"鲍尔斯说,"我们将在 RH 国际组织年会上支持你们。"

"太好了,穆尼副总统那儿也没有问题了?"我依然担心穆尼那儿会再出问题。

"没有了。"鲍尔斯摇摇头,"达鲁总统已经同他沟通好了。"

"好。那我们希望吉多政府能将这一友好决定尽快通知前方的代表,指示他一定在会上投票支持我们。"我说。这话听起来有点绕口。外交用语不同于平常说话,因为为了严谨,听起来就有点别扭。使用外交用语,说得别扭不是问题,不把话说到位才是问题。

"这没有问题。"鲍尔斯一口答应。

"我是不是还应该拿到一份正式照会?"我这是在拐着弯要一份外交照会。

"Well,我让他们马上准备一份,下午给你送去。"鲍尔斯说。

"我来取也行。"我说。

"不用,我们一定给你送去。"鲍尔斯看来心情也很好。

现在就差一份照会,RH 国际组织年会的事就大功告成了。这几天一直悬着的心终于放了下来。

八

　　我怀着愉快的心情顺道去医院看望刘阳。因为忙着 RH 国际组织年会的事,我已经两天没有去看刘阳了。在医院的院子里,我见到了刘阳。

　　"不好意思,刘阳,这两天我忙着其他事情,没顾上来看你。"我说。

　　"没事,布莱恩来看过我,说你这两天有事,来不了,没事的。"刘阳说。

　　"是,这两天,有点忙。"我说。

　　"有布莱恩就行,布莱恩对我挺好的。"刘阳夸起布莱恩来。

　　"是吗?那就好。"我去棕榈岛之前,同布莱恩说过,让他来看看刘阳。

　　"布莱恩说他有我们的血统,我看还真有点像。"

　　"你觉得他像?哪点像?"

　　"你看他的眼睛,看着就跟我们像。"

　　"我怎么就没有看出来?"

　　"还有他的颧骨,也跟我们像。"刘阳说。看来,布莱恩给刘阳留下了很深的印象,说了半天还是布莱恩。

"这里不少人的颧骨长得差不多都那样。"我说。

"不,他的不完全一样,"刘阳想了想说,"也许他是混血,但我敢肯定,他长得不一样。"

我没再反驳刘阳,也许我对布莱恩太熟悉了,反而看不出来。

"看来,你现在完全好了,有心思关心别人了。"我说。

"全好了。"刘阳说。他看上去精神很好,脸也胖了许多,和我第一次见到他时完全不一样。

"那好,我一会儿去找一下布莱恩,同他商量一下安排你回国的事。"我说。

从医院出来,我又去了趟海葡萄旅馆。布莱恩正在打电话,见我进来,捂着电话,努了下嘴,让我在沙发上坐一下。

"老板,您回来了?还顺利吧?"布莱恩打完电话,问我。

"还好。"我苦笑了一下说,"就是差点见不到你了。"

"是飞机出毛病了?我们这儿的飞机都太老旧了,容易出故障。"布莱恩说。

"飞机确实很旧,不过没有出故障。只是回来的路上,遇到了点气流,差点掉进海里。"我说。

"您福星高照,上帝保佑您。"布莱恩说。

听布莱恩这么说,我笑了笑。我不知道我的运气算好还是不好。好的话,我不会接二连三遇到险情;不好的话,每次我又都能逢凶化吉。

"刘阳的事,你联系了?"我问起刘阳回国的事。

"雇用刘阳的是蓝海渔业公司,刚才我就是在给他们打电话。"布莱恩说。

"嗯,我听出来了,好像他们不愿出钱?"我刚才听出了个大概。

"是啊,你听出来啦,"布莱恩生气地说,"他们不愿出医疗费,不愿出生活费,更不愿出刘阳回国的机票费。"

"这不应该,他们有义务负责刘阳的所有费用。"我说。

"是啊,我和他们吵了一架,"布莱恩说,"他们让我不要管刘阳的事。"

"他们这么说了?"我很生气。

"他们没有直接说,但话里话外就是这个意思。"

"那我直接找他们去。"

"你别生气,也不用忙着去找他们。"布莱恩反过来劝我说,"他们是雇主,雇员有事,他们应该负全责,这在合同上明文写着。再说了,我是船代理,我有权管这个事。"

"公司是要挣钱的。支付这样一笔额外费用,没有哪家公司会心甘情愿。这一点可以理解,但他们这样的态度是不可接受的。"我说。

"也不知道为什么,最近老有怪事,"布莱恩说,"前几天,我的一个朋友来找我,说是有人让他来找我,让他递个话,要我不要再围着你转,不要再帮你。"

"有这样的事?"我很惊讶。

"是的。"布莱恩继续说,"他们说,只要我不再帮你,他们愿意给我补偿。"

"这是什么时候的事?"我问。

"就在你去棕榈岛前两天。"布莱恩说。

我没有说话,在心里骂了一句。看来有人想方设法要坏我的事,竟然想要拦着布莱恩帮我做事。

"我不管他们,"布莱恩说,"他们给我多少钱都没有用。你的事就是我的事,我一定要管。刘阳的事,我一定管到底。"

"好,好,十分感谢!"我感激地看了一眼布莱恩,不知该说什么。

"谢什么,不用谢。"布莱恩说。

"哦,对了,刘阳的事,还得继续找他们公司。"临走之前,我又嘱咐了一句布莱恩。

"你放心,我会再和他们谈。"布莱恩说。

"你给他们保持压力,我也另外再想想办法。"我说。

从布莱恩那里出来,我去了趟邮局。我在邮局开了一个专属使馆的信箱。这个不起眼的小邮箱,将我同国内联系在一起,在我心里享有很高的地位。只要有空,我就会来邮局寄信取信,时不时也能收到国内的报纸。有没有来信,有没有报纸,常常能决定我这一天,甚至以后几天心情的好坏。这天我收到了吕淑琴的信,还有几份报纸。

我又去鱼市买了一条红鱼。

虽然布莱恩说的事多少破坏了我的心情,但那天晚上,我仍然决定加餐犒劳一下自己。我把红鱼红烧,开了一罐午餐肉,倒上一杯鲍尔斯前几天送我的椰子酒。RH国际组织年会的事峰回路转,终于天遂人意。鲍尔斯没有食言,下午让人把照会送到使馆,我立即把信息传回国内。这样的结果当然应该庆祝一下。我本来想请鲍尔斯一起来喝一杯,鲍尔斯说他晚上还有事,来不了。那我就一个人自斟自饮了。

"黄毛黄毛,"我拿起酒杯,对着黄毛说,"来,我们干一杯。"

"这一次实在是不容易。"我喝完一杯,又斟满。"我有难处,没有人可以分担。现在高兴了,想庆祝一下,也没有人来分享。就我一个人,一个人管一个国家。我拿下这一票不容易。我才来吉多多长时间,就要经受这么大的一次考验。你没有听布莱恩说,有人让他不要再帮我。如果那些人知道我要去棕榈岛,还不知道他们要干什么。现在算是有惊无险,涉险过关。如果拿不下这一票,我得丢多大的人啊。黄毛,我也就跟你说说。我老钟丢不起这个人啊。好了,现在一切终于过去,咱们干一杯。我不仅没有丢人,我还立了一功。"

黄毛立坐在那儿,呆呆地看着我,不出声。

"要是再有点红烧肉就好了,"我对黄毛说,"你说是不是,来一碗红烧肉,连肥带瘦的五花肉那种。吉多这地方猪肉根本买不到。不是他们不吃猪肉,是猪肉十分稀缺。听说他们都是自己家养猪,逢年过节才杀了吃,也只给亲戚朋友分享,不会拿到市场上去卖。来这么长时间了,我连一块红烧肉都吃不到。"

我夹了一块午餐肉给黄毛。黄毛一口把肉叼进嘴里,开心地跑到一边去。

"今天我收到了吕淑琴的信。她说家里一切都好,儿子好,两边的老人好,她自己也好。这我就放心了。祝他们一切都好!"我又喝了口酒,自言自语地说。

外面有月光透过窗户照进来,比屋里昏暗的灯光显得还要亮。我不由想起李白的诗:花间一壶酒,独酌无相亲。举杯邀明月,对影成三人。我对着月亮,举起杯子,然后默默地一饮而尽。

就在这个时候,电话铃响了。黄毛放下嘴里的午餐肉,汪汪叫起来,抬头看看我,然后站起身,往办公室跑。

我跟着黄毛进了办公室。电话是鲍尔斯打来的。

"代办先生,不好意思,现在还来打搅你,"鲍尔斯一改往日的慢条斯理,说话有点急,"我们遇到了麻烦。"

"什么麻烦?"我问。

"是这样的,"鲍尔斯说,"我们答应在RH国际组织年会支持你们,对吧?但现在我们无法联系到我们的代表,没有办法把我们政府的决定通知到他。"

"You mean，你们联系不上你们的代表？"我说。这简直不可思议，自己国家的代表竟然自己都找不到，怎么可能？在我们国家，这种事情绝对不可能发生，我在心里想。

"Well，你知道，代办先生，"鲍尔斯赶紧解释，"我们是小国，不像你们大国。我们在RH国际组织没有专门代表。我们的代表是兼任的，一个人兼着好几个国际组织的代表职务。我们现在也不知道他在哪里。从早上我和你见面之后，我们就一直在找他，直到现在也没有找到。这听起来是很荒唐，但情况就是这样。"

我没有吭声，一时也不知道该说什么。

荒唐，鲍尔斯在电话里用的英文词是"absurd"。确实十分"absurd"，完全是匪夷所思的节外生枝。但鲍尔斯说的也是实话。他们没有那么多人可以派驻国外，平时联系沟通本来也不那么畅通，遇事找不着人也就不足为怪。对我来说，要命的是，吉多在前方的代表收不到指示，也就无法投票支持我们。这就意味着我这几天的努力全都白费。我可是冒了生命危险，才争取到这一票。我不能允许这么荒唐的事情发生在我的身上。

"喂，代办先生，你还在吗？"鲍尔斯没有听见我说话，不知道我这边发生了什么。

"我在。"

"你有没有什么好办法，能帮我们找到他？"

"你给我一分钟，让我想想。"我说。我的脑子高速运转起来。我没有在国际组织任过职，但对国际组织中发生的一些事还是有所了解。譬如，在国际组织投票表决阶段，掉链子的情况经常发生。眼看投票就要开始，有些国家的代表却迟迟没有露面，如果这些国家的代表恰好是答应要投票支持你的，这个时候，你就成了地地道道的热锅上的蚂蚁，急得团团转也没有用。所以，在国际组织工作过的同事，都有一条经验，就是每逢投票，一定要盯住承诺支持我们的那些国家的代表，确保他们出现在投票现场。对啊，既然鲍尔斯联系不上他们的代表，那就让我们参加RH国际组织年会的同事去找他。现在也只能这样了，这是唯一的希望。

"要是你没有意见，常秘先生，"我婉转地说，"我可以让我的同事想办法去找你们的代表。"

"这是个好主意。"鲍尔斯没有犹豫就同意了。我想，现在的鲍尔斯也想不出更好的办法，要不然，他不会贸然打电话找我。

"那这样，我们兵分两路，两个渠道同时推进，"我说，"你们继续想办法同你们的代表取得联系，我们也帮着去找他。我们随时通气。如果我们先找到，我会在第一时间通知你。"

"好的，我们先找到，我也会尽快通知你。"鲍尔斯说。听得出来，鲍尔斯似乎松了口气。

挂了电话，我立即通过驻基比使馆同国内取得联系。我建议国内指示参加RH国际组织年会的代表团直接去找吉多的代表。

"黄毛，你说，这种不可能发生的事情也能摊到我的头上。"我对黄毛说。

我一个人的庆功宴不欢而散。看着没有吃完的剩菜，我不禁在心里哀叹起来。本来是铁板钉钉的事，现在又横生枝节。看来，外交上的事，不到最后一刻，你不知道会在什么环节出现问题，绝不能轻言成功。显然，这次我高兴得太早了。对我，这又是一个教训。

我不敢睡觉，守在电话机旁。我算了一下时间，因为时差关系，RH国际组织年会投票时间应该是在天亮时分，也就是说还有十来个小时，在这之前，必须有人找到吉多的代表。如果我们在 RH 国际组织今年年会上输了，而缺的就是吉多这一票，那就是我的失职。我不敢往下想。我在心里默默期望驻基比使馆同国内的联系不要出现问题，期望国内能够同意我的建议，期望国内代表团能够顺利找到吉多代表。

夜深了，整个海岛都已经沉睡了，只有我还醒着，也许还有鲍尔斯。关了灯，月光显得更亮，外面传来虫鸣声，偶尔有一两声不知是什么鸟儿的叫声，还有远处隐隐约约可以听到轻微的涛声。

我斜靠在一张老式的双人沙发上。黄毛陪着我，躺在沙发边的地上，一会儿低下头睡觉，一会儿抬起头看我。渐渐地，我有点困了。

不知过了多久，一阵急促的电话铃声把我和黄毛惊醒。黄毛刚叫两声，我就拿起电话。

"喂，是钟良吗？我是居华啊。"电话那头是居华大使。

"是，大使，我是钟良。"我说。我的心跳加快，拿电话的手在微微发抖，我不知道居华带给我的会是什么样的消息。

"你关心的事情解决了，"居华笑着说，"国内代表团找到了吉多代表，现在没有问题了。"

"好！好！那太……太……好了！"我说话的时候有点结巴，眼睛潮湿起来。

同居华通完话，我看了看手表，时间是凌晨四点多。我犹豫了一下，还是决定给鲍尔斯打个电话。这个时候，把消息告诉鲍尔斯是对他最大的尊重。鲍尔斯听说他们的代表找到了，很是高兴。我们在电话里相互感谢了一番，又相互吹捧了一番，相约要找个时间庆贺一番。

放下电话，我长长舒了口气。

"黄毛，走，带你到外面遛一圈。"我说。黄毛欢快地跳着，呜呜着跟我一起出了门。

吉多的天已经微微亮起来,朦胧的海面静悄悄的,椰子树现出美丽的剪影,有几只海鸟欢叫着掠过天空。

这是一个美丽的吉多早晨。

"A good gain takes long pain."这是鲍尔斯在电话里说的。我琢磨了一下,在我们的谚语里,也有对应的说法,那就是好事多磨。

一天之后,消息传来,我们在RH国际组织年会上又赢得了胜利。听到消息,我的心情是激动的。要知道,我虽然身在天远地远的吉多,却也是这场国际斗争的参与者。RH国际组织年会上的表决投票是一票一票计出来的,在所有支持我们的票数里,就有吉多的一票。想到吉多这一票是我孤身一人争取来的,我心里就有十足的满足感,像农民收获庄稼一样。

RH国际组织的事一结束,我就忙起刘阳回国的事。

刘阳的事也是好事多磨。来回几番交涉,事情才终于出现了转机。布莱恩打来电话,说蓝海渔业公司最终同意负担刘阳在吉多的费用和回国的机票,但在赔偿问题上还不愿松口,还想拖延时间。与此同时,我同国内联系也有了结果,国内有关部门告诉我,他们得到消息后,立即和蓝海渔业公司驻国内代表处进行交涉。蓝海渔业公司同意安排刘阳回国并且承担所有费用,也愿意支付一定的赔偿金额。我不知道国内和蓝海渔业公司是怎么谈的,但国内的及时干预显然起了作用。我没有想到的是,派刘阳出国的国内公司表示他们会派人到机场去接刘阳。

"刘阳,你的运气不错,蓝海渔业公司同意承担你所有的费用。"得到消息后,我去找刘阳,这是我见到刘阳的第一句话。

在整个联系过程中,我一直把进展情况随时告诉刘阳。

"是吗?"听我这么说,刘阳的脸上满是笑容,"太谢谢您了。"

"不用谢,这是我应该做的。"我说。

"多亏您在,没有您,我真的不知道该怎么办。"刘阳说。

我知道,刘阳说的是实话。刘阳不懂外文,也没有真正见识过外面的世界。我不敢想象,如果没有我在,没有我帮他,他一个人在吉多会经历怎样的遭遇。刘阳从起初对我心存戒备,到后来对我完全信任,已经把我当作了他的依靠,对我言听计从。我呢,也把他当成自己的儿子对待。

"另外,"我说,"派你出国的国内公司也已经知道了你的事,你回国时,他们会派人到机场接你。你家里人也通知到了,他们也会去机场接你。"

"真的?"刘阳听了,脸上的笑容更灿烂了。

"当然是真的。"

"那也就是说,我马上就可以见到我爸妈了?"

"对。"

"那我什么时候能走?"刘阳问。

"如果你愿意,明天就可以走。我让布莱恩订明天的票,这样你可以早点回家,省得你父母担忧。"我说。

"我听您的。"刘阳说。看得出,刘阳早已归心似箭。

机票很快订妥。从吉多回国要转两次飞机,在基比转一次,在N国再转一次。在基比还好办,只要在机场等两个小时,在N国转机,需要在那里过一夜。这让刘阳犯起难来。我也替他担心。刘阳不会外文,在机场中转会有困难,万一有什么事,他无法与人沟通。

我找布莱恩来商量。

"他那么大一个人,不会有事的。"布莱恩说。

"主要是他不会英文,我怕他在转机的时候出问题。"我说。

布莱恩摇摇头,没有说话。我还是第一次看见布莱恩摇头。他肯定是觉得我想得太多太细了。

"你要是觉得为难,那我想想另外的办法。"我看布莱恩不说话,赶紧补上一句。

"要不,这样吧,"布莱恩停了一会儿说,"我有个做生意的朋友,他正好也要去N国。我让他订一张同刘先生同一航班的票,让他在路上多多照顾刘先生。你看行不行?"

"那样最好,"我笑着说,"有你朋友照顾,那我就放心了。"

我得承认,当外交官时间久了,做事爱抠细节,一定要做到万无一失。这是我多年养成的习惯,也成了一种执念。我们容不得把事情办得支离破碎、一地鸡毛,这是布莱恩不能理解的。除此之外,刘阳的事,对我来说还有一层感情因素,这也是布莱恩不能理解的。布莱恩不会知道,在为刘阳张罗回国手续的时候,我的内心一直处于矛盾之中。从工作角度来说,刘阳滞留吉多是一桩领事保护案子,我需要做的是尽快结案,尽早安排刘阳回国。刘阳离开吉多,这个案子也就了结了。但从个人感情来说,我又舍不得刘阳走。刘阳在吉多的这段时间,我已经习惯了他的存在。刘阳已经成了我生活的一部分,我把他当成自己的孩子来照顾。我希望刘阳多陪我几天。因此,当刘阳即将踏上归国的旅途,我在高兴的同时,又突然失落起来。

刘阳要走,我有一百个不放心,需要细细地一一加以解决。我把驻N国使馆的联系人电话号码和地址抄下来,有事他就可以同使馆取得联系。我想到刘阳不会英文,一路上万一遇到意外情况,没有办法和别人交流。于是,我把A4纸剪成一张张小纸条。每张小纸条上,我都用两种文字写上常用的字句,上下各一行。如果有事需要求助,刘阳只要指指纸条上的字句,就能解决。

我在准备这些小纸条的时候,黄毛在边上看着我。

"你肯定看不懂,"我对黄毛说,"我这是替刘阳准备的。刘阳明天就要走了,他这一走,这里又只有我一个人了。只有你陪着我。"

第二天,刘阳要走,我开车去医院接他,把他送到机场。临别时,我把写好的我们驻N国使馆的联系方式和双语字条交给刘阳。

"你都拿好,有需要时会用得上。"我关照他。

"好的,谢谢钟代办。"刘阳说着,感激地接过小纸条。

"还有,这是一个信封,我把这里使馆的地址写在了上面,是英文的。你回国后别忘了写封信,给我报个平安。"我把信封递过去。

"好的,谢谢钟代办,我一定写信给您。"刘阳说着,又把信封接了过去。

"用这个信封就行。"我说。

"好的,钟代办。"刘阳把小纸条和信封都放进包里。

"路上一定要小心。"看着刘阳收拾东西,我突然想起自己第一次离家的情景。那已经是很遥远的事情了,我却依然记得很清楚。那时,父母就是这么对我说的。一代又一代人,在离别时,都说着同样的话,带着同样的牵挂。

"您放心吧。"刘阳说。

布莱恩带着朋友来到了机场。布莱恩没有食言,让他朋友改了票,陪刘阳一起走。我向布莱恩的朋友表示感谢,又嘱咐了几句。

到了登机的时候,刘阳背起背包,同我告别。我同刘阳紧紧握手。

"谢谢钟代办,谢谢您对我的照顾。"刘阳说完,退后两步,向我深深躹了一躬。

"祝你一路平安,记得给我写信。"我说。

"我会的。"刘阳说。

我看见刘阳乌黑闪亮的眼睛里噙着泪花,我知道我的眼睛也已经潮湿了。

刘阳一步三回头地走到飞机旁,不断向我挥手。我也向他挥手,泪水顺着我眼角的鱼尾纹往下流,我的心里像被剜了个大洞,空落落的。

刘阳这一走,吉多这个地方,又只有我一个人了。

九

　　一声巨响,撕裂了宁静的早晨。

　　我吓了一大跳。我正在院子里查看篱笆墙。黄毛不见了。前一天傍晚,我外出办事回来,黄毛没有叫着扑过来迎接我,我感觉有点不对劲。往常只要我的车一进院子,黄毛就会叫着跑着跟过来。我在房前屋后、院内院外找了一遍,也没有找着黄毛。天色向晚,我想着黄毛也许一会儿就能回来,就没有再继续找。一晚上,我想着黄毛,没有睡好觉。刘阳走了,我的心像是被剜了个大洞,现在黄毛又不见了,我的心更加空落了。

　　黄毛一晚上没有回来。天刚蒙蒙亮,我就起床,出去找黄毛。我去了海边,经过了礁石湾,围着乔治小岛找了一圈,还是没有看见黄毛的身影。我回到使馆,来到院子里,看见有一处篱笆墙的格子明显要比别的地方大。我想黄毛一定是从这个格子里钻出去的。

　　我正想蹲下身去,整理一下篱笆墙。就在这时,我听见了巨大的响声。很近,好像就在隔壁,同时感觉脚下的地震动了一下。刚才还在院子草地上觅食的几只斑鸠,先是扑棱着翅膀跳了两下,然后笨拙地扇动翅膀,惊恐地飞出院子。

我不知道那是什么响声,像是爆胎,也像是打雷,似乎还有点像爆爆米花。爆爆米花肯定不可能。小时候,记得有人用自行车驮着爆米花机来村里爆玉米。那是在家乡,吉多没有那样的爆米花机。我抬头看看天,天空一碧如洗,没有一丝云彩,没有一点下雨的迹象,也就不可能有雷声。那么就是爆胎,但爆胎的声音不会如此沉闷,也不至于如此巨大。我摇摇头,也许是我听错了,也许刚才什么声音也没有,什么事情也没有发生。也许是我的耳朵出毛病了,但不对啊,我的耳朵可以出毛病,我的眼睛是好好的。刚才有几只斑鸠从院子里惊起飞走,现在还不断有各种鸟儿,或成群结队,或形只影单,急匆匆地从我眼前一掠而过,比平时的速度要快得多。我还听到它们一边飞一边叫,叫声奇怪。这种叫声只有受到惊吓时才会有。

那会是什么响声呢?会不会是炸弹?这个想法在脑子里一闪,立即被我否定了。吉多这样一个被大海围着、远离大陆的地方,怎么可能会有炸弹?

我竖起耳朵,又听了一会儿,外面只有风吹树叶的声音,还有飞过的鸟儿的叫声,不再有任何其他动静。

我回到屋里,开始做早饭。早上我吃的是西餐,煮一个鸡蛋,或者煎一个鸡蛋,烤两片面包,面包上抹点黄油和果酱,外加一杯牛奶。西式早餐简单易做,营养该有都有,吃久了成了习惯。日复一日,几乎天天如此,竟然没有吃腻。

吃早饭的时候,我还在想着黄毛。我总觉得黄毛不会这么无情,不会丢下我就这么走了。我想好了,过一会儿出门去办事,我还是要顺道去找黄毛。

门铃突然响起来,仿佛还有狗的叫声。我想着可能是有人把黄毛送回来了,三步并作两步穿过客厅,匆匆把前门打开。

门外没有黄毛。我抬起头来,发现站在门外的是一位年轻的警察,看上去二十刚出头,比我高半个头,起码有一米八,身材结实挺拔,穿一身灰色短袖短裤制服,虽然有点稚气未脱,但十分英俊帅气。

"早上好,先生。"警察见到我,很职业地抬手对我敬了个礼。"我是吉多警察局的查理。我奉命前来通知您,在离这里不远的地方,刚才有一颗炸弹爆炸。"

"炸弹?什么炸弹?"我惊讶地问。

"是这样的,"查理说,"我也不是很清楚。听说炸弹是以前遗留下来的,以前也曾爆炸过几次。"

"是吗?我怎么没有听说过?"我依然将信将疑。

"我也是听人说的,"查理说,"我们刚刚接到通知,要把这个地方彻底排查一遍。"

"怎么排查?"我问。

"我们要把这个地方封起来,不能有任何人留在里面。"查理说。

"你的意思,我们都得到外面去避难?"我问。

"是的,先生,为了您的安全,我们需要您配合我们,到外面去避一避。等排查完,确保没有危险再回来。"查理说。

"那需要多长时间?"我问。

"我不是很清楚。"查理说。

"希望不要很长时间。"我说。

"应该不会。"查理说,并不肯定。

"Damn it。"我在心里暗暗骂了一句。我先是被摩托车撞伤,间隔没有多长时间,又有炸弹在使馆附近爆炸。看来乔治岛这个地方是个是非之地,我不能再待下去。我得赶紧找个新地方搬出去。

查理走后,我把需要带的文件装进包里,然后灌上一壶热开水。刚想出门,想了想,中午肯定回不来,也没有地方吃饭,又返回屋里拿了一点剩饭剩菜,外加一根黄瓜。

这时,我听见有狗的叫声。还没有等我完全反应过来,黄毛已出现在我的眼前。黄毛不知野到哪儿去了,浑身都是泥。

"你这个家伙,野到哪儿去了?弄成这个模样。"我一边心疼,一边骂。

黄毛不吭气,看着我,喘着气,摇着尾巴。

"你让我好一通找,你知不知道?你还知道回来?"我说着,放下手上的东西。

黄毛呜噜了两声,还是看着我,喘着气,摇着尾巴。

"过来,我给你洗个澡,看你这身泥。"我拿出盆来,满上水。

黄毛大概知道自己身上脏,乖乖地任由我摆布。

"回来就好,回来就好,"我一边给黄毛洗澡一边说,"我就知道,你会回来的,你不会就这么走了。我猜你会回来的。"

给黄毛洗完澡,我带上黄毛,开车去贝卡斯避难。

在贝卡斯,我先去了外交部,送了一份外交照会,申请货物免税。然后我去了邮局。使馆的信箱空空如也,什么都没有,既没有来信,也没有报纸,甚至连一份当地电费水费的账单都没有。我不甘心,跑去问莫里森。莫里森是邮局的工作人员,一个发福的中年男人。去多了,我同莫里森混熟了。莫里森见我问,耸耸肩,说确实没有。我很失望。

从邮局出来,我碰到了"假国人"布莱恩。

"老板,听人说刚才你们那里有炸弹爆炸?"布莱恩先开口问我。

"是,你也听说了?"我把情况同布莱恩说了。

"这就奇怪了,"布莱恩说,"那个地方以前是有过炸弹。你知道,当年P国曾把乔治岛当训练靶标,投下不少炸弹。留下一些炸弹没有炸,后来炸过几次。不过近十几年,一直没有再炸过。要不然,我也不会在那里给你找地方建使馆。"

"那你当时为什么没有告诉我,那里还留有炸弹。"我有点生气。

"是啊,老板,这是我的不对,"布莱恩说,"我觉得不会有事,所以也就没有跟你说。哪想到现在还会有炸弹爆炸。"

我没有说话。布莱恩认了错,我也不好再说什么。

"这样吧,老板,"布莱恩说,"我抓紧再给你找一处房子。"

"我也这么想。现在这个地方,看来不是久留之地,我得尽快搬出去。"

"好的,老板。"布莱恩说,"我一定尽快找。这次我一定找一个让你满意的地方。"

"那我先谢为敬,等你的消息。"

"不客气。"

"那再见。"说完,我牵着黄毛要走。

"你的拉布拉多狗找到了?"布莱恩一定是注意到了跟着我的黄毛。

"找到了,是它自己回来的。"我说。我发现黄毛走丢了,打电话问过布莱恩,让他帮我找找。

"这是只公狗吧?"布莱恩笑着问。

"是。"我说。

"那就对了。"布莱恩说。

"什么对了?"我不明白布莱恩说的是什么意思。

"没什么,没什么。"布莱恩赶紧说,"那我们再见。"

"再见。"我说。

"对了,老板,你现在去哪?"我转身刚想走,布莱恩突然又问。

"不去哪儿,现在回不了使馆,就在外面转转。"

"要不你上我那儿去休息会儿,等炸弹排除了,你再走。"布莱恩邀请我去他的海葡萄旅馆。

"不了,我还有点事要办。"我说。

告别布莱恩,我带着黄毛来到贝卡斯码头。

我刚才对布莱恩说还有事要做,是找了个借口。其实,这一天,我外勤的活已经做完。使馆的活,有外勤有内勤,当然还有文案。今天文案不能做,内勤也不能做,外勤跑完了,使馆回不去。现在剩下大把的时间需要消磨。有意思的是,英语里用"kill"来形容消磨时间,称作"kill time"。"kill"是斩、宰、屠、杀的意思,屠牛宰羊、杀猪斩鸡,用的都是"kill"。可见,对付时间也要像对付牲畜一样花费很大的力气。一个"kill"道出了消磨时间的不易。那天我就是这个感觉。

贝卡斯码头面对着一个小海湾。湾里停着数不清的渔船。渔船不大,看上去只比舢板稍大一点。船头微微翘起,两侧各画着一只大大的眼睛,不知道是哪路神仙的眼睛。据说大眼睛是为了驱鬼避邪。渔民都是晚出早归。现在已近中午时分,渔民们都回去休息了,只留下空空的小船在海湾里。

码头上只有我一个人。我看着一条条空的小渔船在海面上颠簸摇晃,我的心仿佛也跟着颠簸起来,摇摇晃晃,没有着落。

独处的时候,想事就是最大的消遣。

我想起了刘阳。刘阳现在应该到家了吧?他应该与家人团聚了,团聚是种幸福的感觉。送他走的时候,我有一种回家的强烈冲动,想跟他一起回国,回国与家人团聚。路途再遥远,只要走上回家的路,总能到家。

自从离开家乡上大学,我就越走越远,离家也越来越远。

不仅路远，回家间隔的时间也越拖越长。这一次出国，我已经两年多没有回国了。如果不是这次临危受命来到吉多，我无论如何都可以回国休假一次。现在，回国休假变得遥遥无期。我不知道还要等多长时间，也许等满三年，也许会等更久。

三年就是三个 365 天，加起来总共是 1095 天。也就是说，已经快到 1000 天的时间，我没有回家，没有与家人团圆了。我知道，对我和我的同事来说，三年算不了什么，这个时间离历史纪录还相差很远。历史上，连续待在国外没有回国休假的，时间最长的足足有六年之久。

我很希望尽快回家一次。父亲已经上了岁数，一直疾病缠身。每次回国，我一定要去看望他老人家。每次见到父亲，父亲就变得更加苍老。我心里清楚，我同父亲见面的机会不多了，见一次少一次。我希望至少再见他一次，但这由不得我。居华大使已经说了，现在暂时找不到人来吉多。找不到人来，也就意味着我无法回国休假，我还要继续在吉多待下去。

太阳好像不再移动，一直高高挂在天上。天上没有一丝云彩，天蓝得像透明的玉，无聊地美丽着。阳光无遮无拦，一束束热辣辣地直射下来。黄毛怕热，早躲到一棵鸡蛋花树下。

"黄毛，你倒会找地方。"我对黄毛说。即使躲在树荫下，黄毛也伸着舌头，使劲喘着气。

我也跟着黄毛躲到鸡蛋花树下。坐在树荫下的草地上，我一下子感觉凉爽许多。在热带，太阳下和树荫里的温度可以相差很大。

居华让我到吉多来，有两个任务，一个是建馆，还有一个他没有说。当我接到关于 RH 国际组织年会任务的时候，我一度以为那就是我的第二个任务。现在看来不像。RH 国际组织年会每年都会遇上，虽然工作做起来艰难，但不算特殊。我总觉得第二个任务应该是个很特别的任务。到底是什么呢？我不得而知,也不能问。不能问,就只能等着。我对自己说,现在要做的,就是把手头的事做好。手头的事就是医疗队和医院的事,还有一些援助的医疗设备和器材需要交付。

肚子有点饿了。我从车里拿出带来的罐头、剩饭和黄瓜,简单吃了点,也分了些给黄毛,算是午饭。

吉多这个地方果然不是世外桃源。我先是被摩托车撞伤,现在又有炸弹在使馆附近爆炸。我对炸弹的反应更多是惊诧,而不是恐惧。在那个年代,世界各地到处都有动乱,政变经常发生,枪炮声从未断过。对于我们外交官来说,枪声、炮声、炸弹声并不陌生。在我看来,除了军人之外,离枪炮声最近的就是外交官了。

我想起刚进外交部时,听过一位老大使讲述他的亲身经历,第一次理解什么叫出生入死。那位老大使在任时,有一回应驻在国国王邀请,带着一位年轻翻译,前往王宫参加新年招待会。谁也不会想到,新年招待会成了政变现场。叛军冲进金碧辉煌的宴会大厅,冲着国王请来的达官显贵、各方高朋,实施无差别扫射,前面的客人一排排倒下。老大使打过仗,在部队里当过将军,顿时反应过来情况不妙,迅速摁倒翻译,自己也一起卧在地板上。后来老大使带着翻译,趁乱顺着墙根匍匐前进,从叛军在墙上炸开的一个洞口逃出王宫。回到使馆他们才发现,自己浑身沾满了别人的血。老大使用自己在枪林弹雨中积累的经验救了自己一命,也救了翻译一命。

我还想起一个故事,同样神奇。我有个同事,比我起码小二十岁,我们经常会在一起聊天。他的右耳上有个缺口。他经常会笑着向我们炫耀他那只残缺的耳朵。他告诉我们,那是被子弹打的。他第一次出国常驻,就遇上驻在国政变。使馆的位置正好夹在政府军和叛军之间。双方停火间隙,他奉命去院子里观察战况。刚走出楼门,突然枪声大作,他感觉被什么绊了一下,脸朝下栽倒在地,失去知觉。等他醒来,发现右耳挨了一枪。当时使馆其他同事赶紧把他送到医院,医生给他简单处理了耳朵的伤口,打了破伤风针。

"就差那么一点点,"每逢说起那段经历,那位同事说话用的都是极庆幸的语气,还用大拇指和食指,比画着耳朵到脑袋的大概距离,"就那么一点,要不然,我就没命了。"

我们无一不感叹他大难不死,有如神助,包括他自己。然而更神奇的事情发生在整整二十年后。那位同事参加单位组织的一年一度例行体检。做X光透视时,医生发现他的肺部有一个阴影,让他去复查。复查发现是个异物,医生决定给他动手术,结果从肺部取出一颗子弹头。二十多年,他一直不知道,自己不仅耳朵挨了一枪,后背上也挨了一枪,子弹深陷他的肺部,一直残留在那里。

我们就是听着这些故事出国常驻的。

我需要找个地方方便一下。早上又是找黄毛,又是遇炸弹,我还没来得及解决一天的大事。我想了想,最好的去处是机场。正好,我可以去看看有没有航运给我的货物。隔三岔五,我会收到国内寄给我的一些文宣品,包括电影海报、杂志什么的。

"黄毛,走,我们去机场。"我对黄毛说。

我算是幸运的,前两次常驻国外,都没有遇上战乱。最危险的是碰上一起未遂政变,只远远听到几声零星的枪响。回想起来,当时有一种异样的兴奋在血液里急速传导。那种兴奋当中既有期盼又有担忧。期盼什么,又担忧什么呢?说出来肯定让人不敢相信。我期待那是一场真正的枪战,又担忧那不是一场真正的枪战。听说政府军很快把叛军镇压下去,控制了局面,我甚至还有几分失落,觉得自己失去了一次亲身经受战火洗礼的机会，没有真正成为凤凰涅槃式的外交官。之后相当长的一段时间里，我为自己竟然会有如此癫狂的想法感到后怕。

想不到，我竟然在吉多近距离遇到了炸弹。我不知道炸弹是不是真的是以前留下来的，这当然是一种可能。但还有另外一种可能，炸弹是人为安放的。按照西方"阴谋论"的理论来推断，我被摩托车撞伤，一定是个阴谋，目的是给我一个下马威，让我知难而退，退出吉多。顺着这个逻辑往下推，那么，这次炸弹爆炸也有可能是针对我的。是有人在发现摩托车事件没有达到预期效果之后，策划的另一起事件。如果黄毛没有及时回来，我还会怀疑黄毛的失踪也是阴谋的一部分。

我希望我的分析推理都是错的，但阴谋论的可能性不能排除。我一个人守在吉多，不能没有防人之心。无论是什么阴谋，我都不可能被吓走。但对于炸弹事件，我还是要发一个正式照会给吉多外交部，就使馆财产和人身安全问题向吉多方面表示严重关切。这样的官样文章一定要做。

吉多机场候机楼简陋了点，不过洗手间很干净。上完洗手间，我到货运处去问了问，那里也没有使馆的航运邮件。我看了看手表，已经过了下午两点。我想我在外面应该已经"斩杀"了足够长的时间，炸弹应该已经被排除。我决定回使馆。

我开车到了铁桥，发现警察查理还在那儿站岗。查理拦住我的车，告诉我炸弹还没排查完，我还不能回使馆。无奈，我只得调转车头，开车往回走。

"黄毛，我们还不能回家，我们还得去流浪。"我对黄毛说。

黄毛半蹲半坐在副驾驶的座位上，看着前方，像是在想事，没有理我。

"不要问我从哪里来，我的故乡在远方，为什么流浪，流浪远方，流浪……"我突然想起了那几句歌词，忍不住哼起来。

十

躲炸弹那天，我在外面流浪了一整天，直到很晚才回使馆。

事后我才发现，那天正巧是我五十岁的生日。五十知天命，那是我生命中一个重要的日子。我曾想过无论如何都要庆贺一下，一来感谢父母的养育之恩，二来也给自己找个理由加个菜，喝口酒。但我竟然忘得一干二净，还被迫当了一天的流浪汉，孤单一人，孑然一身，没有人为我祝福，没有收到任何礼物。

不对，礼物还是收到了，非常特殊：一颗炸弹。

也就在那天，我想好了，我一定要尽快搬离乔治岛。把乔治岛上的这处茅屋作为使馆，从一开始就是个错误。勉强的事，总是长不了。这是我以前的经验，这次竟然也不例外。被摩托车撞伤后，我就想着要搬家，结果因为忙于 RH 国际组织的事和刘阳的事，耽搁了下来。

"我不能再拖了，"我对黄毛说，也是自言自语，"先是被摩托车撞，现在是炸弹爆炸，对了，还有我挂在门外的使馆铜牌也失踪过，如果再拖下去，不知道又会出什么事。"

使馆铜牌失踪，还是布莱恩发现的。布莱恩到使馆来找我，我记不清是为了什么事,但他发现门外的铜牌不见了。布莱恩问是不是我摘下来的,我说没有啊。我到外面一看,果然使馆铜牌不见了。我立即向警察总监尤素福报了案。两天后才找回来。还好,铜牌竟然完好无损。

当然新找一个地方做使馆也不容易,布莱恩答应帮我找,一直也没有进展。就在我犯愁时,伦杰打电话给我。

"我记得你想换个房子?"寒暄了几句,伦杰便直接问我。

"是啊,我早就想换了,一直找不到合适的。"我说。我很惊讶伦杰怎么知道我要换房子。

"那好,我手上正好有一处房产,"伦杰说,"不知道你有没有兴趣?"

"当然有兴趣,我现在满脑子都是换房的事。"

"那好,你什么时候有空?我陪你去看看。"

"我今天就有空。"对我来说,能找到房子,当然越快越好。

"我上午有点事,"伦杰说,"要不这样,下午两点,你先到我这里来,然后我带你去看房子。"

"没问题。"我说。放下电话,我想起来了,拜会伦杰的时候我曾提起过,我对现在的茅屋使馆不满意,等找到合适的房产就搬出去。当时,我只是随口抱怨了一句,完全无意让伦杰帮忙找房子。看来说者无意,听者有心。

到了约定时间,我开车到了基比驻吉多使馆。伦杰磨蹭了一会儿才出来。他开辆吉普在前面带路,我开着我的车跟着,拐过一个弯,没走多远就到一处房产前。我们下了车。

"这是一处不错的房产。"伦杰等我走到他身边,指着眼前的房产说,"这是我一个朋友的房子。"

"是,不错。"我说。眼前的房产和在乔治岛上的使馆属同一个类型,也是茅屋。我现在知道,这种房产在吉多属于好房子。

"你看,这个房子位置不错,面朝大海,离政府部门很近。"伦杰边走边继续说。

我点点头。房子的地理位置确实不错,靠着贝卡斯,办事方便。

"这个房子刚刚装修过。我的朋友是吉多人,在基比做生意。他本来想荣归故里,带着家人回家乡住,所以就把房子装修了。"

"那他现在改主意了?"我问。

"你说的没错,他改主意了。他现在又不想回来了,想把这里的房产卖了,在基比再置个大点的房产。"伦杰说。

"哦,原来是这样。"

"这里比乔治岛也安全,不会有炸弹。"伦杰笑着说。

我也笑了。伦杰说得没错。

伦杰带我先看房子。新找的房子,因为刚刚翻修过,外表看起来显得很新,也更整洁。里面的布局,三室两厅一间厨房,比现在的使馆多一间,客厅也大出不少,但整体空间还是不够大,尤其是卫生间只有一个,不尽如人意。

伦杰又带我看院子。

"这个房子唯一的美中不足就是房子翻修了,院子还没有来得及收拾。"伦杰说。

伦杰说的是实话。院子显然没有好好收拾过,地上杂草丛生,路径坑洼不平,树木凌乱无序,篱笆也需要重修。

"不过,这个院子底子不错,也很大,应该可以收拾得出来。"伦杰补了一句。

我点点头。院子确实很大,里面种了不少树,有椰子树、芒果树、香蕉树,还有三角梅、鸡蛋花、凤凰木,都是典型的热带植物。我跟着伦杰往院子中间走。我回过身来,突然看见在房子的拐角处矗立着一棵高大的棕榈树,足有七八米高。因为角度的原因,那棵树刚才一直被挡着,直到现在我才看到。

"我喜欢那棵树。"我指着那棵树,脱口而出。

"哦,那是棵王棕。"伦杰说。

"我知道它是棕榈的一种,但我叫不出名字。我管它叫tall palm。"我说。后来我才知道,那种树,国外叫"royal palm",我们叫王棕,也叫大王树。称这种棕榈为王棕,显然是尊其为棕榈之王的意思。

伦杰笑了:"您说的没错,这种树又高又直。"

"对,又高又直。"我喜欢大王棕就是因为它又高又直。每次看到大王棕,我情不自禁会联想到松树,联想到"大雪压青松,青松挺且直"。我总觉得大王棕就是热带的松树。

"你知道,我们基比有不少这样的王棕。在吉多,这种树很少,不知道我的朋友是从哪里弄来的。"伦杰说。

"这个地方,我要了。"我说。

"What did you say?"伦杰一下子没有反应过来。

我笑了笑说:"你没有听错,这个房子,我要了。"

"这个院子这么乱,你也不在乎?"伦杰问。

"不在乎。"

其实,我说的不准确。院子是房产的面子,怎么能不在乎?院子肯定要收拾,不仅要收拾,还要收拾出个模样来。不过,我想好了,院子里的事我自己都能做,修篱笆、修路、修剪花草树木,都不是问题。外交官是Jack of all trades,是万金油,无所不能。我自认为我就是这样一个外交官,什么都会点。要不然,居华也不会挑上我,让我来吉多独当一面。另外,我还想好了,我要在新使馆竖起一根标准的旗杆。在乔治岛,使馆一直没有一根像样的旗杆,这成了我的心病。我抽空画好了图纸,也收集了一些材料,但还没有来得及安装。搬进新馆后,我要尽快把旗杆竖起来。

"你不会就是为了那棵 royal palm 吧？"伦杰还是有点不相信。

"有点。"我说。在我的心目中，那棵大王棕对于这栋房子毫无疑问是个加分项，如果原来只有八十分，现在一下子增加到了九十分。我喜欢那棵树。树是有性格的。在热带，棕榈树有好几百种，我唯独喜欢大王棕。我总觉得，我同大王棕脾性相投。

第二天，我就带着黄毛搬进了新使馆。

我已记不清这是第几次搬家了。我的父母一辈子只搬过一次家。几年前，我们几个子女一起凑钱，为父母在老宅基地上翻建了一栋二层楼房。父母从老祖屋搬进了新房。严格意义上，他们根本就没有挪窝，还是住在原来的地方。我的人生却大为不同，是由大大小小无数次搬家串联起来的。从上大学开始，我就不停搬家，先是从一个学生宿舍搬到另一个学生宿舍。我的母校有个规矩，不知道是不是沿袭到现在，每个学年结束，南北宿舍都要互换一次。工作后我更是频繁搬家，先是从一个单身宿舍搬到另一个单身宿舍，结婚后，也是隔几年要搬次家。对于我们外交官来说，还要增加出国常驻的搬家。每次出国就是一次搬家，把一个二十公斤重的箱子塞满，里面便是我们的全部家当。带上这样一个箱子，我们在世界各个角落安家。

当然，这一次搬家，一个箱子远远不够。这次搬家有点特殊，不是我一个人搬家，而是一个使馆搬家，烦琐也就在所难免。除了自己的衣服和日常用品，还要加上锅碗瓢盆、办公用品、各种装饰和工具等等。

即便这样，小车一车也就装完了。

搬到新使馆不久，我参加了吉多一场特殊的活动。吉多每年都要举行一次传统的蹦极节,在此之前要提前两个月开始搭建蹦极架。我去参加的就是蹦极架的开建仪式。

仪式现场选在贝卡斯湾顶头的一块空地上,面朝大海。

我到得比较早。我是想早点去,看看能不能同鲍尔斯说上话。我刚收到国内指示。国内原则上同意接受达鲁的请求,将向吉多派出一个医疗队和医院改建考察小组。目前两支队伍正在组建,很快可以成行,要求我尽快通知吉多,同对方就此事达成协议。与此同时,我还收到了一份船运的提货单。两国建交十周年,国内发出的一批援助物资到港。我想同鲍尔斯商量一下怎么把这两件事情落实好。

我到的时候,鲍尔斯还没有到。一位礼宾官把我领到座位上。我刚坐下,伦杰就来了。我感谢伦杰替我找到了房子。紧接着E国代办史密斯和P国的代办布朗也到了。

我已经有一段时间没有见到络腮胡子布朗了。外交使节之间常常就是这样,有时候一天能见三次面,还有的时候呢,三个月也见不了一次面。

"好久不见,布朗先生。"我话里有话地同布朗打招呼。

"是啊,好久不见,代办先生。"布朗说。

"你回国了?"我问。

"没有,没有,我去基比度了个短假。"布朗说,"你呢?你回国了?"

"没有,我一直待在吉多。"

"你最近……"布朗话没有说完就停住了。

"最近没忙什么,就是忙点关于蹦极的事。"我说。

"蹦极的事?什么蹦极的事?"听得出来,布朗是在装傻。

"我们说过的,谁输谁去蹦极。"我说。

"有这样的事?你是不是记错了。"布朗皱了皱眉头,藏在络腮胡子后面的脸色肯定很难看。

"是啊,肯定是我记错了。"说完,我哈哈大笑起来。

布朗看了看我,也尴尬地跟着笑了笑。

鼓声响起,仪式开始了。只要是传统仪式,都少不了鼓,全世界都一样,吉多也不例外。鼓声中,一群青年男子排成前后两队出场。他们脸上涂着白色条纹,腰上缠着布,遮住重要部位,嘴里哟哟喊叫着,手中挥舞长矛,光着脚在沙地上跳起土风舞来。

"为何没见里面有女孩?"我听见布朗在问。我的右边坐着伦杰,伦杰的右边是布朗。

"今天的仪式女孩是不允许参加的。"伦杰说。

"为什么?"我问。听伦杰一说,我突然意识到,今天在场的人,无论是工作人员,还是客人,清一色都是男的,没有一个是女的。

"蹦极是男孩的成人节。在蹦极架搭好之前,女人是不能看的。"伦杰说,"这是习俗,我们基比也一样。看了不吉利。"

轮到吉多社会发展及渔业部部长狄维普讲话。狄维普部长是今天仪式的主人。我同他打过几次交道,商谈过两国渔业合作的事。狄维普从吉多是蹦极发源地说起,讲到吉多政府要把蹦极打造成吉多的文化品牌。狄维普的声音有点异常,同平时不一样。也许是麦克风出了问题。

"怎么可能?"狄维普一开头说起吉多是蹦极发源地,伦杰就不高兴地嘟囔了一句,又转过头来对我说,"你在基比待过,你知道的,我们基比才是蹦极真正的发源地。"

我点点头,没有说话。吉多和基比有关蹦极的发源地之争由来已久。

"蹦极架建在什么地方?"布朗问。

"就在这里,"伦杰说,"你朝前面看,那里堆放着一堆木头和藤条,就建在那里。"

"不是说搭建在树上吗?"布朗又问。

"以前是。以前只要找一棵大树,把枝丫砍下来,再用枝丫当作材料,围着树干,搭起一级一级的蹦极架。现在很难找到合适的大树,只能从地上开始搭建。"伦杰说。

"像搭脚手架一样往上搭?"我问。

"道理是一样的,一直要搭到二三十米高。"伦杰说,"最上面会搭出一块块长长的跳板。这样跳下去,不至于碰到蹦极架。"

"我记得,在基比是往海里跳。"我说。

"是的,我们往海里跳,这样万一有事,不至于丢掉性命,"伦杰说,"吉多这里是直接往地上跳。"

"这样啊,那风险比较大。"我说。

"是啊,"伦杰说,"所以绑在脚上的藤条很重要,一是一定要结实,藤条本身得结实,绑也得绑结实;二是长度一定要合适。不然确实有危险。"

现在轮到一位长者讲话。伦杰说他是当地部落的一位长老。长老头上戴着长长的羽翎,手持长柄手杖。风有点大,麦克风里传来的全是风的声音,长老的话变得断断续续,听不清。还好,他的讲话不长。长老说完,带着贵宾席上的客人走向前面的木头堆。礼宾官让我们几位使节也跟上,鲍尔斯正好走在我们的前面。

长老在木头堆前站住,口中念念有词。我想长老一定是在施法,请求神灵保护。

"那藤条干什么用?"我问鲍尔斯。

"绑蹦极架用的,"鲍尔斯回头告诉我,"你知道,搭蹦极架是不能用钉子的。"

"为什么？"我问。

"Well，传统就是这样，"鲍尔斯说，"说是用钉子不吉利，只能用藤条。"

"明白。"我说。这是吉多版的迷信。

长老施完法，正式仪式就算结束了。此时天色暗下来，篝火不知什么时候已经点燃。有人来递饮料，我要了一杯鲜椰汁。我们围着篝火，边喝饮料边聊天。狄维普部长也加入进来。

蹦极依然是话题。

"挺奇怪的，我听到的传说中蹦极的主角是女孩，现在蹦极成了男孩的成人礼，没有女孩什么事了。"史密斯说。

"你说的没错，"狄维普说，声音有点沙哑，"相传很久以前，我们这里的一个岛上，有一个女子，貌美无比，不少男人对她一见钟情，想娶她为妻。不幸的是，她最终嫁给了一个暴戾的男人。男人动不动就对她拳打脚踢。女子不堪忍受男人的虐待，很多次想逃走。但小岛四面环海，她能逃到哪里去？每次逃跑都会很快被她的男人抓回来。每次被抓回来，她都会被更加狠毒地打一顿。"

狄维普停了停，咳了两声，又接着说："那个女子，不仅美丽，还很聪明。她看见小岛上有一棵参天大树，便计上心来。她事先编好了一根长长的藤条。当她的男人再次对她施暴时，她带着藤条往外跑，爬到那棵参天大树上，一直爬到树顶上。她把藤条一端绑在自己的双脚上，另一端绑在树枝上。她想好了，男人肯定会找到她，也肯定会爬上树来抓她。等男人爬上来，她就往下跳。果然，男人发现她躲在树上，爬上树来，伸手要抓她。就在这时，她纵身往下一跃，从树顶跳下去。男人本能地跟着往下跳。女子因为有藤条绑着双脚，挂在半空中，男人则摔在地上，摔死了。"

狄维普说完,大家沉默了好一会儿。

"每个传说应该都有隐喻在里面。"我说。

"你说的没错,"鲍尔斯说,"现在的蹦极已经发展为一种极限运动。在我们南陆地区,蹦极依然是一种传统仪式,为的就是避邪、祈求平安、祈求神灵庇护。"

"很有意思。有机会很想去跳一次。"我说。

"那你今年就可以去试试。"狄维普说。

"好啊,我去试试,"我说,"你们都跳过?"

"那都是年轻人的事,"狄维普说,"我没有试过。"

"我这个样子,肯定不会去跳。"布朗边比画着自己的身材,边自嘲地说。他这么一说,我们都笑了。

"Well,我跳过,"鲍尔斯说,"当然是年轻的时候。"

"那是什么感觉?"我问。

"跳下去之前是害怕,真的很害怕。有人不敢跳,我还好。其实,跳下去最难受的时候是被藤条拉住的那一刻,那是最恐怖的。"

"我也跳过。"伦杰接过鲍尔斯的话,"你说的没错,人的身体本来一直在往下落,突然被扯住一下,那个时候心脏就像是要冲出胸腔。"

我想起来了,那次我去棕榈岛回来的路上,飞机遇险,差点直接掉进海里,最后像是被什么猛扯了一下。那种感觉同伦杰说的一模一样。

搬进新使馆,我只要有空,就忙着整理院子。院子里有不少活要干,我先把疯长的草剪平,把杂乱的树枝修齐,先让院子有了点模样。我花了几天时间把老篱笆墙拆了,换了新篱笆墙。我想做竹篱笆墙。国内老家的院子就是用竹子围起来的。吉多没有竹子，做不成竹篱笆墙，只能用藤条围。篱笆墙一换，院子立马有了新面貌。

这天早上，我在院子里刨地。黄毛趴到地上，看着我刨地。吉多缺少蔬菜，我嘴里经常起泡上火。在乔治岛的时候，我曾在院子里开出一块地，试着种点叶子菜。我撒下小油菜、菠菜、小白菜之类的种子。种子是我从国内带到基比的，又从基比带到吉多。开始一阵，秧苗出得不错，长势也好。后来因为忙着处理RH国际组织年会的事，又忙着照顾刘阳，有几天没顾上管。再去看，原本好好的秧苗，有的因为缺水已经枯死，有的被白蚁吃掉，我伤心不已。到了新馆，我决心从头做起。

"黄毛，昨天的活动不错，"我一边刨地一边同黄毛说话，"这是我到吉多后参加过的，对，应该是最轻松的活动。当然，我同布朗斗了几句嘴，那是文斗，点到为止。就是为了让那个络腮胡子不要瞎捣乱。我们井水不犯河水。把我惹急了，我也不怕同他斗。这次RH国际组织的事，我不就赢了他？"

黄毛起身，在院子里转了一圈又回来趴在地上。黄毛长大了点，不像原来那么消停。

"黄毛，你知道吧，"我继续对黄毛说，"昨天整个活动，我们都在聊蹦极。你知道什么叫蹦极吗？就是站到高高搭起的木架子上往下跳。那种感觉肯定不好受，就像坐飞机往下掉。你要不消停，什么时候让你也去跳蹦极，看你有没有这个胆子。"

黄毛抬起头，看了看我，喘着气，口水顺着嘴角流下来。

"你不乐意了？不乐意就乖点。昨天本来想好要找鲍尔斯说说医疗队、医院先遣组和援助物资的事，一直也没有找到合适的机会。告别的时候，才匆匆和他聊了几句。我同他说好了，今天上午十点去见他。一会儿我去一趟，你好好在家看着点。"

刨完地，我已经浑身湿透。我用桶接了点水，在院子里冲了凉。在吉多这样的地方，天气暖和，院子又大，我喜欢无拘无束在院子里冲凉。

冲完凉，我简单吃了早饭，然后开始准备照会，去外交部时带给鲍尔斯。打一个照会，还是要费点时间。将照会弄好装进带国徽的牛皮纸信封，看看时间差不多了，我换了身外事活动穿的衣服。

"黄毛，我要走了，你乖点等着，我一会儿就回来。"换完装，我对黄毛说。

黄毛一定早已习惯我的百变之身。我一会儿变身花工，一会儿变身农民，一会儿变身厨师，一会儿变身司机。我还经常变身修理工，变身邮递员。黄毛不知道我还会变身会计师，变身工程师。在所有身份当中，黄毛恐怕最不喜欢我变身外交官。只要我换上活动穿的衣服，黄毛就知道，我要出门，而且不会带它一起去，它就得独自在家。人不喜欢独处，狗也不喜欢。

我到外交部的时候，鲍尔斯不在办公室。秘书说他去了总统府，客气地让我等一会儿。过了大约半个小时，鲍尔斯急急忙忙回到办公室。

"不好意思，代办先生。"一见面，鲍尔斯就向我表示歉意。

"没关系。"我说。

"总统找我有事，正好他也问起了医疗队和医院修建的事，我把你昨天晚上说的，都向总统汇报了，总统听了很高兴。"鲍尔斯说。

"太好了，我把照会带来了，详细情况都在里面。"说着，我把照会递给鲍尔斯。照会后面还附了协议文本的草稿。

"谢谢。"鲍尔斯接过照会，认真看起来。

"现在我们有两件事需要商量，"等鲍尔斯看完，我说，"第一件事，我们希望尽快签订医疗卫生合作协议，把医疗队的事敲定。"

"Well，我们争取。但这会涉及一些法律问题。我们需要一些时间研究，请代办先生谅解。"鲍尔斯不紧不慢地说。

"哦，对。"我愣了一下，鲍尔斯的说法有点怪，"当然，需要走程序。"

"你说还有第二件事？"鲍尔斯见我停住了，没再往下说，便抬起头问。

"对，还有第二件事，"我说，"第二件事，就是希望援助物资到达后，我们举办一个交接仪式。"

"Well，这应该不是问题。"鲍尔斯说。

"那我们说定了？"我觉得鲍尔斯没有完全答应，便追问了一句。

"对了，援助物资里是不是有医用物资？"鲍尔斯没有接我的话，反问了一句。

"有，援助物资里有自行车、帐篷、小型医疗器材和医用耗材。"说完，我也反问了一句，"有什么问题吗？"

"哦，没有，"鲍尔斯赶紧说，"那是我们商定的。"

"对，那是我来吉多之前双方就商定的。"

"那行，到时我们搞一个交接仪式。"鲍尔斯说。

"那我等你的消息。我希望我们尽快把协议签了。"

"有消息我会尽快通知你。"鲍尔斯公事公办地说。

从鲍尔斯办公室出来，我还在想着刚才的会见。我感觉鲍尔斯今天有点反常，口气不像往常热情，身体动作也有点异样。鲍尔斯说达鲁总统听到医疗队的消息很高兴，脸上却没有表现出高兴的样子。对签订协议，鲍尔斯强调需要时间研究法律问题。援助物资，鲍尔斯对举行交接仪式也显得比较勉强。平时，我同他谈事，我们总能想到一起，说到一起，今天我们的对话似乎不在同一个页面上（not on the same page）。

回到使馆，我做饭吃饭，午休了一会儿。电话铃声和黄毛的叫声把我吵醒。是鲍尔斯的电话。

"钟代办，不好意思，有一件事要麻烦你。"鲍尔斯说。

"你说。"

"你早上说的援助物资，你有没有一份清单？"

"有。"

"能不能给我一份？"

"我只有一份，"我说，"我这儿没有复印机。"

"我们这里有复印机，"鲍尔斯说，"我派人一会儿来取。"

"不用了，我正好要出去一趟，顺道可以送过去。"我说。其实，我并没有再出去的计划。鲍尔斯派人来取，还得再送回来，还不如我去送一趟，等复印完了再拿回来，也好确保不会丢失。

就这样，我又去了一趟外交部。

傍晚，我带着黄毛去海边散步。这是黄毛最高兴的时候。黄毛放开四条腿，在沙滩上撒欢。平时我也会光着脚，跟着它跑一段，算是锻炼。今天我没有这样的心情，只是远远跟在黄毛后面走。不知为什么，最近我的心情时好时坏，不好的时候越来越多。也许是人到中年的缘故，也许是一个人独处时间太久的结果，我说不上来。今天我的心情不好，应该是与上午同鲍尔斯见面有关。我高高兴兴去见鲍尔斯，本来想着医疗卫生合作协议和援助物资这两件事，都是好事，同他一说，就能顺顺当当办成，医疗队和医院先遣组就能很快到来。他们的到来对促进两国关系的积极作用，不用我多说，对我个人来说，也意义很大。他们来了，吉多就不再是我孤单一人，我就有了同胞相伴。我可以同他们聚在一起痛痛快快吃顿家乡菜，痛痛快快聊聊家乡事。所以，在内心里，我十分盼望医疗队和医院先遣组早点到来。这当然是我的私心。见过鲍尔斯之后,我隐约感觉到,我想简单了,事情没有那么容易,甚至还有可能出现变数。

黄毛转回来,围着我身边转了两圈,又跑开去。

"我希望是我想多了,但我得有这个心理准备。"我自言自语道。

我边走边顺手捡起沙滩上的贝壳和鹅卵石,放进一个塑料袋里。这些天来,每次到海边散步,我都要捡拾好看的贝壳和鹅卵石。我打算用这些贝壳和鹅卵石铺筑院子里的小路。

十一

我一边等着鲍尔斯的消息,一边加紧整理院子。过几天,我要在使馆请达鲁总统夫妇吃饭。在这之前,我要把院子里所有的事都做完。篱笆翻新了,菜地开出来了,院子里的小路也修好了。小路,我设计做成贝壳和鹅卵石路。请人先铺上水泥,再把海边捡回的贝壳和鹅卵石镶嵌进去。

现在院子里只剩下最后一项大工程,竖旗杆。

这是我想了很久的事情。从建馆一开始,我就想要一根像模像样的标准旗杆。在使馆,有三样代表性的东西必不可少,一是国旗,二是国徽,三是刻有使馆名字的铜牌。这三样东西,是一个国家的象征,缺少哪样都不完整。乔治岛的使馆没有旗杆,我只能临时在门边插上一面小国旗。搬到新馆址后,我把国徽和铜牌挂好了,国旗还是只能插在门边。

我对旗杆的研究也持续了一段时间。开始我想买一根现成的,找了一圈没有找到。布莱恩说帮我从国外定制,结果没有人愿意接这样的活。这样一来,我没有别的选择,只能自己做。从此之后,我每次出门办事,只要见到旗杆,就会多看上几眼。以前，旗杆对我来说长得都是一个模样，看不出有什么区别。现在，我眼里的旗杆变得不一样了，材料不同，长短、粗细、颜色各异，底座有方有圆，方的尺寸、圆的直径都不一致，高度也有区别，甚至姿态也有美丑之分。在吉多见到的旗杆当中，我最喜欢的有两根，一根竖在总统府门前，一根立在基比驻吉多使馆院里。两根旗杆都是金属杆身，也都分成三节，下面粗上面细，一看就是焊接起来的。总统府的要粗些，也高一些，我目测了一下，应该超过十米，刷的是灰漆。基比使馆的高不超过八米，白色。总统府采用的是方形底座，看着敦实，基比使馆的是圆形底座，显得秀气。我知道，总统府的我学不了，基比使馆的我还是可以试试。

我还曾专门为此讨教过伦杰。

"对不起，钟代办，我还真不知道旗杆是怎么做的。"伦杰不无遗憾地对我说，"你知道，我来的时候，这根旗杆就已经在这里了。"

"那你有没有设计图纸？"我问。

"图纸？我不知道他们有没有留下来。"伦杰有点为难地说。

"那没有关系。"话虽这么说，我心里还是很失望。

"这样吧，我帮你找找看，但你得给我点时间。"伦杰大概看出了我的失望。

"那太感谢了，"我感激地说，"你慢慢找，不急。"

我没有指望伦杰真能找到旗杆图纸。旗杆竖好了，谁还会在乎旗杆的图纸。但没过两天，伦杰出人意料地打电话给我，说他找到了我要的旗杆图纸。我听了很兴奋，立即开车取回图纸。我如获至宝，对旗杆图纸认真研究了一番，然后照葫芦画瓢，花几个晚上，画画改改，画出一个大致的图纸。我不是完全照搬照抄，而是对原来的图纸有所修改。最大的修改是把圆形底座改成方形底座。我觉得方形更显得庄重。

图纸我在乔治岛的时候就画好了，也从那个时候就开始找材料。吉多物资供应短缺，日常生活用品都买不全，做旗杆的材料更难找。我走遍了贝卡斯为数不多的几家商店，别说是钢管，就连类似钢管的东西也没有找到。店里买不到，我只能想别的办法。我想起来，伦杰说过他那儿有一节剩下的旗杆。我去拉了过来。

"黄毛，我们现在至少有了一节，"我对黄毛，也是对自己说，"无论如何，这是一个好的开端。现在还差两节，找找看，或许能找到。"

搬到新馆之后，我更是满世界找金属管。有一段时间，只要看到长长圆圆的东西，我的两只眼睛就会放光，以为就是我要找的旗杆材料。直到有一次，我经过一个破败的院子，惊喜地看见里面有一根旗杆。

"黄毛，也许我们今天找到宝贝了。"我欣喜若狂，赶紧停车。黄毛也跳下车，跟着我去看。

这是一处废弃的教堂。院门关着，里面没有人。透过锈迹斑斑的铁栏杆往里看，里面杂草丛生、一片荒芜，旗杆就立在杂草丛中。旗杆只有两节，底座隐在杂草里，看不见。

"不错，不错，这应该就是我要找的旗杆，"我对黄毛说，"走，我们去找布莱恩，让他帮忙问问，能不能帮我们买下来。"

布莱恩听说我找到了旗杆，一口答应替我去找院子的主人。

"我可以出钱买。"我说。

"我去问问，说不定不要钱。"布莱恩笑着说。

两天之后，布莱恩拉着那根旗杆来了。旗杆在布莱恩小白车的后备厢里伸出好长一截。吉多路上颠簸，不知道他是怎么开过来的。

"老板，我把旗杆给你拉来了。"布莱恩说。

"太好了，"我说，"这可解决了我的大问题。"

"你知道，他们要了多少钱？"布莱恩故作神秘地问我。

"多少钱？"我反问。只要拉来了，出多少钱都可以。

"没要一分钱！"布莱恩得意地说。

"这不好吧。"我说。

"有什么不好的。他放在那里也是烂掉，还不如送给你，还可以有用。"布莱恩说。

"那多谢了。"我说。

我和布莱恩把旗杆从车里取出来，抬到院子里，和从伦杰那里拿来的一节放在一起。我一看，伦杰给的那节粗一些，可以用作最下面的一节，其他两节正好可以接在上面。我又拿卷尺量了量，正好八米多一点。

"完美！"布莱恩高兴地说，同我击掌相庆。

"现在需要刷一下漆，还要焊接一下。"我说。

"你是要先刷漆还是先焊接？"布莱恩问。

"我想，应该先焊接，再刷漆。"

"没有问题，老板，我给你先找一个电焊工，再找一个油漆工。"

"别忘了，让他拿一个水平仪。"我说。把旗杆焊接起来一定要直，不能弯，要做到这一点，水平仪必不可少。

第二天，来了一个电焊工。电焊工身穿防护衣，头戴防护面罩，带了焊枪，也带了水平仪，但他没有带焊条。我原来担心水平仪会是个问题，现在出问题的不是水平仪，而是焊条。

"你忘了带焊条？"我问。

"不是……不是忘了。"电焊工有点不好意思地说。

"那是什么？"

"是没有，都用完了，这里也买不到。"电焊工摊摊手说。

我哭笑不得，但也不好说什么。不过还好，我来吉多的时候鬼使神差带了几根焊条来。我不知道自己当初是怎么想的。来吉多之前，我在基比商店里采购一些必需品，偶然看见有焊条，就买了几根。我当时想，这几条小东西也不占多少地方，说不准会有用。想不到现在真的可以用上了。

"你等等，我一会儿就来。"我对电焊工说。

我进屋把焊条找出来。当我把焊条交给电焊工的时候，我看他惊讶得下巴都要掉下来了。后来，我把这段花絮讲给布莱恩听，布莱恩听了笑得喘不过气来。据说，这之后布莱恩只要提到我，就会讲这个段子，说我有多么神奇。

焊工活做好之后，油漆工一时半会儿找不到，我就自己刷。还好，油漆能在当地买到。我用底漆把旗杆从上到下刷了三遍，最后刷成银灰色。滑轮我也新换了一个，还配上新旗绳。这样一来，旗杆马上变了样，看上去崭新如初。

旗杆准备好了，剩下就是做底座。我原本想把旗杆直接浇注进水泥底座，那样可以省好多事。但有一好必有一坏，好处是结实，坏处是万一旗绳断了，需要爬上去修，不方便。于是我把原有的设计改了，改成旗杆和底座可以分开。

我把改好的设计图纸给布莱恩看，让他给我找一个施工队。布莱恩看了设计，挠了挠头说："我觉得这个设计有点复杂。"

"这个设计是有点复杂。"按照我的设计，底座一米见方，66厘米高，一半露出地面，一半埋在地底，底座中间留出一个洞，洞口不大不小，正好可以插进旗杆。洞口两侧竖两片5毫米厚，40毫米宽的铁板。铁板有一半露在外面，上面打三个小孔。旗杆竖起来，插进底座的洞里，正好夹在两块铁板之间，旗杆底部相应的地方也打上三个小孔，旗杆竖起来后，在三个小孔里插进螺栓，拧紧固定，旗杆就不再晃动。这样，万一旗杆上面的滑轮坏了，或者绳子断了，我可以把旗杆放倒，修起来就方便多了。

"我不知道他们能不能做。"布莱恩为难地说。

"这你不用管，你只要把他们叫来，我给他们解释。他们应该可以明白。"

"那好，老板，要是他们做不了，你别怪我。"

"不会怪你，有我在呢。"

结果，我费了好大的劲才对布莱恩叫来的包工头说明白。包工头带了几个工人，试了几次，才按照我的设计把水泥底座砌好。水泥在吉多也是紧缺物资。我未雨绸缪，早早囤了一批水泥，有些用来铺路，剩下的用来竖旗杆。

水泥底座做好后，就剩最后一道工序，把旗杆竖起来。我选了一个好日子，让布莱恩找来吊车。

这一天，使馆很热闹。布莱恩来了，包工头带着三个工人来了，最后来的是吊车。黄毛还没有见过使馆一下子来这么多人，先是跳来跳去，对着来人狂吠不止。等吊车来了，它大概是被吊车的阵势吓着了，不跑了，也不叫了，远远趴在院子的一角，耷拉着耳朵，张着嘴巴，伸着舌头，眼睛一转不转盯着吊车。

我把旗杆的位置选在院子正中，左边是大王棕，右边是椰子树。

我指挥吊车开进院子，停好位置，把吊钩放下来。我跑过去，最后又检查了一遍滑轮和旗绳。随后，我让工人把绳子拴在旗杆顶端，挂上挂钩。一切就绪，我朝吊车司机做了一个手势，吊车司机开始起吊。与此同时，工人扶着旗杆下半部分。当旗杆顶端缓缓提升起来，到了一定位置，我指挥工人迅速把旗杆插进底座洞口。

旗杆插进底座洞口后,我前后左右转了一圈,指挥工人把旗杆扶直,也让布莱恩帮我看了看。

"直了,老板。"布莱恩向我伸出大拇指。

"好,就这样。现在赶紧把螺帽拧上。"我高声喊着。工人们赶紧把事先准备好的螺栓塞进三个小孔里,再用螺帽拧紧。

我走过去,推了推旗杆,旗杆纹丝不动。

"成了,老板,太棒了。"布莱恩带头鼓起掌来。包工头和他的工人,吊车司机和他的助手也都鼓起掌来。

"谢谢大家。"我没有鼓掌,而是双手抱拳向大家表示感谢。然后,我转过身,回到屋里。客厅的桌子上放着一面国旗。这是我事先准备好的。我双手举起那面鲜红的国旗,转身朝院子里走。我有点激动,手有点抖,脚步竟然有点打飘。

这一天,我等了很久了。

我双手举着鲜红的国旗,默默地、慢慢地走到旗杆前。不知什么时候,黄毛跟在了我身后。

我把国旗挂进事先在绳子上做好的钩子里。我的手还在抖,挂了几次都没有挂进去。布莱恩走过来,想伸手帮我。我冲他笑了笑,制止了他。

我终于挂好了挂钩。一切准备就绪,就等着国歌声响起。突然想起上小学的时候,我曾当过学校的升旗手。老师一宣布"现在唱国歌,升国旗",全校同学都会齐声唱国歌。我会在歌声中,按照节奏把国旗升起来。

现在没有老师,没有同学,只有我一个人。对,只有我一个人。现场有布莱恩,有当地的包工头和工人,还有吊车司机和他的助手,但只有我一个人与这面国旗有关。

我双手紧攥旗绳,深吸了口气,低声唱起国歌,双手跟着节奏交替拉着旗绳,国旗慢慢往上升。

我唱着国歌,注视着国旗,升着国旗,头越抬越高,国旗升到了旗杆的最顶端,在海风中飘扬起来,我的眼里是一片红色,眼泪顺着眼角一直往下流。

就在使馆旗杆竖起来那天,我第一次破戒,在吉多下海游泳。

这一天,我异常兴奋。竖完旗杆,收拾完院子,已是傍晚。像往常一样,我带着黄毛去海边散步。说是像往常一样,其实刚走出使馆,我就有一种与往常完全不一样的感觉。

走出使馆大门不远,我不由自主停下脚步,回转身去看使馆。使馆已经变了样,原来使馆的标志是两棵树,一棵大王棕,一棵椰子树。现在,两棵树之间多了一根旗杆,上面飘扬着鲜艳的国旗。旗杆和国旗成了使馆最新的标志。

"黄毛,你看,那面国旗多漂亮,"我对黄毛说,"有大王棕和椰子树的衬托,像绿叶衬红花,更漂亮了,是吧?"

黄毛已经走出去很远,听见我叫它,跑了回来。

"黄毛,你看,漂亮吧,那旗杆,那国旗,对吧?"我又对黄毛说了一遍。

黄毛朝着我手指的使馆方向看了看,回过头看看我,又转过头去望着海边。

"你不懂,是吧?那是我自己设计的,你知道吧?"我伸手摸了摸黄毛的脑袋。

黄毛呜呜了两声,又朝海边看了看。

"好吧,你是要去海边,你就知道去海边。那我们走吧!"

走出去没有多远,我又停下脚步,又回转身去看使馆。现在离使馆远一些了,大王棕、椰子树和旗杆几乎要聚拢到一起了。与两棵树相比,旗杆要高出一头,国旗在树顶上飘扬,远远看去,就像两团绿色簇拥着一小片红色。

"黄毛，黄毛，你知道吧，以后只要看见那片红色，就是我们使馆了。"

黄毛又走出去很远，听见我叫它，又跑回来。

"黄毛，你知道吧，现在我不用再羡慕别人了。他们几家使馆，院子里都有旗杆，都有国旗飘着，现在我们也有了。"

黄毛朝着我手指的使馆方向看了看，回过头看看我，又转过头去望着海边。

"你肯定不懂，你不知道这面国旗对我的意义。"

我对黄毛说，也是对自己说。我这次来吉多，居华大使交给我两个任务，一个是建馆，还有一个他没有说。在今天之前，我说建馆的事我已经办成，说的时候，其实心里一直缺点底气。现在我明白了，我之所以缺这点底气，是因为旗杆还没有竖起来。旗杆没有竖起来，国旗还没有飘扬起来，怎么能说使馆已经建起来了呢？现在不一样了，现在我可以说了。我想象着再次见到居华的时候，我就可以对他说："大使阁下，您交给我的建馆任务已经圆满完成。"

这么想着，我感觉眼睛有点湿润。我用手擦了擦眼角。再低头看黄毛，它已经跑开了。黄毛不懂我的事，它有它的惦记。

我跟着黄毛朝大海走去。我现在的注意力转移到了大海，心里突然就有了一种想下海的强烈欲望和冲动。

大海一直对我有着无限的吸引力。小时候，大海是我的一个梦想。山看多了，腻了，就想去看大海，想着大海的好，想着大海的美。人大概都是这样，对拥有的满不在乎，甚至嫌弃，在乎的往往是没有得到的。但一直等到大学毕业工作后，我才有机会第一次真正见到大海。记得那次我当信使，去大西洋沿岸的一个国家出差。使馆离海不远。我交接完信件后，立即请人带我去看大海。我对大海曾经有过各种各样的想象。当我第一次面对大海时,我还是被震撼了。与山的高大、雄伟相比,海浩瀚、辽阔。如果说高山让人仰视,那么大海就是让人远眺。

从那以后,我就同大海结下了不解之缘,经常在各大洋之间来回穿梭,还被派到岛国常驻,对大海也从陌生到熟悉。我在海上吃过苦头,也享受过无尽的乐趣。现在再让我把山与海进行比较,我会说山带给人乐趣和烦恼,海也带给人乐趣和烦恼。海带给我最大的乐趣无疑是畅游其中。我是在家乡的小河沟里学会的游泳。我没有想到,小时候学会的这个小小技能让我在大海里获得了最大的乐趣。第一次到大海里游泳好像是在基比,对,是在基比。同事拉我去的。在使馆我们有规定,下海游泳必须两人同行。有个同事一时找不着别人,就来找我做伴,我很高兴地答应了。第一次下海之后,我便一发不可收,只要有空,隔三岔五就会约一两个同事,下海去游泳。基比地处赤道线上,白天气温高,一天工作下来,浑身汗臭。下了班,到大海里泡一下,人立即凉爽下来,一天的劳累也烟消云散。

到吉多后,使馆只有我一个人,我一直没敢去海里游泳。我给自己立了一条规矩,只要使馆只有我一个人,我就不去海里游泳。我要是出点事,使馆就没有人了。因此无论如何,我都得确保自己的安全。在乔治岛的时候还好,我一直坚守着这条规矩。除了怕出事,还有两个原因,一个是因为忙,事情一件接着一件,根本没有空闲;一个是乔治岛附近没有好的沙滩,也就远离了诱惑。搬到新馆后,情况不一样了。新使馆坐落在海边,从院子里就能望见大海。收拾院子的时候,我会忍不住停下手里的活,望向远处的大海,心里难免痒痒。每天傍晚,我只能借着遛狗的机会去海边走走。

海边有一个美丽的沙滩。走过一条小道,穿过一片椰树林,就是沙滩。沙子是银色的，在落日余晖中闪着细碎的光亮，浅蓝色的海水不停冲刷着，海浪一波一波涌过来，又一波一波退下去。我光脚走在沙滩上，黄毛跟在我身边跑着，柔软的沙滩上就留下我和黄毛的脚印。海浪冲上来，把我的和黄毛的脚印冲掉，沙滩又恢复原来的模样。

我到吉多已经三个月了。好几次，我都想破回例，跳下海去游个泳。每一次理性总是毫无例外地战胜了冲动。我不下海，就让黄毛下海。黄毛开始时兴致勃勃，兴奋地在水里跑来跳去，有时也会游几下。几次之后，黄毛失去了兴致。我赶它下海，黄毛象征性下去玩会水，一边玩一边拿眼睛瞟我，趁我不注意，赶紧跑上岸来。上了岸，黄毛使劲抖动身体，要把沾在毛上的海水抖掉。它使劲抖动的样子像是要把全身的黄毛也都抖落下来。我猜它不喜欢海水，海水会把狗毛粘上，用舌头舔毛的时候，感觉不对，味道也不对。黄毛每次从海里上来，我都要替它冲洗。黄毛沾了海水，也不好洗。几次之后，黄毛不愿下海，我也不再赶它下去了。

今天，我来到海边，不知为什么，无论我如何努力，欲望和冲动就像被大风掀起的海浪，挡都挡不住。

"要是能在海里泡一会儿，就好了。"我对黄毛说，"今天为了竖旗杆，我忙了一整天，身上出了不少汗，现在要是下海去泡一会儿，肯定很舒服。"

黄毛停住脚步，看着我，摇了摇尾巴。

"你摇尾巴是什么意思？你不让我去游泳？没错，我是说过，只要使馆只有我一个人，我就不下海。可是，你知道，现在一时半会儿来不了人。连居华大使也不知道国内什么时候派人来。这也就是说，我还要等很长时间，你知道吧？"

黄毛看着我，依然摇摇尾巴。

"你还是不让我去,对吧?就你知道坚持原则,是吧?但原则也有灵活性,是吧?你说,我把旗杆都竖起来了,总得有个奖励,是吧?"

黄毛看了一眼大海,又回头看了看我,这次没有摇尾巴。

"这就对了,黄毛。你不能再摇尾巴了。不摇尾巴就是同意了。好!还是我们的黄毛通情达理。这样,我就下海去泡一下,一会儿就上来。你也跟我一块去吧。"

我激动起来,一把扯下身上的T恤衫,扔在沙滩上,连奔带跳冲进海里。黄毛似乎也忘记自己不喜欢海水,跟着我冲下了海。这天,海上没有什么风,浪很平静,海水不凉,有的地方因为被太阳晒了一天,还有点温暖。我把身体泡进海水里。全身上下被海水包围着时,就像被无限的温柔和暖意搂在了怀里。海浪轻轻涌着,就像有人轻轻抚摸着我的皮肤。这是一种久违的感觉。

我把头也埋进海里。

十二

旗杆竖起来后,院子算是彻底收拾完成。接下来,我忙着准备宴请达鲁总统夫妇的事。到吉多之后,我见过达鲁总统好几次,这是我的荣幸。每次见到达鲁总统,他都要提起他对我们国家的国事访问,还会念念不忘访问时吃过的美味佳肴。

"什么时候,我请阁下偕夫人到使馆做客,我给您和夫人做几个菜。"见达鲁总统如此迷恋我们的菜,有一次我终于忍不住多了一句嘴。

"可以,那我们说定了。"想不到我随口说的一句话,却被达鲁当了真。

在乔治岛的时候,我忙着应付层出不穷的事情,一直没有抽出空来。搬到新馆,把新馆院子重新整修完后,正好手头事情不多,我觉得是时候兑现我的承诺,邀请达鲁总统夫妇来使馆做客了。我可以借机当面感谢达鲁总统在 RH 国际组织提案问题上对我们的支持,也可以向他汇报两国医疗卫生领域合作的进展。

我打电话同总统秘书塞克莱约宴请时间。塞克莱很快回了电话："我向达鲁总统汇报了，总统说他们这个星期五有空。"

"那就星期五，晚上六点半。"我犹豫了一下说。

我本来想最好是定在下周，这样可以有更充足的时间准备。但择日不如撞日，总统定在星期五，那就星期五。这天是星期三，满打满算，我只有两天的准备时间。

"那好，你记得送一份请帖来。"塞克莱很专业地说。

"没问题。"我回答。塞克莱要一份请帖，是当秘书的习惯。有一份书面请帖，可以避免把时间地点弄错。这样的请帖，实际上起的是提醒作用，在请帖上要注明"only to remind"的字样。这是外交上的讲究。

总统答应来使馆做客，我自然是兴奋的。能请动总统到使馆来，对外交官来说，是天大的面子。在国外常驻，使节们最难做到的一件事，就是约见驻在国总统。国家的一般事务有各部部长掌管，使节有事，可以找部长副部长，用不着直接找总统，所以总统绝对不是想见就能见的。见总统难，比见总统更难的，就是请总统到使馆做客。想想也是，总统见使节，算是工作关系，是出于两国关系的需要。同意接受邀请，到使馆来做客，那就另当别论，超越了工作关系，上升到个人与个人的交情。这就不寻常了，所以对于任何使节，能请到总统，都会掩饰不住地兴奋，甚至得意。

说句实话，当塞克莱打电话给我，确认总统要来使馆做客，我不能免俗，也真的有点得意。但得意的同时，又有点纠结，心态是矛盾的，既跃跃欲试，又担心把宴请搞砸了。

"你说，人家毕竟是总统，对吧？总统要来做客，我这里又没有厨师，只能我自己下厨。"我对黄毛说。

我自认为做饭还可以。我曾在农场食堂做过几天，在家里也经常下厨，节假日家里请客，都由我掌勺。更重要的，这么多年我在使馆以意想不到的方式接受过不少烹饪文化的熏陶。我们的使馆，大多配有专业厨师。那些厨师来自国内各大饭店，都是行内高手。我在使馆当过礼宾官，请客的事归我管，经常需要同他们打交道，耳濡目染，自然也偷学了几招。来到吉多之后，我请过狄维普部长夫妇，鲍尔斯夫妇，也请过伦杰夫妇，都是我自己下厨，口碑还不错。

但话说回来，我饭做得再好，还是业余的，同专业厨师没办法比。这次我请总统夫妇，虽是一次家宴，算不上什么正式的宴请，可以不拘礼节，饭菜也不用太讲究。但无论如何，达鲁也是一国之主，以我的水准请总统，心虚在所难免。我怕怠慢了客人。

"现在再多想也没用，时间已经定下来，没有退路了。"我对黄毛说。自己挖的坑，再纠结、再心虚也得跳下去。

我很快打印了一份请帖，随时可以送给塞克莱。

现在需要做的是拟定一份菜单。我以前在使馆当礼宾官的时候，工作之一就是每次宴请，由我下通知让厨师开一个菜单，然后送领导审批。等领导同意，厨师会照着菜单准备，我呢，则要制作正式的双语菜单。那时候没有电脑，英文用打字机打，方块字只能用手写，我用钢笔写隶书体，写在英文上面。菜单经手多了，自然对菜单里的菜肴搭配了如指掌。宴请的菜单里一般会有一个汤，一个什锦拼盘，三荤一素四个热菜。主食以炒饭居多，偶尔也可以是面条点心，最后一定配水果拼盘。

对我来说，拟一份菜单不难，难的是找齐需要的食材。在吉多，根本就不像国内那样要什么有什么，只能因地制宜，有什么做什么。我想了想，冷盘比较难办，那就省了，不要这一道。水果不是问题，吉多多的是水果。当然，这里的人讲究吃进口水果。这好办，我可以让布莱恩给我找个哈密瓜来，再配上洋桃就行。主食也好办，蛋炒饭最能代表我们的饮食文化，那就蛋炒饭。

最不好办的是热菜。吉多买不到肉，猪肉没有，牛羊肉也没有，只能退而求其次，用鸡肉。店里只有冻肉鸡，冻肉鸡可以将就着做香酥鸡。蔬菜当中，国内宴请用得最多的是口蘑菜心，但吉多既没有口蘑，更没有菜心。吉多有芋头和土豆。芋头是当地产的，土豆是进口的，也就这两种选择。吉多没有山珍，海味不缺。其他两道菜可以从海鲜当中选。我决定第二天去趟海鲜市场，看看能碰到什么好货，再确定菜单，汤也到时再说。

第二天，就在我准备去贝卡斯采购的时候，鲍尔斯打电话给我，让我去他那里一趟，说有要事同我商量。我一想，鲍尔斯找我肯定是关于医疗卫生合作的事，于是开车直奔外交部。

"不好意思，这么急把你找来。"我们一见面，鲍尔斯就说。

"没事。"我嘴上说没事，心里还惦记着宴请的事。

"我知道你还有其他事要忙，"鲍尔斯似乎看出我在想别的事情，"这样，I come straight to the point."。

我没有说话。鲍尔斯说要开门见山，我等着他往下说。

"上次，你来我这里，我们谈了医疗卫生合作协议和援助物资的事。我同有关职能部门的同事谈过了。我们在工作层面有一些不同的意见，没有能达成一致。"

"主要是什么问题？"我一听，精神马上集中起来。

"Well，我就实话实说。主要有三点，一是医疗队如何运作问题，二是医疗队人员配备问题，三是医疗设备药物的标准问题。"鲍尔斯说。

"前面两个问题好办，"我说，"按照我们的经验，我们的医疗队来了之后，都在当地医院同当地医生一起工作，我想这应该不是个问题。"

"这可以。"鲍尔斯说。

"至于医疗队人员的配备,主要看需求,你们有什么需要,我们可以商量。"我继续说。

"这也应该不是问题。"鲍尔斯同意。

"这第三个问题比较复杂。"我说。

"我也这么认为,标准怎么办?"鲍尔斯说。

"对啊,你们执行的是殖民时期留下的标准。"我说。

"对。"鲍尔斯说。

"据我所知,我们执行的是国际标准。"我说。

"Well,我也是这么想的,但我的话没有说服力。"鲍尔斯摊摊双手。

"我理解。"从鲍尔斯的话里,我听出来了,有人在拿标准说事,鲍尔斯没有办法说服他们。

"要不这样,"鲍尔斯提议说,"我们这里专门为开展两国医疗卫生合作临时组建了一个小组。我来安排一次小组见面会,请你来参加。你可以当面解答他们的疑问。"

"没有问题,"我说,"我能不能问,小组都有哪些成员?"

"Well,小组组长是社会发展和渔业部部长狄维普,社会发展和渔业部主管卫生事务的常秘史皮斯以及我是副组长,成员有德皮先生、贝卡斯国家医院院长迪卡特。还会有一些其他工作人员。"

一听有德皮参加,我就明白了大概。自上次就 RH 国际组织年会问题同德皮打过一次不愉快的交道,已经有一段时间没有见到他了。看来,不是冤家不聚头,现在我们又要见面了。

"上次,我们开会,狄维普部长有事没有来参加。"鲍尔斯说。

"那你打算什么时候开会?"我问。

"你看明天如何?"鲍尔斯问。

"不好意思，我星期五要宴请总统夫妇。"我说。

"那就下周，"鲍尔斯说，"具体时间定了再告诉你。"

"行，那我等你的通知。"

"好，那我们下周见。"

"要不就明天吧。"在同鲍尔斯握手告别的时候，我突然改了主意。我想，我不能一边想着这件事，一边准备总统夫妇的宴请。还不如先把会开了，去了心病，好专心准备宴请。再说了，如果开会解决不了问题，我正好还可以找总统帮忙。

"你改主意了？"鲍尔斯问。

"是，下周太晚了，还要等那么久。"我说。

"好，那就明天。"鲍尔斯说。

第二天上午10点，会议在吉多政府办公楼会议室举行。那是一个很小的会议室，中间摆着一张长条桌，两边最多只能坐下十来个人。会议室并不隶属于任何部门。哪个部门有事，就在这里开会。

大概是因为有我这个外人参加，大家到得都比较准时，只有驴脸德皮过了时间还不见人影。狄维普部长进来的时候，大家礼貌地站起来欢迎，我也站起来，同狄维普部长打招呼。

狄维普径直走到我身边，握着我的手说："代办先生，你的药还真管用，再次谢谢你。"

"不客气，部长阁下。你好彻底了？"我问。

"好了。"狄维普扬起两只手，看着我，意思是你看看，完全好利落了。

前些天参加蹦极架搭建仪式，我发现狄维普感冒了。第二天，我给他送去了感冒冲剂。没过两天，狄维普打电话给我，说他拖了很长时间的感冒，吃了我的药好了。狄维普一见我就表示感谢，就是为了这件事。

狄维普坐在我对面，左右两侧分别是鲍尔斯和史皮斯常秘。鲍尔斯旁边有一个位置空着，应该是留给德皮的。有两个工作人员坐不下，就坐到我这边来，不过同我隔开两个座，挨近桌子边。

"那我们开始吧？"狄维普问身边的鲍尔斯。

"部长阁下，我看我们再等一会儿，德皮主任还没有到。"鲍尔斯指指边上的空椅子。

就在这个时候，德皮进来了。

"不好意思，不好意思，我来晚了。"德皮说着，找到自己的位子坐下。

"好，现在我们人都到齐了，我先作一个介绍。"狄维普说，然后把在场的吉方官员一一作了介绍。

"代办先生，我们有六七个人，你那边只有你一个人，这好像有点不大公平。"狄维普笑着说。

"是啊，这肯定不公平。不过，我这边不还有两个人吗？"我也笑着说，边说边用双手指指坐在我两侧的两个工作人员。大家都跟着笑起来。

"代办先生，这说明什么呢？这说明我们今天讨论的事十分重要，大家都很关心。"狄维普收住笑，话锋一转，转入正题。

狄维普不愧是当部长的，这一切换显出了经验和智慧。

"这件事，总统很关心，"狄维普接着说，"实际上，请医疗队来吉多是达鲁总统的主意，是他首先提出来的。钟代办很快给予了答复，并且提供给我们一份两国医疗卫生合作协议稿。我想，今天我们开这个会，邀请钟代办参加，是想澄清一些问题，为尽快签订协议扫清障碍。这样，我们先请鲍尔斯常秘介绍一下情况，然后大家有什么问题，可以提出来讨论。代办先生，你看如何？"

我点头同意。狄维普很会做人。

鲍尔斯简单介绍了两国医疗卫生合作协议的基本情况，狄维普也让我作了补充，随后会议进入讨论阶段。

先是沉默，大家相互看了看，不说话，驴脸德皮也不说话。

"各位，谁先说？"狄维普忍不住问道。

"部长阁下，要不，我先说两句？"社会发展和渔业事务部常秘史皮斯打破了沉默。

狄维普点点头。

"代办先生，首先感谢贵国同意派医疗队来援助我们，我们十分期待他们早日到来，"史皮斯随后转过脸来对我说，"我们想知道，医疗队有多少人？人员构成是什么？还有，他们来了之后如何运作？"

"谢谢常秘提的问题，"我说，"就像部长阁下刚才说的，医疗队是达鲁总统首先提出来的。我们方面高度重视，原则同意派一支医疗队来，为吉多医疗卫生事业的发展出一份力。你刚才提的几个问题我同鲍尔斯常秘也有过探讨。我想，我们的医疗队来了之后，会在贝卡斯国家医院同吉多医生一起开展工作。至于人员的构成，还没有定论，想听听你们的意见。"

"谢谢代办先生，"史皮斯说，"我同我的同事和贝卡斯国家医院院长迪卡特博士初步商量过，我们希望医疗队当中能有内外科、妇科方面的专家，还有麻醉师。当然，贵国传统针灸世界闻名，如能另有一位针灸大夫随队，我们将十分欢迎。"

我刚想回答史皮斯的问题，德皮抢先说话了："部长阁下，代办先生，很荣幸参加这一次会议。我知道，达鲁总统十分重视我们两国医疗卫生领域的合作。我在副总统穆尼办公室工作，我知道穆尼副总统也十分重视这项合作。但在我们讨论刚才史皮斯常秘提出的具体问题之前,我想有一个更重要的问题需要讨论。这就是医疗队来了之后,他们将以什么样的标准行医。他们来,也会带来一些设备和药物,这些设备和药物将参照什么样的标准?另外,医院的重建,也涉及标准问题。"

我一直等着德皮开口说话。德皮显然有备而来。前一天同鲍尔斯见面后,我就预料到,要等德皮开口,会议才算是进入到实质阶段。

"这个标准的事,不是一件小事,"德皮继续说,"我们吉多有我们的标准,贵国有贵国的标准,这两种标准能不能融合,如何融合,是一个很大的问题。对不对?"

德皮转过头去,脸朝着坐在他身边的迪卡特。迪卡特见德皮转过脸,冲着他说话,赶紧点头。

"这一点,迪卡特院长最清楚,"德皮见迪卡特点了头,又转回头来对着我,"我们国家推行的是 P 标,既与国际标准相同,又不完全相同。"

德皮说的 P 标,也就是 P 国的标准。

"如果我们不把这个问题弄明白,我们的反对党会抓把柄。我们其他合作方也会有意见。所以,我想知道医疗队和医院重建将遵行什么样的标准?"德皮提高声音问道。

狄维普有点尴尬地看了看我。我明白,狄维普的尴尬里头透着一点歉意和无奈。他管不了德皮。

"谢谢德皮先生的问题。"我说。德皮的问题听起来尖锐,却没有超出我事先预想到的范畴。"你的问题问得很好。在国与国的合作当中,确实有一个遵循什么样标准的问题。解决这一问题的最好方法,就是建立国际标准。正因为如此,这么多年来,世界各国坐下来,经过不懈努力,在许多领域建立了国际标准。但是各国的国情不同,民族、地理、历史、文化传统不同,国际标准并不能包罗万象。所以，我们对外开展合作，坚持相互尊重、互利互惠的原则，既遵守国际标准，又照顾各自需求。对双方存在的分歧，我们主张通过协商来解决。具体到我们两国医疗卫生领域的合作，我们也是遵循这样的原则。在涉及有关标准的问题上，我们充分尊重吉多采用的P标。就像你刚才说的，这个标准既有同国际标准一致的统一性，又有吉多的特殊性。同理，我们在卫生领域也采用国际标准，同时保留了我们的特殊性……"

"代办先生，不好意思打断一下，"德皮打断我说，"前几天，我同布朗代办吃过一次饭，我们还专门讨论了一下P标的问题。我想强调，我刚才说的P标，既同国际标准相同，又有不同。我说的不同，不是你说的所谓特殊性，不是用不同来强调标准的灵活性，或者例外性。我说的不同，强调的是按平均值计算，P标要高于国际标准。"

德皮无意中透露了他与布朗有过联系。看来德皮不仅把我们同吉多医疗卫生合作的事同布朗说过，两人甚至还讨论过。那也就是说，这个有关标准的问题极有可能是布朗挑起来的。看来，我们同吉多的合作不仅仅涉及我们两个国家，还涉及P国。这样的合作也会踩着P国的脚,德皮的背后还有布朗的影子，这是其一。其二，德皮强调他们的标准高于国际标准，那么潜在的意思就是说我们的标准低于P标。德皮这样说，如果不是无知，就是不讲理了。

这个时候，会议室里的气氛变得凝重起来，我能感觉到无论是狄维普、鲍尔斯，还是坐在我这边的两位工作人员都在等着看我如何回答。

我没有急着回答德皮。我伸手把放在身背后椅子上的公文包拿上桌子，从公文包里取出一盒清凉油。

"大家看，这是什么？"我把清凉油放在桌面上。

在场的人不知道我要干什么，都把眼光投向那盒清凉油。没有人说话，驴脸德皮也不说话。

"这不就是清凉油吗？"等了足足有五六秒钟，还是狄维普开了口。

"对，就是清凉油。这个大家都熟悉，在这里的知名度很高，"我接过狄维普的话说，"我出门办事，经常有人向我要清凉油。为什么？因为这个小小的清凉油很有用。大家也都知道，这是一种神药，我们国家特有的神药。它神在哪里呢？我想只要用过，都会知道它的神奇。被蚊子咬了，可以用它止痒；脑袋疼了，可以用它治头疼；肚子不舒服了，也可以用它治肚子；对伤风感冒也有不错的疗效。"

我停了一下，喝了口水，看见大家都在认真听，便接着说："我们的传统医药当中有很多这样的药，清凉油是一个，还有一个马应龙。"

我看见鲍尔斯点点头。

"我想我们男的差不多都有痔疮（piles），"我继续说，"我们有句话，叫做'十男九痔'。我不知道你们有没有。"

"你说的是痔疮（haemorrhoids），"迪卡特院长说，"我们这里很多人都有。这种病没有特效药，只能动手术，还会不断复发。"

"他们这个药很神奇，"鲍尔斯说，"钟良代办送过我一盒。抹一点，肿就消了，不需要动手术。"

"对，所以我无论到哪里，都会带上这两样药，小毛小病就不用找医生，生活也就愉快许多，"我说，"当然，我不是要在这里推销这两种药。我是想说明一个道理。我们的传统医药是个大宝库，这些药是世界上别的国家所没有的。如果要有标准，那也只能由我们来制定，是我们的标准。这就是我要说的特殊性。"

我说完，狄维普部长看了一眼德皮，似乎在问他还有什么要说的。德皮低着头，没有看狄维普。

"谢谢代办先生刚才一番雄辩的说明。"狄维普见德皮没有反应，便转过头来对着我说，"我想代办先生强调的是双方都有特殊性，但这种特殊性不影响大家寻找到可以共同参照的标准。我想，正因为这些特殊性，才构成了世界文化的不同，才有需要相互学习、相互借鉴。"

狄维普总结得很好，正是我想要说的。他说比我说更有效果。

"代办先生，贵国药物的神奇，我也是领教过的。我也再次感谢你上次给我的药。那我看，我们今天讨论的标准不应该成为两国在医疗领域合作的问题。原则上我们可以签这个协议。"狄维普说。

"是的，"鲍尔斯插话说，"只有个别措辞需要改一下，其他一些具体的问题，我们可以再同代办先生商量沟通。"

星期五一大早，我就开始忙起来。

"黄毛，今天我要请达鲁总统夫妇吃晚饭，今天就我一个人。我要当主人，又要当招待，还要当厨师。你就乖点，不许添乱。"我"教训"黄毛说。我本来想向布莱恩借一两个人帮一下忙，后来一想这样的场合，有外人在，我同总统也不好说话，就没有请。所有的事情、所有的角色都由我一个人包了。

那天开完会，我就开始准备星期五的宴请。因为开会耽误，我的时间更加紧张了，不过我的心情很愉快，会议取得了我想要的结果。从吉多政府办公楼出来，我直接去了趟总统府，把请帖给塞克莱送去，又去超市买了肉鸡和其他一些东西，然后去了趟鱼市。我到鱼市的时候，鱼市已经快要收摊。如果买不到合适的海鲜,那么我的晚宴就撑不起来。不过我的运气不错。就在我感到绝望的时候,来了一个晚到的渔民。这位渔民当天的渔获颇丰,有不少新鲜的好东西,我高兴地挑了一条石斑鱼,买了两斤大明虾。

这一下,我的菜单就有了。头菜是酸辣汤,里面放土豆丁和西红柿丁。四个热菜是香酥鸡、油焖大虾、糖醋石斑和红烧芋头。再加上炒饭和水果。晚上,我像以前当礼宾官时一样,认认真真做了一份菜单:

菜单

MENU

酸辣汤

HOT & SOUR SOUP

香酥鸡

CRISP FRIED CHICKEN

油焖大虾

BRAISED PRAWNS

糖醋石斑

SWEET SOUR GROUPER

红烧芋头

TARO BRAISED IN SOYSAUCE

炒饭

FRIED RICE

水果

FRUITS

和以前一样,这份菜单,英文我用打字机打,方块字用手写,写的还是隶书。

有了菜单,我心里也有了底。写完菜单,我顺手摆好桌椅、铺好桌布,把杯盘、刀叉放到位,把餐巾叠好、放好。这些事看似简单,做起来却不容易,都有一定的规范。对我来说,使馆就是一个技校,可以学到很多意想不到的技艺。做饭可以从使馆厨师那里偷艺。宴请的餐桌招待,包括餐巾怎么叠、刀叉怎么放,可以从使馆招待员那里学。还有,侍花弄草,我也从花工那儿学了点皮毛。早上起来,我去了一趟院子,摘了些鲜花,在花瓶里插好,摆上桌子。请客,一定要在桌子上放点鲜花,才够喜庆隆重。

整整一天时间,我都在厨房里忙碌,准备这个菜,准备那个菜,中午随便吃了点,小睡了一会儿,又进了厨房。

等一切准备就绪,就差最后炒菜,问题来了。我什么时候开始炒菜最合适。我怕总统夫妇不能准点到,菜做早了,会凉,味道就大打折扣。但我也不能在总统夫妇到了之后再开始做菜。那样,我脱不开身陪他们。所以,我必须算好达鲁总统夫妇到达的时间,掌握在这个时间之前把菜做好,让总统夫妇一到就能吃上刚出锅的菜肴。宴请能否成功,关键就看这个时间点能不能掌握好。

我事先就想到了这一点。给塞克莱送请帖去的时候,我同他说过我的担忧,希望总统夫妇能准时到。当然我不能明说,明说不礼貌,只能委婉地说。委婉是外交官必备的一项说话技能。我说,我一个人,分不开身。我说我会做完菜,六点半准时在使馆门口迎接总统夫妇。塞克莱是个明白人,听我一说,大概明白了我的尴尬之处,一口答应他会转告总统,提醒总统夫妇准时到。

开火做菜前,我还是不放心,又打了个电话给塞克莱。

"不好意思打扰你。我打电话就想再确认一下今天宴请总统夫妇的事,没有变化吧?"我问。

"没有变化,"塞克莱肯定地说,"我同总统阁下确认过了。"

"那我做菜去了,"我说,"我会六点半准时在门口恭候总统夫妇阁下。"

"好的,"塞克莱显然再次听出了我的弦外之音,"总统夫妇阁下肯定会准时到。"

放下电话,我心里踏实许多。现在我可以开油锅炒菜了。我把饭菜烧好,洗了把脸,差不多就到了六点半。我赶紧换身干净衣服,来到大门口。

我在大门口没等几分钟,达鲁总统夫妇就到了。我赶紧把他们迎进屋里。

"总统阁下,今天情况特殊,饭菜我已经做好了,要不我们直接上桌?"我对总统夫妇说。

"好啊好啊,"达鲁总统说,"我已经闻到香味,迫不及待想尝尝你的手艺了。"

就这样,我请达鲁总统夫妇就座,给他们满上酒水,向他们敬酒,开始了我人生当中唯一一次自编、自导、自演的外交宴请。

"总统阁下,不好意思,使馆只有我一个人,前前后后的事都由我一个人包办,一切只能从简。有不周到的地方,还请多多包涵。"我说。

"哪里的话。只要能吃到你做的菜。我和夫人就高兴。一切都可以从简。"达鲁豪爽地说。

我同达鲁总统夫妇边吃边聊。我给总统介绍每道菜的名字和做法,他们一个劲说好吃。我们品一道菜,论一道菜,谈笑之间,开始的拘谨没有了,都放松下来。这大概就是宴请的魅力,可以拉近人与人之间的距离。

"这个汤好喝,"达鲁说的时候拿起放在桌上的菜单,"哦,这叫酸辣汤(Hot Sour Soup)。"

"这是我改良的,"我说,"这里没有豆腐,也没有黄花菜。我只用了土豆和西红柿,切成小丁,放在里面。"

"这个香酥鸡好吃。"达鲁总统又说。

"这是我们的一道名菜,做起来还有点复杂,"我说,"先要用调料腌好。腌的时间最好长一些,我昨天晚上就开始腌了。然后是蒸,蒸的火候要恰到好处,不能时间太长,也不能太短。太长,蒸烂了就没有形状,太短呢,肉又太硬,所以要刚刚好。最后是炸,炸到皮黄就行。"

"还真是挺复杂的,"达鲁夫人说,"我们这里的做法比较简单,要不是烤,要不就是炖。炖的时候可以切成大块,然后把土豆、洋葱、胡萝卜什么的配菜都可以扔进去。"

"我们好像也有,叫乱炖。"我说。

"哦,是吧,你们也有?"达鲁夫人一听,高兴了。

吃到两道海鲜,达鲁夫妇又夸赞起来。油焖大虾和糖醋石斑都是我在基比时新学的,最难的是调料配制和火候的掌控。

"我们还得请你来,教我们怎么做这样的菜,"达鲁夫人说,"上次,你做的那道酱油红烧石斑鱼(grouper in soy sauce)好吃极了。"

"是吗?我还以为我做砸了。"我笑着说。两个星期前,达鲁总统夫人组织一次妇女活动,邀请我去教她们做鱼。我做了一个红烧鱼,因为现场条件有限,我觉得发挥一般。

"好吃,大家都说好吃,"达鲁夫人说,"你知道吗,她们现在都在家里学着做。有人还专门到基比去买酱油。"

"对了,我也接到过电话,问我哪儿能买到酱油。"我说。

"是啊,我们这里没有酱油卖,要是你不来吉多,他们根本就吃不上红烧鱼,也不知道酱油。"达鲁说完,哈哈大笑起来。

"这最后一道是芋头,"我说,"就是用酱油烧的。"

"芋头还能用酱油烧？"达鲁夫人惊讶地问。

"是啊，你们尝尝。"我说。

"好吃。"达鲁尝了一口说。

"是，好吃，"达鲁夫人也跟着夸道，"我们这里最多的就是芋头，差不多天天要吃，还真没有想到还可以这样做。"

"我们一般请客，都会有一个绿叶菜。这里缺绿叶菜，我只好用芋头代替。"

"绿叶菜，我们这里是没有，"达鲁说，"这里不长，我们也就吃不到。"

"我想在院子里种点，结果老也长不出来。"我说。

"我们这里的土质不行，长不出你们的蔬菜。"达鲁说。

"我们这里吃不到绿叶菜，有的人就想别的办法，"达鲁夫人说，"如果你愿意，你可以试试鸡蛋花。"

"鸡蛋花能吃？"我想起院子里就有鸡蛋花，有白有粉，还有大红的，黄绿相间的。

"是啊，可以做沙拉，先在开水里焯一下。"达鲁夫人说。

"那我试试。"我说。我知道吉多人的沙拉跟我们的凉拌菜差不多是一个意思。

"还有，这后面有一处背阴的山坡，那里长一种青苔，那种青苔也可以当菜吃，可以做汤，"达鲁夫人说，"我们经常去铲。下过雨后，会更多一点。"

"谢谢夫人指点，哪天，我也去弄点来尝尝。"我说。我想象不出青苔吃起来会是什么味道。

就这样，我们一边吃着喝着，一边聊着家常，不知不觉，已经酒足饭饱，饭菜也吃得差不多了。我请达鲁总统夫妇移步到客厅。我烧了开水，泡了茉莉花茶，请达鲁总统夫妇喝茶。趁着喝茶的机会，我向达鲁总统说了RH国际组织年会和两国医疗卫生合作的事。

"RH国际组织年会的事,"我说,"非常感谢总统阁下对我们的支持。居华大使一再要我向您当面表示感谢。"

"不用谢,"达鲁喝了口茶说,"这是应该的。你们也帮助我们。"

"那我们是相互帮助。"我说。

"对,"达鲁说,"我们是兄弟,应该相互帮助。"

"谢谢总统阁下,我十分感激,"我说,"另外,关于我们两国医疗卫生合作的事,上次在棕榈岛的时候,没有来得及向您汇报。"

"鲍尔斯常秘跟我说过了,说是要签个协议。"达鲁说。

"是的,我们同意派一个医疗队,另外也愿意派一个先遣小组来考察医院,看看医院怎么办,是改造还是新建。"我说。

"好,我希望他们尽快来,你知道,没有多长时间我们就要举行大选了,我希望在我离任前能把这些事搞定。"达鲁说。

"我同鲍尔斯常秘保持着密切联系,前天我们还开过一次会议,讨论了协议按什么标准执行的问题,现在解决了。我们初步打算下周签协议。"我说。

"我看协议还是尽快签,到时,要不要我参加一下?"达鲁说。

"那我们就太荣幸了。"我说。

"应该的,"达鲁说,"另外,我希望先遣小组最好早点来,越早越好。"

"好的,"我说,"我向国内报告。"

十三

"你又野到哪儿去了？"一大早，我就在院子里骂黄毛。

黄毛耷拉着脑袋，耳朵也垂了下来，像是知道做了错事，一声不吭。

"你干脆在外面野着，别回来。"这次我真的很生气。头天一整个晚上，我都在忙着招待达鲁总统夫妇。事先告诉了黄毛我要请客，警告它乖点。达鲁总统夫妇来了之后，我忙前忙后，一直没有注意黄毛在干什么。哪想到它竟然又偷偷地跑出去了。等送走达鲁夫妇，我才发现它不见了。我屋里屋外、前院后院找了一遍，不见黄毛；围着使馆找了一圈，还到海边去找，都没有发现它的踪影。天已经完全黑了，我没有再出去找。这么晚出去找，再怎么找也是白搭。

黄毛抬起头，看看我，走到我身边，围着我转圈，一边转，一边呜呜叫着，还伸舌头舔我的双腿。我知道，这是黄毛在哀求我原谅它。

"去，一边去，"我不理黄毛，"你要再这样，就把你送人。"

黄毛突然不理我，汪汪叫着往篱笆墙那边跑。

"回来，你跑哪儿去？"我喊着黄毛，也跟了过去。黄毛真要走了，我肯定舍不得。一晚上见不到黄毛，我心里骂了它千万遍，早上看见它回来，心一下子莫名软下来。

"钟先生，早上好。"我突然听见有人同我打招呼。

"早上好。"我抬头一看，是鲍尔斯站在篱笆墙外。黄毛原来是冲着鲍尔斯去的。

"这么早，你在干什么？"鲍尔斯问。

"没干什么，"我说，"我在教训黄毛。它昨天晚上一夜没有回来，不知道野到什么地方去了。"

"Well,这很正常。这狗一定是公的吧。"鲍尔斯很在行地说，口气同上次布莱恩一模一样。

"是，是公狗。"我说。

"那就对了，它肯定找女朋友去了。"鲍尔斯笑着说。

我无语。黄毛最近确实很不消停，常常莫名其妙做些龌龊的动作。我本想找个兽医给它做绝育，但吉多没有兽医。

"你一个人忍得住，"鲍尔斯依然笑着说，"这狗可忍不住。"

"What?"我一愣。我没有想到鲍尔斯会这么说话。

"不好意思，我只是开个玩笑，算我没说，算我没说。"鲍尔斯一定听出我口气不对，赶紧往回找补。

我没有说话。我只是盯着鲍尔斯，我很愤怒，想骂人，脏话从胸腔滚到喉咙口又被我生吞下去。我想象不出一向温文尔雅的鲍尔斯竟然还有另外一面，还能说出这种话。他说他是开玩笑，他的本意应该是不想得罪我，但这个玩笑一点也不好笑。

"Well,那我先告辞了，再见。"鲍尔斯见我不说话，赶紧开溜。

"再见。"我控制着情绪，生硬地回了一声。

没走出几步，鲍尔斯又退了回来。

"要不,钟先生，"鲍尔斯试探着问，"你跟我一起赶海去吧？"

"我不去。"我没好气地一口回绝。鲍尔斯的邀请正好给了我一个机会,让我发泄心中的不快。

"那下次吧。"鲍尔斯知趣地说。说完,拿着渔具走了。

自从搬到新馆,我同鲍尔斯和尤素福成了邻居。他们经常从我的门口经过,出海去捕鱼,有意无意叫我一起去。

第一次碰上鲍尔斯出海打鱼,我正带着黄毛在外面散步。鲍尔斯一身短打,脚上趿拉着一双拖鞋,肩上扛着渔具。鲍尔斯随意的穿着和往常正式场合衣冠楚楚的打扮判若两人,看上去显得壮实许多。

"你也要出海去打鱼?"我惊讶地问。

"Well,男人不捕鱼,拿什么养家。"鲍尔斯笑着说,口气依旧。

"是啊,是啊,"我不好意思地说。吉多男人都是渔民,即使当官,做公务员,也都要出海打鱼。开始我听他们这么说,我还不信。现在亲眼看见像鲍尔斯这样的书生也要出海,由不得我不信。看来,这是他们的生计,当官只是兼职。

"想不想跟我一起去?"鲍尔斯邀请我。

"不了,不了。"我赶紧摇头。

说句实话,我不是不想去。我渴望出海去捕鱼。人类最初的生存技能是狩猎、捕鱼和摘果子。摘果子女人也可以做,狩猎和捕鱼则是男人的事。所以,对于男人来说,很难拒绝狩猎和捕鱼的诱惑,这是长在骨子里的东西。狩猎,我还没有走出大山的时候,已经感受过它带给我的刺激。小时候,我经常跟随父亲进山打野兔,开始只是跟着看,长大了点,我也有了自己的火枪。那个年代不禁枪,也不知父亲是从哪里弄来的。我跟着父亲打到过好几只野兔。每次打到野兔,我会兴奋好几天。捕鱼,我不会,最多只在山里的小河沟里摸到过几条小鱼。那不能算捕鱼。说实话,每次鲍尔斯和尤素福邀请我去赶海,我的心就痒痒，很想跟着他们去开开眼界，看看他们是怎么捕鱼的。我想象着出海捕鱼一定充满刺激和乐趣。

但我不能去。我现在是一个人守着一个使馆。避免将自己置于危险之中，这是我的责任。旗杆竖起来那天，我下了海，实际上就是将自己置于了危险之中。对此，我后悔了好几天。我觉得我简直疯了，为什么会如此放纵自己，允许自己下海游泳，不怕一万，就怕万一，出了事，使馆就得关门。这是关乎国家的大事啊。奇怪的是，有时候，又会有另一种声音冒出来，替自己开脱，也振振有词：我下海，可能会出事，我不下海，也不一定就不出事。到吉多以后，我被摩托车撞过，坐飞机两次遇险，炸弹还在使馆附近爆炸。要说危险，任何地方都暗藏危险。再说了，我下海，不也没有出事吗？我只要当心点就行了。两种对立的声音一直在我脑子里旋转、拉锯，有时候前者占上风，有时候后者占上风。后者占上风的时候，我就带着黄毛去游泳。然后又是自责和后悔。

鲍尔斯和尤素福一次次邀请我出海捕鱼，我都毫无例外一口拒绝了。开始，我说得斩钉截铁，渐渐地我的口气变得越来越弱。我很快发现，出海捕鱼这个念头竟然不知不觉在心里生了根。到了这个时候，下海游泳好像不再是个问题，问题变成了要不要跟着鲍尔斯或者尤素福去赶海。不去的理由像山一样不可撼动，去的诱惑像海一样波涛起伏。赶海会是一种什么样的体验？我知道去山里打猎的感觉，赶海会像打猎一样刺激吗？

鲍尔斯的玩笑，或许成了压死骆驼的最后一根稻草。鲍尔斯的话是什么意思？他分明是在嘲笑我，嘲笑我胆子小，不够男人。鲍尔斯哪里懂，我不出去赶海是为了避开风险，我必须保护自己。他哪里知道，我是进山打过猎的人。

"赶海就赶海,"我对黄毛说,也是对自己说,"对,我跟他们去赶海。我要让他们看看我哪点比他们差了。"

又一天,是个星期天,尤素福路过使馆门口。

我刚在院子里查看我的菜地,秧苗出得不理想,看来种叶子菜的尝试又要失败。我决定去后面山坡看看,达鲁夫人说那里有一种青苔可以食用。前一天,我在院子里挑刚开的鸡蛋花摘了点,晚上按达鲁夫人说的,用开水焯过一下,把水挤干,再放适量油、盐、糖、醋,还加了几滴酱油。放完作料,拌了拌,鸡蛋花有黄有白有红有粉,五彩缤纷,怎么看都不像一盘菜。不过吃起来,柔柔的有些嚼劲,口感还不错。

看完菜地,我进屋拿了一个塑料口袋,叫上黄毛,刚走出使馆,就碰上了尤素福。

"钟先生,上哪儿去?"尤素福大着嗓门问。

"到后面山坡去,"我举了举手中的塑料袋说,"达鲁夫人说那里有种青苔可以当蔬菜吃,我去挖点。"

"哦,对,那里是有一种可以吃的青苔,味道不错。我家里的女人也经常去挖。"尤素福说。他说的女人就是胖嫂。

"我看你是要出海去打鱼?"我说。

"是啊,"尤素福说,挥了挥手中的渔具,"你跟我一起去钓鱼吧。"

"嗯……"我迟疑地说。昨天我似乎铁了心,一定要跟着他们去赶海,现在不知为什么,又犹豫上了。

"你去不去?"尤素福说。

"我要去挖青苔。"我推脱说。如果我不是外交官,我早就跟着去了,我心想。

"青苔?随便什么时候都可以去挖。"尤素福说。

"我没有钓过鱼。"我又找了个借口。如果使馆不是我一个人,我也跟着去了，我心想。

"这简单，"尤素福说，"一学就会，没有什么难的。"

"我晕船，会耽误你的事。"我说。我确实有过一次晕船的痛苦经历。我想这个借口一定可以把尤素福吓住。

"你那是坐大船，我们是小船，"尤素福说，"大船闷在里面，不用说你，我也会晕船。小船是敞着的，我保证你没事。"

我没有说话。我再没有借口了。

"你是不是怕出事，"尤素福又说，"不会有事的，我们天天都出去。"

我还是没有说话。怕出事，是说不出口的。

"我们不去深海，就在岸边。"尤素福又加了一句。

"那好，我去。"我说。我突然又想起鲍尔斯昨天说过的话。我豁出去了，就跟尤素福出去一次，省得他们没完没了。

"真的？"尤素福有点喜出望外。

"是，不过我有个条件。"

"什么条件？你尽管说。"

"我们不去深海。"我说。近海总比深海安全。

"没问题，我们不去深海。"尤素福一听，一口答应。

"那黄毛能不能带上？"我问。

"狗不能带。"尤素福说。

"那我把黄毛安顿好，就跟你走。"我咬了咬牙说。

我回到屋里，替黄毛准备了点吃的，安抚了可怜的黄毛几句。然后，我跟着尤素福，人生第一次去赶海。

两国医疗卫生合作协议很快签订了。

达鲁总统没有参加签字仪式。本来我想请居华大使来签，居华大使要回国开会。既然居华来不了，我也就没有再坚持让达鲁总统参加。

签字仪式还是在政府办公楼会议室举行。签字大致有两种形式，一种当面签，一种分别签。分别签，双方可以不用见面，时间地点都比较随意，由各自确定，不要求同步，只要在文件上签完字，再送给对方交换签字，程序就算完成。一般来说，重要的文件还是需要当面签，显得正式隆重。签订两国医疗卫生合作协议是件大事，我同鲍尔斯一商量，我们不约而同地认为一定要搞一个签字仪式。我们还商定，把签字仪式和援助物资交接仪式合并在一起举行。

仪式由社会发展和渔业事务部常秘史皮斯主持，我和鲍尔斯签署文件，狄维普部长见签。见签是我们圈内人的说法，就是当见证人，见证签字。除狄维普外，上次参加会议的人都来了，连德皮也来了。这是我没有想到的。那天我在会上把德皮提出的有关标准的问题怼了回去，我以为他会生气，不来参加仪式。我知道，我在那场交锋中占了上风。在唇枪舌剑的外交场合，能胜过对方，我自然高兴。但我也担心得罪他。说句真心话，我不想得罪德皮。无论如何，他是副总统穆尼的助手，是我要竭力争取的工作对象，我不愿因一时口舌之快，把他推到对立面去。

德皮的出现让我松了口气。不过，以我对他的了解，我又隐约预感到这家伙不会消停。

果然，我和狄维普讲完话，史皮斯宣布由我和鲍尔斯代表各自政府在协议上签字。我和鲍尔斯提起笔，刚要落笔签字，德皮突然开口了："请稍等，先生们，签字之前，我想再问一个问题。"在场所有人的目光刚才还聚焦在我和鲍尔斯身上，现在都移向德皮。没有人说话，会议室里安静得只能听见窗外 kiskadee 鸟的叫声。Kiskadee 是霸鹟鸟的一种，叫起来声音尖而长。

Kiskadee 是个象声词，是鸟的名字，也是鸟的叫声。

"Damn it！"我在心里骂了一句，这家伙果然要出幺蛾子。

"我想知道，医疗队来了之后，能不能分出一两个人来，到别的岛去？"德皮问，声音细而尖，像极了 kiskadee，"我认为，这一条也应该写进协议。"

沉默。窗外的霸鹟鸟似乎叫得更响了。德皮让人捉摸不透，既不懂规矩，还自以为是，经常不按常理出牌。这一次也不例外。不过，他提出的问题太细，根本不需要写进双方协议。他这一说，我心里反而有底了。我知道德皮的小心思，他想把医疗队的人分到不同的岛上去，好争取民心，替副总统穆尼拉选票。

我不便说话，其他人不敢说话。按照规矩，只有狄维普有资格打破现在的尴尬局面。

"我看好像没有这个必要。"沉默了一会儿，狄维普终于开了口，"医疗队是个整体，我想，还是不要把他们分开为好。"

"是这样的，德皮先生，"狄维普一说话，史皮斯赶紧跟着解释，"我们也想过把医疗队分开，但分开的话，后勤保障跟不上。"

"后勤保障会有什么问题？"德皮追着问。

"这……"史皮斯一时语塞。

"部长阁下,我能说一句吗？"现在我可以，而且应该站出来，说句话了。

"请，代办先生，请。"狄维普说。看得出来，此时的狄维普巴不得我出来救个场。

"谢谢，谢谢部长阁下，我想提个建议。德皮主任刚才说的，是想让医疗队把工作做得更好。要把医疗队分开，客观来说确实很困难。别的不说，他们一共五个人，其中一个是翻译，要是分开，翻译就无法分身。没有翻译，医生无法与病人沟通，就看不了病。但德皮主任提出了一个很好的思路。我建议等医疗队到达之后，可以考虑在适当的时候，安排他们到各个岛去巡诊，为其他岛屿的老百姓提供医疗服务。这是我的一个建议，不知道是不是可行。"

狄维普看看鲍尔斯，又看看史皮斯，见他们都在点头，便转过头去对着德皮说："德皮主任，我看这个建议不错，你说呢？"

"这是个妥协的办法，不过基本上可以解决我的关切。"德皮勉强接受了我的建议。

"那行，"狄维普说，"我们继续。这一条就不用写进协议了，我们同代办先生商量就行。"

"现在我们就请钟代办和鲍尔斯常秘签字。"史皮斯再次宣布。

我看了看鲍尔斯，又看了看摆在桌上的国旗。这里还有一个插曲。开始商量仪式安排时，鲍尔斯建议桌上不摆放国旗。我不同意。

"别的环节可以省，国旗一定不能少。"我说。

"Well，代办先生，不瞒你说。"鲍尔斯实话实说，"不是我想省这个环节，是我们没有签字用的小国旗。"

"你不早说，我有。"我说。这确实不能怪鲍尔斯他们。我们国内备有世界上几乎所有国家的国旗，大的小的，各种尺寸，分别适用于各种场合。我当礼宾官那会儿，每次随代表团出访，都要随身带上不同尺寸的国旗，我们自己的，对方国家的。签字仪式用的，正式称呼是桌旗。

"我们的，你也有？"鲍尔斯惊讶地问。

"对，我们两个国家的都有。"我说。一年多前，我陪居华大使来吉多签过一个协议，当时就是我从基比把桌旗带来的。前一阵，我想着可能要签医疗卫生协定，就请在基比使馆的同事把旗寄了过来。

现在放在桌上的就是我拿来的国旗。面对着国旗，我郑重地在协议文本上一笔一画写下自己的名字：钟良。这一生，我签过很多字，这是我第一次代表国家在一份正式外交文件上签字。

援助物资交接签字仪式在政府办公楼院子里的一片空地上举行。我同狄维普部长一起走出办公楼时，空地上已经堆放着援助物资，有一些医疗器械、耗材，还有一些自行车。空地上已经聚集了不少人，一排排整齐坐着。其中一些是学生。显然，这是鲍尔斯特意安排的。

交接仪式上，我骑了一圈自行车。这是鲍尔斯临时加出来的一个环节，原来的议程中没有这一项。讲完话，礼仪小姐把自行车推过来，我接过手。现在我只要将自行车象征性交给狄维普，仪式就完成了。但很奇怪，那辆车好像有一种自带的神奇力量，粘着我，让我久久不愿放手。

"代办先生，要不你先骑一圈？"鲍尔斯突然对我说。

"骑一圈？"鲍尔斯的提议正合我意，我还真想骑一骑。

"对，你不会说你忘了怎么骑吧？"鲍尔斯调侃地说。

我没有再说话，跨上自行车，熟练地骑起来。那辆自行车带着我，仿佛瞬间穿越回国内，回到每天骑车上班下班的生活，回到周末同吕淑琴和儿子一起骑车去公园的日子。那样的生活已经离我很远很远，但在跨上自行车的那一刻，却突然回来了。后来我回想起那个场景，总觉得那更像是我做的一个梦。在我骗腿下车的那一刻，那个梦又突然消失了，消失得无影无踪。

"部长阁下，要不您也骑一圈？"我好不容易回过神来，把自行车交给狄维普。

"不了，不了，我就不骑了。"狄维普赶紧推脱。

"我来试试。"循声望去,是德皮。德皮还真是个多事的家伙。

"行,那你来试试。"狄维普对德皮说。

德皮上前接过自行车,刚想跨上去,车把一晃,差点连人带车一起摔倒,惹得大家一阵哄笑。幸好有人眼疾手快扶了一把,才避免尴尬的发生。德皮倒是没有放弃,又试了一次。这次,德皮顺利上了车,稳稳当当骑了一圈。德皮把自行车交还给狄维普,在经过我面前的时候,停下来,对我说:"代办先生,这车也就是还行,不过就像我说的,我们最希望的还是得到贵国更直接的支持。"

我笑了笑,没有说话。我明白德皮的意思。他说的更直接的支持,是一种委婉的说法,说白了就是给现金。这是我们不可能做的,道理我已经跟他讲过,无须再说,现在也不是跟他讲道理的场合。我不说话,不接茬,就已经表明了我的态度。

星期五下午,鲍尔斯约我一起去赶海。我早早收拾打扮好,五点不到就在使馆等着。

我是在签字和交接仪式上同鲍尔斯约好的。那两场活动很成功,无论是协议的签字,还是物资交接,都达到了我想要的效果。吉多电台还专门播出了消息。我举行到任招待会的时候,他们播过消息,拜会达鲁总统也播过一次,这应该是第三次。

交接仪式结束后,鲍尔斯把我拉到一边。

"听说你同尤素福总监一起出海钓鱼了?"鲍尔斯问。

"是啊,你也听说了?"我说。

"我想,应该是整个吉多都知道钟先生出海了。"鲍尔斯说完,哈哈大笑起来。

"是吗?"我听出来了,鲍尔斯对我跟尤素福而不是跟他一起出海有点不高兴。

"感觉如何？"

"很好。"

"那想不想再去？"

"想啊，当然想。"

"那好，这次你跟我去。你可不能再拒绝。"

"不会的。"我说。鲍尔斯说的话让我想起小时候，小伙伴之间约着一起玩，就是这样的口气。

"那行，定了时间，我再告诉你。"鲍尔斯说。过了两天，鲍尔斯打电话给我，说他看了一下，这个星期五是大潮，是出海捕鱼的好日子，约我下班一起出海，让我在家等着。我一口答应。

"Be there or be square，不见不散。"挂断电话前，鲍尔斯又特意叮嘱了一句。

"不见不散。"我应道。

等鲍尔斯的时候，我在想，我跟尤素福赶了一趟海，这样一件小事，消息竟然不胫而走，成了大新闻。出海回来的第二天，我去邮局取信，邮局的莫里森问我是不是出海捕鱼了；我到鱼市去买海鲜，鱼市的人也问我是不是出海捕鱼了；我碰见布莱恩，布莱恩还是问我是不是出海捕鱼了，我说是啊。布莱恩听了，朝我竖起大拇指，说那就恭喜你了。布莱恩夸张的表情让我觉得迷惑。

所以在碰到伦杰的时候，没等他开口，我干脆抢先说："你不会也问我是不是出海了？"

"你怎么知道？"伦杰惊讶地问。

"不瞒你说，这几天，我到哪儿，他们都这么问我。"

"那你真的出海了？"

"是啊。我跟着尤素福去赶了趟海，没想到，大家都在说这件事。"

"钟代办,你可别小看这件事。吉多人特别看重赶海这件事。你忘了,我跟你说过的故事。"伦杰说。

"当然没有忘。"我说。我第一次去见伦杰,他告诉我当年达鲁同穆尼争位,传说最后就是靠比赛捕鱼定下来的。

"你知道,在我们南陆文化当中,捕鱼享有很高的地位,你们靠种田,我们靠什么,我们就靠捕鱼。"伦杰说。

"那倒是。"伦杰说的有道理。靠山吃山,靠海吃海。

"所以,像你这样的外国人对赶海是什么态度,我们很在乎,"伦杰说,"你要是跟我们下海,那你就成了我们自己人了。"

"原来是这样,那你不早告诉我。"我说。看来谁都希望得到外人的认可,这是人的天性。

"你不下海,我也不便问。"伦杰说着哈哈大笑起来。

我也跟着笑起来。现在,我终于明白鲍尔斯和尤素福为什么锲而不舍,一而再再而三地约我去赶海。他们有他们的想法。

五点半了,鲍尔斯没有出现。我带着黄毛到院子里转了转,又走出大门到外面看了看,还是没有见到鲍尔斯的影子。我猜他一定临时有事被耽搁了。那就再等等,反正我也没有别的事情要做。

跟着尤素福出海是一次愉快的经历。尤素福的船就是贝卡斯海湾里见到的那种渔船,船头微微翘起,两边各画一只神的眼睛。

"那两只眼睛是哪位神仙的?"每次见到那两只眼睛,我就想问个明白。憋到现在才找到人问。

"我们的传说中有个海神鲁祖,那是鲁祖海神的眼睛。"尤素福说,"我们把海神的眼睛画在船头。那双眼睛会帮我们在大海上辨清方向,保佑我们出海捕鱼平安无事。"

脱下警服的尤素福完全变成了另外一个人。黝黑的皮肤，结实的身板，粗壮的肩膀，厚实的双手，站在船尾熟练地忙碌着的尤素福，看上去像个地地道道的渔民，根本想象不出他还是个警察。

"我看你好像经常出海。"我换了个话题问。

"一个星期出去两三次，要看渔获多少。"

"每次出海都能打到鱼？"

"哪有那么好的事。这要看运气，有时候多点，有时候少点，还有的时候什么也没有。"

"那你什么年纪开始出海捕鱼的？"

"很小就开始了，我在海边长大，会走路就跟着大人到海边赶海。第一次出海是跟着我父亲，应该是七八岁吧。"尤素福边说边发动柴油机。

"那差不多，我七八岁也跟着父亲去山里狩猎。"我说。

"你说什么？我听不清。"柴油机噪音太大，尤素福没有听清我的话。我又重复了一遍。这一次，尤素福听清了，朝我伸出大拇指。看来，我同尤素福有过差不多的童年，只是我在山里，他在海边。我能感觉到这一句话似乎把我同尤素福的感情一下子拉近了。

因为柴油机响声的干扰，没有办法再继续聊天。我坐在船中间，看海上的风景。来吉多三个多月，这还是我第一次坐船出海。我突然发现，从海上看大海和在岛上看大海，心情完全不一样。从岛上看大海，大海是一幅画，挂在那里，辽阔而美丽，可见不可及。有时，我会开着车围着吉多岛转，转一圈差不多也就半个小时，这时的大海就会变成一个长卷，也跟着我转一圈。连绵不断的长卷像是把我圈在了这个狭小逼仄的孤岛上。在岛上待的时间长了，我经常会有这样一种被圈着的感觉。

现在到了海上，就像是进入了画中，不仅能感受到海的美、海的宽，更能感受到海的舒展。对，是舒展，整个人好像终于挣脱那种说不清道不明的无形羁绊，在海上舒展地飞翔。

六点钟了，鲍尔斯还是没有出现。我想打个电话去问问，想了想还是没有打。按鲍尔斯的办事风格，一定在忙着什么事。我不想因为钓鱼去打搅他。

尤素福把小船停在一个小海湾。

"好了，钟先生，今天我们不去远的地方，就在这里。"尤素福说着，递给我一个硬塑料盘，上面绕着渔线，有点像放风筝用的线盘。

"这是什么？"我好奇地问。

"这是渔线和鱼钩。"

"就用这个钓鱼？"我想着钓鱼应该有鱼竿。

"对，就用这个，我们不用鱼竿。鱼竿不好使，这个好使，这种钓法，我们叫做banking。"尤素福边说边教我挂鱼饵，放渔线。

想想也是。用鱼竿是为了方便把渔线从岸上抛到水里，在船上钓鱼，船就在水上，水深水浅随意停，也就不需要鱼竿。

"为什么叫banking？"我问。把这种钓鱼方法叫做"banking"，我可是第一次听说。

"这是在浅滩钓鱼，深水就不能这样钓了。"尤素福说。

"有意思。"Banking就是用手线钓鱼。我学着尤素福的样子，在鱼钩上挂一小块鱼肉，顺着船舷，把钩子扔进海里，一只手攥着渔线。

"我们这里啊，捕鱼有很多种方式。最早的比较原始，靠手摸，工具比较简单，主要用鱼叉，也用藤条编的鱼笼。"尤素福说。

"哦，这些我们也有。"我说。

"我喜欢用鱼叉。拿着鱼叉,潜泳到海底,看见鱼,瞄准啰,刺过去,那感觉,很刺激。"尤素福说。

"嗯。"我说。那好像有点我在山里打野兔的感觉。

"来鱼了。"尤素福说着,两只手上下急速倒腾着拉渔线,不多一会拉上来一条挺大的鱼。

"不错,不错,今天运气不错,一开始就上了条石斑鱼,恐怕得有小一公斤。"尤素福高兴地冲我举了举刚钓上来的鱼。

"Great."我向尤素福伸出大拇指。

"那是代办先生带来的好运气。"尤素福说。

我这里什么动静也没有。我拉上渔线看了看,鱼饵好好的,又把线放回水里。

"钓鱼不能急,"尤素福说,"我刚才想说,潜水也是有风险的。以前没有现在的潜泳设备,只能靠自己憋气往下潜。有一次,我为了追一条大石斑鱼,潜得太深,差点没能上得来。"

尤素福又钓上来一条鱼,说是"black sea bream",应该是黑鲷。我这里还是没有动静。

"现在捕鱼的工具多了,有鱼钩,可以像我们这样线钓,也可以放排钩,有渔网,渔网有大有小,还有地笼。"尤素福说。

我刚想开口说话,突然感觉有鱼在咬钩,我激动地站起身来,嘴里叫着来鱼了,手忙脚乱把渔线收上来,结果什么也没有,连鱼饵都没了。

"不急。不要鱼一咬钩,你就拉线,要等一等,要等鱼把鱼钩咬死了,再拉。"尤素福说。

我刚把线放下去,就感觉到有鱼来咬钩。我吸取了上一次教训,让鱼多咬一会儿钩。结果还是没有钓上鱼来。

几次之后,我有了心得。渔线攥在手里同拿鱼竿钓鱼,完全不是一种感觉。用鱼竿要看鱼漂,靠的是眼睛。把渔线攥在手里是和鱼直接对话，靠的是手的感觉。鱼咬钩时，渔线被触动的感觉会很快传导到手上。不同的鱼手感完全不一样。尤其是有的小鱼，很精，会试探着去碰鱼饵，甚至小口小口把鱼饵吃掉，却不咬钩。这是一种刺激的快乐。要想钓上鱼来，要把握好时机，早了不行，晚了也不行。这就要求你忘却时空，忘却一切杂念，专注于渔线，专注于与鱼的斗智斗勇。就像是在玩游戏。早知道这么好玩，我早应该跟着鲍尔斯和尤素福出来赶海了。

无数次空钩之后，我终于钓上来一条小鱼，看着像石斑，尤素福说不是。后来我才知道，那叫石九公，同石斑鱼长得有点像，但长不大。

我很兴奋，尤素福显得比我更兴奋。我终于开张了。那条鱼是我在海里钓起的第一条鱼。有了第一条，很快就有第二条。第二条咬得很猛，我拉上来的时候，感觉鱼在使劲挣扎，渔线差点把我的手勒破。我费了点劲，也费了点激动和叫喊，把鱼拉上来。那是条一斤多重的海鲈鱼。

眼看天要黑下来了，鲍尔斯依然不见人影。

"黄毛，今天鲍尔斯肯定来不了了，"我失落地对黄毛说，"走，我们做饭吃饭。"

十四

鲍尔斯失踪了，同时失踪的还有尤素福。他们是在海上失踪的。

我得到消息是在星期一早上。我打电话联系鲍尔斯，找他商量一件重要事情，结果他没有接电话。

周末的时候，我接到国内指示，要求我即同吉多方面联系，向对方提出，我们准备与吉多方面就海洋观察和研究进行合作，并同对方协商在吉多建立一个海洋观察站。

"这怎么可能？"我自己问自己。我不敢相信这是真的。搞外交这么多年了，我还从没有听说我们在别的国家建立过一个类似的观察站。我们在南极有观察站，但南极不是国家。也就是说，如果在吉多建这么一个观察站，那将开启我们对外合作又一先河。

这个先河，要我来挖第一锹，我感到荣幸之至。国内指示我反复读了好几遍。指示很明确，要求我即同吉多方联系。这里面的"即"，就是即刻，立即的意思，也就是说越快越好。我本来想立即给鲍尔斯打电话，一想是周末，不便打搅人家。那就等到星期一，星期一一早，我第一件事就是去找鲍尔斯。

我突然想到居华大使让我来吉多，给了我两个任务，一个是建馆，另一个他没有说。现在我本能感觉到，这第二个任务恐怕就是要在吉多建立一个海洋观察站。这几个月来，我一个人经历了这么多，就是想知道这第二个任务究竟是什么。现在我终于把这第二个任务等来了。

一个人的周末本来就漫长，因为心里有事，这个周末更显得拖沓缓慢，时间像是静止了一样。好不容易熬到星期一，我掐着上班的点给鲍尔斯打电话。电话没有人接，这有点蹊跷。我到吉多以后，还没有碰上过这样的事情。我每次打电话，要不是鲍尔斯的秘书接，要不是他自己接。但上班的时候没人接，这还是第一次。也许他们正好有事，那我就过一会儿再打，我想。

外面起风了，我赶紧去关门窗。一层厚厚的乌云翻滚着压过来，卷起一阵又一阵的恶风，大王棕、椰子树，还有院子里其他的树都在风中摇着，巨大的树叶哗哗啦啦地响，吓得黄毛狂吠不止。一场大的风暴就要来了。吉多时不时会有一次这样的天气。

我把门窗关好，又拿起电话，拨了鲍尔斯的号码，还是没人接。我拿出电话本，找了个号码，打给副常秘罗杰。

我刚自报家门，说我是钟良，就听见罗杰在那头惊叫。

"您是……钟先生？您说……您是钟先生？"罗杰的声音很紧张，说话都不太利落。

"是的，我是钟良。"我说。

"您……这是在哪儿？您赶紧告诉我！"罗杰急切地问。

"我在哪儿？"我觉得罗杰的问题很奇怪，"我就在使馆啊。"

"您在使馆，这……不可能。"罗杰不相信。

"我就在使馆啊。"我又重复一遍。我觉得罗杰有点不可理喻，我不可能同他开玩笑。

"那……那……那也就是说,您……没有同鲍尔斯常秘……"

"你说什么?"外面狂风大作,罗杰的话我没有听清楚。

"那您没有同鲍尔斯常秘,还有尤素福总监在一起?"罗杰提高嗓门问。

"没有,我没有同他们在一起。"

"那您没有跟他们一起出海?"

"没有啊。"我说。那天,我其实真心想跟鲍尔斯一起出海。就像尤素福说的,钓鱼这样的事,有了第一次,就会有第二次。跟尤素福出海让我尝到了甜头,把我钓鱼的兴致给勾了起来。鲍尔斯爽约,没有来叫我一起去,我为此郁闷了一个晚上。

"那我们给您打过电话,您没有接。"罗杰说。

"我没有听见有电话找我啊。"我迷茫了。

"我们还派人去使馆找过您,您也不在。"罗杰又说。

"哦,对了,我应该是出去了一趟。"我想起来,我带着黄毛去了趟海边。

"您在就好,您在就好。"罗杰说,好像是松了口气。

"这是怎么啦?出什么事了吗?"我觉得不对劲了。外面下起雨来,雨点打在屋顶上、窗玻璃上,像有千万只木槌在敲,响声密集,让人心烦。

"我们暂时也不知道。您没有出海,我们去了一块心病,我们还一直在担心您也出海了。"

"我没有,那鲍尔斯常秘他们呢,为什么还有尤素福?"我约的是鲍尔斯,没有说尤素福也要去。

"鲍尔斯常秘出海打鱼,尤素福也去了,具体他们为什么一起去,我们也不知道。他们一直到现在都没有回来。"罗杰说。

"什么,你说什么?"罗杰的话让我大吃一惊。我不敢相信自己的耳朵。

"是的，鲍尔斯常秘他们已经失踪三天了。"听得出来，罗杰的心情十分沉重。

我一想，可不是三天了。我们约的是星期五傍晚。

"那有没有派人去找他们？"我问。

"找了，"罗杰说，"我们昨天开始就派人去找。我们租了两架飞机去找，也派渔船出海去找，都没有找到。我们还请邻近国家帮助寻找，但到目前为止，还没有找到。"

"我能做什么，你尽管说。"我突然感到一阵后怕。我原本约好要和鲍尔斯一起出海的。想不到，尤素福也跟着去了。也就是说，如果那天我同他们一起出海，我也会像他们一样失踪，一样生死未卜。

"谢谢您。"罗杰说。

"他们有什么消息，如果有可能，请随时告诉我。"我说。

"好的。"罗杰说。

听到鲍尔斯和尤素福失踪的消息，我后脊梁骨直发凉。挂了电话，望着窗外越下越大的暴雨，我心烦意乱。我不知道是该庆幸还是自责。自己阴差阳错，没有跟鲍尔斯他们一起出海，躲过一劫，也许这可以庆幸。我不知道鲍尔斯为什么没有叫上我。但我又很自责，我想如果我没有答应跟鲍尔斯一起出海，也许他就不会去，也不会叫上尤素福一起去，那样他们也不会失踪。

因为这一层原因，我总觉得，这件事无论如何同我有关。在这之后，我每天都会向外交部打听鲍尔斯和尤素福的消息。三天过去了，四天过去了，五天过去了……一个星期过去了，还是没有消息。我只能在心里默默祈盼他们还活着，希望他们安然无恙，能平安回家。

鲍尔斯和尤素福的失踪,让我心里憋闷得慌。应该是鲍尔斯他们失踪的第八天,我去找了一趟伦杰。一来想找个人聊聊天,二来伦杰消息来源多,想从他那儿得到一点消息。伦杰告诉我,吉多外交部找了他,请求基比政府帮忙寻找。他同国内联系,国内答应帮助寻找,但一直没有找到。

"这回鲍尔斯和尤素福恐怕凶多吉少。"伦杰叹了口气说。

"你知道吧,"我说,"这次本来我是要同他们一起去出海的。"

"是吗,这我倒没有听说。"伦杰说。

"我同鲍尔斯约好了,星期五下班以后一起去。"我说。

"那你怎么没有去?"伦杰问。

"那也是阴差阳错,"我说,"我在使馆一直等着鲍尔斯来叫我,可我一直等到天黑,他也没有来。"

"这不应该是鲍尔斯做事的风格。"伦杰说。

"我也是这么想的。我想肯定有什么事把他耽误了。"我说。

"还好你没有去。"伦杰突然说。

"你知道,我一直很内疚,"我说,"如果我不答应要去,也许他们就不去了,也就没有这事了。"

"这不能怪你,"伦杰说,"你完全不用自责。"

我没有说话。我很难说服自己,说我同他们的失踪没有关系。

"你想想,你不去,他们也还是要去的,"伦杰安慰我说,"他们是靠捕鱼为生的。"

"但我总觉得于心不安。"我说。

"我能理解你的心情,"伦杰说,"我倒是觉得你没去才是不幸中的万幸。要是你去了,这件事就大了。"

"罗杰也这么说。"我说。

"他说的是对的,你去了,那乱子真的就大了,那不就成了一起外交事件。"伦杰说。

我没有说话。伦杰说的是对的,如果我跟他们一起去,然后一起失踪,确实会成为一起外交事件。

"吉多政府不好向你们政府交代。"伦杰说。

"你说的无疑是对的,但我心里真的过意不去。"我说。

"这完全可以理解。"伦杰说。

"但愿他们好好的。"我说。

"我也希望他们没事,"伦杰说,"那样的话,对谁都好。"

"但愿他们完好无损地回来。"

"现在都第八天了,"伦杰摇摇头说,"越来越不好说了。"

伦杰没有再说下去,我也没有再说什么。

从伦杰那里出来,我的心情更差了。伦杰说的是对的,都八天了,还是一点消息也没有。多拖一天,鲍尔斯与尤素福生还的希望就少一天。

鲍尔斯和尤素福两人失踪的第九天,载着吉多两员大将的渔船始终没有找到。时间一天天过去,鲍尔斯他们生存的希望变得越来越渺茫,我能强烈感受到人们的心情变得越来越沉重。我还是坚持每天去外交部打听消息。我发现,每个人脸上的表情都更加凝重,不等我问,他们都会摇头,不再说什么。

我没有想到,鲍尔斯和尤素福的消息没有等到,我却先等来了父亲去世的噩耗。

就在那天,我去邮局取信。我收到吕淑琴的一封来信。吕淑琴的信,我已经有一段时间没有收到了。我算过,从吉多寄信到国内大概要十天,家里回信也要十天,一来一回就要二十天。前几次,我总能准时收到吕淑琴的回信,前后相差也就一两天。这一次,吕淑琴的回信却迟迟没有到。我着急起来,猜想着可能出现的各种情况,不知道是邮政出了问题,还是家里出了事。我希望家里一切安好。客居异乡为异客,对于我这样的人来说,家里平安,是对我们最大的安慰。

这次出国,我最关心两件事,一件是儿子上大学,还有一件就是父亲的身体。儿子倒是很出息,如愿以偿考上理工类大学。我们钟家,我是第一个大学生,他是第二个。收到消息那天,我很高兴,多喝了几杯吉多的椰子酒。

对于父亲,我希望他健健康康多活几年,享享清福。父亲一辈子在大山里,成年累月劳作落下浑身的病。前几年,父亲中风过一次,还好不算严重,但身体明显羸弱许多。出国前,我带着吕淑琴和儿子回老家去看望父亲母亲。一年多不见,父亲明显衰老了,腰更弯,人更瘦,精神更是大不如前。我想带父亲到城里看病,父亲死活不肯,说去了也白搭,还浪费钱。父亲脾气倔,我拗不过他。离开老家前,我嘱咐大姐一定要带父亲去看病。那次,我是带着不祥的预感离开老家的,担心再也见不到他。

说实在的,每次收到吕淑琴的来信,我既高兴又担心。高兴不用说,担心的是父亲。这一次也不例外。我迫不及待地拆开来信,没有想到,我的担心不幸得到证实。吕淑琴在信中告诉我,父亲去世了。父亲临走前,嘴里一直念叨着想再见我一面。吕淑琴说,父亲病危,她没敢告诉我,知道告诉我我也回不去。她自己带着小松回了一次老家,让祖孙俩见了一面。

吕淑琴是对的。我守着一个人的使馆,没有办法离开。我离开了,使馆就要关门。如果不来吉多,我本可以回国休假。那样我至少可以同父亲最后再见上一面。我总觉得,父与子应该有个面对面的人生交接,不需要说很多话,甚至根本不需要说话。也许只要见个面,一个眼神,一个手势,就可以完成两代人的人生交接。现在，这样的机会永远失去了，我和父亲再也不可能见面。我知道，父亲一定是带着遗憾走的。同样，我也遗憾没能再见父亲最后一面，不能送父亲最后一程。父亲的遗憾，也是我的遗憾，是我余生永远的遗憾。

我不知道是怎么回到的使馆。黄毛叫着扑过来，平时我都要跟它说几句话，抚摸它几下。这次我没有理它。我把自己关进房间，门关上的刹那，我的眼泪止不住流下来。我干脆让自己彻底放纵一次，痛哭了一场。这辈子我流过泪，因为激动、因为委屈、因为别的种种，但从来没有这样放声痛哭过。哭完，我觉得我应该做点什么，来同父亲道别。身在异乡，我不能去父亲的墓地祭奠，身边也没有一个人可以说说话，寄托我对父亲的哀思。想了想，我从带来的相册里找出一张全家福。对着照片，我在心中点上一炷香，双手合十，在心里默默同父亲说话。

父亲，我没有能去见您最后一面，我想您老人家一定会理解和原谅我的。

一个人在岛上，我常常会想起父亲。父亲聪明能干，在村里是公认的干活好手，不仅懂农活，也是个好猎手，不仅会木匠活，修补各种农具，家里的家具都是他做的，甚至还会雕刻，在家具上刻花鸟图案。邻里乡亲经常请他去做家具。我想，我之所以能够成为一个多面手，无疑是传承了他的基因。布莱恩经常惊讶于我会各种各样的手工活，他会的，我都会，他不会的，我也会。有好几次布莱恩问我的手艺都从哪里学来的，我说是从我父亲那里学来的。布莱恩听了半信半疑。我说的也许有点夸张，但我的动手能力千真万确是从父亲那里来的。

我说得对吧，父亲！

我是钟家出来的第一个大学生。我自己没有想到，父亲也没有想到。父亲没上过大学，识字不多。走出大山的那天，父亲说什么也要把我送到县城。那时山里没有公路，没有公路也就没有汽车，我们只能沿着崎岖不平的山间小道走着去。从山村到县城有二十几里路。一路上，父亲替我背着简单的行囊。我们默默走着，几乎没有说什么话。其实，我同父亲从来就很少说话，但我们却最懂对方，最有心灵感应。我常常在想，父子之间应该是有一种与生俱来的默契，这种默契不需要语言。上长途汽车前，父亲依然没有说话。我向父亲告别，我说："我走了。"父亲朝我挥了挥手，只说了两个字："走吧。"

父亲，昨天居华大使给我打电话，说了一些工作上的事，还告诉我国内给我提了级别，从一秘升为参赞。从现在开始，我就是参赞了。我本来想今天给您写封信，告诉您这个消息。我知道，您从来弄不懂我们的级别，什么随员啊，秘书啊，参赞的。但不知为什么，我还是愿意跟您说。我知道，您虽然弄不明白，但心里是高兴的。我想，您现在听了，一定也是高兴的吧。

山里人家由父亲做主，只有父亲在，一个家才完整，才能聚得起来。鲍尔斯不同意我的说法，他说大海边的人家也由父亲做主。一次活动的空隙，不知因为什么，我同鲍尔斯闲聊起来，聊到家庭，才知道鲍尔斯二十出头就没了父亲。有一天鲍尔斯父亲像往常一样出海捕鱼，遇上风暴，再也没有回来。从此他就撑起了这个家。同鲍尔斯比起来，我已经很幸运了。

"你知道吗，"鲍尔斯说，"我们这里的人寿命不长。一般过了五十就算长寿了。我在留学的时候，读到过一篇很有哲理的散文，说父母就是挡在死神和孩子之间的一道墙。我觉得，这话说得太对了。对于我，我的墙早就没有了，我早就直接面对死神了。老天再来要我们家的人，那就轮到我了。"

"你别这么说，这么说不吉利。"我说。我没有想到鲍尔斯的性格中，还有这样的一面。当然，我也没有料到鲍尔斯这次出海，竟然有可能随他的父亲而去。

　　父亲，我在这里挺好的，您不用担心。家里边的事您也不用再操心。您操心了一辈子，也累了，也该歇歇了。我会撑起这个家的。我也会为钟家的后代挡起一道生命之墙。

　　那天，我把自己关在屋里，同父亲说了很长时间的话。我想我是反反复复说了许多车轱辘话。我从来没有同父亲说过那么长时间的话。

　　夜深人静的时候，我出了一趟使馆。我独自一人去了海边，没有像往常一样带上黄毛。我跪在沙滩上，面朝大海，也正好是面向东方，磕了三个头。

　　父亲，您一路走好。您放心吧，我们会照顾好母亲，也一定会管好钟家后代，让他们过得幸福、健康、有出息。

　　我想，我的话，父亲在天上一定能够听得到。

十五

鲍尔斯和尤素福失踪的第十天,我去外交部找了一趟副常秘罗杰。我同罗杰谈了海洋观察站的事,同时也向他了解鲍尔斯和尤素福的最新情况。

"现在不是谈海洋观察站的时候,但使命在身,我考虑再三,还是决定先来同你说一声。"我对罗杰说。因为鲍尔斯失踪,我一直没有同吉多方面会谈海洋观察站的事。前天晚上,我给居华打电话,我们商定海洋观察站的事不能再等,还是先给对方打电话。

"谢谢,代办先生,"罗杰说,"这我能理解,你说的这件事很重要,我会向领导汇报。不过,现在鲍尔斯不在,我们再等一等,看下一步该怎么办。"

"我完全理解,"我说,"我们今天先把这件事说了,记录在案。我们也知道,这是件大事,不是一时半会儿能决定的。等鲍尔斯回来,我们再详谈。"

"是,等他回来,"罗杰说,"我有种直觉,他一定还活着。"

"我也有同感,他一定还活着,尤素福总监也活着。"我说。

"是，尤素福总监也活着。"罗杰说。

"有没有他们的最新消息？"我问。

"没有，"罗杰摇摇头说，"我们一直在找。从知道他们失踪那天，我们就开始寻找，一直没有放弃。我们还向基比和其他周边国家政府寻求帮助。这几天，我们一直在忙这件事。遗憾的是，直到现在还没有找到任何线索。有人说几天前曾经见到过一条小船。我们派飞机去看了，结果没有发现鲍尔斯他们的船。"

"Keep our fingers crossed that they will come back safe and sound."我说。我边说边做了一个手指交叉的手势，祈祷他们平安归来。

"上帝会保佑他们平安归来。"罗杰说。

晚上，我再次来到海边。前一天晚上，我来到海边，向老父亲磕头道别。我同父亲说完话，刚想回使馆，就听见远处有隐隐约约的鼓声和歌声传来。顺着声音望过去，我看见黑夜里远处有正在燃烧的篝火。我之前完全沉浸在对父亲的怀念里，竟然没有注意到。我好奇地走过去，发现那里有很多人围着篝火，有人敲着木鼓，更多人则边歌边舞。我看见鲍尔斯夫人和胖嫂也在人群里。

"老板，你来了。"布莱恩也在，看见我，走过来同我打招呼。

"看见这里有篝火，我就过来了。"我说。

"他们在为鲍尔斯常秘和尤素福总监举行一个仪式。"布莱恩告诉我。

"这是一个什么仪式？"我问。

"如果有人在海上失踪，我们都要举行这样的仪式，"布莱恩说，"他们在海上听见声音，看见火光，就知道回家的方向了。"

"那就是为迷路的人点亮回家的路。"我说。

"是的,"布莱恩说,"所以那堆篝火,烧得越旺越好,越旺,他们就会看得越清楚。还有,他们唱歌跳舞,就是为了喊他们回家。"

我想起我们山里,如果有人在山里迷了路,我们也会点着火把,叫着喊着给迷路的人引路。

"他们每天晚上都来?"我问。

"是的,从他们失踪那天就开始了,白天也有人在。"布莱恩说。

"我去同鲍尔斯夫人和尤素福夫人打个招呼。"我说。

"好。"布莱恩领着我,走进人群。我分别同鲍尔斯夫人和胖嫂说了几句安慰的话。我能说的不多。这个时候,说什么也没有用。我只是想让她们知道,我同她们一样,希望鲍尔斯和尤素福安然无恙,平安回家。

这之后,我每天晚上都会到海边,同其他人一起守在篝火旁。我希望鲍尔斯和尤素福能看见燃烧的篝火,也能听见歌声的呼喊,早点回来。

十天过去了,十一天过去了,十二天过去了,参加仪式的人们,脸色憔悴了,歌声沙哑了,舞步迟缓了,鲍尔斯和尤素福还是没有回来。

第十三天上午,我正在准备一份关于海洋观察站的报告,电话铃响了。

"代办先生,渔船找到了。"来电话的是罗杰,听得出来罗杰很激动。

"真的?"我难以相信我的耳朵。要知道,这已经是第十三天了,他们竟然找到了渔船。

"真的,找到了。"罗杰肯定地说。

"那他们还活着?"我问。

"活着，应该活着。他们现在就在回来的路上。"罗杰说。

"回来就好，回来就好。"我说。我的眼泪顺着眼角流出来，这是激动的眼泪。我替鲍尔斯高兴，替尤素福高兴，替两个老朋友的大难不死高兴。

不幸的是，我高兴得太早了。两人当中，只有尤素福活了下来。鲍尔斯因为在海上漂的时间太长，身体消耗超过了极限，回到医院没有救过来。听到鲍尔斯遇难的消息，我心如刀割。我不敢相信鲍尔斯就这样走了。我想起鲍尔斯同我说的最后一句话。他打电话约我出海捕鱼，放下电话前，他说的是"be there or be square，不见不散。"本来我是要同他一起出海捕鱼去的，我们说好不见不散的。结果呢，那却成了永别。

人生无常。前几天，我刚失去父亲，现在又失去鲍尔斯。鲍尔斯是我在吉多最好的朋友。对外交官来说，能交上鲍尔斯这样的朋友是幸运的。我同鲍尔斯脾性相投、一见如故，常常能想到一起，也能做到一起。我想起了他说"Well"时的样子，想起了他给我提供的种种帮助。我想起他第一个来参加我的开馆招待会，想起他在 RH 国际组织年会提案上的出手相助，想起他在签订两国医疗卫生协议中的斡旋，想起同他一起相处的愉快时光。这样的朋友可遇不可求，即使在同宗同族中，也很难找到。我不愿相信这样一个朋友就这样没有了。

我去参加了鲍尔斯的葬礼。

我曾几次参加过外交葬礼。记得第一次出国，我在使馆当大使礼宾秘书，遇上总统去世，大使让我陪同他去参加葬礼，也当他的翻译。请柬上写明 Dress Code：要穿深色西装，白衬衣，系黑色领带。西装衬衣，我有，但黑色领带我没有。那个时候工资低，我犹豫了半天，咬了咬牙，花了差不多两个月的工资买了一条纯黑领带。

那是我这辈子第一次参加葬礼。说句实话,我是懵懂的,除了那条领带,我的印象并不深刻,我更像是一个旁观者,一个实习者,也许是因为年轻,也许是因为我同那位总统不熟,没有感情上的交集。但这一次不同。我是带着悲伤去为鲍尔斯送行的。外交官怕动感情,也不允许动感情。按我们的职业要求,喝酒只能喝三分,感情上更是要同人保持距离。想想也是,如果你和当地人打成一片,你我不分,也就没有办法维护自己国家的利益了。但我与鲍尔斯惺惺相惜,他在工作上给了我那么多慷慨的帮助。再说,鲍尔斯他们这次出海多多少少与我有关系。这一次,我没有办法做到不带感情色彩。

出门前,我为鲍尔斯降了半旗。吉多政府为了表彰鲍尔斯对吉多国家独立和发展所作的贡献,宣布为他举行国葬。吉多政府部门降了半旗,驻吉多的外国使馆也跟着降半旗。

葬礼在鲍尔斯的家门口举行。丧葬不出院,这是吉多人的习俗。我带了一个花圈,献在鲍尔斯的灵柩前。我面对好友的灵柩,深深地鞠了三个躬。

"你说了不见不散的,你却自己走了,你不该这样言而无信。"我向鲍尔斯道别,强忍着没有让自己哭出来。

我向鲍尔斯夫人和三个孩子表达了哀悼和慰问。我劝鲍尔斯夫人节哀,还递给她一个信封,里面装了点钱,算是我的心意。鲍尔斯的三个孩子,最大的男孩才二十岁,这样的年纪就失去了父亲。我为他们感到难过。

"谢谢!"鲍尔斯夫人握着我的手,泣不成声。

"My deepest condolences."我说。我向她表示最沉痛的哀悼。说的时候,我没有忍住,眼泪还是流了下来。

尤素福也来参加葬礼。见到他时,我们四目相对,紧紧拥抱在一起。我拍着尤素福的背,他拍着我的背。尤素福明显瘦了很多，原本壮壮实实的身体，现在瘦脱了形，要不是下巴上那颗显眼的黑痣，我一下子都认不出来。

"你可算回来了。"我说。

"是啊，我回来了，可是……可是……"尤素福哽咽着说，"可是，鲍尔斯他却永远也回不来了。"

我看见尤素福的眼泪挂了满脸，不停地往下流。

"还好……还好，你没有去，"尤素福说，"要是你去了，万一有个三长两短，我们该怎么办？"

"我不好好的？"我劝慰尤素福，"没事的，我的命大。"

"老天有眼，那天你没有跟我们一起去。"尤素福又说。

这一天，吉多上层差不多都聚齐了。塞克莱来了，德皮也来了，还有伦杰、布朗和其他驻吉多外交官都来了。葬礼由外交部副常秘罗杰主持，穆尼副总统致辞。穆尼讲完话，就是出殡仪式。鲍尔斯的灵柩由人抬着，前面有长老领着，后面跟着鲍尔斯夫人和孩子，然后是所有的宾客。送葬的队伍出了院子，顺着小道，到了海边，又沿着海边，转了一大圈，最后回到鲍尔斯家里。院子里已经挖好了墓穴，灵柩就安放在里面。这是吉多的风俗。人走了，也一定要和家人在一起。

过了一个多星期，我请尤素福来做客。在鲍尔斯葬礼现场，我有好多话想问尤素福。我想知道那天究竟发生了什么，但我忍住了，那样的场合，当着那么多人的面，我不好问。同时，尤素福刚刚经历一次大劫难，也需要时间恢复。我想好了，等几天，等他缓过劲来，再请他到使馆来，为他接风，也顺便问问他详细情况。

尤素福和胖嫂如约而至。

见面，我同尤素福再次紧紧拥抱，久久无语。我和尤素福的关系一开始说不上好。我被摩托车撞伤之后,我去找过他几次,但都没有结果。尤素福一直说,撞我的人是基比人,第二天就逃回基比去了。但他对伦杰又不承认说过这样的话,我总觉得事情很蹊跷,怀疑尤素福瞒着什么事。后来使馆的铜牌丢失后,我向尤素福报了案,是他派人替我找回了铜牌。尤素福告诉我,他们问了很多人,才找到线索,拿回了铜牌。现在想来,这件事无疑拉近了我同尤素福的关系。而这一次的经历,也让我们两人的心贴得更近了。

我准备了几个拿手的菜,斟上国酒。尤素福爱喝酒,尤其爱喝我们的国酒。

"来,为我们的重逢。"我举起酒杯,尤素福也举起酒杯。我们俩碰了杯,一饮而尽。

"那天你们怎么没有叫上我呢?我等了你们很久。"喝完第一杯,我问。这个问题已经在我脑子里盘桓很久了。

"别提了,"尤素福喝了一口酒说,"鲍尔斯说要请你一起出海,让我陪着,我答应了他。那天下午,我和鲍尔斯一起开了一下午的会,会议结束已经过了五点半。开完会,我们急急忙忙赶回家,拿上东西,就到了海边。这一通忙乎,我们两人都忘了来叫你。到海边一看,海水已经开始退潮了。我们一商量,觉得没有时间再叫你,等叫上你,就出不了海了。当时,我们想反正来日方长,只要你愿意,以后再叫上你一起去。"

来日方长。他们想的,同我当时想的竟然一模一样。

"现在想来,幸亏那天没有叫上你,"尤素福继续说,"不然,万一你出了事,我们就没有办法向你的家里交代,也没有办法向你们政府交代。你说呢?"

"我不是好好的?"我说。说实在话,我确实很后怕。

"是。"尤素福说。

"那天究竟发生了什么事？"我问尤素福。

"唉！"尤素福叹了口气，停了一会儿，向我细述那天的遭遇。"那天，因为你要去，我们特地多带了一桶柴油。你知道吗？那天我们是下网捕鱼。我们赶在退潮前顺利出了海，到了经常打鱼的海域，就下了网。我想肯定是碰上鱼群了。鱼特别多，我们下网起网，鱼一网比一网多。"

"你们也不知道早点回来。"胖嫂插进来抱怨了一句。

"那个时候，哪顾得上，"尤素福说，"我们抓得兴起，好久没有抓到这么多鱼了，想多抓点。但贪心误事。我们忘了时间。不知不觉，天黑了下来，等船舱装满了鱼，我和鲍尔斯才决定回家。开始我们很高兴，有说有笑。鲍尔斯说，要是早知道能抓这么多鱼，还不如把钟先生叫了一起来，让他好好感受一下我们当渔民的乐趣。我说，是啊。"

尤素福喝了口酒说："哪知回来的路上，突然起了风，之前还风平浪静，一会儿工夫就刮起了大风。风越刮越大。我们的船本来就小，装的鱼又多，还是顶风，船根本就不往前走。当时是我在开船。船不但不往前走，还不断被刮着往外走。没有办法，我说我们扔掉点鱼吧。我们就忍痛扔掉船舱里的一部分鱼，想着这样可以减轻船的载重，船轻一点，就可以往前走。结果船还是不肯往前走。没有办法，我们继续往外扔鱼，把好不容易捕获的鱼，差不多全扔了，船还是走不动。"

尤素福又喝了口酒，继续说："你知道，我们的船只能顶风开。不顶风开，船就会被掀翻。不知道同风浪搏斗了多久，风慢慢小了一些，但柴油用完了。没有动力，小船只好随风漂流。开始几天，我们还能看见其他捕鱼船，我们向他们呼救，可是他们没有任何反应。他们一定以为我们也在捕鱼，根本没有想到我们是在呼救。"

"那你们吃什么？"我好奇地问。

"开始几天，我们以鱼充饥，"尤素福说，"船上没有火，我们只能吃生的。"

听到尤素福说吃生鱼充饥，我的胃开始翻腾起来。我的胃本质上还是山里人的胃，馋肉不馋海鲜。这几年，我先是在基比，然后到了吉多，吃了很多海鲜，已经吃腻了。别说是生鱼，就是翻着花样做的鱼，不管是红烧、清蒸、煎炸、糖醋，还是别的做法，我都已经不愿吃了。我想象不出，吃生鱼会是一种什么样的体验。

"慢慢地，剩下的鱼全被我们吃完了。我们后悔开始时把鱼扔得太多，"尤素福继续说，"要是当时多留点，也许会好些。鱼吃完了，带的水也喝光了，我们陷入了绝境。记不清漂了多少天，也不知道漂到了哪里。我们想一定必死无疑。就在我们饿得两眼发昏时，一只鹈鹕落在小船上。它一定也是飞累了。我使出最后一点力气把它抓住。以后几天，我们就靠喝鸟血勉强活着。"

鹈鹕是一种体型很大的海鸟，长着很长的尖嘴，以捕鱼为生，吉多近海经常可以看到。靠喝鹈鹕的血生存，我不敢想象。

"我们一直盼着有船来，有飞机来救我们，"尤素福充满忧伤地说，"我和鲍尔斯被救的那天，我们已经没有半点力气，半睡半醒着。突然间，我听见嗡嗡的飞机声，我以为出现了幻觉。飞机声越来越大。我吃力地睁开眼睛，看见有一架小飞机从远处飞来，越飞越近。鲍尔斯也看见了。我摇摇晃晃站起身来，使劲伸手向飞机招手。飞机看见了我们，飞到小船上空投下一些水和食物。水和食物掉在四周的海面上，我捞起来了几个，鲍尔斯虚弱得已经动不了了。"

"那鲍尔斯后来是怎么回事？"我听了也唏嘘不已，赶紧问鲍尔斯的情况。"刚开始的时候,我听说他是和你一起被救起来的。"

"是啊,"尤素福深深叹了口气,"我们是一起被救起来的。飞机飞走后没过多久,就有船来把我们救回去。你知道,鲍尔斯常秘平时身体就比我弱。我们被送到了国家医院,我住了几天,慢慢恢复过来。鲍尔斯没有我幸运,到了医院却没有能够救过来。"

尤素福说着,眼泪流了下来。我也跟着流泪。

"你知道,"尤素福有点哽咽着说,"在海上漂流的几天里,鲍尔斯一直念叨着你。他说,还好我们没有把钟先生带出来。要不然,万一有个三长两短,我们怎么向他们的政府交代。他反反复复,不知说了多少遍。"

我仿佛能听到鲍尔斯说这些话时的声音腔调。到了那种时刻,他还想着我,让我感动不已。

"另外,还有一件事,他也耿耿于怀,"尤素福说,"他说,如果能活着回来,他一定要告诉你。如果他回不来,他让我一定告诉你,你刚来时被摩托车撞的事情,他对不住你。"

"为什么?"

"那个时候,你也找过我,要我们一定找到肇事者,你还记得吧?"

"我当然记得。"

"我们说肇事的是基比人,"尤素福说,"其实不是,那个人其实是我们吉多人。"

"是吗?"我想起伦杰一口咬定,那个人不是基比人。

尤素福点点头说:"是。"

"那他背后有人吗?"我问。

"我们也不是很肯定,"尤素福说,"但他是吉多人,这一点是肯定的。鲍尔斯对此很内疚,让我一定要跟你说清楚。"

"那他现在哪里?"我问。

"他走了,不知道去了哪里。出事之后,我们再也没有见过他。"尤素福说。

我没有说话。看来是心虚走掉了。

"说句实话,你的安全问题,鲍尔斯一直想着,达鲁总统也是。"尤素福说,"自从你被摩托车撞了之后,他们同我说过好几次,一定要我当心你的安全。我们这个地方不大,说简单也简单,但说复杂也复杂。"

"谢谢,"我说,"谢谢你们为我操心。"我感激地说。

"这样说就见外了,"尤素福说完又想起了什么,"对了,还有一件事,我也没有怎么听懂。鲍尔斯常秘让我告诉你,说是有人想来吉多,他没有给签证。对,他应该就是这么说的,让我一定也告诉你。"

"谢谢,都那个时候了,他还想着我。"我说。我听明白了鲍尔斯想要说的意思。

"是啊,他说一定让我转告你。"

"谢谢他,"我说。"May my good friend rest in peace! 愿我的好友安息!"

"愿他的灵魂安息!"尤素福在胸前画了个十字。

在生命的最后,鲍尔斯还想着我,还给我留话,我的眼泪禁不住又流下来。我永远失去了我在吉多最好的朋友。我无法想象没有他的日子,我以后在吉多的工作会面临怎样一个局面。

那时,我还没有想到,接替鲍尔斯出任外交部常秘的会是德皮。

十六

傍晚，西边的太阳挂在篱笆墙上，篱笆墙的阴影差不多把院子都遮住了。我坐在大王棕树下，坐在篱笆墙的阴影里，黄毛趴在我身边。

我点上一支烟，吸一口，朝上吐了一个烟圈。烟圈开始只有口型大小，慢慢散开来，再散开，最后消失在空气中。

鲍尔斯出海遇难，我悲伤、郁闷、内疚，这几种情愫反复纠缠，让我更加悲伤、郁闷、内疚。我开始重新抽起烟来。我是在农场的时候学会的抽烟。郁闷和抽烟一定是有关联的。

我回味着鲍尔斯给我留下的话。鲍尔斯提到了我被摩托车撞伤的事，还提到有人想来吉多被拒。他递给我的话很简单，我明白他的意思，他是在提醒我当心。显而易见，我的处境依然危险，有人依然在暗中盯着我。也许他们没有胆量对我下手，但他们一直在寻找机会同我们争夺吉多。我又想起礁石湾那一股股相互缠斗的暗流，潮涨潮落，永无停息。

想到礁石湾，让我又想起了大海。

"我肯定同海龙王的八字不合，"我吸了口烟，又吐了个烟圈，对黄毛说,"我喜欢大海,但大海肯定不喜欢我。你知道吗,我第一次坐船出海,就吐得死去活来,还差点掉进海里。"

黄毛当然不知道。它趴在我身边,傻傻地看着我。

我第一次坐船出海是在基比。那次我受居华大使委托,去威廉群岛参加一个小岛国发展会议,参加会议的有国际组织的代表,还有驻基比的外交官。威廉群岛离基比本岛距离遥远,因为去的人多,小飞机装不下,只能坐船。

我们是乘货轮去的。基比方面在通知上说,他们已专门安排好轮船,送我们去威廉群岛。一上船才发现,他们说的轮船,不是想象中设施齐备、有餐厅、有房间的客轮,而是一艘普通货船,甲板上挤挤挨挨放了几十个床垫,看样子是让我们打地铺。

我犹豫了。我有点想不起来什么时候打过地铺了,应该还是在中学的时候,学校组织去拉练。

"你跟我来。"有人在我身后说话。我转过头去一看,是基比外交部的约翰。我同约翰打过几次交道。

我感激地冲约翰笑笑,跟着他往里走。

约翰把我带到船舱的一个房间,对我说,"钟先生,里面还有一个空床位,要不,你就住在这里?"

我看了一眼,房间里一共三个上下铺,六个床位,有一个下铺还空着。我谢了约翰,进了房间,同其他几位客人打过招呼,找地方把行李放好。

刚安顿完,门口来了一对男女,探进头看了一眼,见已经满员,嘟哝着走开了。不一会儿,外面甲板上传来争吵的声音。循声看去,发现仍然是那对男女,在和约翰争吵着什么。又过了一会儿,我看见两人拿着行李气呼呼地离开了货船,上了岸。

"他们怎么啦?"约翰走过我身边的时候,我问道。

"他们不想睡地铺,但房间里已经没有空床位了。"约翰说。

"哦，是这样。"我说。

"本来就是这样，first come, first served（先来先得），也不能为他们预留。"约翰说。

"是，那他们不去了？"我问。约翰说得有道理。这样的条件，留给谁不留给谁，别人都会不高兴，只能先来先得。

"大概是吧。"约翰说。

我没有再说话。那两个人肯定是嫌船上太挤太脏。我刚上船的时候，看到船上的样子，也着实吓了一跳。还好约翰帮我找到了床位，不用去甲板上打地铺。

房间里很闷热。我走出船舱，看着轮船驶离码头。这是我第一次坐船出海，有点激动。开始时，我盯着前方的大海，等我回望码头时，船已经离开海岸有一段距离。渐渐地，海岸线离得越来越远，逐渐消失在海天交汇线上。我第一次感受到什么叫茫茫大海。我坐过大河大江里的客轮。坐河里的客轮，岸始终在你眼前，远近高低，呈现着不同的景色。眼前有岸，人便是踏实的。而现在，海岸不见了，眼前是一望无际、浪涛不绝的大海，我的心里顿时空落起来。不仅心里空落，脚下也像是踩空了。在大山里，无论你迷途于深山老林，还是身处悬崖峭壁，你都是脚踏实地的。在大海上就不一样了，你坐在船上，船是颠簸摇晃的，你只能随船颠簸摇晃。

这么想着，海面上起风了，刚才还平缓的海水，瞬间汹涌起来。我突然想起波谲云诡这个成语来。这个成语，我们写文章时经常用。我见识过山里的云诡，现在也终于领教大海的波谲。大海的波浪果然和山里的云涛一样不可捉摸，说变就变。海浪越卷越猛，货轮颠簸摇晃得越来越厉害，能感觉到船一会儿爬到浪尖，一会儿又跌入浪谷。大浪翻滚着拍过来，海水溅起来，浇了我一身。甲板不能待了，我东磕西碰回到房间。刚才离开时，里面的人还在热烈聊天,现在已经完全安静下来。我扶着舱壁,好不容易把自己放倒在铺位上。船摇晃着,幅度和频率不断加大,我感觉肚子有点难受,胃里的东西翻腾起来。

我意识到我晕船了。在此之前,我的前庭功能从来没有出过毛病。我不晕车,不晕飞机,也从来没有晕过船。这一次看来是逃不了了。胃里酸酸的东西不断往上翻,像海浪一样一波一波往上翻,我强忍着,一次次使劲压下去,压下去又翻起来。船舱里有人呕吐起来。呕吐似乎也会传染,有了起头的,便一个传一个,直到传染整个船舱。我终于也忍不住,从铺位上爬起来,跌跌撞撞冲到洗手间吐起来。

我第一次知道,晕船一旦开始吐,就没完没了。坐船去威廉群岛需要一天一夜,我本来想利用坐船的时间,琢磨一下开会时的发言。现在根本不可能做到。我吃了吐,吐了吃,吐了一路,感觉差不多五脏六腑都吐了出来。有几次我感觉嘴里有浓烈的苦味,我想那可能就是胆汁了,我把胆汁都吐出来了。睡也睡不好,只有实在没东西可吐,也实在没了力气,才能稍微睡着一会儿。

等到终于离开货轮,踏上威廉岛的码头,我已经虚弱不堪,犹如刚生过一场大病,走路都在打飘。在以后的两天里,无论是参观还是开会,我一直像是在梦游。

黄毛不知为什么叫了两声,吓了我一跳,打断了我的回忆。有几只斑鸠来到了院子里的草地上,黄毛追过去,斑鸠半飞半跳往远处去,黄毛就再追过去。黄毛又在玩它追鸟的游戏。

会议很是平淡、无聊、乏味、冗长,bored to death,我有点昏昏欲睡。我强迫自己保持清醒。在会上,我有一个发言,需要阐述我们对于小岛国发展的立场。除此之外,我还有一个任务,就是确保会议不出现对我们国家不利的人和议题。参观可以梦游,开会不能开小差。我从裤兜里掏出随身带着的清凉油,抹了抹太阳穴,感觉好了点。

这是一个关于发展的会议,人人都在谈发展。但我听出来了,所有人除了对"发展"这个词没有异议外,其他的,譬如谁该发展、怎样发展,都是各说各话。我突然想起马克·吐温写的《王子与贫儿》。这个发现顿时给我提了神。我仔细听了会上每个人的发言,把他们大致分成两拨,一拨是王子,一拨是贫儿。贫儿想过王子的生活,王子呢,渴望贫儿的生活。马克·吐温大笔一挥,把书中的王子与贫儿互换了,有趣的故事就这样展开了。遗憾的是现实生活不是这样,王子和贫儿不会互换。于是,王子与贫儿在发展与不发展的问题上永远无法达成一致。

我的发言当然是挺贫儿的。站在王子立场上的,其中有一男一女两个人。男的说来自P国,女的是一个国际组织代表。我看他们眼熟,像是上了船又下了船的那两个人。他们不是下船了吗?他们怎么会出现在会场?我觉得不可思议。会后,我问了约翰,约翰告诉我,他们没有坐船,而是改坐飞机来的。

他们倒是会想办法,我在心里骂了一句。我现在突然想起来了,那次代表P国参加会议的人应该就叫布朗。

"对,应该就是布朗。"我脱口而出。黄毛听见我的声音,以为我在叫它,停下脚回过头来,看了看我。

对,应该就是现在P国驻吉多的代办布朗。我说呢,我一直觉得他有点眼熟,却想不起来在哪里见过,原来是在威廉岛。那时候布朗还没留络腮胡子,显得年轻,也没有现在这么胖。外国人,留不留胡子,尤其是络腮胡子,简直就不是同一个人。

好吧,下次再见到布朗,我就知道了,我早在几年前就同他有过交锋了。

太阳掉到篱笆墙下面去了,天快要黑下来。我又点燃一支烟。

我戒过好几次烟,重新捡起来就好像中间根本没有断过。

会议好不容易结束,就差上船回基比了。我们一共在威廉岛待了两天。岛上居住条件有限,我们只能白天上岛开会参观,晚上住在船上。船停在外海,我们来回靠小船接送。小船接送要经过一个潟湖,叫"Lagoon"。潟湖外面围着一圈珊瑚礁,只留一个豁口,听约翰说还是用炸药炸开的。风平浪静时,潟湖无比美丽,像一面蓝盈盈的镜子闪着光,船行在湖面上,如游梦幻之境。那是我那次威廉岛之行最美好的记忆。

我同约翰是最后一批上的船。前面几批已顺利到了货轮上,小船折回来最后一趟接我们。我们刚上船驶离岸边,湖面上突然狂风大作,刚才还轻轻摇曳的椰树叶,在风中疯狂呼扇起来。小船是机动船,驶近豁口时,动力完全被大风抵消。小船只能听任风浪摆布,一会儿被抛到浪尖上,一会儿又被扔回浪底。船上的每个人都像皮球一样在船上来回滚动。我们手脚并用,说不上是什么姿势,努力用尽最后的理智和灵活互相躲闪。即使这样,我们还是会不断相互撞上。我用两只手紧紧地抓住船帮。但一个大浪袭来,我的双手松脱,身不由己被抛向空中。

我想这下子我肯定要被抛出船去了,不知生死。就在这个时候,我突然感觉有人用力拉了我一把,我又落回到小船里。就这样,不知被大浪抛上颠下了多少次,小船才驶出了豁口。驶出豁口,浪反而小了,小船也稳定下来。我才发现我的脸和胳膊不知什么时候被撞出了血。

"你没事吧,钟先生?"我听见约翰在问。

"没事。"我说。我现在才意识到,刚才拉我一把的是约翰。

从威廉群岛回基比的航程中,我又吐了一路。

"唉,黄毛,看来我真的跟大海没有缘分。"我对黄毛说。

天已经完全黑下来,我起身回到了屋里。

父亲走了，鲍尔斯走了，生活得继续，我在吉多的使命也得继续。

没过多久，我坐船去了一趟红鱼岛。鲍尔斯出海遇难后，我出去赶海的念想被彻底粉碎了。包括尤素福在内的吉多朋友不再邀请我出去赶海。我也不敢再存这样的念想。我甚至不再去海里游泳。每天，我满足于带着黄毛去沙滩上散步。我又回到刚来吉多时的状态，住在海边，又远离大海。

但吉多是个岛国，由几十个岛屿组成，我可以不去游泳，可以不去钓鱼，但不可能在需要的时候，不去别的岛屿办事。而要去别的岛屿，往来要么是飞机，要么就是坐船，没有第三种交通方式可以选择。

我去红鱼岛是为了海洋观察站的事。上次我同罗杰说过之后，我又去找过他一次。结果罗杰把社会发展和渔业事务部常秘史皮斯也叫了来。

"钟先生，上次您来谈海洋观察站的事，我后来同史皮斯常秘说了，他听了很高兴。今天我把他也叫来了。"罗杰说。

"是啊，钟代办，"我还没有说话，史皮斯先开口了，"我们确实很高兴。我们早就有这么一个想法，在吉多建一个海洋观察站，这是我们的梦想。但我们找过一些国家，譬如P国，一直没有人愿意同我们合作。所以，你们说要来，我们非常欢迎。我同部长商量过了，我们觉得有两个地方可以作为选址地点，一个当然是吉多岛，还有一个是红鱼岛。"

"红鱼岛？"我问。

"是，红鱼岛，"史皮斯说，"红鱼岛是我们的第二大岛，那里也有一个港口，地理位置比吉多岛更好，更适合建海洋观察站。"

"既然这样，要不，我们去看看。"我说。话一出口，我就有点后悔。威廉岛之行的悲惨遭遇和鲍尔斯出海遇难两件事，立刻从我的后脑勺蹿到额头顶。

"我们也这么想,"史皮斯说,"我们找条船,约个时间一起去。"

"我们能不能飞过去?"我试图换种交通工具。

"也可以,"史皮斯说,"但从海上过去,可以看得更全面。"

史皮斯的理由我没有办法反驳。看港口,没有比坐船更合理的。除此之外,在我的心底深处,我知道,还藏着一个不甘心,在大海面前,我不甘心就这样败下阵来。

"那……那就坐船去。"我想了想,咬咬牙说。

听说我要去红鱼岛,布莱恩开心得像个孩子,说一定要陪我去。布莱恩的老家就在红鱼岛。他说过好几次,要带我去看看他家的祖屋。我心里明白,他要证明他和我是老乡,血管里流着和我同样的血脉。与布莱恩相处这么长时间,我也确实想知道,他的祖上是不是像他说的那样,与我们血脉相连。我同意了。

"那太好了,老板,"布莱恩高兴得手舞足蹈,"我在那里也有一个小旅馆,我让我弟弟看着。你就住我那里,包吃包住。"

"我可以住你的小旅馆,包吃包住就算了。"我笑着说。

就这样,我去红鱼岛又增加了一件事,去寻访布莱恩的家族史。

布莱恩找来了一艘机帆船。机帆船比贝卡斯湾里的传统渔船要大,更适合出海远航。船长叫博特,皮肤黝黑,额头上皱纹很深,一看就是被海风蹂躏切削后留下的成果。握手的时候,我吓了一跳,他的手又粗又厚,足有我两只手大。博特船长还带着一个帮手卢克。卢克很年轻,看上去二十刚出头,见着生人还有点羞涩。船上另有两位吉多社会发展和渔业事务部的官员,是史皮斯常秘派来专门陪同我的。

天遂人意，我们顺风顺水，一早出发，中午时分就到了红鱼岛。我本来担心会晕船，结果差不多四个小时的航程，什么事也没有，连我自己也觉得诧异。当我终于下了船，踏上红鱼岛的沙滩时，紧张一路的心情终于轻松下来。我停下脚步，得意地看了一眼大海。我发现，大海也在平静地看着我。我笑了。没事了，我在心里说。

布莱恩的家在红鱼岛的一个渔村里。我们在布莱恩的小旅馆简单吃了午饭，布莱恩就迫不及待要带我去他的家。我本来想小憩一会，但拗不过他，只能客随主便。布莱恩的弟弟已经备好了车。坐上车，不一会儿我们就到了渔村。

布莱恩的父母站在村口迎接我们。布莱恩的父亲是村里的头人，应该比我大不了多少，长得要比布莱恩矮一些，肤色浅一些，看上去也比布莱恩同我们更相近。头人一出来，全村男女老少，不少人都围出来看热闹。

"看见你，就让我想起我的爷爷，他长得很像你。"布莱恩父亲拉着我的手，看了我半天，眼睛有点潮湿地对我说。布莱恩父亲的英语不是很好，找不着词的时候，布莱恩就当翻译。

我礼貌地点点头。不管我长什么样，布莱恩父亲都会说我长得像他的爷爷，我想。

"父亲，我告诉过钟先生，我们和他是老乡，他总是不信。"布莱恩对他父亲说。

"没有，没有，我信。"我赶紧说。

"父亲，您一会儿给他讲讲我们家的故事。"布莱恩说。

"好的，好的，我一会儿讲。"布莱恩父亲说。

布莱恩父亲带我进了布莱恩家族的祖屋。祖屋实际上是一个茅屋群，由一个一个单间茅屋组成，当中一间比其他茅屋高大一些，算是主屋。布莱恩父亲把我带进主屋。我环顾四周，发现主屋布置得像一个客厅。正中靠墙摆着一把椅子，有点像太师椅。布莱恩后来跟我说，椅面是用鲨鱼皮做成的。两边各放着几张普通木椅凳。布莱恩父亲让我坐在鲨鱼皮椅子右侧的位置上，自己坐在鲨鱼皮椅子上。

"钟先生，我们这儿的东西都很简单，你可能不习惯，"布莱恩父亲说，"不过，你不知道，这些东西差不多都是我爷爷留下来的。"

"是吗，那可有年头了。"我说。

"是啊，时间过得真快，我爷爷去世已经三十多年了，"布莱恩父亲感慨地说，"看见你，我就知道，他就是你们那里的人。"

"父亲，你给钟先生讲讲太爷爷的故事。"布莱恩在旁边又催促他父亲。

"好，那可是很遥远的事情了，"布莱恩父亲笑了笑说，"我说，你不会不愿听吧？"

"不会，我很愿意听。"我说。这些年，我走过很多地方，接触和结识过很多人。人的种族可以不同，肤色可以不同，文化传统可以不同，地位可以不同，但在人性的本质上都是相同的。别的不说，所有的人都会对别人的身世感兴趣，想知道对方是谁，从哪里来。

"我的爷爷，也就是布莱恩的太爷爷，就是从你们那儿过来的。布莱恩出生的时候，他已经不在了。"布莱恩父亲咳了两下。

有个姑娘给他递过去一杯水，布莱恩父亲喝了两口，开始娓娓道来："听我父亲说，那年，我爷爷因为家里穷，跟着村里其他人一起出海谋生路。他不知道是要被运到别的地方做劳工，他是被骗上船的。他们坐船经过这片海域时，遇上强风暴，船被大浪掀翻。我父亲说，一起出来的人里，只有我爷爷一个人活了下来。我爷爷水性好。他抓着一块木板,在海上漂流了好几天,漂到红鱼岛上。我太外公出海捕鱼回来,在沙滩上意外发现了我爷爷。当时,我爷爷已经奄奄一息。我太外公找人把他扶回家。我爷爷歇了好几天,才慢慢恢复过来。"

我静静地听着。那个年代,国内有很多人被运到海外去当劳工,想不到,布莱恩的太爷爷也是他们当中的一个。

"我爷爷聪明能干,会干很多活,到这里没多久,也学会了出海打鱼,"布莱恩的父亲继续说,"我太外公很喜欢他,就把自己的女儿嫁给了他,也就是我的奶奶。他就这样留了下来。"

"那他同你们说什么话?"我好奇地问。

"我父亲说,开始的时候,我爷爷不会说我们的土话,先是靠打手势比划,后来慢慢就学会我们的土话。"布莱恩父亲说。

"那他说话带口音吗?"我问。

"你不问,我还真没有注意过,"布莱恩父亲说,"好像有一点,不过我们都听习惯了。"

"他有没有讲过他以前的事?"我问。

"讲,他经常同我讲他们小时候的事,"布莱恩父亲说,"他会同我们讲他小时候玩的游戏和吃的东西。他会讲许多关于过新年的故事。他说的好多事情,我们都听不大懂。"

我听明白了,布莱恩的太爷爷是在说我们过春节的事。

"父亲,太爷爷是不是爱斗鸡?"布莱恩插话说,"我们岛上经常要办斗鸡比赛。"

"是,"布莱恩父亲说,"听我父亲说,斗鸡就是我爷爷带过来的。我记得,他特别喜欢看斗鸡。他经常会带着我一起去看。"

"他还喜欢什么?"我问。

"小时候,他还给我们做一种玩具。英语叫什么来着?"布莱恩父亲问。

"你说的是 top（陀螺）吧，父亲？"布莱恩说。

"对，就叫这个名字，用绳子在上面绕几圈，再用小指头勾着绳头，扔在地上，扔下去的时候，一定要往回拉，那小东西就在地上转。我们小孩都喜欢玩。"布莱恩父亲笑着说。

"我也爱玩，"布莱恩说，"我还不知道，那是我太爷爷带来的。"

我小时候也玩过陀螺，不仅玩过，还很喜欢，可以使劲抽打，越用力，转得越快。

"我好像还留着一个，你去给我拿来，给钟先生看看。"布莱恩父亲对布莱恩说。

在父亲的指点下，布莱恩在主屋角落里的一个柜子上找到了陀螺，拿给我看。我一看，那是个棱形的木陀螺，顶尖上带有一小截铁钉。

"这是我们南方的陀螺，同北方的不一样。"我说。

"那我太爷爷是从你们的南方来的。"布莱恩说。

"是。"我说。那是肯定的。那个年代，出来的都是南方人。

"钟先生，你看看，还有这个。"布莱恩父亲说着，把挂在脖子上的贝壳项链摘下来，递给我。

我拿过来看了看，没有发现什么特别之处。

"你再仔细看看，"布莱恩的父亲说，"那上面有图案。"

"哦，我看见了，是 dragon & phoenix 的图案。"我说。

"对，是 dragon & phoenix，我还会写。"布莱恩父亲说着，让人拿来纸笔，在上面写了两个字，然后拿给我看。

布莱恩父亲在纸上写的两个字是"龙"和"凤"。

"那是他教给您的？"我问。

"是的。"布莱恩父亲笑着说。

"他还有没有留下别的字？"我问。布莱恩父亲会写这两个字让我感到很惊讶。

"我爷爷会写的字不多,我记得的只有这两个字。"布莱恩父亲说。

"太爷爷墓碑上不是还写着他的名字吗?"布莱恩说。

"哦,对,我怎么就忘了,墓碑上有他的名字,是他自己写的。"布莱恩父亲说。

"那带我去看看。"我说,我很想知道布莱恩的太爷爷叫什么名字。

"没问题,老板,我这就带你去。"布莱恩说。

我暂别了布莱恩父亲,跟着布莱恩走出主屋,走出院子,走出村外,来到海边一个高坡上。那里有一片墓地。布莱恩带着我,来到一个较大的墓前。墓上竖有一块石碑,上面只写着三个字,竖排的。风吹日晒,再加上石头质地不是很好,字迹已经变得模糊。我辨认了半天,第一个字算是认出来了,两个木,是个"林"字。第二个字,看上去好像是个可字,但光一个可字,同上面的林字不对称,左边应该还有一个偏旁。我往左边再看,有模糊的一竖,那就该是个"阿"字了。第三个字最难辨认,只有一横和一撇。我比画了半天,灵机一动,猜应该是个"六"字。

"林阿六,"我脱口而出,"对,你太爷爷应该叫林阿六。"

"我从来不知道我太爷爷叫什么名字,"布莱恩说,"我父亲他们没有说过,我也不认识石碑上的字。"

"林阿六,你这下知道了。"我说。

"是,老板,叫林什么?"布莱恩没有记住。

"林阿六。"我说。

"林阿六。"布莱恩跟着我说了一遍。

"对,"我笑了,"林是姓,阿六说明他在家里排行第六。"

"是这样,"布莱恩说,"那也就是说,他是林家的第六个孩子。"

"是的,这石碑是谁刻的?"我问。

"听父亲说,是太爷爷自己刻的,他活着的时候就刻好了。"布莱恩说的是对的。只有他的太爷爷才会写自己的名字。

"那他为什么被埋在这里?"我又问。按这里的风俗习惯,他应该被埋在自己家门口。

"我也不是很清楚,听父亲说,这也是太爷爷走之前自己选定的。后来,我们家里人去世了,都会埋在这里。慢慢地就有了这块墓地。"布莱恩说。

我没有说话。

"哦,对了,"布莱恩又想起什么,"父亲说,太爷爷活着的时候,经常带他到这里来,坐在高坡上,望着大海。"

我心里一动,似乎明白了什么。

"你太爷爷在这里一共待了多少年?"我问。

"至少应该有三四十年吧。"布莱恩说。

我没有再问什么。我双手合十,对着林阿六的墓碑,深深地鞠了三个躬。

"林阿六老前辈,今天老家有人来看您了,您就安息吧!我会记着您的,我会把您的故事说给别人听。"

说完,我转过身去,背对着布莱恩太爷爷的墓地,面向着大海。我知道了,林阿六,布莱恩的太爷爷,为什么要选择这里作为他最后的安息地。

十七

拜谒了布莱恩太爷爷的墓，林阿六这三个字不可逆转地刻进了我的脑袋。有了这三个字，我不可能再怀疑布莱恩的身世。记得刘阳走之前说过，布莱恩是我们的同宗同族。他说从布莱恩的眼神里就能看出来。看来刘阳的直觉是对的，布莱恩身上确实有我们相同的血脉。

从海边回村的路上，我和布莱恩默默走着，谁都没有说话。刚才布莱恩很兴奋，说了很多话，大多是关于林阿六的，现在却一反常态，只是静静地走在我身边。布莱恩很少有这样安静的时候，这大概是布莱恩性格里与平时不同的另一面，林阿六的那一面。我喜欢这种安静，这种安静让我同布莱恩之间多了一种心照不宣的默契。

走到村口，布莱恩才又开口说话。布莱恩告诉我，村里要举行一个女子成人礼，然后直接把我带到村头的一座大草棚。我们到的时候，草棚前面已经聚集起好几百人。布莱恩说是村里的人差不多都来了。

棚檐下阴凉处放着两排椅凳。前排中间是一把大椅子，看着有点眼熟，应该是布莱恩家祖屋里的那把鲨鱼皮椅。不用问，这是头人，也就是布莱恩父亲的专座。鲨鱼皮椅左边，也是一把大椅子，尺寸小一号，那应该是布莱恩母亲的位子。

布莱恩让我坐在鲨鱼皮椅右边的一张藤条椅上。

"您是今天最尊贵的客人，就坐在这里。"布莱恩说。

因为有林阿六，我没有客气，心安理得地坐了下来。来红鱼岛之前，这个岛不过是吉多众多岛屿当中的一个。现在不一样了，林阿六让我同这里产生了一种特殊的情感上的联系。

阳光从背后照射过来。我的前面是一片空地，空地对面是人群，一半在阴影里，一半在阳光下，因为光线的反差，看过去有点晃眼。人群当中有男有女、有老有少，有站着的、有席地而坐的。

我的出现让人群安静下来，无数双眼睛不约而同地朝我看过来，眼神里透着惊讶、好奇，更多是亲切、友善。

我接住他们的眼神，笑了笑，朝他们挥挥手。我觉得奇怪，我同他们竟然没有陌生感，有的是熟悉和亲密。

布莱恩张罗着，让一个姑娘走过来给我献花，还给我戴上用热带鲜花制成的花冠。我礼貌地站起身，双手合十，向她表示感谢。

此时，鼓声响起。鼓是用白木做成的，状如独木舟。女人们配合着呜哩哩叫起来。低沉的鼓声和高频的女声，这两种声音混杂在一起，产生出一种原始而奇妙的仪式气氛。

"我父亲母亲到了，"布莱恩说，"我去接一下。"

果然，布莱恩父母在十几个族人的簇拥下，进到棚里。他们是村里的头人和头人夫人，英语里叫 chieftain 和 chieftainess。他们一出现，在场的所有人都起身，拍着手欢迎他们。当他们经过我面前时，特意停下来，向我施礼，然后坐到自己的位子上。

227

林阿六也当过头人，他是从他岳父那里接过了头人的位子，又把位子传给了自己的子孙。林阿六当年应该也享受过这样的风光。

　　鼓声又起，这次还伴有穿孔的竹节敲打地面的声音。十几个少女，头戴花冠，脖颈上挂着扇贝项链，用鲜花和树叶挡着自己的性别，手腕和脚腕上套着扇贝圈，光着脚丫，蹦跳着来到前面的空地。

　　"里面有我的侄女外甥女。"布莱恩边说边指给我看。

　　"是吗？"我说。林阿六又有后代要成年了。

　　"是的，她们今年十六岁。"布莱恩说。

　　"可以结婚了？"我问。

　　"是的。"布莱恩说。

　　布莱恩说过，林阿六先后娶过三个老婆，一共生过十来个孩子。这样算来，林阿六的后人，应该数以百计了。

　　姑娘们踩着鼓与竹节的强烈节奏，欢快地跳起舞来。她们边跳边转到场地边上一个沙坑里，踩几下又转回来。

　　"她们在干什么？"我好奇地问。

　　"踩蚂蚁。"布莱恩说。

　　"踩蚂蚁？"我有点惊讶。

　　"没错，这是我们的一个习俗。踩蚂蚁是对姑娘们的一种考验。不怕蚂蚁才能勇敢面对生活，是吧？"布莱恩说。

　　我点点头。没想到蚂蚁还有这样的用处。

　　"过一会儿她们还要剪发，"布莱恩说，"剪了头发，她们就是成年人了。"

　　鼓与竹节的节奏变得缓慢下来，有一位老者低声吟唱起来。姑娘们不再跳舞，安静地坐在地上。几位年长的妇人开始替姑娘们剪发，剪到最后，每个姑娘的头发都只剩中间的一撮，看上去有点怪诞。

"留那一撮头发是有讲究的,"布莱恩告诉我,"那一撮头发象征着同先辈的连接。从此以后。她们就要担负起族群传宗接代的责任。"

我又想起了林阿六。再过几年,林阿六的子孙还要再增加几百人,到时恐怕要以千来计算了。

林阿六无处不在。到吃饭的时候,我又有新的发现。我的面前放着一只碗和两根小细棍。碗是用椰树叶编的,两根小细棍干脆就是椰树叶的梗,用法跟筷子一样。不用问,这应该来自林阿六。

"这个咸鱼芋头,把咸鱼同芋头一起烧,就是我太爷爷留下来的做法。"布莱恩告诉我。

"这道菜我好像吃过。"我说。

"没错,老板,您在我的旅馆里吃过。"布莱恩说。

我想起来了,我是在海葡萄旅馆吃过这道菜。

我用叶梗筷子夹起一块芋头,嘴里立即充满咸香的鲜味。我第一次吃就喜欢,现在吃,似乎更多了一层家乡的味道。我突然想,这个林阿六果然神奇,凭一己之力,不仅改变了一个族群的基因,也改变了他们的生活方式。当年林阿六落难红鱼岛时,自己肯定不会想到。

酒足饭饱之后,我想早点回旅馆休息。布莱恩不让走,说后面还有土风舞表演。布莱恩父亲也不让走。我只得勉强留下来。

鼓声又起。青年男女踩着鼓点跳起红鱼岛的土风舞。跳着跳着,村民们也都一个个参加进去,跟着跳起来,跳舞的人群不断扩大,连布莱恩父母也都跳了起来。

"老板,我们也去试试?"布莱恩试探着对我说。

"我不会。"我摆了摆手说。

229

"没关系的,"布莱恩劝我,"这种舞蹈很简单,一学就会。"

"我真不会。"我说。

"听说,我太爷爷开始也不会,后来特别爱跳,也跳得很好。"布莱恩说。

看来林阿六在改变别人的同时,也没少被别人改变。

"要不这样吧,我给您找个人来。"布莱恩说着,消失在人群中。不一会儿,布莱恩带着一个漂亮姑娘回来了。

"这是安吉亚,"布莱恩说,"我让她陪您跳。"

这一下,布莱恩把我逼到了墙角,我不好意思,也没有理由再拒绝。还好,土风舞不是交谊舞,不需要搂搂抱抱,只要面对面各跳各的就行。我觉得这样的场面可以应付。我下场跟着姑娘跳起来。我想,我跳得很糟糕。我完全没有跳舞的天赋。以前我试着学过几次,没有学会,现在依然踩不着点,左手左脚,跟不上节奏,十分笨拙。安吉亚看了,忍不住咯咯地笑。安吉亚一笑,我更不知道该怎么跳了。

好不容易挨到把舞尴尬地跳完,村民们又轮流唱起歌来。

"他们在唱什么?"我问布莱恩。我听不懂他们唱什么,但他们唱得很投入,我听着听着,竟然也陶醉其中。

"他们唱的歌什么都有,有古代的传说故事,"布莱恩告诉我,"也有现在的题材,有情歌,有生活趣事。随便什么,到了他们嘴里,都能变成歌。"

我明白了,他们唱的歌,同我小时候听的山歌一样,调子差不多,词可以随意变换。

"钟先生,你也给大家唱一首。"布莱恩父亲突然向我提出来。

"别……别……我不会唱。"我赶紧推脱。

"以前,我们经常听我爷爷唱他家乡的歌,他去世以后,就再也没有听过。"布莱恩父亲说,"今天正好你在,就给我们唱一首。"

"我真的不会唱。"我说。我说的是实话,我既不会跳舞,也不会唱歌。

"老板,您就随便唱一首吧,"布莱恩说,"我父亲都发话了。"

"那好吧。"我无奈地答应了。

"大家静一静。"布莱恩父亲见我同意了,很高兴,拍着手让村民们安静下来。"以前我们经常听我爷爷唱他家乡的民歌。我们已经好久没有听到了。今天,我们很高兴请钟先生为我们唱我爷爷家乡的歌曲。"

头人一发话,村民们热烈鼓起掌来,目光齐刷刷转过来,期待地看着我。

"我不会唱歌。我就给大家唱一首很简单的民歌。"我说。我清了清嗓子,唱起来:

"清水清来清水清,清水照见鲤鱼鳞,清水照出妹的脸,龙王立马请媒人。"

我唱的是小时候听会的山歌对唱。我肯定唱得很差,气不够,调也上不去。不过村民们似乎很高兴,听完使劲给我鼓掌。

"唱得好,老板。"布莱恩拍着手对我说。

我笑了笑,没有说话。

"您刚才唱的是情歌吧?"布莱恩问。

"是,"我说,"那是小时候听大人们唱的。"

"您是不是想女人了?"布莱恩追着问。

"我们的山歌大多是情歌对唱,我唱的只是一小段。"我继续说,装作没有听见布莱恩的问话。

布莱恩把嘴凑近我的耳朵,轻声说,"老板,您要愿意,我给您找个这里的姑娘。"

"No。"我坚定地说。

布莱恩没有再说话。

那天,等林阿六的后人们玩尽兴了,天已经很晚。布莱恩送我回旅馆。告别的时候,我发现布莱恩的脸上挂着一丝奇怪的坏笑。

我没有多想。同布莱恩说过晚安,我推门进到自己的房间。房间里竟然有个姑娘,坐在床沿上,见我进来,紧张地站起来。

我大吃一惊。

"你……你……你怎么在这儿?"我问。我认出来了,眼前的姑娘就是刚才陪我跳舞的安吉亚。

"我……是王子让我来的。"安吉亚说,依然紧张。"王子"是村民对布莱恩的称呼。

我说不出话。我像木桩一样站在那里,没有思想,不知所措。我能感觉到我的血液往脑门上涌,心在胸腔里怦怦地狂跳,汗一下子顺着额角流下来。我浑身发热,感觉快要窒息,快要支撑不住,快要瘫软倒地。我在心里狠狠命令自己一定要站住,一定不能倒下。

还好,我没有倒下去。整个过程前后也就不过几秒的时间,但我感觉好像经历了一个漫长的黑夜。

我含糊地嘟囔了一句,自己都不知道说了什么,本能地冲出了房间。

我像一个逃兵,狼狈地逃到海边。我没有地方可去。这个时候,我不想去找布莱恩,我不想再撞上什么尴尬的事。我需要一个人冷静下来。我找了一棵椰子树,坐在沙地上,背靠着树根。

月光被另外几棵椰树挡住了。我坐在树影里。

海岛的夜,在海风吹拂下,清凉下来。海浪冲刷着沙滩,发出哗哗的响声，缓慢而有节奏，同我的心情恰好相反。我的心脏还在怦怦乱跳，还没有恢复平静。刚才的事情发生得太突然。布莱恩说要给我找个姑娘，我一口拒绝了。我以为他不会乱来，哪知道他来真的，真的找来个姑娘，还在房间里等我，让我猝不及防。我现在明白布莱恩刚才同我告别时脸上为什么挂着坏笑。

刚才太悬了，我差一点就没有控制住自己。还好，我没有喝太多的酒，还能保持清醒，及时逃出了是非之地。

布莱恩肯定不会知道，他给我挖的坑，有可能带来多么严重的后果。我想起以前的一个同事，和我差不多年纪，几乎在同一时间被派到国外常驻。我去了远一点的 F 国，他去了近一点的 M 国。我三年后结束常驻回国，他却被劝退了。多年后，我才知道内情。原来他被派到 M 国后，因为精通当地语言，工作上如鱼得水。一次，有人邀请他去外地参加活动。在主办方举办的联欢活动上，这个家伙没有把持住自己，先是多贪了几杯酒，然后稀里糊涂被一个美女骗上了床。回到首都，他心里后怕，怕美女找他，又心存侥幸，在焦虑不安中煎熬了几天。就在他以为可以蒙混过关的时候，事情来了。那位美女打电话约他到一家宾馆见面，他思前想后，还是去了。结果在宾馆等着他的不是美女，而是 M 国情报部门的官员。那几位官员拿出他同美女上床的证据，逼他合作。到这个时候，他才彻底反应过来，那个美女其实是个诱饵，自己中了人家的圈套。好在，他还算精明，表面上答应，回到使馆就向大使说了他被策反的经过。性命算是保住了，也回到了国内，但外交却不能再干了。

那是典型的美人计。我听说后，唏嘘不已，感觉后脊骨发凉。这样的美人计以前只在历史和间谍小说中读到过，现在却真实地发生在我的身边。很长一段时间，我会想起那个同事，为他惋惜。我也会问自己,假如换作我,我能抵挡住美色的诱惑,避开别人设置的陷阱吗?说真的,我无法给出完全肯定的回答。

我想抽根烟。摸了摸口袋,懊恼地发现,身上没有带烟。刚到红鱼岛的时候,我把包放进了房间,烟就放在包里。我重新开始抽烟后,也只是在一个人独处的时候才会抽。

想不到,我在吉多这样的地方经历这样一次意外的考验。还好,我没有上当。我不认为布莱恩对我施的是美人计,想要策反我帮他做点什么。我怀疑布莱恩可能都不知道天下还有这种计谋。他的想法应该很简单,就是想给我找个女人。我早就听说布莱恩好色,有好几个女人,在吉多有,在红鱼岛也有。这是他的生活,也是当地文化的一部分。在这里,男欢女爱就如潮起潮落一样平常。

布莱恩也许没有恶意,却让我极为难堪。他玩的小把戏撩拨到一个独处男人最深处的隐私。这样的隐私最不愿被人捅到,也痛恨在这样的事情上被人考验。那是我们的禁忌。相当长的一段时间,我们使馆都是清一色单身男子。我们自嘲是"和尚庙"。我们把自己包裹起来,穿上一层厚重的铠甲,不让别人窥见我们内心的情感世界。当地人多半看不懂,觉得这帮家伙怎么可能在女色面前刀枪不入。所以,曾经流传过一个说法,说是这帮家伙肯定是吃了什么药,打了什么针,或者是练过什么功。当然那都只是传说。这些看似外表坚强的"和尚",内心里有着同普通人一样的七情六欲。

那个年代,"和尚"们找对象不是件容易的事。连个女人都见不着,你怎么找对象。自己找不着,只能靠别人介绍。这种介绍同在国内又不一样,在国内可以见面,你在国外,两人天各一方,见面是不可能的。只能先看照片,先互相寄一张照片,要是看上了,接着就通信联系。靠一张照片几封信谈情说爱,最后结婚,在那个年代是常见的事情,也会演绎出只属于那个年代的爱情故事。

记得有一次常驻,使馆有一个姓张的年轻同事,我们叫他小张。经人牵线搭桥,小张和国内的一位姑娘谈起了恋爱。开始,两人感觉还不错。慢慢问题出现了,姑娘对他很满意,小张对姑娘却越来越没有感觉。有一次小张来找我诉苦。

"这恋爱没法谈了。"小张说。

"怎么啦?"我问。

"也不知道为什么,就是感觉不对。"小张说。

"是吗?"我有点应付。

"你说,她开始写的信还可以,现在写的简直没法看,要不别字连篇,要不词不达意。"小张抱怨。

我没有说话。小张谈的对象是个女工,文化程度不高。我不好说什么。

"我怀疑刚开始的信是别人替她捉的刀,现在才是她自己写的。"小张不高兴地说。

我还是没有说话。小张这是要倾吐,不需要我说什么,我只要听着就行。

"她对我倒是挺满意。要是现在和她断了,我怕她不高兴。"小张接着说。

"嗯。"我不置可否地嗯了一下。

"等回国,我立马同她一拍两散、一刀两断。"小张决心很大。

故事的结尾却颇具戏剧性。小张回国时,女孩到机场接机,来接机的还有女孩的父母。小张是外地人,刚回国没有落脚的地方。女孩一家人直接把他接到了自己家。他们把婚房都准备好了,单等小张回来完婚。小张发现女孩长得乖巧可爱,便半推半就,成了人家的上门女婿。

找对象难，弄丢个老婆却容易。那时候我们当中有不少人，新婚燕尔就出国常驻是常事，从此过着"海水尚有涯，相思渺无畔"的生活。说起来也是一种浪漫，能坚持住的还好，坚持不住的，结局就有点悲惨。最让人感慨的一对，结婚一周新郎就出了国。等新郎回国休假时，发现新娘已经靠在别人的臂弯。

风有点大，树叶哗哗地响起来，身上感觉有点凉。我转身躲到背风的树后。

布莱恩问我是不是想女人了。不想，那是假的，想才是实话。

不知道吕淑琴这会儿在做什么，按时差算起来，她这会儿应该在上课。

我和吕淑琴是大学同学，毕业后我当上外交官，她留在大学教书。我第一次出国前，我们确定恋爱关系，三年后回国结婚。我算了算，我同吕淑琴结婚二十二年，只有七八年的时间是在一起，其余时间都处于分居状态。国内的夫妻分居两地，至少一年可以团聚一次，我们一分开最起码要两年，甚至三年四年才能见面。时间长了，等再见面时，两人基本成了陌生人。每次，我和吕淑琴需要花很长的一段时间，才能再次适应和接受彼此，过回正常的家庭生活。

说来奇怪，一旦分开，我们又会习惯性地进入想念模式，进入写信与盼信的模式。我会到点给吕淑琴写信，也会掐着日子盼吕淑琴来信。收到来信，我会一遍遍读。晚上，我常常坐在空落落的院子里，看着天上的月亮和星星发呆，想着远在国内的吕淑琴。

现在，我一个人在红鱼岛上，靠坐在椰树上。听着涛声，透过椰树林，我看到挂在天上的月亮。月亮出奇的圆，出奇的亮。看着那轮圆月，我情不自禁地又想起了吕淑琴。

遥遥南陆夜，圆月驻椰枝，和云半分明，涛语寄乡思。

十八

第二天早上,我被尖尖细细的鸟鸣声叫醒。一听就知道,那是 honey creeper,蜜旋木雀的叫声。这种雀儿很小,跟蜂鸟很像,喜欢在蝎尾蕉丛里出没。窗外正好有一大丛蝎尾蕉丛,木雀的叫声就是从那里传来的。

一醒来,我想起了昨晚的事。现在只觉得好笑。我在海边坐了很久。不知从哪儿吹过来一片乌云,先是遮了月亮,接着下起雨来。我赶紧起身回旅馆去。我刚离开,身后"咣当"一声,我回头一看是椰子树上掉下个椰子。好悬!我这才想起来,刚才我不该坐在椰子树下的。

回到房间,安吉亚当然已经不在了。

吃早饭的时候,布莱恩来叫我。见了面,布莱恩尴尬地笑了笑,没有问我晚上睡得怎么样。看来,他已经知道昨天晚上发生的事。他不提,我自然也没有提。

白天,我同社会发展与渔业事务部的两位官员一起考察红鱼岛。考察不复杂,但花时间。我看了岛上用作渔港的海湾,详细了解相关数据,坐船沿港湾转了几圈。海湾很美,比贝卡斯港更美，但作为港口却令人失望。如果要在这里建海洋观察站，国内肯定会有科考船来，吨位大点就进不来。这样看来，海洋观察站还是建在吉多岛更好。

这天晚上，一夜无话。布莱恩没有再给我找姑娘，我也睡了一个安稳觉。第三天一早，我们吃完早饭就往回返。博特船长和他的帮手卢克早早就把船准备好了。上船的还是我们来时的几个人。布莱恩的父母，还有不少村民都到渔港来送行，我很感动。我同他们一一握手告别，邀请他们到吉多岛来我的使馆做客。

我们的船起锚开航。离开海岸有一段距离了，布莱恩的父母和村民们还在向我们招手。我站在船头，也向他们招手道别。

"林阿六，我们再见了。"我在心里说。我真的希望自己还能再回来，但我知道肯定不可能。当外交官，我们会去很多地方。有的地方去一次也就足够，有的地方，想再去，却没有了机会。我只能在心里默默为林阿六的红鱼岛祝福。

"你在想什么？老板。"布莱恩走过来问。

"我……我……"我不想说我在想林阿六。

"你在想我太爷爷，对吧？"布莱恩说。

"是。"既然布莱恩挑明了，我也没有必要否认。

"我也在想他。"布莱恩说。

"是啊，他是一个传奇。"我说。

"你说得对，他是一个传奇，"布莱恩说，"没有他，就没有我们，也就没有红鱼岛的今天。"

"你说，他一个人感到孤独吗？"我问。

"他一定很孤独。"布莱恩说。

"那你在岛上待着，有没有感到孤独？"我问。

"我没有，但我想，他肯定会，"布莱恩想了想说，"我是出生在这里的，他不是。这里是我的家乡，但不是他的家乡。"

我没有说话。布莱恩是对的。林阿六的家乡不在这里，他肯定会想他的家乡，就像我一样。不同的是，我在这里待得再久，最终是要回去的。林阿六却回不去。有家不能回，我可以想象，这对林阿六来说有多痛苦。

"人家叫你王子？"

"是，他们都这么叫。"

"那你会回来接你父亲的班？"

"会，不过我现在还不想回。"

"为什么？"

"我想先见见世面。你忘了，我想去你们那儿看看，那可是我太爷爷的故乡。"

"你真想去？"

"想，做梦都想去，那是我这辈子最想去的地方。"

我看了看布莱恩。我当然记得他曾经说过想去我们国内看看，现在我更能理解他的心情。

我们聊着天，时间过得很快。船走了大概有两个小时，发动机突然毫无征兆地熄了火。布莱恩问博特船长出了什么事。博特船长说是发动机出了故障，不过马上就能修好。但是，博特船长折腾了足足有半个小时，发动机还是毫无动静。

"你怎么连发动机都搞不定？"布莱恩生气地对博特船长说。

博特船长没有说话。

就在此时，海上起风了。博特船长见有风，赶紧让卢克把船头的主帆升起来。卢克刚升到一半，不知为什么，博特船长又让他放下来。

"怎么回事？"布莱恩大声问。

239

"风太大,一会儿会更大,帆升起来,船会被吹翻的。"博特船长说。

发动机修不好,船帆又不能使,没有动力的帆船开始随波漂流。更糟糕的是,刚才还阳光灿烂,瞬间已是乌云密布。

风越刮越大,雨也下起来了,浪越涌越高,船越晃越厉害。

我又晕船了。我的胃开始翻腾起来。布莱恩拿来救生衣,帮我穿上,然后让我同社会发展和渔业事务部的两位官员一起进到船舱里。

"Damn it."我在心里骂了句。看来,我同大海真的没有缘分。

肚子难受得厉害,我冲出船舱,想吐到海里,结果没走两步,就忍不住,吐到了船上。

"你没事吧?"布莱恩不知什么时候出现在我身边。

"没事。"我勉强挤出一丝笑,一手摸着肚子,一手摆了摆。

等我吐完,布莱恩扶我回到舱里。

"我告诉你,今天要是钟先生出什么事,我肯定饶不了你。"布莱恩刚出去,我就听见他在对着博特船长吼,显然非常生气。

我很少看见布莱恩生气,更没有听他骂过脏话。这次连脏话都说了,看来他真的急了。他是在替我着急,这让我很感动。他这一骂,也让我意识到事情的严重性。没有了动力,又遇上大风,翻船的风险很大。我突然想起了鲍尔斯和尤素福,不知道他们遇险的时候,首先想到了什么。我一直没敢问尤素福是否想到过死。现在我知道,怎么可能不想到死。人在这个时候,会想到许多东西,最先想到的,恐怕就是死亡。现在,我也想到了死。乘飞机的时候,我无数次将自己交给命运。我没有想到,坐船也需要将自己交给命运。那就交给命运吧。也许,我再也回不到吉多,再也见不到尤素福,再也见不到居华,我将同家人永远天各一方。但我又不甘心,我还有许多事情没有做完,老天不至于对我这么不公平。

肚子又难受起来，我再次冒着风雨跑出船舱呕吐起来。

"修好了，修……"就在这时，我听见卢克在激动地叫喊。

卢克的话还没有说完，一个巨浪劈头盖脸翻卷到船上。我冷不丁被抛向空中，又重重摔倒在又是雨水又是海水的船板上。

"卢克掉海里了！"我惊魂未定，突然听见博特船长大叫起来。

布莱恩不知什么时候又出现在我身边，一把把我扶起来。

"卢克掉海里了。"我紧张起来，重复着博特船长的话。

"知道了，老板，我去救他，你回里面待着，不许出来！吐在船舱里也不许出来！"布莱恩厉声对我说。说完，便头也不回地走开了。

我没有回船舱去。我看见社会发展和渔业事务部的两位官员跟着去帮布莱恩。

"千万不要再出什么事。"我在心里默默许愿。鲍尔斯他们刚刚出事，卢克再有个三长两短，那大海真的跟我有仇。

我已浑身湿透。我想跟着布莱恩他们一起去救卢克。但一个个大浪就像大海张着的一张张大嘴，不断张开又合上，合上又张开，像是要把我们的船只一口吞没。船被浪拱着，不断颠簸摇晃，我怎么努力也无法往前走。

"他在那里！把船开过去！"我听见布莱恩大声喊。

海浪翻滚，我什么也看不到。

船在风浪中艰难地转身。我能感觉到，有了动力，博特船长终于又可以掌控船的行驶方向。船慢慢转过身来，我看见不远处的浪涛中有一个小黄点，忽隐忽现。

还好，卢克穿着救生衣。

博特船长驾着船，一会儿冲上浪尖，一会儿钻入浪谷，一会儿又穿浪而过，好不容易接近卢克。

浪太大，船没有办法靠近。

"绳子！绳子！"博特船长大声叫着。

我看见布莱恩在船尾找到了缆绳，拿在手上。

"不要扔！我说扔，你再扔！"博特船长大声叫着。

布莱恩回了一句什么话，我没有听清楚。

"扔！"船迂回到卢克的上风口，博特船长对着布莱恩喊。

布莱恩把绳子扔出去。绳子一头拴在船上，另一头顺着水流漂到离卢克不远处。我隐约看见卢克试图伸手去够，但够不着，刚要够着，一个浪打过来，又把他冲开。博特船长操纵着船让绳子顺着水流倒追着卢克。

卢克终于抓住了绳子。在卢克抓住绳子的那一刻，我的心几乎要跳出来了。

我激动地冲过去，帮着布莱恩他们一起拉绳子。我们合力把卢克拉到船边，把他拉上了船。此时的卢克已经精疲力竭，扑倒在船舱里。我们长舒一口气，为卢克终于得救而高兴。

大概是因为太紧张了，我惊奇地发现我不再晕船。

我们的船意外失去动力，在海上漂出去很远，等回到吉多贝卡斯码头，已经是深夜。算起来，原本只要四五个小时的航程，我们却在海上整整漂荡了十五六个小时。

从红鱼岛回来，大概是因为在海上受了风寒和惊吓，我发起烧来。吃了退烧药，喝了感冒冲剂，晚上发了点汗，第二天早上起来，感觉好多了。

我到院子里转了一圈。离开才几天，原本井然有序的院子像遭了劫难一样，杂乱无章。草地和贝壳小径上到处可见零乱的树枝树叶，篱笆墙上有几个地方破了洞，菜地里我走前刚搭好的黄瓜架子被掀翻，黄瓜秧苗被连根拔起。可惜了。看来，我不在的几天里吉多岛遭受过大风暴袭击。所幸馆址没有受损，我精心竖起的旗杆也完好无损。不过，走之前忘了把旗杆放下来，我还是有点后悔和自责。如果风暴再大点，旗杆就有可能被吹折。

我把国旗升起来。只要我在使馆，我早上起来的第一件事就是把国旗升起来。今天升旗的时候，我又想起了林阿六，还有林阿六留在红鱼岛的后代，心里突然有种不一样的感觉，好像是对这个地方多了一份责任。这是一种微妙的情感变化。一个人对于一个地方的情感，大概就是这样通过一件件小事建立起来的。外交官也一样。

我没有立即动手整理院子，院子我可以慢慢整理。现在我还有更要紧的事情要做。我要去接黄毛。这一次去红鱼岛时间长，我把黄毛寄养在布莱恩的海葡萄旅馆里。

升完旗，我开车去海葡萄旅馆。

黄毛见到我，没等车子停稳，就冲过来，围着车子跑着转了一圈，然后停在我的窗前，眼巴巴地望着我。我刚把车门打开，黄毛忽地跳进车里，后腿站在我的双腿上，前腿趴在我双肩上，伸着舌头舔我的脸。

我抱着黄毛，任由它舔。好几天没有见到黄毛了，还真是想它。

"想我了吧？"我说。

黄毛不理我，还是一个劲地舔来舔去，好像要把这几天的损失都补回来。

"我也想你了，"我说，"所以啊，今天我做的第一件事就是来接你。不对，第一件是升国旗，接你是第二件事。"

黄毛不再舔，抬头看着我，呜呜哼了两下，像是听懂了。

"你知道，"我说，"每次出远门，我都担心见不到你。这次也一样，差一点。上次坐飞机去棕榈岛，差一点；这次坐船去红鱼岛，也差一点。坐船坐飞机都差一点。我不知道这是命好还是命不好，应该是命好吧。"

黄毛跳到副驾驶座上，那是它熟悉的座位。黄毛半蹲在副驾驶座上，一会儿看看我，一会儿又转过头去看看挡风玻璃。

"你是想回使馆了，对吧？黄毛，我们这就走。"我明白黄毛是在催我走。

布莱恩不在旅馆，我下车同他的一个伙计打过招呼，就带着黄毛去邮局。在邮局取完信和报纸，又去小超市买了吃的用的，然后才回使馆。

下午，我去基比驻吉多使馆见伦杰。去红鱼岛之前，我同伦杰说好了，回来后到他那儿串个门，聊聊天。伦杰与吉多人同种同文化，上至政府高官，下至普通百姓，接触的范围广，认识的人多，消息灵通，我经常有事没事找他聊聊，每次都能有意想不到的收获。

"你猜猜看，是谁当了外交部常秘？"一见到我，伦杰就问。

"不是说罗杰吗？"我说。鲍尔斯遇难后，外交部常秘的位子空了出来。我去红鱼岛前，听说是外交部副常秘罗杰会被扶正。

"不是，是德皮先生。"伦杰说。

"你说什么？德皮当外交部常秘？"我很吃惊。

"是啊，我们都以为是罗杰，结果是德皮。"伦杰说。

"为什么？"我问。

"很明显，"伦杰耸耸肩膀，双手一摊，"穆尼副总统开始布局了。大选还剩下不到三个月，达鲁知道自己在位时日不多，人事安排就让穆尼副总统来管。德皮先生可是穆尼副总统的心腹，你想想，这个时候，鲍尔斯的位子空出来，穆尼副总统不用他，用谁？"

"也是，不过这还是让我感到意外。"我说。

"谁说不是呢，"伦杰说，"按理说，只有职业外交官，像罗杰这样，才有资格当这个常秘。"

"是。"我本来想再问问伦杰对德皮怎么看，转念一想，伦杰恐怕不好说什么，干脆放弃了。

"那……你觉得吉多大选形势怎么样？"我把话题扯开。

"吉多政坛现在龙争虎斗，"伦杰说，"形势说不上对哪方有利。据说，反对党现在得到外面不少的资金支持。前两天，我同布朗代办也聊过，他也是同样感觉。"

"布朗代办还好吧？有日子没见到他了。"我问。我一听伦杰同布朗见过面，想知道他们聊了什么。

"看着还不错，想减肥，没有减下来。"伦杰说。

"他倒是应该减点肥。"我说。

"哦，对了，你们是不是要和吉多搞一个合作项目？"伦杰问。

"是，我们想和吉多合作建一个海洋观察站，现在还处于考察阶段。"我一惊，犹豫了一下，决定实话实说。看来海洋观察站已经不再是个秘密。吉多有句话，叫做"Bushes have ears"，灌木丛里有耳朵。这话说得形象，同"隔墙有耳"有异曲同工之妙。

"对，就是这个项目，"伦杰说，"布朗好像对这个项目很不高兴。他说，他们要去做吉多的工作，阻止他们同你们合作。"

"是吗，他没说为什么反对？"我问。

"他倒没说，"伦杰说，"我的感觉，不知道对不对，只要你们想做的事，他们好像都不高兴。"

"是，"我点着头说，"你说得很对。"

"我觉得这个项目不错，好像以前都没有人做过，"伦杰说，"我还在想为什么你们没有同我们基比合作。"

"这倒是个问题，"我笑着说，"不过，这个海洋观察站项目，建成以后不仅对吉多有好处,对整个南陆地区都有好处,也包括基比。"

"我想应该是这样。"伦杰说。

"对了,你刚才说国外有人支持反对党?你知道是谁在提供支持吗?"海洋观察站的事聊得差不多了,我又回到前面的话题。

"我也不是很清楚。听说好像是你说的 G 方那边的人在提供资金支持。"伦杰说。

"你肯定?"我问。

"我也是听说的,"伦杰摇摇头说,"另外,我还听说他们那边最近有人到吉多来过。"

"有人来过?"我紧张起来。我想起鲍尔斯托尤素福给我捎的话,说那边有人想来,他没有发给他们签证。想不到,鲍尔斯没走几天,那边就有人来。

"来过,就在你去红鱼岛的这几天,"伦杰说,"那天我去接一个从基比来的商人朋友,在机场见到了几个人。我开始以为是你们的人,但一想不对,你不在,他们不会来。"

"你说得对,"我说,"最近我们没有人来。"

"我也是这么想的,所以我的判断是 G 方那边的人。"伦杰说。

"那你知不知道,他们来见了谁?"我问。

"听说他们好像见了德皮常秘。"伦杰说。

"这很奇怪。"我说。

"是啊,我也很纳闷,"伦杰说,"另外,听说他们答应要给吉多两架飞机。"

"两架飞机?两架多大的飞机?新的还是旧的?"我问。

"对不起,我没有细问。"伦杰说。

十九

离开吉多岛这短短的几天里，竟然发生了那么多的事情。在同伦杰聊天的时候，我表面波澜不惊，心里早已翻江倒海。

我在吉多面临的形势突然变得严峻起来。

从基比使馆出来，我一边开车一边想着刚才同伦杰的聊天。这次从伦杰那里获得了太多意想不到的信息。何止意想不到，简直令人吃惊。我需要认真梳理一下，尽快想出应对之策。布朗对我们要同吉多合作建设海洋观察站不满，这是预料之中的事。P国对我们在吉多的存在本来心里就不痛快。伦杰说得对，只要我们想做的事，P国都不高兴。在海洋观察站这件事上，我从一开始就预料到躲不过要同布朗掐一架。想不到布朗消息很灵通，这么快就知道了，还开始做吉多政府的工作。

看来，围绕海洋观察站将有一场恶战等着我。

实话说，海洋观察站这一战，我并不怎么担心。掐架是外交的应有之义。这么多年的经验告诉我，外交不是谈情说爱，只拣好听的话说。不是的，外交需要做好随时吵架的准备。吵架是外交官一项必备技能，要想胜人一筹，就要先练好嘴皮子，学会斗心眼。当然外交官的吵架不是骂大街、泼皮耍赖，不是大喊大叫、脏话连篇，讲究的是风度翩翩的温文尔雅、婉转灵动的修辞达意。生气不能真生气，要收放自如，拍桌子也不能乱拍，要拿捏得恰到好处。这种炉火纯青的地步，不是一年两年能修炼成的。当外交官，如果怕吵架，那还没有入门。不怕吵架，那也不过才是刚刚入门。吵架时学会讲究遣词造句，掌握语气分寸，那就上了一个档次。生气时还能够自如地把控自己的情绪，那就进入到出神入化的境地了。

同布朗掐架我不怕，我们又不是没有掐过架。最多再掐一回，谁输谁赢还不知道呢。我最担心的是G方来人的事。我一个人到吉多来建馆，目的就是防止G方把这里抢过去。现在我有点后悔去红鱼岛。去红鱼岛之前，我感觉一切都在我的掌控之中。我甚至觉得只要把海洋观察站建起来，我们同吉多的两国关系就稳当了。如果把我们同吉多两国关系比作一艘船，海洋观察站就是稳住这艘船的大铁锚。现在看来，那只是一厢情愿的错觉。在整个过程中，G方一直在暗地里活动。外交就是这样，你在明处，别人在暗处，有时候看似风平浪静，底下的暗流却一刻也没有停止涌动，等你发现时，情况已经变得相当严重了。

更令我不安的是，现在德皮又当上了常秘。我万万没有想到，他会接替鲍尔斯出任外交部常秘。鲍尔斯是我的好朋友，对我们友好。有他在，我在吉多政府当中就拥有一个坚定的盟友。他走了，如果罗杰扶正，对我来说，也是个不错的选择。作为副常秘，我也经常同罗杰打交道，他虽不如鲍尔斯热心，但对我也是有求必应。想不到，现在半路杀出德皮这个程咬金。自从我到吉多，我同德皮就不对付，和他掐过几次架。我对德皮的态度就是少打交道，能躲就躲，轻易不去惹他。现在好了，他当上外交部常秘，我没有办法再绕开他，两国之间大大小小的事情都要去找他。想到这样的前景，我不禁在心里悲哀起来。我知道，鲍尔斯会帮我，而驴脸德皮会害我。

伦杰说了，那边的人来了以后，见了德皮。他们见德皮，没见反对党的人，那只有一种解释，肯定是德皮放他们进来的。让我吃惊的是，G方的人竟然也一改以往一贯的做法。以前G方只赌反对党，这次却两面下注，既赌反对党，也拉拢执政党。看来他们已经迫不及待想把吉多抢过去。

伦杰还说，那边的人许诺要给吉多两架飞机。这对吉多来说无疑是巨大的诱惑。吉多财力不济，现有的飞机都已经年久失修，故障不断，根本没有钱买新的。G方这个赌注下得够大。我不知道伦杰的信息有多大可信度。如果是真的，那我的处境就危险了。这种交易，G方和吉多一旦做成，那我这段时间在吉多的一切努力都将白费。对我来说，这是一个零和游戏，他们做成了，就是我前功尽弃。我必须采取行动，阻止这样的事情发生。

我现在就去找一趟德皮，我对自己说。

我刚想掉转车头，突然感觉脑袋剧烈疼痛起来，脑袋上的几根筋也随之奇怪地蹦起来，呼吸变得有点急促。我伸手摸了摸脑袋，有点发烫，显然又烧起来了。我赶紧把车停在路边。我突然意识到，自己不能以这样的状态去见德皮。现在去，我的脑子是糊涂的，心是冲动的，只会把事情搞得更糟。我现在需要静一静。我在路边休息了好一会儿，感觉好点了，才开车回使馆。

回到使馆，我测了体温，已经是38.1度。我加量吃了两片退烧药，喝了一袋感冒冲剂，便躺倒在床上。我到吉多，随身带来一些常用药，包括退烧药、感冒冲剂、黄连素、止疼片、消炎药、抗过敏药和安眠药等等，都是我们救急保命用的。对于我们这些经常在路上的外交官来说，谁也说不准自己会遇见什么情况，带点药可以防万一。记得有一次，我陪居华大使夫妇来吉多出差，大使夫人林伊不知为什么出现过敏反应，又是流泪又是流鼻涕，手上起疹子，然后脸肿起来，呼吸也变得困难。我们带了不少药，唯独没有带抗过敏药。我赶紧去找，结果没有找到，连吉多国家医院也没有。没有办法，我们只能提前一天离开吉多。奇怪的是，一离开吉多，林伊的过敏就不治而愈。这之后，我带的药中就加上了抗过敏药。

现在，我带的药快用完了。我自己的身体一直不错。来到吉多，除了被摩托车撞伤，基本上没有病过。带来的药，我自己基本不用，大部分都贡献给了当地朋友。社会发展与渔业事务部长狄维普得感冒，我给过他感冒冲剂。尤素福拉肚子，我给过他黄连素。鲍尔斯有痔疮，我给过他马应龙。抗过敏药也没有白带。有一次，塞克莱从国外来了客人，到吉多就花粉过敏，是到我这儿拿的药才解决问题。我用这些药，治好不少吉多朋友的病。不经意间，我这个不懂医的外交官在这里被当成了神医。我自嘲成了吉多的华佗再世。

我一个人躺在床上，脑子里满是乱七八糟各种念头。我替朋友治病，现在自己病了没有人来替我治，我只能自救，靠自己的判断，靠自己带来的药。我不知道自己得的什么病，照症状看应该是感冒发热，我也吃了药，但没有好起来。也许是因为心里着急，想着病快点好，可以处理紧要的外交事务。越想病快点好，心里越安静不下来，病也就越好不起来。

我突然盼着医疗队快来。他们来就可以带点药来，我生病就有人管，我也用不着再假冒华佗。国内说，医疗队很快会来，但再快也管不了我现在的病。

黄毛默默在床前地上坐着。从我回到使馆开始，黄毛就一直很乖，不跑不跳，甚至也没有叫。黄毛一定能感觉出来我是病了。跟了我几个月，黄毛熟悉了我的脾性，也闻得出我的气味。

今天，我的气味一定不对。黄毛时不时地哼哼几声，好像是要减轻我的痛苦。我伸出手去，黄毛舔舔我的手。

"黄毛，我病了，照顾不了你，你得自己照顾自己。"我摸摸黄毛的头，对黄毛说。

说是这么说，我还得硬撑着起床，为自己做点吃的，也给黄毛弄点吃的。平时很容易的事情，现在做起来异常吃力。我只能放慢节奏，慢慢做。我想做一点有营养的东西，补补身体，增强一点抵抗力。但能做什么呢？鱼，一想到鱼，我就有点犯恶心。来吉多之后，平时吃了太多的鱼，对我一个北方人来说，我差不多把一辈子的鱼都在吉多吃了。我已经吃得太腻了，病的时候就更不想吃。最好有点绿叶菜，对，一碗面，里面卧一个鸡蛋，再放点绿叶菜。那是我现在最想吃的。

鸡蛋是有的，绿叶菜一片也没有。

早上起来，烧还没有完全退，人发虚，走路发飘。我硬撑着去见德皮。德皮先是说他有事，不能见我。我说有急事要找他，他才勉强同意我去。

黄毛想跟我一起去。

"黄毛，今天你不能去，"我对黄毛说，"今天我有重要的事情要做。你看好家，等我回来。"

黄毛失望地看着我上车，眼神里透着少见的忧伤。

"我好好的，"我说，"我没事，一会儿就回来。"

开出去一段，我无意间回头看了一眼。黄毛依然伫立在路边，侧着头，朝我这边望过来，全身的黄毛在阳光下泛出一团金色的光晕。我以为是幻觉，揉了揉眼睛，再看，黄毛不见了。

德皮用的是鲍尔斯的那间办公室。看着里面熟悉的陈设，我的心里掠过一丝丝一缕缕难以抑制的惆怅。我使劲强忍着，才没有表露出来。

"祝贺你,常秘先生。"见到德皮,我向他表示祝贺。"常秘"两个词说出口的时候,我的嘴哆嗦了一下。以前一说常秘,那肯定是鲍尔斯。常秘等于鲍尔斯,鲍尔斯等于常秘,这两个称呼似乎不可分割。现在常秘突然换成德皮,我一时难以适应。

"谢谢。"德皮回应道,掩饰不住有点得意。

"你对我们两国的关系是了解的。"我先把高帽子给德皮戴上。

"了解一点。"德皮不客气地说。

"我们重视同吉多的友好合作关系。你知道,目前,我们两国之间有一些项目正在协商落实当中。"我说。

"我知道的有医疗卫生合作。"德皮说。

"是的,我们签了医疗卫生合作协议,我们要派一支医疗队来,还要派一个先遣考察小组,考察贝卡斯的国家医院,看看是翻建还是重建。"我说。既然德皮当了常秘,我就有义务把两国关系当中正在进行的合作事项告诉他。谁当谁不当这个常秘,我做不了主,但谁当了这个常秘,我就需要同他打交道。从职业的角度来说,我们打交道的工作对象,对的是位置,不是对人。

"他们什么时候来?"德皮问,"说了有一段时间,也没有见他们来。"

"快了,先遣考察组很快就到,等有确切消息,我会及时向你通报。"我说。

"可以。"德皮说。

"医疗队也在组建当中,应该也会很快。"我说。

"最好快点来。"德皮说。

"好的,我会争取让他们早点来,"我说,"另外,我们提出要同贵国合作,建一个海洋观察站。"

"你说的是海洋观察站?"德皮问。

"是的。"我说。

"我听罗杰说过一句。建这么一个观察站,对我们有什么好处?"德皮问。

"好处是多方面的。"我说。德皮问得直接,很不好听,但是合理。没有好处,谁会同你合作?"南陆海洋资源十分丰富,对于这片海洋的观察研究还是空白,有许多事情可以做。我们合作建一个观察站,可以了解海洋环境,监测海洋灾难,考察海洋资源,可以对环境保护、海洋灾害应急管理、渔业发展起到重要作用。"

"是吗?"德皮问。

"是的。"我说。

"那为什么选择在吉多?"德皮问。

"A good question。"我说,"不瞒你说,吉多在南陆海处于非常好的位置,很适合建立这样一个观察站。"

"那么,建这么一个观察站,你们准备出多少钱?"德皮问。

"这……这要看我们双方谈的情况。"我事先预想到德皮会问钱的事,但没有想到他会问得这么露骨。

"怎么谈?"德皮又问。

"我同社会发展和渔业事务部有过接触,"我说,"他们对这个项目很感兴趣。我们这次一起去红鱼岛作了考察。"

"你不应该找他们谈,"德皮拉长了脸说,"你应该找我,找外交部谈。只有外交部才有这个权力。"

"没有问题,我最早就是同罗杰副常秘谈的。"我说。我说得很明白,我没有跳开外交部。

"我是说,"德皮说,"从今以后,你只能和我谈。"

"可以。"我说。看来德皮是想把大权揽在自己手上。

到现在为止,我同驴脸德皮的交谈,有点话语上的磕碰,总体还算正常。德皮说话直不棱登，缺少外交官应有的委婉、优雅和修养。这可以理解，毕竟他不是搞外交出身。

说了这么多话，有一件事，我一直还没有问。相比这件事，前面所有的谈话都不过是铺垫。"常秘先生，还有一件事，想向你证实一下。"

"什么事？你说。"德皮说。

"听说G方最近有人来过吉多，我不相信有这样的事。"我故意用了"不相信"来表示语言的委婉。我不想一上来就同德皮吵架，这样说可以给双方留有余地。

"你这是听谁说的？"德皮问。他说话时声音抖了一下。

"我想，这肯定不是真的，"我故意避开德皮的问题，"我只是想同你确认一下。"

"代办先生，不管你是从哪里听说的，不过很遗憾，据我所知，我们这里没有你说的G方的人来过。"德皮突然提高声音，尖着嗓子说。

"那我放心了。"我说。话虽这么说，我心里知道，实际情况肯定相反。德皮的否认出乎我的意料。我原本以为他会承认。既然他不承认，我也不好再多说。虽然我心里已经明白，德皮没有说真话。德皮抖了一下的声音和突然升高的音量都清楚地告诉我，他心里有鬼。但德皮不承认，我就不能捅破他。捅破了，也就撕破了脸皮，现在还不到撕破脸皮的时候。

从德皮那里出来，我驱车直接去找塞克莱。鲍尔斯走后，塞克莱成了我在政府当中能说上话的最重要人物。

"你有没有听说G方有人来过吉多？"见到塞克莱，寒暄了两句，我就直接问。

"你从哪儿听来的消息？"塞克莱吃惊地盯着我。

"我刚从红鱼岛回来，就听说G方有人来过这里，这是不是真的？"我没有接塞克莱的问话。

塞克莱不说话。

我也不说话。塞克莱不说话，说明他在权衡是不是要对我说实话。我需要给他时间。

"既然你听说了，我也不瞒你，"塞克莱犹豫了半天说，"我也是刚听说。"

"那是你们请来的？"

"不是。"

"那是谁？"

"现在还不知道，我们也正在调查这件事。"

"他们来干什么？"

"不知道。现在还不是很清楚。"

"那是谁请他们来的？"

"抱歉，这一点我也没有办法回答你。"

凭我对塞克莱的了解，这样短兵相接地问他，他都答不上来，看来确实不知道详情。

"发生这样的事，我们不能接受，"我说，"据我了解，他们不仅来过，还同吉多政府官员有接触，还承诺要送两架飞机。无论吉多政府是否知情，这显然是对两国关系的一种伤害，是与两国建交公报原则相违背的。"

"你说什么？两架飞机？"塞克莱惊讶地问。

"是的。"我加重语气，做出肯定的答复。

"这个情况很重要，我马上汇报，"塞克莱看来真的着急了，"有结果，我会同你联系。"

"好的，那我等你的消息。"我说。

回到使馆，黄毛没有像往常那样活蹦乱跳地出来迎接我。屋里没有黄毛的影子。我到院子里去找，也没有见到黄毛。

二十

"这个家伙，不知道又野到哪里去了。"我骂了一声。如果黄毛在，不管它是在屋里，还是在院子里，听见我回来，肯定会跑过来接我。

"肯定又泡妞去了。"我自言自语。这话开始是布莱恩说的，现在我不得不承认布莱恩是对的。黄毛最近很是不安分，隔三岔五往外跑，而且越来越频繁。次数多了，我不得不慢慢接受现实。这是黄毛的毛病，也是它的生理需求。我找不到人把它做了，也就只能由它去。

黄毛出去一会儿，玩够了，就会像往常一样回来，我在心里安慰自己。

对我来说，那是黯淡的几天。从红鱼岛回来我就病倒了不说，还知道了德皮当上外交部的常秘，又听说 G 方有人来过吉多。我找德皮去理论，他不承认，我找塞克莱去求证，塞克莱又没有给出明确的说法。我灰头土脸回到使馆，黄毛又不见了。

直到傍晚的时候，黄毛还没有回来。我的心里像爬满了小虫，开始有一种莫名的乱糟糟的不祥感觉。我担心黄毛出事，再也不回来。

不行，我得去找找黄毛，我对自己说。

出了门，风吹过来，我打了个寒战。我意识到烦人的高烧又起来了。这几天，每到下午，体温总会升上去。现在我顾不了，我要去找黄毛。黄毛陪伴我好几个月，成了我生活的一部分，我不能没有它。

我去了尤素福家，去了海葡萄旅馆，去了贝卡斯湾，去了机场，黄毛有可能去的地方，我都去找了。甚至乔治岛原来的使馆，我也去找了。

哪儿都没有见到黄毛的影子。

我失落地开车从乔治岛往回走。我突然觉得天旋地转起来，持续的发烧和各种烦心事堆在一起，纠缠不清，让我变得困顿迷糊。我困得不行，上下眼皮使劲往一处闭合。我开着车，眼前的世界像是被蒙上一层雾，朦胧混沌，虚实难辨，仿佛是在梦境。我脸上发热，手不停地发抖，前面的路变得越来越模糊。突然间，一切都静止下来，整个世界安静得只剩下一片无声无息的静谧。

不知过了多久，我听见有声音在耳边嗡嗡作响。我醒过来，脑袋疼得厉害。我试着睁开眼睛，却怎么也睁不开。

"老板，您醒醒。"有人在叫我。

我想说话，但说不出来。

"老板，您怎么啦？"那人还在叫，听声音好像是布莱恩。

我使了很大的劲才让眼睛睁开一条缝，模模糊糊看见布莱恩张着嘴，他的嘴唇在动。

"老板，您醒醒。"布莱恩又在叫，是在叫我。

"我……我……也不知道怎么回事。"我说。我想我的声音一定很微弱。我确实不知道刚才发生了什么，只依稀记得汽车猛烈颠簸起来，自己下意识地踩下刹车，然后一切都静止了。

"您把车开到沙滩上了，"布莱恩说，"再往前开，就开到海里去了。"

"是吗？"听布莱恩这么一说，我一个激灵，似乎清醒一些。透过车窗，我看见海水就在车前，随着浪涌上来，舔到了我的车轮。也就是说，如果我刚才没有踩下刹车，我和我的车已经冲进海里了。

"您是不是生病了？"布莱恩关切地问。

"我想是的。"我说。我发现我的右脚还踩在刹车上，赶紧用手把车挂到制动挡。

"老板，您先下来，车我来开。"布莱恩说。

我乖乖下了车，坐到副驾驶座上。布莱恩上车后，想把车倒回到路上去，试了几次，都没有成功。车子在沙滩上深陷着，轮子一直打空转。

"您在这儿等着，别动。"布莱恩边下车边对我说。

我看着布莱恩走开，又看着他走回来。回来的时候，布莱恩身后跟着四五个人。布莱恩不知从哪儿搬来了救兵，他指挥他们帮忙推车，汽车最终回到了路上。

"老板，您没事吧？"布莱恩把我送回使馆，临走前问我。

"没事，"我说，"就是有点感冒发烧。"

"那您吃药了？"布莱恩问。

"吃了。"我点点头。

"您带来的那些神奇的药，都吃了？"布莱恩问。

"吃了，从红鱼岛回来那天，我就一直在吃药，"我说，"但好像不管用。"

"那您说不准得了登革热。"布莱恩说。

"登革热？不会吧？！"我说。

"您等着,我一会儿就回来。"话音未落,布莱恩就不见了。

我躺在床上,不仅脑袋疼,浑身肌肉也酸疼难忍。我迷迷糊糊想起布莱恩说我可能得了登革热。我心里一惊,登革热可不是什么好病。那是一种可怕的热带传染病,像疟疾一样,通过蚊子传染。我想,我这次去红鱼岛,一定是被蚊子咬了,估计就是这样染上的。我现在的发烧和肌肉酸疼,完全就是登革热的症状。看来,我真是得了登革热。听说这种病还没有特效药,只能是有什么症状吃什么药压下去,纯粹头痛医头、脚痛医脚。

我突然想到了死。登革热是要死人的。到了吉多,我已经无数次面对死亡,坐飞机面对过,坐船面对过,甚至走路也面对过。奇怪的是,现在的感觉同那一次次遇险时想到的死,完全不是同一种感觉。坐飞机坐船,甚至走在路上,我无法控制外在因素对我构成的威胁。那样的时候,我反而是淡定的,没有对死亡的恐惧,有的是对死亡的无奈、蔑视,甚至是视死如归。现在呢,我却惶恐起来,害怕起来。我总觉得,生病是一种怯弱、一种无能,这样的死,是一种悲哀,是败给自己。

我不能就这样败给自己。我不能在这样一个偏远的国度,就这样默默地死去。我在这里的事情还没有做完,我出来两年多还没有回国探过亲,我的一生还有很长的路要走,很多的风景要看,我没有任何理由就这样孤独地死去。我必须得好起来。

就在我胡思乱想的时候,布莱恩风风火火地回来了,手里抱了一捧干枯的树叶子。

"你拿的是什么?"我问。这种树叶在吉多随处可见,形状像巴掌,干枯的时候会卷起来,卷成一个球,在树林里随处都可以见到。

布莱恩说了一个名字。

"你说什么?"我没有听清。

"Bois canon。"布莱恩又重复了一遍。

这次我听明白了。这是一个奇怪的名字，我没有听说过。

"Bois canon是一种树，老板，"布莱恩解释说，"我拿的是叶子，这种叶子可以治病。"

"可以治我的病？"我将信将疑地问。后来医疗队来了，我才知道，那叫号角树，叶子确实可以入药。

"您看，老板，"布莱恩说，"您这个病是在这里得的，是吧？这里得的病，就得用这里的药来治。在我们这里，这些叶子专治您这种病，这是我们吉多人的祖传偏方。"

"真的管用？"我依然将信将疑。

"我保证管用，老板，"布莱恩肯定地说，"对我们管用，对您肯定也管用。"

"那怎么用？"我问。

"老板，很简单，您把树叶放在水里，水开了再煮上三五分钟，然后把水倒出来，趁热喝，每天两到三次，就三次吧。喝三天保证您好。这跟你们的草药一样神奇。"

我吃了随身带来的药，几天过去了，一直没有起作用，病也没见好转。布莱恩拿来偏方让我试。说实话，开始我不是很愿意，但转念一想，布莱恩的话也许有道理，在哪儿得的病，还需要当地的药才能治好。那我就试试。

"行，我一会儿试试。"我说。

"要不要我帮您把药熬了？"布莱恩说。

"谢谢，不用了，"我说，"我一会儿自己熬就行。"

布莱恩走后，我照着他说的，在火上熬了药，趁热喝了。喝完，我倒在床上睡了。

没过多久，布莱恩又转了回来。我很惊讶他这么快又回来了。

"老板，想不想去蹦极？"

"蹦极？"我问。我没有想到布莱恩来请我去蹦极。

"对啊，"布莱恩说，"现在正在举行一年一度的蹦极节。大家都去，您想不想去？"

"去，当然想去。"我对蹦极情有独钟，一直想去试试，苦于没有机会。"但我现在还病着呢。"

"没关系的,老板，"布莱恩说,"您不是喝过药了嘛！喝了药，病马上就好。"

"那你等我一下，我换身衣服。"我起了床，换上休闲衣服，跟着布莱恩出去了。

蹦极场上早已人头攒动，热闹非凡。男男女女都穿上传统服饰，色彩斑斓。男子穿彩色短袖，素色短裤，女子头戴花环，身着草裙。我跟着布莱恩挤进花一样的人群当中。吉多政界都到齐了，有达鲁总统，还有副总统穆尼、议长、各部部长。印象中穆尼应该是个瘦高个，眼前的却是个矮胖子。穆尼没有躲我，反而笑着主动同我打招呼。我们聊了几句。穆尼的样子和蔼可亲，和我印象中的完全不一样，让我颇觉几分奇怪。

外交官们也聚齐了，伦杰、布朗、史密斯都在，同他们在一起的还有德皮和罗杰。我走过去，少不了要同他们说上几句话。

"一会儿，我请你们去蹦极。"德皮说。

"好啊。"史密斯说。我和伦杰也说好。

"我就不去凑热闹了，"只有布朗不愿去，"我看看就行。"

史密斯和伦杰都劝布朗去。

"去吧，"我也鼓动布朗说，"一起去玩玩，肯定好玩。"

"去就去，"布朗大着嗓门说，"不就是跳蹦极。"

我们几个都笑起来，驴脸德皮也跟着笑。

"笑什么笑？"布朗说，"这有什么好笑！我们等着瞧。He

who laughs last, laughs best! "。

一听布朗突然冒出这么一句,我们知道他真的生气了,都忍住了笑。布朗说得对,笑到最后的,才是笑得最好的。

蹦极架已经搭好。蹦极架搭得很高,要仰头才能看见上面的顶。我看见蹦极架顶上伸出很多条长长的跳板来。我试图数出个数来,但老眼昏花,数了几遍都没有数清楚。

"老板,"布莱恩在一旁说,"你不用数了,一共是二十八条,每年都一样,二十八条。"

"二十八条?"

"你看见没有,"布莱恩说,"每块跳板下面都有两根藤条,那是绑在脚上的。藤条的长度很有讲究,不能太长也不能太短,短了,跳下去后会离地太远,不够刺激,长了,就有可能头磕在地上,丢掉性命。"

"是这样,那你跳过没有?"我问布莱恩。

"跳过。"布莱恩说。

"什么感觉?"

"很害怕,但也很爽。"

"我也想去跳一次。"

布莱恩没有说话,用怀疑的眼光看了我一眼。

说话间,一位长者在蹦极架下出现了。长者银发美髯,很像古代传说中的老寿星。我定睛一看,这位长者就是蹦极架开建仪式上的那位长老。长老一出现,一群裸露上身的青年男子立刻敲起鼓来,一群身着草裙的年轻姑娘踩着鼓点跳起了舞。与此同时,准备跳蹦极的一群男子齐声哼唱,声音低沉浑厚,像滚在沙地上的闷雷。

歌舞声中,蹦极开始了。

第一个上台的竟然是个小孩,看上去也就七八岁的样子。

看来,同其他地方一样,吉多的祭祀文化当中也有用童子的传统。小孩站在跳板上,看上去很弱小。他的双手举向空中,双臂在不停颤抖。我很替他担心。

让这么小的孩子跳蹦极,实在有点残忍,我想。要是我,我肯定不会让小时候的小松充当这样的角色。

小孩在跳台上站了很久,像是在犹豫。就在我以为他会缩回去的时候,小孩突然纵身一跳,头冲下落下来。

"啊!"我紧张地喊出声来。还好,小孩没事,在离地面不远的地方被藤条扯住。

小孩带了头,其他人一个接一个往下跳。其中一个年轻人引起了我的注意。他下身着紧身短裤,上身裸露,现出健硕的胸肌,脸上涂满油彩,披一头长发,比女人的头发还长。

"那不是警察查理吗?"我惊呼。乔治岛炸弹爆炸,查理就是来通知我的那个警察。虽然他没有穿制服,我也好长时间没有见到他,但从脸型和身材,我还是一眼就认出来了。

身边的布莱恩也认出了查理,跟着我叫唤起来。

我现在看到的是一幅美妙绝伦的画面。一位年轻的美男子站在高高的跳台上,身披蓝天白云,长发飘飘,双手高高举起,就像一个展翅待飞的天神。我感觉在场所有人都敛声屏气,目光齐齐聚焦在查理身上。我看见查理轻松一跃,就像蓦然间蓝天里跃出一只雄鹰。查理的双手张开着,就像是雄鹰的翅膀。我想象那是自己。我也变成一只雄鹰,轻盈翱翔在蓝天之上。

人群中爆发出一阵地动山摇海啸般的欢呼。眨眼的工夫,查理便落了下来,又随着藤条弹起来。因为速度太快,我没有看清查理的头发是不是碰到了地面。布莱恩说,最好的蹦极者,落下来时,长发刚好触及地面。

终于轮到我们外交官了。布莱恩不让我去跳。

"你还真的要上去跳？！"布莱恩一把拉住我。

"是的。"我说。

"万一发生意外怎么办？"布莱恩问。

"没事的。"我说。

"你不管使馆了？"布莱恩又问。

"不管了，"我口气坚定地说，"不管了，我要去体验生与死的感觉。"

布莱恩还想说什么，我不再理他。此时我去意已决，脑子里只有蹦极。

在德皮尖声细气的叫唤声中，我们几个外交官一步一步爬上高台。高台很高，我们爬得气喘吁吁，布朗更是喘得东倒西歪。我们好不容易爬到蹦极架子顶上，有人替我们把双腿绑上藤条。

"谁先跳？"德皮问。

没有人答应。

"我先跳。"我自告奋勇。

"不，不，"德皮很是惊讶，赶紧拦住我，"这样，让罗杰先跳，给你们做个示范。"

"不用，"我说，"刚才我看见查理跳，我知道怎么跳。"

"Are you sure?"德皮问。

"I am sure."我说，"我肯定。"

"那好。"德皮不再阻止我。伦杰、史密斯祝我好运，布朗也祝我好运。

我冲布朗笑了笑，拖着藤条慢慢走到高跳板上。下面是大地，还有围观的人群。从高处俯瞰，下面的人显得异常渺小，就像格列佛看见小人国里的国民。

这是我平生第一次站在高台上。我觉得奇怪，自己竟然一点也不害怕。这大概与我从小生长在大山里有关。大山让我养成了从高处向下俯瞰的习惯，对高度没有任何恐惧。吕淑琴有恐高症。还在大学的时候，有一次，我们几个同学相约去爬山，我和吕淑琴也去了。当时我们还没有确立恋爱关系。往上爬的时候，大家都兴致盎然。没想到，下山的时候，吕淑琴遇到了困难。这给了我机会，我拉着吕淑琴的手一步步下到了山脚。就是那一次，我知道吕淑琴有恐高症，也正是那一次的牵手，让我们俩最终走到一起。

我的前方是大海。从高台俯瞰大海，同飞机上的感觉大不一样。飞机是运动着的，视线局限在舷窗内，大海被窗框分隔成一块块的。站在高台上，大海一览无余地呈现在眼前，无边无际的辽阔，蓝色的海洋同蓝色的天空连为一体，如果不是天上的云和海上的浪，很难分清海与天、天与海。往下看，下面是一片青青的草地，绵软诱人。我记得故乡的山上也有丰腴的草地。站在高台上，我似乎能看见全岛，这个叫做吉多的岛，竟如仙境一般美丽。

我闭上眼睛，刚才看到的美景印在脑子里，影像不断反复重现。我再次睁开眼睛看了一下脚下的大地，再把眼睛闭上，然后纵身向下跃去。跃下去的时候，我没有一丝一毫的恐惧。感觉自己像一只自由的鸟儿在蓝天飞翔。我从来不知道，飞上蓝天会是这样一种轻盈美妙的感觉。我被软绵绵的白云包围着，也被一种前所未有的轻松、愉悦和解脱包围着，在空中飞翔。

喝了布莱恩给的草药，我的病慢慢好起来。两天之后，我的病好得差不多了，可以到院子里去走走。

阳光有点刺眼，我用手挡了一下，才渐渐适应热带特有的强烈光线。我扫视了一圈，草木葳蕤的院子似乎没有变化，树还是那些树，大王棕、椰子树、芒果树，还有其他大大小小的树木，一棵也没有少，篱笆墙还是那张篱笆墙，贝壳小径还是那条贝壳小径，只有草地刚被修剪过。我能清晰闻见随风飘来的清香草味。草地是布莱恩找人来修剪的。从红鱼岛回来后，我一直没有腾出空来整理的院子，现在已经收拾干净。

鸟儿在院子里恣意地啁啾。一对金刚绿鹦鹉站在椰子树顶上，咕咕噜噜对谈着，好几种颜色的风琴鸟在芒果树间叽叽喳喳忙着抢食。还有两对地鸽，不，是斑鸠，不慌不忙、从从容容在草地上觅食。要是黄毛在，这些斑鸠肯定会被追得不知该跳还是该飞。

我又想起了黄毛。黄毛不在，它和斑鸠之间的游戏也不再上演。

那天黄毛走丢之后，就再也没有回来。布莱恩答应替我去找，却一直没有找到。布莱恩说，黄毛多半是被人拐走，宰了吃了。我听了很生气。我从不骂人，这一次忍不住骂布莱恩没良心，这样的话也说得出口。胖嫂来打圆场，说让我再领养一条拉布拉多，反正她那儿还有好几条，我想都没想一口回绝了。我不相信黄毛就这样走了。黄毛一定还在，还在岛上的哪个角落，我一定要把它找回来。

我坐在大王棕树下。原来我坐在树下想事的时候，黄毛会趴在我的身边，现在只剩下我一个人。我看不到黄毛，听不到它的叫声，也没有它可以说说话。

Damn it！我在心里狠狠骂了一句。不知是哪个缺德的家伙把我的黄毛给弄走了。

微风吹来，大王棕的树叶被吹得窸窸窣窣地响。

我原来以为我是个受得住孤独寂寞的人。这好像是哪位作家说过的一句话。现在我才明白，我不是。我一直以为，因为外交这个特殊的职业，我已经锻炼成一个刀枪不入的人，可以承受所有的痛，吃得所有的苦，忍得所有的孤独和寂寞。我从来都有这样的自信，来到吉多之后，我依然是这样想的。即使经历那么多次危险，差不多是九死一生，我都不曾屈服，不曾低头。但这次生病之后，我才发现我不是这样一个人。

我想起刚到吉多的时候，开馆的忙碌和新鲜感的驱使，日子过得还算快，也算充实。在这之后我经历过一段平台期，疲劳期。一个人的工作，一个人的生活，在这一个人的使馆，日复一日地过着，今天是昨天的重复，明天也不会有太大的区别。有时候，我会想，同样一天时间，山区老家的生活我是熟悉的，国内的生活我是熟悉的，我得努力去适应不熟悉的吉多生活。不同地方的生活，无论是节奏还是内容，竟然会有如此大的区别。真的，同样是一天的时间。

回过头去想，我不知道在吉多这四五个月的时间，自己是怎么熬过来的。我一直在拼命工作。是，我是个工作狂。一个人的使馆，总有事要做，大事不用说，没有大事的时候，也有许多小事要忙。这些不起眼的琐事，没有人同我抢，只有我一个人做。有事的时候，我整个人都是兴奋的。我喜欢忙一点。忙一点，寂寞就少一点，时间就过得快一点。

白天还好，我最害怕黑夜。长夜漫漫，何以消遣。吉多没有电视，只有电台，电台也只是早晚各播两个小时。一入夜，便是孤独、寂寞、枯燥、单调和无聊。我会花很长时间在灯下读信、回信。然后是读报，先浏览一遍标题，再一篇篇仔细读内容。收到的报纸都是过期的，经常是过了好几个星期，但我会不厌其烦地一篇篇读、一遍遍看。直到有新的报纸来，我才会把旧报纸收起来。没有邮件的夜晚，我会到院子里看星星、看月亮。看够了，就回到屋里，守着电话机发呆。我看着电话机，希望电话铃声响起来，可以有个人说说话。有事的时候，我会给居华打电话。但同居华大使通话的机会屈指可数。更多的时候,电话机就静静地坐在那儿,我看着它,它看着我。自从有了黄毛,黄毛会陪着我,盯着电话座机。

大王棕发出哗哗的响声,我抬头看了看,树顶上巨大的树叶在风中使劲地摇曳,像是要掉下来。

身在国外,也许会比在国内独自生活更加孤单。那是美国作家梭罗在《瓦尔登湖》里说过的一句话。当年读到的时候,我在大学里,还从来没有出过国,也就不能真正体会到这句话的含义。现在,我不仅领悟到内中的意境,甚至还更深一层地体会到了梭罗所没有体会到的外交官的孤独与寂寞。这种孤独与寂寞是与常人不同的。我以前在读一些外交官回忆录时,就已经发现。也许别人读那些回忆录,读到的是外交官的觥筹交错、光鲜亮丽,或者唇枪舌剑、猎奇刺激,我读到的是孤独。我一直认为,孤独这两个字最贴切地概括了外交职业的本质特点。外交官的孤独是骨子里的,是在任何文学作品里找不到的,即使在气象万千的唐诗宋词中也读不到。他们从事的工作在外界看来永远是神秘的,因而他们的孤独也无人能够分担。有些话他们永远不能对别人说。朋友再多,亲人再亲,这种孤独感也不会减轻多少。有时候,我回到家乡,置身于亲人的包围之中,会感受到久违的亲情。这种亲情多少可以抚慰我荒瘠已久的心。但即使这样的时刻,那种既熟悉又陌生的孤独,还是会时时袭来。

这种孤独在生病的时候达到了顶峰。如果要将孤独分类,我认为,没有什么比独自生活在国外,然后病倒在床上,没有人陪在你身边,更让人感到孤独了。这次躺在病床上,我就是沉陷于这样一种极端而无望的孤独之中。绝望中,我再也不能忍受这样形单影只的孤独了,我只想逃离。我甚至不在乎以什么样的方式,也不在乎会是什么样的结果。不然我担心我恐怕不会活着离开吉多。

我做了一个梦。梦见我跟着布莱恩去跳蹦极。那个梦很逼真。我梦见我在空中像鸟一样自由地翱翔,被一种从未体验过的轻松、愉悦和解脱包围着。但不幸得很,那只是南柯一梦。梦的最后,我像羽毛被折断似的直接从空中摔下,重重地砸在了地上。被梦吓醒之后,我躺在床上发了很长时间的呆。

现在我身体上的病慢慢好起来,心里的病却落下了。

我又想黄毛了。唉,要是黄毛在,至少我还有个伴,还有个唠叨的对象。我决定再去找黄毛。我开着车围着吉多岛转了一圈,该去找的地方都去找了,没有见到它。我连着找了好几天,都没有找到黄毛。

二十一

又一天，我出门办了几件事，顺便又去找黄毛，还是没有找到它。回来的路上，我把车停在离使馆最近的椰林沙滩边。那是我同黄毛经常去的地方。我走到沙滩上，站在那里，茫然地望着大海。大海一如既往地苍茫空阔，无边无际，不可捉摸，就像人生。人生也一样苍茫空阔，无边无际，不可捉摸。我不知道我在吉多的这段人生，还会有什么样的意外，以什么样的方式等着我。

看大海看累了，我找了一块干净的沙地躺下来，闭上眼睛。眼睛一闭，黄毛就来到我身边。我睁开眼睛，它却不见了。我再把眼睛闭上，黄毛又出现了。这次，我不再把眼睛睁开。黄毛不跑不跳，安静地趴在我身边。有黄毛在的感觉真好。这个畜生竟然有这么大的魔力。它的存在好像一针镇静剂，让我安静下来。我不再焦虑，迷迷糊糊睡着了。

不知道在沙滩上睡了多久，醒来的时候，我听见一种奇妙空幻的声音，透过密密匝匝的椰林，细若游丝般随风飘来。

那是一种在吉多从不曾听到过的声音。

这肯定是错觉,我想。我摸了摸脑袋,没有发烧。我觉得我是睡迷糊了,才会听到那种声音。但那声音挥之不去,持续不断地传过来,让我无法忽视。我屏住呼吸,侧耳倾听。我隐隐约约感觉远处似乎有一支乐队在演奏。飘过来的音乐现在变得既激越又缥缈,若有似无,时有时无。

如果不是错觉,那肯定是我的耳朵出了毛病。我想我是出现了幻听。这种幻听我以前就有过。有时,我想着一件事,忽然就听到某种声音,譬如海浪的声音、疾风的声音,或者是人说话的声音。等我屏息敛气再仔细听,声音又消失得无影无踪,荡然无存。

这次肯定也是同样的情况,我在心里怀疑自己。

开始下雨了。我站起身来,拍了拍身上的沙子,开车回到使馆。第二天,我又来到了沙滩,躺在沙地上,感受黄毛的存在。这个时候,我又听到了前一天出现的声音。

我坐起来,强迫自己静下来,再仔细听。我又听见了那种声音,像我们的国歌。旋律断断续续,有时还走音跑调。这是不可能的事,在这样一个偏远的国家,谁会演奏我们的国歌?我一定是生病生出了妄想症。

我叹了口气,又躺了下去。这时一阵风吹过来,随风带来的是清晰的音乐旋律。这一次我听得很真切,是我们的国歌,那旋律,那音调,一点都没有错。

我激动起来。我能感觉到心脏在剧烈跳动。我站起身,循着音乐声,急匆匆地往前走。我走过沙滩,穿过密密的椰林,越过一个小坡,音乐声越来越响,越来越近。再往前走,我发现我到了警察总署。警察总署我很熟,我来找过尤素福。这次黄毛走丢后,我也来报过案。

警察总署门前的小广场上,我看到了惊讶的一幕,十几个身着警服的吉多警察,手拿铜管乐器,正在练习演奏我们的国歌。

没错,我们的国歌。

他们正好背对着我。我站在他们身后,听他们演奏。我不想打扰他们。

"代办先生,他们演奏得怎么样?像不像?"我站在原地听了一会儿,不知什么时候有人站到我的身边。

是尤素福。

"像,很像。"这话我说得有点违心。他们的演奏离"很像"还差千里万里。

"谢谢你的夸奖,他们听了肯定高兴。"尤素福笑着说。

"我很好奇,"我问尤素福,"他们为什么要排练我们的国歌?"

"哦,你知道的,我们的独立日马上要到了。"尤素福笑着说。

我没有说话。我听收音机里说,过几天吉多要举行独立十周年庆祝活动。但吉多的独立日,不排练他们自己的国歌,为什么要排练我们的国歌呢?

"是这样的,"尤素福看我一脸迷茫的样子,笑着说,"独立日那天,我们要搞一个庆典活动。庆典活动上,我们要演奏你们的国歌。"

"为什么?"我还是没有明白。

"代办先生,"尤素福依然笑着说,"为了表达我们的敬意,在吉多开设使馆的国家,有一个算一个,这些国家的国歌,到时我们在庆典上都要演奏一遍。"

"真的假的?"这倒是我从来没有遇到过的新鲜做法。

"当然是真的。这是吉多的一个传统做法,"尤素福说,"你们在这里刚刚建馆,这是第一次要演奏你们的国歌。我们对这首国歌不熟,所以在加紧排练。"

"我说呢，我刚才在海边听见声音，就找了过来。"

我边同尤素福说着话，边看警察们排练。警察们的排练显然处于起步阶段，大大小小的铜管乐器发出的声音参差不齐，左支右绌，断断续续，飘忽不定，经常合不成流畅的旋律。看了一会儿，我发现了原因。他们十几个人，只有两张曲谱，几个人合用一张，排练起来十分不便。

"他们只有两份曲谱？"我问。

"应该是。"尤素福说。

"那为什么不多拿几份？"我问。

"我想，他们大概就只有这两份。"尤素福说。

"那为什么不问我要？"我说。我来吉多时随身带了几份国歌曲谱。

"是啊，也许他们没有想到。"尤素福哈哈大笑起来，"也有可能他们不想让你知道，到时可以给你一个惊喜。"

"这样，你让他们等我一会儿，"我对尤素福说，"我去拿几份曲谱来。"

说完，我转身往使馆走。我迈开大步，疾走如飞，气喘吁吁回到使馆，拿上曲谱，又匆匆赶回警察总署。

多了几份曲谱，警察乐队的效率有了明显提高。不过，他们依然找不着调。我在边上看着，替他们着急。

"警官，要不我给你们讲讲这首国歌的来历。"我终于忍不住了，对指挥乐队的警官说。

"那太感谢了。"指挥警官说。他招招手，把乐队集合起来。

我走到乐队前，讲起了我们国歌产生的背景和歌词的内容。我怕他们听不懂，讲着讲着，忍不住唱起来。在红鱼岛的时候，我被布莱恩逼得无奈才勉强唱了一首民歌。现在不需要人逼我，我情不自禁大声唱起来。唱了一遍不够，我又接连唱了好几遍。

273

这下子，在屋里办公的其他警察也都出来了。

"不好意思，我占用你们太多时间了，你们继续练。"我赶紧停下来。我突然意识到自己刚才太激动了，情绪有点反常，甚至有点失控，没有了外交官应有的矜持。

"没有没有，"指挥警官连声说，"您说得好，唱得也好。"

我不好意思地笑了。

"请鼓掌向代办先生表示我们的感谢。"指挥警官说。

乐队的和其他在场的警察都鼓起掌来。我双手抱拳表示感谢，挥手同他们告别。

但愿他们没觉得这位代办先生疯了，离开时，我在心里想。

紧接着的几天，我一直陷于一种难以名状的兴奋之中。在警察总署，当着警察乐队的面，我连着唱了好几遍国歌。回想起来，我不是在唱，而是在吼，与其说是唱给别人听，不如说是在宣泄一种积攒已久的郁闷。唱完，我感觉舒坦许多，心里仿佛同时长出一种新的寄托，这种寄托一旦破土，便像热带的植物藤蔓，迅速疯长，把我紧紧缠绕。我不再满世界去找黄毛。现在我有更有意义的事情要做。有时间，我会去警察总署，看他们排练。他们有问题，我会想办法帮他们解决。几天下来，我能清楚地听出他们的进步。

我盼着庆典仪式那天快点到来。尤素福一开始跟我说得不详细，我以为他们在庆典仪式上只是演奏一下我们的国歌就完事了。不是的。他们不仅要演奏国歌，还要安排我和在吉多的其他外交使节检阅仪仗队。

这是我后来才知道的。外交部的请帖我两天后才收到，请帖上要求使节们提前到达总统府门前的大草坪，还特意注明在入场口等待。我不明白他们为什么要让我们在场外等着。这种重大活动,外国使节通常会被要求提前到场,在贵宾席就座,然后等着活动开始。

"为什么不让我们提前进入大草坪?"独立日前两天,尤素福正好从门前路过,我在院子里看见他,隔着篱笆墙问。

"哦,是这样的,"尤素福说,"这是为了方便你们检阅仪仗队。"

"你说的是我们?检阅仪仗队?"我以为我听错了。一般情况下,外交官只是去捧场,检阅仪仗队是总统的事。

"是的,你们,你们几个代办,我们会安排你们检阅仪仗队。"尤素福说。

"那总统阁下呢?总统阁下不检阅?"我好奇地问。

"你们先检阅,总统阁下最后检阅。"尤素福说。

"那怎么个检阅法?是乘车检阅还是走着检阅?"我问。

"是这样的,你们几个代办先乘车在场外等着。请你们进场,你们再进。场内有个检阅台,你们在检阅台前停车,有人会在那儿接你们。哪个国家使节站上检阅台,乐队就会演奏哪个国家的国歌。"

"那用谁的车?"

"当然是你们自己的车。"尤素福斜了我一眼,笑着说。

"哦,没问题。"我说。想想也是,吉多条件有限,不可能提供礼宾车。

"那到时,是我自己把车开进场?"我又问。对我来说,这是个很重要的具体问题。

"哦,对了,你没有司机。"尤素福笑着说。

"是。"我说。

"没关系,我给你派个人,你只要把车开到入场口就行。"尤素福说。

"太感谢了,那我能不能先见见他?"我又问。

"不用,"尤素福又笑了,"你不认识他没有关系,他们都认识你。到时他会主动过来找你的。"

我不好意思地跟着笑起来。尤素福说得对,我不认识他们,他们肯定认识我。回想起来,那天的我一定处于非正常状态。我刚生过一场病,脑子一定被烧坏了,还没有恢复正常,才会问那么多弱智问题。对,那么多 silly questions。

好不容易等到独立日那天。我早早开车来到总统府大草坪入口处,车刚停下,就有一位穿警服的小伙子走过来。

"早上好!代办先生,尤素福总监让我来为您开车。"小伙子走到车边,敬礼,然后弯下腰来,隔着车窗对我说。

"早上好!查理警官。"我一眼认出是警察查理。

"您还记得我,代办先生。"查理说。

"当然记得,"我说,"你不是刚跳过蹦极嘛。"

"没有啊,"查理疑惑地说,"今年的蹦极节还没有到呢!"

"哦,对,"我突然想起查理跳蹦极是在我梦里,赶紧改口,"我想你蹦极一定跳得很好。"

查理听了笑起来,又得意,又有些羞涩。

我把车交给查理,自己坐到后座上。我是第一个到。等了一会儿,伦杰、史密斯和布朗也相继到了。我同他们一一打过招呼。

"这样的场面,你是第一次参加吧?"伦杰问我。

"是。"我说。

"这个活动很有意思,你一定会终生难忘。"伦杰笑着说。

我点头。这确实是个聪明的好主意,很贴心。

"他们鬼着呢,"史密斯在一旁说,"他们这是在发感情奖,让你站在检阅台上。你一定会感觉很好,很风光,然后呢,你就得替他们多做事。"

我们都笑了。史密斯说得很刻薄,但道理是对的。

见我们几个到齐了，外交部副常秘罗杰走过来，给我们讲注意事项。最后，他给我们安排出场顺序，伦杰第一，史密斯第二，第三是布朗，我殿后。

"你这是怎么排的顺序？"布朗不高兴了。

"我是按照各位代办到吉多的先后顺序排的。"罗杰说。

"我觉得这样排不合适，应该按国名的第一个字母顺序排。"布朗说。

"这怎么个排法？"伦杰问。

"你第一，史密斯代办第二，我最后。"布朗说。

布朗说完朝我看了一眼，其他人也都转过头来看着我。

布朗这个家伙真是爱生事，我在心里暗暗骂了一句，在礼宾顺序这样的问题上，他也能没事找事。他抢不了第一，来跟我抢压轴。

"你们用不着看我，"我没好气地说，"礼宾顺序是吉多外交部排好的，我们理应尊重他们的决定，我觉得就该按照原来的顺序走。"

布朗还想说什么，张了张嘴，没有说出来。

"我说也是，"伦杰开口挺我，"都这个时候了，就按原来的顺序走，不用变了。"

史密斯没有说话。

"那就不变了。"罗杰一看这个态势，赶紧出来打圆场。

我们都没有再说话，各回各车。

我回到后座上坐定，等候仪式开始。刚才莫名其妙地同布朗斗了几句，有点生气。现在倒是不生气了，取而代之的是渐渐激动起来。我做了几次深呼吸，好让自己平静下来。

伦杰第一个进场。我远远看见伦杰上了检阅台，接着传来基比的国歌，然后是史密斯和布朗依次进场。

终于轮到我了。查理把车开得很慢，一小段路开了很长时间。我注意到广场上一边是主席台，台上坐着吉多的领导人，包括总统达鲁、副总统穆尼、内阁部长和其他贵宾，另一边是警察乐队。外面层层叠叠地站着看热闹的吉多人。

查理把车停在检阅台前。有一男一女两个少年等着，一个负责给我开门，一个负责把我领到检阅台前。一直站在检阅台一侧的尤素福正步走到我面前，立正，敬礼，伸出右手请我走上检阅台。

那是一个国际标准的检阅台，有两个台阶，四个角上插着四根铜柱，由三根粗红绳子相连。这样的检阅台，我很熟悉，在国内安排检阅仪式经常接触，还上去试走过。现在我却要以代办的身份正式走上去，检阅仪仗队，这可是我这辈子从未有过的体验，我能感觉到心脏在急速跳动。

我不安地拾级走上检阅台，还好没有出现任何意外。上了检阅台，我想起了罗杰事先的交代，先是面向主席台，向吉多总统和其他领导人鞠躬致意，然后转过身来，面向警察乐队。

我刚一站定，就听见尤素福含糊不清地吼了一句。我只听清"national anthem"两个字。尤素福一吼，乐队立即开始演奏我们的国歌。曲子一响起来，我的心情瞬间平静下来。我一边跟着唱，一边注视着面前的警察乐队。乐队中的成员，我现在都已经认识。看得出来，也听得出来，我的功夫没有白费。他们演奏得十分投入，也相当完整，我被深深地感动。说实在的，他们的演奏水平没有办法同国内的专业团体相比，但不可否认的是，对于我，那是我听过的最动人、最难忘、最有意义的国歌了。

站在检阅台上，听着熟悉的旋律，我记不清当时还想了什么。我只记得我站在检阅台上的时候，有一种要飞起来的奇特感觉。我好像又一次进入到那个跳蹦极的梦境。我跃向空中，飘啊飘，快要掉落下来的时候，突然有一阵高亢的音乐飘过来，像浪花一样把我托住。

二十二

好事成双。

独立日刚过没几天，居华大使就来吉多访问。我临来吉多前，居华曾经对我说过，他会很快来看我。"很快"一转眼变成了四五个月。在这四五个月当中，我一直盼着居华来。他也几次说要来，结果都没能成行。

这天一大早，我就同布莱恩来到机场。飞机晚点，我们在机场足足等了三个多小时。一见到居华大使，我抑制不住激动，同居华大使拥抱在一起。我的两眼湿润起来。

没有想到，居华见到我也很激动，在我胸前捶了一拳，双手扶着我的肩，仔细打量了我一遍。他的眼里也有泪花闪烁。

"辛苦了，钟良。"居华说。

我没有说话，感觉有一波眼泪要从眼眶里涌出来，使劲忍也没有忍住。

"你看，钟良黑得都成吉多人了。"居华大使夫人林伊插话说。林伊也一起来了。

我转过身去同大使夫人握手。

"是黑了，也瘦了。"居华说。

"头发长这么长，也不知道理理。"林伊说，"看起来倒像个艺术家。"

我不好意思地捋了捋头发，想不到大使夫人也这么说我。到吉多后，我一直没有真正理过发。当地人没有理发的习惯，也就根本没有理发店。我给人理过发，但给自己理却不会。开始，我还在意头发的长短，实在觉得长了，就自己胡乱剪剪短。久了也就不在乎，入乡随俗，留起长发。有时候，我站在镜子面前看着自己的模样，会自我解嘲调侃，钟良啊钟良，如果在国内，你看上去像个艺术家。在吉多，你这个样子就只能是吉多人。

"钟良，你看，今天我把谁带来了，"居华说，"等到了使馆，让他给你理个发。"

我一看，居华大使夫妇身后跟着小张。小张是驻基比使馆的理发员兼招待。我兴奋地又同小张拥抱在一起。

出了机场，我想让布莱恩把行李直接拉到海葡萄旅馆。使馆住不下，我安排居华大使他们住在布莱恩的旅馆。

"不行，不能直接拉到旅馆，箱子里面还有好多带给你的东西。"林伊说。

"那行，"我对布莱恩说，"那你跟着我一起去使馆，然后再把行李拉到旅馆。"

我让居华大使夫妇坐我的车，让小张坐布莱恩的车。

一路上，我开着车，听着居华夫妇说话。我一句话也没说，只是不停嘿嘿地笑。我恍如梦中，感觉这一切都不是真的。

"钟良，我首先得给你道个歉，"居华说，"我早就想来，可一直没有腾出空来。"

我没有说话。

"大使几次想来都没有来成，"林伊说，"他先是回国开会。

回来之后，又病了一场。"

我想问什么病，张了张嘴，却没有说出来。

"不知怎么的，我们两个都得了疟疾。"林伊说。

"我们这是双打，"居华哈哈笑起来，"混合双打。"

听居华这么说，我也跟着笑起来。居华说的混合双打，是我们外交圈子里的一个典故。外交官去热带国家常驻，免不了会得传染病，最常见的就是疟疾。疟疾是种可怕的疾病，疟原虫会在体内潜伏，不停反复发作，如果得不到及时治疗，是要死人的。疟疾俗称打摆子。我们相互聊天的时候，话题之一就是问打没打摆子。有一位在热带国家常驻的大使，一年要打好几次摆子，夫人也时不时跟着打。国内有人去访问，问那位大使有没有打过摆子。那位大使笑呵呵地说，打啊，有的时候单打，有的时候混合双打。我们俩，单打、混合双打都是冠军。他说的单打是他一个人打摆子，混合双打就是他和夫人一起打摆子。至于冠军，那就是他们在使馆打摆子的次数名列第一。

"还好，我们倒是挺过来了。"林伊说。

我也挺过来了，我得的可能是登革热。我心里想，但没有说出来。

"这次原本想来参加吉多的独立日庆祝活动，"居华说，"结果国内有个代表团临时访问基比，又来不了。"

我想说没事，张了张嘴，还是没有说出来。

到了使馆，我带着居华夫妇和小张在房前屋后转了一圈。居华大使夫妇很喜欢使馆的环境。尤其是大使夫人很喜欢院子里的植物。

"那是什么花？"林伊指着地上的一丛花，问我。

我看着大使夫人，嘿嘿地笑笑。

"你笑什么笑，"林伊说，"我问你是什么花。"

大使夫人这么一说，我才猛然醒悟过来。从机场到使馆，我还一直没有说过一句话。我想我是失语了。一个人在吉多小半年，平日里同人交流，用的都是英语，也学了不少当地的土语。这小半年里，我除了刘阳滞留吉多的那几个星期，还从没有同任何人说过家乡话。要说，也就是同黄毛说。黄毛失踪以后，我只能自己对自己说，有时候出声，大多数时候不出声。

"这……是……torch ginger，国内……叫什么，我……不知道。"我憋了半天，才磕磕巴巴说出这句话。

"是吧，这种花长得挺好看，确实有点像火炬，那就叫火炬姜花吧，"林伊说，"我在基比见过，想在大使官邸种几棵，一直没有种成。"

"这种花……不好种，"我说，"这几棵我……搬进来时就有了。"

说来奇怪，一旦开口，我说话的经络好像一下子被打通了，我突然可以正常说话了。虽然别人听起来也许有点古怪，有时我说一半会停下来，有时会带几个英文字。每当这个时候，我便会嘿嘿笑笑，摇摇头。

看完院子，我把居华大使夫妇安排在客厅，帮他们沏上茶，让他们休息。我同小张一起进到厨房，准备饭菜。大使夫人说要帮忙，被我和小张劝住了。知道居华大使他们要来，我早早就开始准备食材，还专门赶了趟集市。我知道大使夫妇喜欢海鲜，买来了梭子蟹、石斑鱼和大明虾。

大使夫人让小张把他们给我带的东西拿出来。

"你看，钟秘。"小张说，在基比使馆我是一等秘书，他习惯叫我钟秘。

"你现在不能叫他钟秘，应该叫他钟参。"林伊说。

"哦，对，钟参，"小张改口说，"你看，我们给你带来了什么？"

我一看，是馒头和红烧肉，还有一些新鲜蔬菜。

"这些都是大使夫人让厨师老李替你准备的。"小张说。

"知道你肯定馋这些，就给你带了些。"林伊说。

"谢谢！谢谢大使夫人！"我看了就眼馋，赶紧让小张帮着蒸馒头，热红烧肉。

一会儿工夫，一桌丰盛的饭菜上了桌。我拿出准备好的椰子酒，给居华夫妇和小张满上，自己也倒了一杯。

"我不喝。"林伊说。

"这是我……自己酿的。"我说。

"你自己都学会酿酒了？"林伊很惊讶。

"是，我是跟这里的……人学的，这个酒没有度数。"我说。

"那我尝尝。"林伊说。

"大使，大使夫人，谢谢……谢谢你们来看我，我敬你们一杯。"说完，我同大使夫妇碰了杯，然后一干而尽。

"老钟，我也敬你一杯。"居华站起来给我敬酒，"这小半年你不容易，一个人守一个岛国。我同他们说，你把这一片天撑了起来，不容易，祝贺你。前不久你荣升参赞，还没有来得及向你表示祝贺，现在也表示祝贺！另外，还有一件好事，你的爱人马上要来了。"

"您是说，吕淑琴要来？"我不敢相信自己的耳朵。

"还能有谁？"居华说，"这下高兴了吧！"

我没有说话。我心里高兴，脸上情不自禁也露出笑容。

"他还能不高兴？"林伊说。

"有这么多好事，来，我们干一杯！"居华说。

"谢谢大使。"我站起身，端起酒杯同居华大使夫妇和小张碰杯，然后一饮而尽。

我让居华大使他们多吃海鲜。我自己呢，拿起一个馒头，狼吞虎咽地啃起来。说真的，这辈子我没有吃过这么香的馒头。我是北方人，从小就习惯吃馒头。在基比使馆，因为有厨师，也还有馒头吃。到吉多以后，我就断了馒头。我自己会做烙饼和面条，馒头却做不好。算起来，我差不多有五个月没有吃过馒头了。吃饭的时候，我有时会想馒头，想那面香，那咬劲，心里酸酸的。唉，当外交官，竟然连个馒头都吃不上。

一个馒头下肚，这才想起吃菜。我夹起一块红烧肉，放进嘴里，肉香便在舌头上下四溢开来。四五个月没有吃新鲜猪肉了，那在嘴里溢开的肉香很快沁到心里去，幸福就写到了脸上。我一边吃，一边说着好吃。我想起请达鲁总统吃饭时的样子，他边吃边夸好吃，我现在也一定就是那个样子。

居华停下筷子，看着我吃饭。

"慢点吃，"林伊看着我说，"又没有人跟你抢，别噎着。"

我红着脸笑笑，想着自己狼吞虎咽的模样一定吓着了大使夫人，赶紧放慢节奏。

吃完饭，小张拿出理发工具，替我理发。在久违的理发推子和剪刀声中，不一会儿，我的脑袋变得轻松起来。

大使夫人林伊看着我，笑着对居华说："你看，这一理，钟良马上就变回原来的模样了。"

理完发，我同居华大使一起来到院子里，他有事要跟我谈。我搬来两把藤椅，放在大王棕边上。又拿出香茅草油点上，香茅草油可以驱蚊。

"这里倒不错。"居华说。

"是，不用担心被人听见。"我说。

居华听了笑起来，我也跟着笑。

"钟良，这次来吉多，一是来看看你，二是来推动一下海洋观察站项目。"居华说,"观察站项目要是能够办成,那可是我们国家第一个这种类型的对外合作,有开创性意义。国内对这个项目很重视,他们对这个项目寄予厚望。"

"海洋观察站项目是不是你说的第二个任务?"我突然问。

"你说什么?"居华一下子没有反应过来。

"我上任之前,您找我在海边谈话,您说到我到吉多来有两个任务,一个是建馆,还有一个您没有说。"

"我说过吗?"居华一脸迷惑,"我不记得了。"

这第二个任务一直是我的期盼和念想,也是我在吉多的精神支撑。居华大使居然不记得了,这让我很伤心。我可是千真万确听他这么说的。

"你前期做了不少工作。"居华继续说,"我这次来,就是想来看看,怎么才能推动项目尽快落实。我想听听你的意见。"

"这个项目,"我想了想说,"自从得到国内指示之后,我一直在积极推动。就像您说的,这个项目如果成功,确实意义重大。但我的感觉是困难很多。达鲁总统很支持,他对我们友好,在所有的问题上都给我们开绿灯,这个项目也不例外。社会渔业事务部是主要对接单位,部长狄维普同达鲁总统关系密切,所以他们是积极的。"

"你们也不怕蚊子咬,跑到院子里来谈工作。"林伊突然从屋里冲出来说。

"我点了这个。"我指指点着的香茅草油。

"她是打摆子打怕了,就怕蚊子。"居华笑。

"这是什么?"林伊问。

"香茅草油,"我说,"英文叫 citronella。"

"哦,我听说过。"林伊也是学英文出身,也是外交官。

"我是从别人那里要来的。"我说。有一次 E 国代办史密斯在他的院子里举行晚宴，我去参加，他就是用香茅草驱蚊子。我顺便问他要了点，一直没有舍得用。

"能管用？"林伊问。

"还可以。"我说。

"哦，对了，"林伊突然换了话题，"你的那条狗呢？怎么没看见？"

我没想到林伊会突然问起黄毛，一时语塞了，不知道怎么回答。我不想提黄毛的事。

"我记得你领养了一条狗，是吧？"林伊追着问。

"是，是领养……过一条狗。"我不情愿地说。使馆要领养狗，不能想领就领，需要登记注册。领养前，我请示过居华大使。所以，居华大使知道，想不到林伊也知道。

"什么叫领养过，"居华说，"那现在呢？"

"走……丢了。"看看瞒不住了，我郁郁地说。

"怎么走丢的？"居华来劲了。

"我也说不上来。"我说，"我领养的时候，黄毛还小，等长大了点，发现是条公狗。这里又没条件把它做了。黄毛不消停之后经常往外跑，次数越来越多。最后一次跑出去，再也没有回来。"

"这是多少天前的事？"居华问。

"有一个多星期了。"我说。

"不会是被别人拐走的吧？"林伊问。

"有这个可能。"我说。

"那你报警了？"林伊问。

"报了。"我说，"不过报了也没有用。他们这里肯定找不出是谁干的。"

"如果是自己走的，那还好，如果是被别人有意拐走的，那还确实是个问题。"居华说。

我点点头。

"那就说明,还有人在对我们动坏脑筋,得提防着点。"居华说。

"是。"

"那除了狗之外,你还有没有其他事情瞒着我?"

"其他事情……"我猝不及防。我没有想到,居华大使会不依不饶,从黄毛走丢还追问起其他问题。工作上的事,我每一件都向居华大使请示汇报,但在吉多各种遇险的经历,我从来没有提起过。我没有同他说过飞机遇险的事,没有说过出海遇险的事,没有说过我生病的事,也没有说过我被撞伤的事。我认为没有必要对他说这些,说了只会让他担心。

"钟良啊,钟良,"居华说,"我对你还是了解的,你这欲言又止的样子,只能说明你肯定还遇到过其他事情,说吧。"居华往椅背上一靠,盯着我。

"哦,对了,还有炸弹的事。"

"炸弹的事我知道,因为炸弹的事,你才换的现在的房子。"

"是。"

"还有没有其他的?"

"坐飞机算不算?"我反问。我得争取主动。

"也算。"

"这里的交通都有危险,要算上,那可就多了。我差不多每次坐飞机都有危险。"

"那倒是,这次我们来,也是有惊无险。"

"对啊,你们这次晚点两个多小时。"

"倒没有什么大事。飞机起飞的时候被鸟撞了一下,回去换了个整流罩。"

"这还不危险？我以前也碰上过。"

"那你真的就没有其他的事还瞒着我？"居华不甘心。

"没有了。"我肯定地说。以攻为守是对的，我成功地把对话主动权扭转了过来。我最终还是没有告诉他我被摩托车撞伤的事，我不想让他知道这件事。当然，我也没有告诉他，我差点跟鲍尔斯一起出海。要是那次跟着鲍尔斯出海，我恐怕凶多吉少，也就不会有今天同居华大使坐到一起，进行这番对话了。

"那你们聊，我进去了，"林伊说，"外面有点风，你们早点进屋。"

"我们刚才说到哪儿了,她这一打岔？"居华摇了摇头,笑着说。

"说到达鲁总统支持观察站项目，社会发展和渔业事务部也支持这个项目，"我说，"但是反对党已经公开表示他们会反对，也不知道他们从哪里得到的消息。"

"这是意料之中的事，"居华说，"反对党本来就同 G 方有来往，反对这个项目不足为怪。"

"P 国也不高兴，听基比驻吉多的代办说，P 国对我们这个项目很不感冒，在背后使绊子。"我说。

"他们怕这个项目影响他们对这一地区的控制。"居华说。

"您说得对。他们一直把南陆地区当作他们的势力范围，一定不会轻易让我们在这里建立这样的观察站。"我说。

"看来，这件事不仅仅涉及我们同吉多的关系，还涉及南陆地区的地缘政治。"居华说。

"我们恐怕同 P 国在这个问题上得掐一架。"我说。

"我同意你的判断，要做好充分的准备。"居华说。

"还有一点，我认为副总统穆尼这一派的态度很关键。"我说，"按理，穆尼应该和达鲁总统保持一致。但因为达鲁不再参加下届大选，穆尼要接班，所以穆尼现在对我们两国关系有点三心二意，同 G 方还心存幻想。"

"我这次是要去见他的吧？"居华问。

"是，"我说，"要见他一次不容易，我到现在只是在社交场合见过他。"

"单独没有见过？"

"没有，一次也没有。我总觉得他在躲着我。我提了好几次想见他，都没有见成。"

"那他这次很给面子。"

"大使要见他，他不敢不见。"

"需要做做他的工作。"

"他有个助手，就是现在的外交部常秘，叫德皮。"

"常秘不是那个叫什么？"

"鲍尔斯。"

"对，就是鲍尔斯。他好像对我们不错。"

"鲍尔斯出海捕鱼的时候，不幸遇难了。"我突然有点心虚。

"是嘛？！太遗憾了。"

"是，鲍尔斯对我们十分友好，帮了我很多忙。"提起鲍尔斯，我心里又难受起来。

"可惜了。"居华长叹一口气。

"现在的德皮，同鲍尔斯完全不一样。"我说，"他想在我们和 G 方之间玩平衡。前不久，G 方那边有人来过，据说是见了他，还说要给两架飞机。我找他交涉，他矢口否认。但我认为，他肯定见过 G 方的人。"

"这很糟糕。"居华说。

"是，他对穆尼副总统有很大的影响。"我说，"我一直想做他的工作，但迄今为止成效不大。"

"我一直在想，"居华说，"有什么样的办法，我们才能从这样的泥潭中解脱出来。只要我们和G方的问题存在一天,别人就会惦记,就会利用,因为这里面有利可图。最好的办法,当然是把G方的问题彻底解决了。暂时解决不了,怎么办?还有没有别的招数?我想肯定是有的。我总的一个想法,海洋观察站项目一定要往前推,会有风险和困难,但值得。"

我没有说话。居华说的话里,有much food for thought。我陷入深思。

"时间不早了,今天就聊到这里,"居华说,"我再好好琢磨琢磨。"

"好的。"我说。

居华大使夫妇的到来,暂时填平了我身上张开着的每一个孤独的毛孔。我原本以为,"人来疯"只有小孩才有。母亲说我小时候就有点"人来疯"。有客人来,我会变得很兴奋。照这样说,儿子小松小时候也一样,这大概是遗传。我一直认为人长大后,"人来疯"会不治而愈。现在终于明白,这不是治愈不治愈的问题,人从根本上都怕孤单,都喜欢热闹,小时候如此,长大也不会有多大改变。

居华大使夫妇的到来也让我感觉有了依靠,那种惶惶不可终日的不安也悄然消失。平日里,使馆只有我一个人,我工作使馆工作,我休息使馆休息,我走到哪儿,使馆就走到哪儿。理论上,无论遇到什么事,我可以找大使,找国内请示。但那只是理论上的。大多数时候我只能依靠自己。生活上的事还好说,工作上的事,就显得身单力薄。外交领域,再小的事,都涉及国家利益,处理起来得格外小心,就像艺术家对待自己的艺术作品。所以就有外交是门艺术一说。既然同艺术沾了边,就不能随意,就得拿出艺术家的范儿,需要慎之又慎,一笔一画都得有讲究,不得马虎。我手上的这幅作品就是我们同吉多的关系。居华一来,这个作品就交还给他,由他来主笔,我可以只当他的下手了。

在接下来的两天时间里,我跑前跑后为居华大使夫妇张罗,安排一场接一场的活动。我陪他们见总统达鲁、副总统穆尼,差不多见了所有的部长。我给他们当司机、当秘书,忙得三头六臂似的,似乎又找回了当年当礼宾官小跑腿的感觉。我发现,这种忙竟然是最省心的,只需要坐在那里听,不用琢磨该说什么、不说什么。这些都是居华大使的事,我要做的,就是把会见安排好,把礼品准备好,把会见的纪要写好。

就像我事先预料的,居华大使同达鲁总统的会见亲切友好。两人你一句我一句,相谈甚欢。达鲁主动提到G方来人的事。从红鱼岛回来后,我找过塞克莱,同他谈了G方来人的事。看来塞克莱向达鲁作了汇报。达鲁着重重申,吉多一贯支持我们的国家领土完整,这让我十分感激。达鲁还提到海洋观察站的事,说他已经指示狄维普部长给予全力支持。让我没有想到的是,达鲁还不忘在居华大使面前提到我,夸我能干,是个好外交官,还说我做得一手好菜。我被他说得不好意思起来。看来,那次宴请给达鲁总统留下了深刻印象。

这样的会见令人愉快。会见结束时,我客串摄影师,给达鲁总统和居华大使夫妇拍了合影。

"等印出来,别忘了也给我一张。"达鲁笑着说。

"一定。"我说。

"对了,大使阁下,我今天就要出国,你明天晚上的招待会,我参加不了了,很抱歉。"达鲁把居华大使送出门的时候说。达鲁总统出国是去参加一个地区组织会议,原本打算前一天就走,因为居华大使要来,特意推迟了一天。

从总统府出来，居华心情很好，不无感慨地说："达鲁总统一如既往对我们友好，每次见面，他都让我感动。在我们关心的问题上，他都同我们站在一起，真是难得。"

"是。"我说。

"他信任我们。知道无论做什么事，我们都不会骗他。"居华说。

"可惜，这次大选，他不参加了。"我说。

"他不当总统，确实对我们损失很大。"居华说。

同见达鲁相比，见穆尼可谓一波三折。见完达鲁，我们直接去见穆尼。穆尼副总统办公室设在政府办公楼里，离总统府不远，一踩油门就到了。结果穆尼不在办公室。秘书说他临时有事出去了，一会儿就回来。我们等了一会儿，又等了一会儿，还是不见人来。我同秘书商量改到第二天。第二天我们再来，还是扑了空。

"He is difficult.（他这个人不好对付）"居华很少这样说别人。

"是，是不好对付。"我生气地说。

"说好了见，又不见。看来就像你说的，他对我们有二心。"居华说。

"他在G方问题上一直左右摇摆，拿不定主意。"我说。

"那就不见了，他不见，我们也不好强求。"居华挥了挥手说。

"好。"我嘴上答应，心里想，居华这么说可不像他的性格。居华看上去是个斯文的学者，内心里却有很倔强的一面。

果然，只不过一会儿工夫，居华就反悔了，"我看还是再争取一下，看看我走之前能不能见他一面。见总比不见好，见个面至少还可以做做工作。"

"恐怕时间来不及了。"我说。

"想办法挤一挤。"居华说。

我想了想说:"硬要挤,只有两个时间,一个是晚上的招待会,看他能不能来。要是能来,可以安排您和他单独聊一会儿。还有一个就是明天早上,您离开吉多前去见他一面。"

"最好是今天晚上,明天太匆忙。"居华说。

"是,"我说,"我再试试。"

我抽空给穆尼办公室打电话。穆尼秘书答应去问,然后给我回电话。等陪同居华大使夫妇活动回来,我问留在使馆的小张有没有接到过电话。小张说没有。我再给穆尼办公室打电话,电话没有人接。

我很郁闷,把情况告诉了居华大使。居华大使听了,也很郁闷。

招待会是以居华大使夫妇的名义举行的。这是一个嫁接的招待会。我原本打算办一次图片展,介绍我们国家的文化,再放一个风光纪录片。居华大使夫妇来访和图片展时间正好撞到一起,我同居华大使一商量,决定把这场活动改成一场招待会,图片展和放电影保持不变。

前期准备只有我一个人。小张来了之后,我就把准备招待会的事交给他。小张把带来的红灯笼挂在使馆门口。灯笼一挂,使馆一下有了喜庆的气氛。

晚上,居华大使和夫人林伊站在灯笼下面迎接客人,小张在里面安排酒水和食物。布莱恩带着几个人也在前后忙着。我今天成了"自由人",可以一会儿站在居华大使夫妇身边,陪他们迎接客人,一会儿又跑回屋内,看看小张那里的情况。这同到任招待会时我一个人左支右绌的窘迫样子形成鲜明对照。

"大使,您把小张给我留下吧?"我笑着对居华说,"我好有个伴,也有个帮手。"

"小张不能给你,"居华说到一半,意识到我是在开玩笑,笑起来，改口说，"要给，也可以，一个换一个。"

我知道居华大使说的一个换一个，就是用吕淑琴换小张，便嘿嘿一笑，不再吱声。

说笑归说笑，我的心里并不轻松。有时，说笑只是为了掩饰心中的不安，一如此时的我。我一直惦记着副总统穆尼的事。在知道达鲁总统不能出席招待会后，我瞒着居华大使给塞克莱打过电话，希望总统指定一位代表作为主宾出席招待会。我甚至向塞克莱暗示，希望副总统穆尼能来。因此，我还心存希望，希望能有奇迹出现。

部长一个接一个到，伦杰代办、史密斯代办也到了，穆尼迟迟没有出现。我更加着急起来。

"穆尼副总统肯定不会来了，"居华大使把我拉到一边说，"时间差不多了，要不我们开始吧。"

"再等一会儿？"我不死心地说。

就在这个时候，德皮出现了。这让我很惊讶。德皮居然没有陪同达鲁一起出国。正常情况，总统出国，外交部的常秘是一定要陪同的。

"欢迎常秘先生。"我说。我把德皮介绍给居华大使夫妇。

"欢迎大使阁下访问吉多，"德皮同居华大使夫妇边握手边说，"我很高兴通知阁下夫妇，代总统阁下一会儿就将莅临你们的招待会。"

我以为我听错了。

"那我们将万分荣幸。"我听见居华说。

果然，没过两分钟，摩托车的警笛声传来，由远而近。穆尼副总统在两个保镖陪同下，第一次出现在我们使馆。后来我才知道，穆尼是在达鲁干预下才勉强同意出席招待会的。达鲁还专门把德皮留下来陪同穆尼。

二十三

居华大使夫妇来去匆匆。他们在吉多的行程满打满算是三天三夜。他们一走，这里的一切又恢复原来的模样。使馆冷清下来，我又变成孤零零的一个人。

这一阵子，我一直在情感的过山车上，当然也可以说是跳了一次情感的蹦极，上上下下，起起伏伏。工作上不顺利，又病了一场，差点没了命，情绪跌到谷底。我以为我再也没办法一个人在吉多坚持下去。我甚至想到逃离。然而，老天像特意安排好的，生生又救了我。布莱恩给我偏方，让我身体慢慢好起来；参加吉多独立日检阅，让我重新认识自己在吉多的价值；居华的来访，让我情绪重新稳定下来。

居华大使夫妇来过之后，一切又确实都变得不一样了。他们一来，像是打开了一扇闸门，国内该来的人开始来了。先是吉多国家医院考察组来，接着是医疗队来。我跑前跑后，忙着接待安排他们的吃住行以及工作，每样事情都得同吉多方面接洽落实，我忙得不可开交。但这种忙，我忙得充实愉快。我希望来的人再多一点，那样我就不再孤独。我已经孤独了半年，我不想再孤独。

然后就是吕淑琴来。居华大使夫妇走后没多久,我收到吕淑琴的来信。她说接到了通知,要到吉多来。我从字里行间都能读出她的兴奋,自然也喜不自禁。我几次出国常驻,吕淑琴没有一次随任。起初是条件不允许,后来条件允许了,吕淑琴却要在国内照看儿子。这次儿子上了大学,她才可以分出身来,我们也有机会第一次在国外团圆。

高兴之余,我又不安起来。我一直没敢告诉吕淑琴我在吉多的实际情况。我同吕淑琴说过,吉多拥有世界上最美丽的风光、最新鲜的海鲜,使馆有一个一年到头鲜花盛开的热带院子,我还种上了吃不完的蔬菜。我没有说的是,使馆只有我一个人,使馆只是几间草屋,在这里既吃不上肉,也吃不上蔬菜。吕淑琴不来,一切也就瞒过去了,来了,就瞒不住了。我不知道吕淑琴能不能接受这样的现实。她即将看到的使馆和她想象中的使馆会有巨大的落差。这个落差,我刚来时都无法接受,吕淑琴能接受吗?

吕淑琴爱干净。在她来之前的几天里,我把屋里屋外、院内院外收拾了好几遍:把所有的家具窗户擦了,把挂在使馆门口的铜牌和竖在院子里的旗杆擦了,把院子里的花草树木都修剪整齐。我还把菜地重新翻了一遍,撒上种子。菜地,我试着种过好几次,种的时候满怀希望,一忙起来就无暇顾及,结果可想而知是全都荒废了。吕淑琴要来,我不能再像以前那样三心二意,这次我只能成功,不能失败。

吕淑琴到的那天正好是我到吉多的第180天,也是一个星期日。我里里外外又检查了一遍,到院子里摘了几枝花,插在花瓶里,又到鱼市买了海鲜。

航班是下午5点到。我简单吃了午饭,想睡午觉睡不着,在院子里转来转去转到无聊。在哪儿都是等，还不如去机场，我对自己说。

"大王棕，我去机场接个人，你把使馆看好了。"黄毛走了，我把看使馆的活儿交给大王棕。

大王棕摇了摇树叶，发出轻微的响声。

"你说什么？接谁？接谁你就别管了，到时你就会知道。"我说。

就这样，我早早开车去了机场。

在机场等着，我有种不真实的感觉。好几次，我都不敢确定我来机场是为了接吕淑琴。在我的外交生涯中，我到机场的次数难以计数。我的外交生涯大概就是由一次次出入机场串联起来的。我去机场接人送人，我经机场出国回国。但是，这其中，没有哪怕一次，是跟吕淑琴联系在一起的。要说有也有，在我出国回国的时候，吕淑琴到过机场送我接我。那也仅限于国内机场。这一次，再过一会儿，吕淑琴就会出现在这个天远地远的机场。我恍如梦中。

在漫无边际的胡思乱想中，我突然发现自己记不清吕淑琴长什么样了。两年多，不，快三年没有见面，吕淑琴在我脑子里已经淡薄到只剩下一个模糊的轮廓。仔细想了想，我脑子里的吕淑琴，大概有三个定格的画面。一个是大学时第一次见到她的样子。那次是全年级开会，不知道为什么，在那么多女生当中，她给我留下最深刻的印象。那天，她穿着一件花衬衫，脸上挂着浅浅的笑。也许就是那浅浅的笑吸引了我。一个是婚后我第一次出国，她去机场送我时的模样。告别的时候，我看见吕淑琴的眼里滚动着亮晶晶的泪珠。我走出去一段回过头去，她还站在那里。见我回头，她擦了下眼睛，冲着我招了招手。还有一个就是我们一家三口合影里的模样。照片是三年前，我去基比前特意去照相馆照的，我一直带在身边。我没敢把照片放在桌子上，而是放进抽屉里，偶尔才拿出来看。我们三个人都笑着，但我看出吕淑琴笑容背后的忧郁。现在，这三个画面不停交替出现在我脑子里，模糊不清。

三年了，肯定变老了，我对自己说。至少我是又黑又老。大使夫人林伊在机场见到我，说我变黑了，那是客气话，没说的是我变老了。吕淑琴一定也变了。那她会变成什么样子呢？

我蓦地又想到该以什么样的方式迎接吕淑琴。捧一束鲜花是浪漫的，不过，这浪漫可以想想，不能付诸行动。我把鲜花留在了使馆，没有鲜花可献，那就只能握手，或者拥抱。握手肯定不行，太公事公办，拥抱倒是合适，我真的很想去拥抱吕淑琴，我还真没有在公开场合拥抱过她。但那会不会太过张扬？

时间过得很慢。等待的时间总是慢。我差不多提前三个小时到的机场，结果飞机又晚点了三个小时，前后加在一起，我在机场等了整整六个小时。到机场的时候，太阳刚刚偏西，飞机到的时候，天都黑了下来。这样的等待肯定不会有什么好感觉，只能让人绝望，让人坠落到情绪的地狱。这一坠落就是漫漫六个小时。我突然担心是不是飞机遇到了什么危险，我的心揪起来。吕淑琴没有出过国，这是她第一次出国，不会……好几次，我忍不住去服务柜台询问，结果是一问三不知，没有得到任何有意义的信息：飞机出没出发？到了哪儿？什么时候能到？一概没有答案。

我不好发作，只能在心里狠狠骂一句。

就在绝望到不能再绝望的时候，飞机突然就出现了。It just came out from nowhere（就像是凭空出现）。世上的事情经常就是这样，没有逻辑。

吕淑琴在夜色中下了飞机。我快步走到舷梯旁，站在舷梯下面。吕淑琴走出机舱的时候,我向她招手,看着她从舷梯上面走下来。吕淑琴背对着天边最后的光亮,正好是逆光,我看不清她的脸,但她的身影我一下子就认出来了。她背着一个坤包,还提着一个旅行袋。大概因为旅行袋太大,也装满了东西,她用两手提着。

吕淑琴走下最后一级阶梯,我迎上前去。我确实有拥抱吕淑琴的冲动,但忍住了。我下意识地伸出手,接过吕淑琴手中的旅行袋。

"来了?"我含糊地说了一句,声音很小,连我自己都没有听清。

"沉死了。"吕淑琴说,把旅行袋递给我。

我想问她路上怎么样,张了张嘴,犹豫了一下,把到嘴边的话咽了回去。

我提着旅行袋往外走,吕淑琴跟在我身后。我想起第一次带吕淑琴回老家,走在山路上的时候,也是这样,我走在前面,吕淑琴跟在身后。

第二天早上,我起床时,吕淑琴还没有醒。

前一天晚上,我在机场接到吕淑琴,办完手续,取完行李开车回家。坐上车,我刚想问小松的情况,就听见吕淑琴说困,转眼就睡着了。到了使馆,我问她要不要吃点东西。

"不要,"吕淑琴还在迷糊,"我一路上没怎么睡觉,现在只想好好睡一觉。"

我一想也是,她这一路奔波,前后三十多个小时,再加上时差,肯定累得够呛。

做早饭时间还早。我来到院子里,搬来一把梯子,架在椰子树上。我拿来把砍刀,爬到梯子最上层,砍下两个椰子。吕

299

淑琴来了,砍两个椰子让她尝尝。芒果还不到季节,香蕉我在屋里捂着一串,差不多好了。我爬下梯子,把椰子放在地上,然后拿上一把小刀和几个塑料瓶,又爬上梯子。我这是用瓶子去接椰汁,准备酿椰子酒。居华大使他们来,我早先酿好的椰子酒喝完了,得再酿点备着。先遣小组和医疗队来了,我打算过一阵请他们到使馆来聚餐,到时用得上。

这是我到吉多后新学的技能。刚来吉多,我发现几乎每家每户的椰子树上都挂着各式各样的瓶子,也经常看见吉多男人爬到树上挂瓶子。

"他们在干什么?"有一次,我问布莱恩。

"接椰汁。"布莱恩说。

"接来喝?"我问。

"不是,"布莱恩说,"用来酿酒的,酿椰子酒。这样接的椰汁涩得很,不能喝。"

"为什么?"我问。

"能喝的是椰子里面的水,酿酒的椰汁是从花茎里取出来的,不一样。"布莱恩解释说。

我不是很明白。

"老板,等有空了,我做给你看,你就知道了。"布莱恩说。

后来,布莱恩来使馆给我做了一次示范。我学会了取椰汁,酿椰子酒。取椰汁其实不难,在椰子开花的时候,找到那种含苞待放的,用小刀把花苞切掉,露出花茎,用一片椰子叶围住花茎切口,绑好,然后把椰子叶的叶尖套进瓶子里,再把瓶子挂好。椰汁会从切口慢慢渗出来,顺着叶子尖流进瓶子里。瓶子装满了,就取下来,把椰汁倒进罐子里,储存发酵,就成了椰子酒。

这天,我很高兴,哼着小曲在椰子树上挂瓶子接椰汁。哼小曲是从尤素福那里学来的。按尤素福的说法,哼着小曲接椰汁,椰子树听得高兴了,就会流出更多的汁。不管尤素福说的是真是假,哼哼小曲确实符合挂瓶子接椰汁时的心情。

我今天哼小曲当然还有一个原因,就是吕淑琴来了,心里高兴。吕淑琴的到来,结束了我一个人整整半年的孤岛生涯。说来也怪,吕淑琴一来,我一下子就轻松许多,好像这半年来吃的苦、受的累、遇的险、经历的悲惨,也都值当了,生活又重新充满希望。在机场看见吕淑琴走下飞机,我就是这种感觉。

女人还真是神奇。我自言自语了一句,笑了笑,摇摇头,又开始哼我的小曲。

"钟良,你站那么高干什么?"

我吓了一跳,手里的瓶子差点掉下去。我愣了一下,突然回过神来,是吕淑琴在喊。

"我在……我在……我在接椰子水。"我转过头对吕淑琴说。

"小心别摔下来。"吕淑琴说。

"没事。"我说。

"什么没事,你赶紧给我下来,我有话跟你说。"吕淑琴说。

"我把这个挂完就下来。"我说着,把最后一个瓶子挂好,然后慢慢爬下梯子。

"你小心点。"不知什么时候,吕淑琴已经在下面扶着梯子。

"我没事。"我笑着说。

"就知道笑,告诉你,以后不许再爬这么高。"吕淑琴说。

"好,听你的。"我说,弯腰从地上拿起刚才放的两个椰子,递给吕淑琴,"这是给你的。"

"我问你,钟良,你为什么骗我?"吕淑琴没有接椰子,直直地问出一句。

"你说什么?"吕淑琴突然变得严肃起来,我一下子没有反应过来。

"你在信上说使馆这也好、那也好……"吕淑琴说。

我尴尬地站在那儿,一手托着一个椰子,没有说话。

"你说的好就是这个样子?就是这么几间草房子?"

我依然没有说话。我无法辩解。我确实没有同吕淑琴说实话。

"还有,你不是说使馆还有别的同事吗?"吕淑琴又问。

"是有别的同事的。"我讷讷地说。

"那人呢?"吕淑琴追着问。

"走了,"我心虚地说,"你来之前,正好居华大使夫妇来,就跟着他们走了。"

"你以为我看不出来,"吕淑琴说,"我刚才屋里屋外都看过了,这里就只有你一个人。"

我说不出话。

"你为什么不早告诉我?"吕淑琴继续说,"你以为同我说了,我就不来了,是不是?"

我没有吭声,不说是,也不说不是。

"早知道你这么想,我就不来了。"吕淑琴咬着牙恨恨地说。

我看见吕淑琴眼睛潮湿了,我想安慰她一句,一时又不知道该说什么。我想我肯定是一个人待久了,待傻了。

"我告诉你,我明天就走。"吕淑琴说着,眼泪流了出来。

"别……是我不好。"我终于想起来我应该承认错误。

"那你为什么要瞒着我?"吕淑琴流着泪说。

"我……我……我是不想你为我担心。"我确实是这么想的。我总觉得我有愧于吕淑琴。我想如果我去一个条件好一点的国家,她跟着我,也不至于吃太多苦。

"你为什么……不告诉我?"吕淑琴用手抹了一下眼睛,抽噎着说,"你以为我没有住过草房,没有下过乡,没有吃过苦啊……"

我这才意识到，我错看了吕淑琴。如果吕淑琴在乎条件，她完全可以找个理由不来吉多。她决定天远地远到这里来，不是为了别的，只是因为我在这里。所以她来了之后，发现我瞒了她，没有告诉她真实情况，她愤怒了。她觉得我肯定是在用世俗的眼光看她，这伤了她的自尊心。

我突然想上前去，给吕淑琴一个拥抱。刚想伸手，却懊恼地发现自己还一手托着一个椰子。

"呱—呱—"就在这尴尬的时刻，传来了鹦鹉的叫声。一对鹦鹉从大王棕那边飞过来，一路不停地叫着。它们直奔椰子树而来，刚想停落在树顶上，突然发现我和吕淑琴站在树下，于是又呱呱叫着，极不情愿地飞走了。

鹦鹉的叫声显然吸引了吕淑琴全部的注意力。她目不转睛地盯着那对鹦鹉飞过来又飞走。

"这是什么鸟？"吕淑琴问。

"Parrot，"我说，"又叫爱情鸟。"

"这里竟然有这么漂亮的鸟！"吕淑琴惊叹道。

"是，它们经常在院子里飞来飞去，"我说，"差不多每天都能看到。"

"你说它们叫爱情鸟？"吕淑琴问。

"是。"我说。

"为什么？"吕淑琴问。

"它们飞来飞去，总是成双成对，须臾不离。"我说。

"哦，是这样。"吕淑琴说。

我没有再说话，吕淑琴也不再说话。我发现吕淑琴朝着鹦鹉飞走的方向，呆呆地又看了好一会儿，然后回过头来，对我说："对了，你刚才说要给我什么？椰子？"

"是，是椰子。"我说。吕淑琴突然问起椰子，我喜出望外。吕淑琴的这一举动说明她不再生我的气了，我赶紧把椰子递过去。

"这个怎么吃？我还从来没有吃过。"吕淑琴问。

"进屋我再告诉你。"我说。

我们一起回到屋里。我把椰子外壳砍开，再在内壳上挖一个三角，把椰子水倒进碗里。

"这是椰子水，好喝。"我说。

"好喝。"吕淑琴拿起碗，先尝了一口，然后一口气喝完了。

"这个椰子水清凉解渴。按这里的说法，如果水土不服，喝椰子水就没事了。"我笑着说。

"还有这个功效？"吕淑琴好奇地说。

"是啊。椰子水还可以做成椰子酒，"我说，"我刚才挂瓶子就是在接椰汁。不过那个椰汁不是你喝的这个，是从花茎当中滴出来的椰汁，很苦，不能喝。椰子酒，我自己做过几次，上次居华大使他们来，全喝完了。我得做点新的。等做好了，你尝尝，度数不高，很好喝。"

"好吧。"吕淑琴说。

"这个椰子，是这里的宝贝，可以当饮料，可以酿酒，还可以把椰蓉晒成椰子干。他们把椰子干当饭吃。"

"那肯定吃不饱吧？"吕淑琴说。

"我也这么认为，不过这里没有椰子不成宴。只要吃饭，肯定离不开椰子，就像我们离不开饭。"我说。

"不来还真不知道。"吕淑琴说。

"是啊，这里是热带，穷是穷了点，不过也有穷的乐趣。"我说。

"那倒是。"吕淑琴说。

"习惯了，你会喜欢的。"我说。

二十四

吕淑琴来了之后，我的状态变了，不再是孤单一人。吕淑琴来之前，我一个人一直处于两线作战的境地，既要在前方，又要管后方，常常顾此失彼。现在，我不需要再两边牵挂。我出门办事，吕淑琴会在使馆看家。她成了我的秘书，帮我打字、记账，替我接电话、会客、收信复信。生活上我也有人照顾，有人给我做饭，帮我搞卫生。遇到事，我也有了真正的倾诉对象，不用再跟大王棕唠叨，大王棕被我冷落了。

说实话，我原本以为吕淑琴来了之后，我们会有一段漫长的磨合期。以往每次我常驻回国，都要经历一段或长或短的磨合期。毕竟出国常驻，我同吕淑琴一分就是两三年，甚至更长。在流逝的时间里，我们各自经历不同的人和事，两人共同的情感体验上留下的是空白，再亲密的夫妻，也会因为这种空白变得陌生。再次见面，地理上的距离也许消失了，共同情感体验的空白却需要时间来弥合。这是一个情感上再认识和再确认的痛苦过程，不是每对夫妻关系都能经历这个过程而维系下来。

这次，我同吕淑琴竟然以这种简单直接的方式，完成了情感上的再认识和再确认。这是我没有想到的。是那对可爱的爱情鸟救了我。就像我说的，鹦鹉经常光顾使馆的椰子树。我没有说的是，它们还经常在树顶上打情骂俏，甚至肆无忌惮做出无限亲密的动作。我有时会骂它们故意在那里气我。这次我却要感谢爱情鸟。爱情鸟来过又飞走，把吕淑琴的怨气也一起带走了。

有了稳定的后方，前方的工作也在往前推进。国家医院先遣组速战速决，来了一个星期就完成了任务。他们考察的结论是吉多国家医院年久失修，修旧不如新建。他们回国后会起草报告，提出建议。具体如何，由国内决定。医疗队来了之后，经过一段最初的艰难磨合，也同吉多国家医院建立起有效的合作模式。医疗队到的这一天，我这位赤脚医生正式宣布退役。我经常抽空去医院看望医疗队，给他们打气，帮他们解决一些生活上的困难。医疗队只有一个翻译，其他大夫会一点英语，同当地人沟通起来比较吃力。翻译忙不过来的时候，我会去帮忙。医疗队的名声很快在吉多传开了，不仅吉多岛上的人找医疗队看病，其他外岛的人也开始慕名而来。

遗憾的是，海洋观察站的事情没有取得任何实质进展。居华大使离开吉多的前一个晚上，穆尼迫于达鲁的压力，来使馆参加了居华大使夫妇的招待会。穆尼一到，我就把他请进会客室，同居华大使进行了简短的会见。这个时候，其他客人就由大使夫人林伊照顾。林伊带着客人看画展，看电影。电影就在院子里放，事先我让小张在草地上立了一块银幕。我会放电影，是早年在使馆学会的，本来想借机露一手，穆尼一来，只能作罢。

回想起来，居华大使同穆尼谈得并不顺畅。外交场合，相互之间的接触，也有一个有没有 chemistry（化学反应）的问题。我没有感觉到他们两人之间有这种化学反应式的默契。他们的谈话深一脚浅一脚，总也踩不到一个点上。虽然穆尼在说到两国关系时也表示他十分重视，但从他的语气当中，我完全感觉不到这种重视。两人也谈到了海洋观察站，但我甚至不觉得他们是在说同一件事。穆尼的话是在应付，说话的时候还时不时看一下坐在身边的德皮。

"关于海洋观察站的事，我知道总统很关心，"穆尼说，"他和我说过，我坚决支持。具体的，我们可以让钟代办与德皮常秘谈。把这件事交给他们，由他们去谈。"

穆尼把事情推给我和德皮。他这么说了，居华也不好再说什么。

"我感觉穆尼副总统说话不够真诚，敷衍的成分居多。"活动结束后，居华大使说。

"我也有同感。"我说。

"不管怎样，既然穆尼副总统说了让你同德皮常秘保持联系，那你就同他保持联系沟通。记住，一定要多做工作。"居华大使关照我说。

我答应了。

居华大使走后，我同德皮沟通过几次，但没有任何进展。德皮的心思似乎不在这件事上。我隐约感觉他好像在等什么。究竟在等什么？我猜不出来。

没有想到的是，P国代办布朗横插进一杠子。我同布朗在一个意想不到的场合掐了一架。

那天，我带着医疗队队长陆大夫和翻译小杨去政府办公楼会见社会发展和渔业事务部常秘史皮斯，商量从国内引进医疗设备的事。我们刚在等候室坐下，布朗也来了。我同布朗打了招呼，知道他是来见商贸工部的常秘。

"代办先生，正好我们都在这里等着，"布朗突然说，"有件事我想问你,听说你们准备在吉多建海洋观察站?"

"你这是从哪里听来的?"我很惊讶布朗会问这个问题。

"你别管我是从哪里听来的,"布朗说,"你告诉我,有没有这回事?"

"有,怎么说?没有,又怎么说?"我说。我既不承认,也不否认,看看布朗究竟想说什么。

"你这么说,也就是承认有这回事。"布朗真不傻。

"何以见得?"我说。

"其实,这么说吧,不管你承认不承认,我们都会坚决反对。"布朗说。

这叫什么话,完全不讲道理,我想。

"我们P国与吉多有着密切合作关系,"布朗说,"我们向吉多提供大量援助。我们也向吉多开放市场,是吉多渔业产品的重要消费国。可以说,没有P国的支持,吉多不可能有今天的发展。"

"布朗先生,我们十分赞赏P国同吉多开展的合作。同样,我们也同吉多开展了卓有成效的合作。"我说。

"什么叫卓有成效的合作?你们想在这里建海洋观察站,"布朗出拳了,"你们就是想利用这个观察站加强对这个地区的影响,不,是监控,这是我们坚决不能同意的。"

"等等,布朗先生,"我回击道,"这样的帽子我们可不敢戴。只要你花一点时间了解一下我们的外交政策,你就会知道,我们寻求同别的国家开展合作,是本着平等互利的原则。我们不寻求建立势力范围,我们的合作不针对任何其他国家。我们也不希望别人对我们的合作指手画脚。"

"我们认为,观察站对我们在这一地区的安全利益构成了威胁。"布朗不理我,继续自说自话,"我们同吉多政府已经进行过多次沟通，我们的立场十分清楚，我们绝不能让这样的事情在这一地区发生。我们也向吉多政府明确表示，如有需要，我们将重新考虑我们对吉多提供的援助。"

这无疑是对吉多赤裸裸的威胁。P国一直把南陆地区当作自己的势力范围，不愿让别的国家染指插手。看来，海洋观察站的事碰到了P国的痛处。布朗跳得这么高，就说明了这一点。不过，从他的话里，我也听出来了，在海洋观察站问题上，布朗在私底下向吉多政府施加了压力，但没有起作用。要不然他没有必要对我说这么多。看来，达鲁总统没有在P国的压力面前屈服。对于像吉多这样一个国家来说，能这样做十分不易。

想到这儿，我心里有了底。我不客气地说："布朗先生，你应该知道，我们的对外政策，还有一条原则，就是坚持大小国家一律平等。我们永远同弱小国家站在一起。在国际事务中，我们不乱扣帽子，也不乱抡棍子。因为这不符合世界公认的国际关系准则。"

"钟先生，"布朗瞪了我一眼说，"我想再强调一遍，我们不会允许海洋观察站这样的事情发生。"

"那我们等着瞧。"我毫不示弱地也瞪了布朗一眼。我突然想起在我做的那个蹦极的梦中，布朗说过一句话，"He who laughs the last, laughs the best.（谁笑到最后，才笑得最好）"。

对，等着瞧，看看谁笑到最后，我在心里说。

见完史皮斯常秘回到使馆，吕淑琴不在屋里。我到院子里一看，果然发现她在菜地里。到吉多后，吕淑琴展现出了这么多年来我不了解的适应能力。这大概是女人的天性，女人比男人更善于变通，更善于适应新的环境。没过几天，吕淑琴似乎就习惯了这里节奏简单的生活。她开始喜欢这里湛蓝的大海、温暖的气候,还有院子里姹紫嫣红的花花草草。当然她也开始喜欢这块菜地。我最失意的这块菜地,自从吕淑琴接手后,长势渐渐好起来。

"看来,我们有指望吃上自己种的菜了。"我说。

"是啊,"吕淑琴说,"没有叶子菜吃,真的受不了。"

"是。"我说。

"那个青苔,根本就不是什么绿叶菜。"吕淑琴来了之后,最抱怨的不是吃不上肉,而是吃不上绿叶菜。没有办法,我带她去挖过青苔。吕淑琴吃后,很是吐槽。

"是,最多解个馋。"我说。

"绿叶菜还得靠自己种。"吕淑琴说。

我和吕淑琴说话的时候,屋里传来电话铃声。我赶紧回屋。电话是医疗队队长陆大夫打来的。

"钟代办,"陆队长在电话里说,"有一件事要向您汇报。"

"什么事?"我刚同陆大夫一起见完史皮斯常秘,陆大夫就打电话来,一定是有什么要紧事。我心里一紧。

"我跟您汇报过,达鲁总统前几天来医院做检查,查出了点问题,医院建议总统到国外去复查。"陆队长说。

"是,你跟我说过。"我说。

"我刚听说,总统到了国外就病倒了。"陆大夫说。

"你听谁说的?"我问。

"院长说的。"

"那是什么问题?"

"应该是心血管方面的病。"

"严重不严重?"

"具体我不是很清楚,我刚听说就给您打电话。"

"好的,谢谢。方便的话,你继续跟踪这件事,有消息告诉我。"

"好的。"

放下电话,我脑子里一片空白。这可是大事。达鲁总统对于两国关系的重要性不言而喻。国与国之间的关系,说是两个国家间的关系,但落到具体运作上往往取决于一两个关键人物。我们同吉多两国关系之所以能有今天,很大程度上靠的是达鲁总统。如果达鲁总统病倒了,两国关系肯定会受到负面冲击。现在达鲁总统的情况究竟如何,我需要尽快找人进一步核实。

"找谁呢?"我在屋里一边转圈,一边自言自语。

"你说什么?"吕淑琴不知道什么时候也回到屋里。

"没什么。"我说。找塞克莱,不行。塞克莱是达鲁的秘书,直接问太鲁莽。找德皮肯定不行。找副常秘罗杰,好像也不合适。那只有找伦杰。对,这个时候,只能找伦杰。

我拨通了伦杰的电话。

"听说达鲁总统阁下病了,不知道是真是假,你有没有听说?"简短打过招呼,我直接问。

"我也是刚听说。"伦杰说。

"你知道是什么病吗?严重吗?"我问。

"说是心血管病,什么情况我不是很清楚。"伦杰说。

"那他现在在哪里?"我又问。

"据我所知,他在 E 国。"伦杰说。

再问,伦杰已经没有更多的信息。放下电话,我心乱如麻。我突然为自己悲哀起来。我走到院子里,起风了,大王棕在风中哗哗地响着,有一片泛黄的老树叶,正在往下落。大王棕的树叶很大,一片能有两三米长。叶柄紧裹着树干,树叶掉落的时候,动静很大,叶柄先从树干剥离,剥离的时候,会发出噼里啪啦吱嘎吱嘎的响声,然后整片树叶重重地砸落到地上。我躲开了一点,眼睁睁看着一片大王棕叶掉落下来。

我预感到我们同吉多的关系会变得艰难，甚至会出现最后showdown（摊牌）的可能。如果要摊牌，我该如何接招？我有胜算吗？

我摇了摇头，叹了口气。我知道，我能用的资源已经十分有限，鲍尔斯不在了，达鲁总统又病了。吉多政府当中唯一坚定支持我们的力量眼看就要难以为继。这一派力量中还有社会发展和渔业事务部部长狄维普。但他能挡住达鲁这派力量的式微吗？我看难。与此同时，穆尼将会接手吉多政府。穆尼这派是我需要争取的力量。遗憾的是，到目前为止我还没有成功把他们争取过来。

"你在干什么？"我听见吕淑琴在叫我，"还不进来吃饭？"

"要下雨了。"我说。我刚进到屋里，雨就倾倒下来。看来，我还要经历一场外交上的暴风雨，我想。

第二天，我接到德皮的秘书打来的电话，说是德皮常秘有事找我，请我到外交部去一趟。我预感到这将是一场不同寻常的会见。德皮当上外交部常秘之后，我一直试图同他改善关系，但没什么效果。

我见到德皮时，已经超过约定时间半个多小时。德皮说他正忙着处理几件急事。

"没事。"我说。不守时总有借口，我心想。

"代办先生，今天找你来，有几件事想和你商量，"德皮尖声细气地说，"第一件事，就是医疗队来了之后，穆尼代总统和我商量，希望他们能到别的岛去转转。"

"签订两国医疗卫生合作协议的时候，我记得我们口头达成过一致。医疗队来后，我也同他们说过，应该没有问题。"我说。我注意到德皮提到穆尼时用的是代总统。

"穆尼代总统希望他们早点去。"德皮说。

"那我同他们再商量一下。"我知道，驴脸德皮想让医疗队早点去别的岛屿巡诊，大选是最重要的考虑因素。他们是想用医疗队替穆尼拉选票。不过，我有我的考虑。在我看来，医疗队既然来了，在国家医院的效果不错，去别的岛转转，也可以扩大我们的影响。我没有理由也不需要反对。

"可以，那请你尽快给我一个答复。第二件事，是关于 G 方的事。"德皮说。

一听到德皮提到 G 方，我马上警觉起来。

"我记得你找过总统府的人，说我同 G 方的人有过接触。"德皮不阴不阳地说。

"对。"我说。德皮这么一说，我本能地意识到他想挑事。但既然德皮不回避，我也没有必要回避。

"上次我没有承认，什么原因，你懂，"德皮说，"其实在我看来，这也没什么。我见了他们，就像我现在见你一样，没有什么区别。"

"对不起，常秘先生……"我想打断德皮。

"代办先生，我知道你想说什么，你听我把话说完。"德皮粗鲁地阻止我说话，这同他尖细的声音形成滑稽的对照。

我深吸了口气，让自己保持外交官的矜持、镇定和礼貌。

"他们承诺向我们提供两架飞机，这对我们来说很重要。"德皮说，"据说你是反对的。对我们来说，与你们的合作是合作，与 G 方的合作也是合作，我不认为这两者有什么冲突……"

"对不起，常秘先生，这涉及我们国家的主权和领土完整，当然有冲突。"我忍无可忍地打断德皮。

"在这一点上，我们没有提出异议，"德皮狡辩说，"我们承认你们国家的主权和领土完整。这与我们与他们进行合作并不矛盾，就像我们也在与你们合作。"

"对不起，常秘先生，我不能同意你的观点，"我口气坚定地说，"把我们同G方混为一谈本身就是危险的。这不符合我们两国建交公报所确定的原则，我们坚决反对。"

"你听我说，代办先生，"德皮继续狡辩，"我刚才说了，我们也在同你们合作。你们提出的海洋观察站，我们也正在研究。我们并不是说不同你们合作。"

"这根本就是两回事。那我问你，G方许诺给你们两架飞机，条件是什么？"

"没有条件。"德皮一脸无辜地说。

我忍不住笑起来，德皮居然会如此幼稚，居然以为可以在我们与G方之间周旋捞实惠。我现在算是听出来了，德皮既想同我们合作，从我们这里拿到好处，又想同G方合作拿好处。鱼和熊掌他们想兼得。

"他们就是没有附带条件，"德皮说，"因此我们希望我们的合作会继续，不会受到我们同G方合作的影响。"

"对不起，"我斩钉截铁地说，"这不可能。我们不会接受这样的安排。我想我们的原则立场从来就很清楚，G方和我们之间，你只能选择一方，要不我们，要不他们，没有别的选择。"

"如果这样，我们将无法和你们在海洋观察站项目上进行合作，"德皮说，"你也知道，在这个项目上，我们正受到来自多方的压力。"

"我希望这只是你的个人想法，并不代表吉多政府。我相信吉多政府在这样大是大非的问题上会作出明智的选择。"我说。我不想把德皮推到墙角，而是给他留下转圜的台阶。

德皮嘟囔了一句，没有再说什么。

我还是去找了一趟塞克莱。就像以往很多次一样，这次我同驴脸德皮的会见，依然是四个字：不欢而散。德皮不着边际的一番话，证实了我的担心。达鲁总统一病，穆尼一派掌权，两国关系有可能面临危机。这是我避之唯恐不及的最坏可能，却这么快就要应验了。

"外面在传总统阁下病了，希望这不是真的。"我婉转地问。心底里，我当然希望总统生病的传闻不是真的。

"代办先生，你来问，我也就不瞒你了，总统阁下确实病了。"塞克莱郁郁地回答。

"很遗憾听到这个消息，希望他并无大碍。"我说。既然塞克莱承认总统病了，我只能退而求其次，希望总统得的不是什么大病。我希望达鲁只是小恙，养几天就能回来工作。那样我们两国关系的航船也就可以重返安全港湾。当然，我这么说，也还有另外一层想法，就是想试试能不能从塞克莱嘴里套出一句两句话来，好知道达鲁总统究竟病到什么程度。

"谢谢你的关心，总统应该是劳累过度。"塞克莱说。

"希望总统阁下早日康复。"我说。看来，塞克莱只愿承认达鲁总统病了，不想透露更多病情，这是他的红线。这完全可以理解。达鲁身为一国之主，健康状况好坏牵涉到国家政治社会稳定的方方面面，是高度国家机密。

"谢谢！我刚从E国回来，"塞克莱说，"总统阁下可能需要休息一段时间。"

"我们都希望他早日康复回国，这个国家需要他。"我说。我的心往下一沉。塞克莱的话是在告诉我，他去了E国，见了达鲁总统。刚才他不肯直说，现在是在间接告诉我，达鲁总统的病情比较严重，一时半会儿回不来。

这是我最不愿意听到的消息。

"是，我们都希望总统阁下早点回来。"塞克莱接过我的话，重复了一遍。

"方便的话，请转达居华大使和我本人对总统阁下的衷心问候，祝他早日康复。"我说。

"我一定转达。"塞克莱说。

临走前，我把我同德皮见面的情况简单告诉塞克莱，对德皮声称要同G方发展关系表达了担忧。

"你的担忧，我十分理解，"塞克莱说，"这样，我建议你去见一次狄维普部长。"

"谢谢你的建议，我一定尽快去拜访狄维普部长阁下。"我说。我突然意识到，塞克莱让我去找狄维普，是在强烈向我暗示，在达鲁总统生病的情况下，狄维普将成为达鲁一派的领军人物。那也就是说，狄维普有可能出任穆尼的副手，形成党内的力量平衡。这让我看到了扭转两国关系不利局面的希望。

没有想到，这在绝境中刚燃起的一丝希望，很快被布莱恩浇灭了。

我回到使馆，刚进院子，就见布莱恩的车开过来了。我在院子里迎到了他。

"老板好，我给您和夫人送点蔬菜和肉来。"布莱恩说，递过来一个装得满满的大塑料袋。

"谢谢，你这是从哪里弄来的？"我问。自从红鱼岛回来后，布莱恩同我走得比以前更近了，经常给我送些吃的喝的。

"托别人从基比带过来的，你们赶紧吃，要不就不新鲜了。"布莱恩说。

"那我就收下了。"我说。

"不用客气，我下次再托别人给你们带。"布莱恩说。

"多谢！"我想同布莱恩告别，发现他没有要走的意思。

"老板，现在到处都在传达鲁总统病重，您知道吧？"布莱恩站在原地,问我。

"我听说了。"

"他们在传,说穆尼副总统已经掌管政府,说他要同你们断交,说您就要离开吉多,这不是真的吧?"布莱恩问。

我震惊了。外面的谣传竟然已经传到了这么骇人听闻的程度。

"没这么严重吧,你都听谁说的?"我反问。

"大家都在说,要不我也不来问您了。"布莱恩说。

"那都是谣言,别信他们,我不会走。"我说。我需要在布莱恩面前保持镇定,不能失态。

"那就好。"布莱恩说。

"别听他们瞎说。"我又补了一句。

"好的,老板,"布莱恩说,"另外,我昨天和博特船长喝了几杯。"

"他还好?"我问。我去红鱼岛时,开船的是博特船长。

"他挺好,"布莱恩说,"他说起去红鱼岛的事。他说他对不起你,让你回来的时候受惊了。"

"没事,已经过去了,我们不都好好的?"

"他说了一件事,不知道该不该跟你说。"

"你不都已经开了头,说吧。"

"那好,"布莱恩说,"博特说,他回来后发现,船的发动机出毛病,是有人做了手脚。"

"你说什么?!"这是我万万没有想到的。这话多大程度上可信,我并不敢肯定。但联想到我回到吉多后,发现 G 方有人来过,这种可能性确实不能完全排除。我突然头皮一紧。如果是真的,如果博特船长当时不能及时把船修好,那我早就葬身大海了。这太让人后怕了。

"他说有人动过手脚。"布莱恩重复了一遍。

"那他当时为什么不说？"

"当时他只是怀疑，就没敢说。而且，情况那么紧急，也顾不上。"

"那他现在肯定？"

"倒也不完全。"

"他能不能拿出证据来？"

"恐怕很难。"

我没有再问。看来博特只是怀疑，已经过去这么多天，估计也拿不出什么有说服力的证据。没有证据，也就无法证实博特的说法。

"还有，"布莱恩说，"这让我想起一件事。你记得有人托我的朋友给我递话，让我不要再帮你。我回绝了。"

"记得。"我说。

"后来，又有一次，"布莱恩继续说，"我那位朋友又来传话，被我骂了回去。"

"那他说了什么？"

"还是那些话，让我不要帮你。"

"他还说什么？"

"他说让我小心点。"

"什么意思？是威胁你？"

"大概是吧。我才不管他们说什么。给钱也好，威胁也好，我不管他们。"

"那是什么时候？"

"应该是我们去红鱼岛之前。"

"那你为什么不早告诉我？"

"我也没有想那么多。"

我没有再说什么。布莱恩不懂外交上的事，不能怪他。

"我觉得，现在形势紧张，所以跟你说一声。您还得当心点。"

"好，我一定当心。"

布莱恩一连串说的两件事，把我的心绪彻底搞乱了。我拿着布莱恩送来的菜和肉，闷头回到屋里。

"布莱恩来过了？"吕淑琴问。

"你怎么知道是他？"我反问。

"你忘了，上次我们去过一次他的旅馆，你说你刚来时就住在那里。"吕淑琴说。

"嗯。"

"你在信上也经常提起他。"

"嗯。"

"你还说他是'假国人'。"

"嗯。"

"你'嗯'什么'嗯'，我跟你说话呢。"吕淑琴突然提高了嗓门。

"哦，是，我开始以为他是假的，后来发现他还真有我们的血统。"我突然意识到自己在走神，赶紧多接了两句。不能让吕淑琴感觉出我心里有事。

"你还别说，他看着还真和我们有点像，尤其是那双眼睛。"吕淑琴感慨道。

"是。"我说。我想起刘阳也这么说过布莱恩。我把手上拿的菜和肉递给吕淑琴。

"这是布莱恩拿来的？"吕淑琴问。

"是。"

"我看看,有什么，"吕淑琴把袋子放到桌上，开始往外掏，"有生菜，有菜花，还有黄瓜和柿子椒。"

我没有说话，又想到布莱恩说的事上去了。

"够我们吃几天的，"吕淑琴说，"还有一块肉。这什么肉啊，看着不是猪肉，也不是牛肉，像鸡肉，又不是鸡肉。"

"我看看。"我一眼就认出来了，那是 iguana meat，巨蜥肉。Iguana 是南陆地区的一种大型蜥蜴，可以长到七八斤重，主要有绿色和褐色两种，绿色的很漂亮，褐色的很丑，都很难同食物产生什么联想，但确是当地的一道美食。我在基比的时候被人骗着尝过，好吃又解馋。

"这是当地的一种动物肉，味道有点像鸡肉。"我没敢说是巨蜥肉，怕吓着吕淑琴。

"那怎么做？"吕淑琴问。

"嗯，这里买不到猪肉，要不用它剁饺子馅？"我想了想说。

"这个主意不错。"吕淑琴高兴地说。

"过两天，我们请医疗队到使馆来包一次饺子。他们来了，我还没有请他们吃过饭。"我说。

"好。"吕淑琴应道。

我一边对付着吕淑琴，脑子里一边开着小差，反反复复回到布莱恩刚才的话。布莱恩说的两件事，真伪难辨，但对我来说，宁可信其有，不可信其无。我必须想好相应的对策。我意识到，一场外交风暴很可能就在眼前了，要想避免，当务之急是尽快见到狄维普，争取狄维普出来阻止穆尼这一派进一步滑向 G 方。与此同时，我要做好最坏的打算。如果两国关系朝着不好的方向发展，使馆面临的安全形势将恶化。我一个人还好说，再怎么着，也就我一个人。现在吕淑琴来了，我不能让吕淑琴出什么事。我想好了，这两天我再去领养一条狗。有一条狗，我出门办事，吕淑琴会安全些。

二十五

眼看一场外交风暴就要滚滚而来,抢先登陆的却是一场热带风暴。这是我没有料到的。

吉多电台开始连续播放热带风暴警告,接着外交部发来了预警照会。照会说,热带风暴艾丽丝两天后将袭击吉多,要求大家做好应急防范。起初我没有太当回事。我一心在加紧联系安排会见狄维普。对我来说,这件事刻不容缓。我打电话给狄维普的秘书,结果碰了钉子,对方说这几天狄维普部长都不会有空。我不甘心,强调我有紧急事务要找狄维普部长。对方还是不听,说狄维普部长正在全力以赴指挥防范热带风暴,一点空都抽不出来。

见不上狄维普,我决定先去贝卡斯办点事。路过尤素福家的时候,我看见警察查理带着几个人,正在用木板封窗户。

"查理警官,你们这是在干什么?"我问。

"钟先生,我们在加固房子。"查理说。

"为什么要加固?"我问。

"热带风暴艾丽丝要来了,您没有听说吗?"查理睁大了眼睛，好像我问了一个奇怪的问题。

"我听说了。"我说。

"钟先生，您可能不知道，热带风暴的破坏力很大，而且这次的艾丽丝风暴是高级别的，几十年未有。"查理加重了语气，解释说，可能想起来我是个外国人。

"是吗？"我还是将信将疑。我不明白，这么大的风暴，为什么会起这么温柔的一个名字。

"大家都很担心，都在提前做准备，您也得小心点。"查理说。

听了查理的话，我彻底意识到了问题的严重性。我决定改变行程，先去趟医院，提醒医疗队做好防风抗灾准备。一路上，我看见家家户户都在做着同尤素福家一样的事情，加固房子。懒散的吉多人很少这么认真地统一行动。看来，这次热带风暴真的不能掉以轻心。

到医院的时候，陆大夫正在给一位患者做手术。我在外面等了一会儿。

"钟代办，您怎么过来了？"陆大夫一边脱手套，一边问。

"我过来跟你说句话，正好赶上你做手术。"我说。

"他们有个人的鼻子断了，我帮她接上了。"陆大夫说。

"鼻子怎么断了？"我很好奇。

"听他们说是两个女人吵架，一个把另外一个的鼻子给咬断了。"翻译小杨在一旁补充说，忍不住偷偷地笑。

"哦，是这样。"我也忍不住笑了一下，但立刻收起表情，"我来是想同你们说，热带风暴艾丽丝要来了。听说这次风暴是几十年未遇的，你们一要注意做好防风抗灾准备。"

"好的。"陆大夫说。

"尤其是人，不能出任何问题。"我说。

"请放心，钟代办，我们一定确保每个人的人身安全。"陆大夫说。

"另外，风暴一来，难免会有人员伤亡，医院肯定会有很多事要做，你们也一定要有所准备。"我说。

"是，我们同院方开过会了，做了应急方案。"陆大夫说。

"这样好，一定要把困难想得多点。最主要的，还是那句话，一定要确保医疗队每个人的人身安全，不能出任何事情。"我叮嘱陆大夫。

从医院出来，我去找了一趟布莱恩。布莱恩也在加固他的海葡萄旅馆。

"你帮我找几个人，"我对布莱恩说，"把我们使馆也加固一下。"

"No problem."布莱恩说，"我也正这么想，等我把旅馆加固完了就去。"

第二天一早，布莱恩带着几个人到使馆来，把使馆前前后后都仔细加固了一遍，把房顶用绳子捆住，把窗户用木板钉死。我让他们把旗杆也放倒在地上。当初立旗杆时设计的装置起了作用。他们把螺丝松开，很容易就把旗杆放倒在地。这样，旗杆就可以避免被风刮断。院子里的东西没有办法保护，花草树木，篱笆墙，只能听天由命。大王棕树大招风，是我最担心的。

"大王棕，你一定好好的，只要你没事，我们都不会有事。"我特意走过去，拍了拍大王棕，对它说。

这个时候，天很晴，没有一丝风，大王棕一动不动，也没有发出任何声响。大王棕不知道一场大风暴就要袭来。

一个上午，使馆才加固完。下午五点多钟，风暴就来了。本来还是蓝天白云，突然间层层黑云像海浪一般扑涌过来，顿时狂风大作，暴雨倾盆而下。透过窗口木板的缝隙看出去，天空黑压压一片，透不出一丝光亮，茅草、枝杈、木材和石头碎片在空中翻滚飞舞。

"这个风好大。"吕淑琴说。

"是啊,我还从来没有见过这么大的风。"我说。

"不会把我们的房子吹倒吧?"吕淑琴担心地说。

"不会吧。"我说。我的声音被外面的风声淹没了。其实,我自己心里也没有底。虽然做了加固,但这样强烈的暴风雨,我不知道使馆能不能顶得住。

风越刮越急,雨越下越猛,不断传来粗树枝折断的咔嚓声。突然一声巨响,惊天动地。声音很近,就在头顶方向。我抬起头,隐约感觉有个庞然大物倒在房顶上,房子颤抖了几下。

"钟良,你看是什么倒下来了,压在房顶上?"吕淑琴紧张地叫起来。

"可能是那棵大王棕。"我说。我心里千万个不愿意是大王棕,但看方位,是在客厅那边,直觉告诉我,倒下来的就是大王棕。怕什么来什么,我最担心的大王棕还是没能顶住大风暴的袭击。

屋顶上有雨水漏进来。第一阵风把屋顶上的茅草刮掉了。茅草下面剩下一层铁皮,现在被大王棕一压,一定是压出了缝隙。雨水顺着缝隙灌进来。

"快找东西接水。"我说。

我和吕淑琴一起把脸盆、饭锅,只要能盛水的器皿都找来了。接满一盆,就往外倒一盆,接满一锅,就往外倒一锅。但风越刮越急,雨越下越大,其他房间也开始漏水,器皿太少,水根本接不过来。

我灵机一动,突然想到了垃圾袋。我找来方凳,把方凳翻过来,让四条腿朝上,套上大垃圾袋。就这样,我用垃圾袋接水,接一袋水,往外倒一袋。但不过十几分钟,这个办法就失去了作用。雨水不仅从屋顶的缝隙往下灌,也从门缝里渗进来。屋里的水开始往上涨，越涨越高。我意识到，现在再想往外排水已经无济于事。

"水排不出去了，外面的水已经倒灌进来。"我对吕淑琴说。

"那怎么办？"吕淑琴问。

"不管了，管也没有用。"我说。我必须调整策略，必须在水涨得更高之前，把使馆最重要的东西保护好。使馆最重要的东西是文件、密码本，还有钱和账，都放在保险柜里。

保险柜在办公室里。我想把保险柜抬到椅子上，但保险柜太大太沉，我和吕淑琴两个人抬不动。

"得先把里面的东西拿出来。"我说。我把保险柜门打开，把里面的文件、密码本，还有钱和账拿出来，装进塑料袋封好。保险柜空了，我和吕淑琴终于能把它抬到椅子上了。然后，我再把拿出来的东西装回去，把保险柜锁上。

"还有什么需要保护的？"我问。此时，屋里的水已经涨到了脚脖子。

"房间里还有被子衣服。"吕淑琴说。

我冲到房间里，床板已经淋在雨中。还好被子床单，吕淑琴事先已经放进柜子里。我打开衣柜，底层已经有水，我把下面的衣服放到高层。

现在每间屋子都在漏水，屋里的水差不多没到了膝盖。

"你没事吧？"我问吕淑琴。

"还好。"吕淑琴说。

吕淑琴已经浑身湿透。我也已经浑身湿透。

开始，我和吕淑琴还想着怎么保住使馆，保护重要的文件物品，时间不知不觉就过去了。现在一下子变得无事可做，外面是呼啸的风和雨，屋里黑洞洞、水汪汪，水深早已没过膝盖，卧室没有办法进去。现在别说睡觉，就连坐的地方都没有。

"这样不行,我们不能就这样泡在水里。"我说。

"那怎么办?"吕淑琴问。

"要不,我们上桌吧。"我说。我发现,几间屋里,只有办公室相对好一些。

说着,我先爬上我的办公桌,然后把吕淑琴拉上来。我们俩背靠背坐在桌面上。屋顶上的雨水滴滴答答落下来。我找来一块塑料布,顶在头上。

坐在办公桌上,我想找话同吕淑琴说,可不知道说什么。她刚来不久,就遇上这场热带风暴。我再次觉得,让吕淑琴到吉多来是个错误。我一个人在这里吃点苦受点罪,也就算了,反正我已经习惯了这样的生活。回想起来,我到吉多来的半年,差不多就是一部历险记,经历过各种各样的惊险,就差这么一场风暴了。但我不应该把吕淑琴也搭进来。

"你在想什么?"吕淑琴问。

"我在想,我不该让你来。"

"为什么?"

"说不上为什么,就是觉得你不该来。"

"你知道我在想什么?"吕淑琴问。

我没有说话。我猜不出她在想什么。

"你记得吗,"吕淑琴说,"那次我们去爬山,我恐高,下山的时候,是你拉着我的手。我们落在了最后。"

"我当然记得。"

"也遇上了大风大雨。"

"是,也淋得浑身湿透。"

"那好像就是昨天的事情。"

"是啊,时间过得真快。"

"好像命中注定我们同风啊雨啊有缘。"

"那倒是，不过今天的风雨也太大了。"

"我不来，风暴也是要来的。"

我沉默了好一会儿，回味着吕淑琴说的话。吕淑琴说的是对的，不管她在与不在，这场热带风暴都会来的。

"你是不是不会告诉我？"吕淑琴问。

"也许会吧。"我模棱两可地说。我知道吕淑琴问的是，如果她不在，我会不会把今天的风暴告诉她。

"你肯定不会。我还不了解你？"吕淑琴说。

我没有说话。吕淑琴没有说错，这样的事我不会告诉她。

"现在不知道小松在干什么？"我换了个话题。

"他应该在学校。他有大姨管着，我不担心。"吕淑琴说。

"那倒是。"吕淑琴来吉多之前，把小松交给了她姐姐管。

"这塑料布罩着头，有点热。"吕淑琴说。

"是，那我把塑料布拿走。"我说。外面虽然大风大雨，屋里依然很热。顶着塑料布，我已经捂出一身大汗。

"好。"吕淑琴说。

我把塑料布掀开。我们不再说话，就这样淋着雨，坐在办公桌上。风暴没有一丝一毫停下来的意思。从开始到现在，这场风暴已经持续了六七个小时。疲倦袭来，我迷迷糊糊睡着了。

又一声巨响，把我惊醒。

"什么声音？"吕淑琴也被惊醒了。

我冲出办公室，发现客厅的门被风吹开，风无遮无拦地灌进来，刮得屋里盛水的锅碗瓢盆团团乱转，响成一团。我蹚着水走过去，费了好大的劲才把门关上。但门闩已经被吹断，门关不上，只要我一松手，门又会被吹开。

"你过来，帮我把门顶着。"我对吕淑琴说。

吕淑琴过来，帮我把门顶住。我就近把一张单人沙发推过来，顶住门,还是不管用。我又推过来一张双人沙发,才勉强顶住了。

我和吕淑琴回到办公桌边。这次,我们没有再爬上桌子。我找来两把椅子,两人坐在椅子上,双腿泡在水里。我们像上学时那样,趴在桌子上,尽量让自己睡会儿。

风不知在哪一个时间点停了。风停的时候,天也渐渐亮了。最初的光线是从屋顶的缝隙透进来的,就是被压塌的那个缝隙。一缕一缕,有无数缕光亮。

外面传来人的喊声,风停了!我们还活着!

"风停了。"吕淑琴说。

"风停了。"我说。

风真的停了!肆虐了一整夜的热带风暴,突然就停了下来。现在我能看清吕淑琴。她的头发凌乱,有几绺头发贴在前额上,还有脸颊边,衣服上有水在往下滴。

"我浑身都湿透了。"吕淑琴说。

"我也是。"我说。我脸上的水流下来,流进张开的嘴里,不知道是汗水还是雨水。

我们相视而笑。

"我以为这风不会停了。"吕淑琴说。

"暴风雨再大,也总会停下来。"我说。

"你这个话听起来挺哲理,好像又什么也没有说。"吕淑琴嘲笑我说。

我笑了笑,没有反驳。哲理的话就是这样,你认为有用,就有用,你认为没用,也就没用。

"我得打个电话。"我说。使馆遭了灾,现在我还不知道损失究竟有多大,但我和吕淑琴都是安全的。现在我急需要知道医疗队的情况,我希望他们也是安全的。

我突然想起来，电话早已断线。

"我得出去一趟。"我对吕淑琴说。

"现在？"吕淑琴问。

"对，现在。"

"你疯了，现在你上哪儿去？"吕淑琴不高兴了。

"我得马上去看一下医疗队，不知道他们那里的情况怎么样。还有，我必须尽快同居华大使联系上，他一定在担心我们。"我说。

"那使馆你不管了？"吕淑琴问。

"等我回来再说。"我说。

"那你也得换身衣服。"吕淑琴说，口气软下来。毕竟做了这么多年外交官的家属，通情达理。

吕淑琴的话提醒了我，我不能这么一身脏一身湿地出门。我去房间，在衣柜里翻出一件天蓝色翻领T恤衫和一条米黄色卡其裤。这身行头是吕淑琴给我带来的，只试穿过一次，还原封原样放在原装塑料袋里。

我脱了身上的湿衣服，用毛巾擦了把脸，又擦了擦上身，换好衣服准备出门。吕淑琴又递给我一个背包。

"你不填下肚子再走？"吕淑琴问。

"不了，我得赶紧去。"我说。

"这里面有面包、矿泉水，还有毛巾。"吕淑琴说。

我接过背包，感激地看了一眼吕淑琴。吕淑琴明白，我是外交官，代表着国家，我得为国家做事，得照看好自己的同胞。这个时候，我说要去看医疗队，她懂得这里面的轻重。

我想从前门出去，但门怎么也打不开。我只得改走客厅里的边门，边门通着院子。我把挡着门的沙发挪开，开门一看，院子已经面目全非，遍地都是石头、泥沙、大树枝，还有摔碎的椰子、青芒果。吕淑琴的菜园子埋在了泥沙底下，只有零星的绿色露出来。

"我的菜园子没了。"吕淑琴跟在我后面,叹着气说。

"没事,等忙过这一阵,我们再重新种。"我安慰吕淑琴。

"早知道这样,还不如早把那些菜苗拔了,炒了吃。"吕淑琴说。

和菜园子一起埋在泥沙底下的,还有那条我花了很长时间修起来的贝壳路。我辛辛苦苦修的篱笆墙也不翼而飞,似乎从来没有存在过。

"旗杆没事吧?"吕淑琴问。

"应该没事。"我说。旗杆也被埋在了泥沙里,上面还被树枝压着。扒开来看看,还好,因为事先放倒在地,旗杆基本完好无损。

大王棕被刮倒了。倒得很奇特,是半倒半倚在屋顶上。如果不是大王棕树倚着,整个屋顶恐怕早就被刮飞了。如果倚得再狠点,屋顶又有可能被压塌。

"大王棕,谢谢你。"我抚着大王棕的树干说。看来我同大王棕有缘分,当初我是看上它才搬到这里来的。现在大王棕用这种方法救了我们。

椰子树没有倒下,但已经被吹歪,椰子跌了一地。我前几天刚挂的瓶子不知去向。芒果树有一个枝丫被吹断,只剩筋和皮连着。香蕉树和蝎尾蕉都倒伏在地。

我习惯性地来到车库,却发现车库门被不知从哪里来的泥石挡得严严实实。

车子是开不成了。看来,我只能靠自己的双腿了。

"你早点回来。"吕淑琴说。

"知道了。"我说。

二十六

走出使馆，I stepped into the unknown。我的脑子里突然蹦出这句话。是啊，我踏进了一个未知的世界，我不知道前面等着我的会是什么。

左邻右舍的情况同使馆差不多。我路过警察总监尤素福的家，发现他家也惨不忍睹。房子的顶被掀了，院子里杂乱不堪，树倒了，篱笆墙没了。胖嫂在院子里，一边忙着收拾，一边嘟囔着什么，像是在骂人。她用的是方言，我听不懂。

"夫人好。"我礼貌地跟她打招呼。

"钟代办好。"胖嫂说。胖嫂见是我，嘴里少了点情绪。

"昨天的风暴不小。"我说。

"是啊，"胖嫂抱怨说，"你看这该死的风暴把我们家毁成什么样了。"

"This is most unfortunate."我说，"我们使馆也一样。"

"唉，你说，这个样子怎么收拾？"胖嫂说。

"尤素福总监呢？"我问。

"出去了，说是救灾去了，"胖嫂生着气，"家里都这样了，他也不管。"

我没有说话。看来全世界的女人抱怨起自己的丈夫来都一个样。

"你这是去哪儿?"胖嫂问。

"我去医院看看我们的医疗队。"我说。

"哦,你也一个样。"胖嫂说。

我笑了笑,没有说话。

告别胖嫂,我迈开步子朝吉多国家医院走去。触目所见,吉多已经面目全非。我现在看到的吉多,同我刚来时看到的吉多,同我渐渐熟悉的吉多,已经不是同一个地方。原本的吉多,穷,但风景如画。现在的吉多,就像是一幅风景画被泼了棕色油漆,郁郁葱葱的绿色不见了,满眼是斑斑锈迹。

脚下的路先前就坑坑洼洼,现在有了更多的坑更多的洼,还横七竖八躺着倒下的树,走路必须绕着,或者跨过去走。两边的简陋草房差不多全部被夷为平地,偶尔有一两间,不知道什么原因,还残缺不全地立在那里。遮风挡雨的地方没了,男女老幼待在露天,有的在收拾老天留下的烂摊子,有的无所事事坐在地上。地上什么都有,除了树木石头泥沙,还有各种小兽小鸟的尸体。最怪诞的一幕,是一节篱笆桩上竟然倒戳着一头山羊。平时在吉多很少见到羊,不知道这头山羊从哪儿来的。山羊看上去还很新鲜,要是有人有胆子捡了去,完全可以饕餮一顿。灾后的日子,这样好的食物不容易找。

云被昨天晚上的大风暴刮得无影无踪,没了树木的遮挡,太阳便无遮无拦地照在潮湿肮脏的地上,水蒸气升腾起来,让人感觉溽热难熬。我一路走,一路喝水,一路擦汗,走了一个多小时,好不容易才走到医院。

医院是建在背风口上的,背靠着一座小山,基本躲过一劫,不得不佩服当初设计建造者的聪明。只是一夜风暴过后，医院里病人突然增加了许多，原有的病房不够用，空阔的院子里临时搭起了帐篷，一个接着一个，有的已经搭完，有的正在搭建。这些帐篷是我们援助的。德皮坚持在援助物资里增加帐篷。这个一直同我胡搅蛮缠的家伙倒也有靠谱的时候。

我在一个帐篷里面找到了医疗队队长陆明大夫。他正忙着给一个病人看病。

"您来啦，钟代办。"陆明见到我，喜出望外。

"来了，你们怎么样？"我说。

"我们都没事，"陆明说，"现在都在忙着抢救伤员，医院人手短缺。我们忙了一夜，没有时间休息，就是有点累。"

"你们辛苦。"我说。陆明的话让我松了口气。我和吕淑琴没事，医疗队没事，也就是说，所有我们在吉多的人都安然无恙。现在我可以放心了。我急急忙忙出来，就是要确认我们所有人都没事。这样，我才可以安心打电话向居华大使汇报。

"老板，你没事吧？"一个熟悉的声音突然从背后传来。

那是布莱恩的声音，声音里还透着一点激动。我转过头去，看见他躺在对面一张病床上，脸色有点苍白，左腿上缠着绷带。

"我挺好的。你这是怎么啦？"我问。

"你没事就好，"布莱恩说。"我是倒霉透了。"

"怎么啦？"我又问。

"老板，你不知道，"布莱恩说，"昨天，我本来在家里。我放心不下我的旅馆，开车想去看看。眼看快要到了，大风刮了起来，我的车被吹得在原地打了好几个转，差点被刮进海里。我好不容易逃回旅馆，结果旅馆也遭了灾，我被砸成这个样子。"

"他是被倒下的柜子砸的，腿被砸得不轻，我替他缝了十几针，还好没有伤着骨头。"陆明说，"怕他感染，我们还给他打了破伤风针，应该问题不大。"

"你一定好好照顾他，他和我们同宗同祖，身上还流着我们同样的血呢。"我说。

"没问题，"陆明说，"我们听他说了。"

"旅馆怎么样了？"我问布莱恩。

"别提了，都不成样子了，没有一间房子是好的。"

"那是天灾，你也别多想，好好把腿养好。有陆大夫他们在，他们会好好照顾你的。"

"好。"

从布莱恩的帐篷出来，陆明又带我转了两个帐篷，看见一个刚生孩子的产妇。

"昨天晚上，"陆明说，"有人冒着大风把这位产妇送来。是难产，大出血，再晚来一点，恐怕就没命了。不知道什么原因，她丈夫坚持不让我们给她做手术，还跟我们吵了一架。他说如果做手术，就得把您请来。"

"我？"我不解地问。

"是啊，"陆明说，"我们也不明白他是什么意思。我们联系不上您。电话打不通，再说了，那么大的风您也来不了。他不同意，我们也不好做手术。"

"他是不是想请别的大夫做手术？"我问。

"有可能。"陆明说，"原来医院有个E国来的大夫，这几天正好回国休假去了。您这一说，倒是提醒我了，他可能就是这么想的。"

"那后来呢？"我问。

"时间不等人，"陆明说，"她必须马上做剖宫产。手术风险很大，当地的医生做不了。最后，眼看实在不行了，迪卡特院长出来说话，他才勉强同意让我们做。手术很成功，生了个儿子，母子平安。这一下，他的态度突然就变了，一个劲地感谢我们。"

"陆大夫，你们做得好！"我夸了陆明一句，然后问，"那你知道他的名字吗？"

"不知道，"陆明说，"也没顾上问，迪卡特院长说他是外交部的。"

"是不是脸长得特别长？"我觉得有可能是德皮。我听伦杰说过，德皮的第二个老婆怀孕了。德皮有两个老婆，第一个老婆给他生了五个丫头，他想要个儿子，又找了一个年轻的。

"是。"陆明说。

"那我知道是谁了,肯定是外交部常秘德皮,他人呢？"我说。德皮还真命大福大，在吉多全国遭灾的时候，他家里竟然还添了丁。

"这会儿不在，"陆明说，"应该是回家取东西去了。"

"你们做了一件大事，"我对陆大夫说，"我到吉多这么长时间没有做成的事，说不定你们一个手术就解决了。"

陆明没有说话，一脸茫然地看着我。他肯定不知道我说的什么意思，我也不便细说。

从医院出来，我去了一趟邮局，我现在急需同居华大使联系上。对一般人而言，风暴是一场灾难，但在外交官眼里，这是一场灾难，同时也是外交上的一次机会。医疗队成功救治德皮家的母子俩，更坚定了我这个想法。如果这个时候，我们还能及时提供紧急人道主义援助，完全可能把两国关系稳定下来，说不准还能把海洋观察站的事也一起搞定。

我是骑着自行车去的邮局。陆明大夫听说我是走路到的医院，说他们正好有一辆旧自行车，是迪卡特院长借给他们用的，我可以用。我欣然接受了陆明的好意。自行车的链子掉了，陆明要帮我修，我没让他动。我相信我的动手能力比他强。我把链子挂上，骑车出了医院。遗憾的是邮局也遭了灾，电话根本没有办法打。

"现在设备坏了，正在抢修。"莫里森说。

"什么时候能修好？"我问。

"不好说，"莫里森说，"要不你明天再来试试。"

电话打不通，这就意味着我同外界失去了联系。

我郁闷地回到使馆，发现了一个比我更郁闷的吕淑琴。

"这算怎么回事？"吕淑琴一看见我回来，就开口抱怨道。

我没有说话。我知道吕淑琴碰上问题了。

"钟良，这怎么回事？"吕淑琴说，"连个炉子都点不着！"

我明白了，吕淑琴的郁闷不为别的，就因为炉子点不着。吕淑琴来的时候，看到这里的条件艰苦，没有抱怨，昨天同我一起在雨水中熬过热带风暴，也没有说什么。今天在一个炉子面前，她终于绷不住了。人都有脆弱的地方。我知道，她总觉得自己不擅操持家务，对于炉子点不着火这样的事总是容易抓狂。

"我来看看。"我说。我查了一下煤气罐，还好煤气罐没事，开关也是开着的。我查了一下灶台，发现灶台进了水。我把灶台拆开，用抹布擦干，打开，用火柴点了一下，火燃了起来。

"没事了？"吕淑琴惊讶地问。

"好了，没事了。"我说。

"还有水，自来水断了，没有水，这日子怎么过？"吕淑琴说。

"这是个问题。"我说。吉多岛上本来就缺水，靠的是海水淡化，风暴不仅损坏通讯系统，供水系统也中断了。

"我们现在存的水用不了多长时间。"吕淑琴说。

"对了，我想起来了，"我说，"车库下面好像有个小蓄水池。

我搬进来的时候,他们让我看过,是应急用的。"

我赶紧带着吕淑琴到车库,费了点劲才把盖子打开。

"还真有水!"吕淑琴惊讶地说。

"是,省着点,应该够我们用一段时间。"我说。

"他们还真有心。"有了水,吕淑琴有了笑容。

"在这样的小岛住着,就得预备着点。"我说。

"那今天晚上,我们怎么办?屋里太潮湿。"吕淑琴又问。

"屋里住不了,今天恐怕只能搭帐篷。"我说。我本来想带着吕淑琴到海葡萄旅馆躲几天。现在布莱恩被砸伤,旅馆也损坏严重,只能打消这个念头。还好,使馆备有一个简易帐篷,正好可以用上。

"可以,住帐篷好。"吕淑琴说,口气里还透着点期待。

搭帐篷的时候,吕淑琴告诉我有人来过。

"哦,对了,我差点忘了,外交部有人来找过你。"吕淑琴说。

"找我什么事?"

"说是明天上午十点在穆尼那里开会,有关救灾的事,让你参加。"

"明天上午?"

"对。"

"他们肯定是要问救灾的事,我还没有同居华大使打通电话,到时候让我说什么。"我抱怨道。

一个晚上,我没有睡踏实,想了很多的事,加上睡帐篷不习惯,蚊子还多。吕淑琴也没有睡好,她最怕蚊子,被咬醒了好几次。

"这里的蚊子没事吧?"吕淑琴问。

"没什么大事。"我轻描淡写地说。

"听人说被蚊子咬会得疟疾,还会得登革热。"吕淑琴说。

"也没有那么容易得。不是蚊子咬一口就能得。我不是一直也没有得，再说了，现在有医疗队在，就更没事了。"当然，我没有提我从红鱼岛回来发烧，怀疑得了登革热，差点没了命。我也没有提居华大使夫妇打摆子双打的故事。我不想让吕淑琴担心。

"那倒是。"吕淑琴想了想说。

第二天开会之前，我又去了趟邮局，结果电话还是不能打，我只能硬着头皮去参加会议。

刚进会议室，就见德皮笑着迎上来。

德皮把我拉到过道上。

"钟代办，我给你打电话打不通，想去找你，一直也没有腾出时间。"德皮细着嗓子说，说话的态度明显比以前谦逊了许多。

"找我有事？"我猜德皮想说他儿子的事，故意问。

"这次幸亏有医疗队在，"德皮说，"要不然，我的老婆孩子就完了。"

"我听陆大夫他们说了，说你喜得贵子，恭喜恭喜。"我说。

"谢谢。不过，这得感谢你。"德皮说。

"不客气，这是你运气好。"我说。

"是，我的运气好，那也是托你的福，"德皮说，"以后有什么事，尽管找我。"

"好。"我笑了。很难相信，我面前的这个德皮，我在吉多的苦主，一夜之间，对我的态度竟然判若两人。我一直暗地里叫他驴脸德皮，看来今后不能再叫了。

会议是代总统穆尼召开的，由狄维普主持，参加会议的是我们几个代办，我、伦杰、史密斯和布朗。看来这是一场使节吹风会。狄维普没有多说，一上来就请穆尼讲话。

"这次风灾,在我们吉多是几十年不遇。"穆尼说。穆尼说话与达鲁不同,带着明显的官腔,"我的印象中,我们还没有碰到过如此 destructive(毁灭性的)的大风暴。因此,我们遭受的损失也是灾难性的。现在知道的,有十几个人遇难,三四百人受伤。具体伤亡数字我们还不确定。你们知道,我们有些小岛本来通讯就困难,现在已经完全中断,具体遭受什么样的损失,没有办法了解到。我们只能为他们祈祷,希望他们平安。我们遭受的经济损失也很大,灾后重建将是一个缓慢而困难的过程。我们现在决定推迟大选。在这个困难的时候,我们急需国际社会的支持。"

穆尼接着说:"你们代表着我们吉多最友好的国家,也是世界上极有能力的国家,今天把你们几位代办请来,就是希望你们能出手相援,并且越快越好。对,越快越好。"

"代总统阁下,"穆尼说完,布朗第一个说话,看来这家伙早有准备。"我们 P 国对吉多遭受重大的风灾表示遗憾和同情。我同国内已经联系好,我们准备向吉多援助五十万美元。另外,我们愿意动用我们的资源,帮助吉多了解其他岛屿受灾的情况。实际上,这项工作已经开始。"

"谢谢,"穆尼说,"我们非常需要你们的帮助。"

布朗说完,史密斯也作了表态。

"我们 E 国同样对吉多遭受重大风灾表示遗憾和同情,并愿向吉多方面捐赠二十万美元," 史密斯说,"具体的我会同德皮常秘商量,就不在这里说了。"

"我们基比也遭受了风灾,"伦杰很低调地说,"不好意思,我到现在也没有和国内联系上。恐怕情况比较严重。但在抗灾救灾当中,我们会同吉多站在一起。"

伦杰说完,轮到我表态了。我现在的处境比较尴尬。我知道这个时候，吉多方面期待我拿出点东西来，尤其是狄维普。我拿出的东西越多，对他越有利。但我什么也拿不出来，我甚至还没有同国内联系上。

"我们对吉多遭遇热带风暴袭击感同身受，对风暴造成的人员伤亡和财产损失，向吉多政府和人民表示深切同情和诚挚慰问，我们同吉多有着友好关系，将向吉多提供力所能及的援助，帮助吉多和吉多人民渡过难关。具体怎么做，我正加紧同国内联系。"我这样说，虽然有点虚张声势，但成功避开了我还没有同国内联系上的尴尬，在气势上挽回点面子，这是我想要达到的目的。

"谢谢钟代办的表态，"穆尼说，"我们对贵国政府抱有很高的期望，希望能尽快听到好消息。"

无疑，这次吹风会，布朗抢了风头。我感觉很不爽。我们正在争取在吉多建设海洋观察站，而这个项目 P 国是反对的。如果 P 国在对吉多的赈灾救灾上压我们一头，那么显然对海洋观察站项目不利。那笑到最后的就会是布朗。我不能就这样认输。

会议一结束，我又去了一趟邮局。

"钟代办，您又来啦？"莫里森说，"现在您可以打电话了。"

我终于打通了居华大使的电话。我向居华大使说了吉多这次受灾的情况，又同他说了使馆和医疗队的情况。我从居华那里得知，这次基比也遭受了热带风暴的袭击，受灾严重，使馆也受了影响。

"你有什么建议？"居华问。

"刚才，穆尼副总统找我们几个代办去开会，是想让我们向吉多捐款捐物，"我说，"我这里现在通讯联系中断了，我是在邮局给您打电话。我建议国内尽快向吉多提供力所能及的人道主义援助。"

"你同我想到一起去了,基比这里也需要援助,"居华说,"这样,我立即向国内汇报,请求国内同时考虑向基比和吉多提供人道主义援助。"

"那太好了,"我说,"大使,我还有一个小建议。物资运输太耗时间,救不了急,最好能想别的办法。"

"我知道了,"居华说,"你保持同我这里的联系。另外,灾后安全一定要注意。"

同居华大使通完话,我长长地松了一口气。

二十七

  两天后，我站在一艘快艇的船头上，同穆尼代总统和社会发展和渔业事务部长狄维普一起，警察总监尤素福站在我们身后。同在艇上的还有外交部常秘德皮和医疗队队长陆明。
  快艇从贝卡斯码头出发，向贝卡斯湾外海驶去。
  "这艘快艇，我记得是三年前从E国进口的？"穆尼问尤素福。
  "是的，代总统阁下，当时我们是以易货贸易的形式从E国买了三艘快艇，用来巡逻。"尤素福说。
  "那还有两艘呢？"穆尼问，"今天这么大的日子，怎么没有一起出来？"穆尼问。
  "报告代总统阁下，"尤素福说，"这次风暴当中，这几艘快艇都有不同程度的损坏，我们只把这艘抢修好了，另外两艘还在抢修。"
  "那你们得赶紧修。"穆尼说。
  "一定。"尤素福说。
  "代办先生，"穆尼说，"这次还真得感谢你。"
  "不用谢，代总统阁下。"我说。

"你们的援助来得太及时了，"穆尼说，"解了我们的燃眉之急。"

"所有国家中，这批援助来得最快。"德皮补充说。

"不客气，"我说，"我们是友好国家，这是应该的。"

"A friend in need is a friend indeed,"狄维普插话说，"我同达鲁总统说过了，他听了很高兴。"

"达鲁总统阁下现在还好？"我问。

"恢复得不错。"狄维普说。

"他过一阵就可以回国了。"穆尼补充说。

"这是个好消息。"我说。听说达鲁总统恢复得不错，过一阵就能回吉多，我当然很高兴。

快艇驶出海湾，远远看见有一艘大船停在海上。

"就是那艘船吧？"陆明眼尖，第一个看到了海上的货船。

"There is the ship."我说着，指给穆尼代总统和狄维普部长看。

"看见了，看见了。"穆尼代总统和狄维普部长，还有其他人都开心地叫起来。

停在海上的那艘货船是从国内来的。我完全没有想到国内会来船，更没有想到来得这么快。

同居华大使打完电话以后，我一边等着居华那边的回话，一边收拾被热带风暴损坏的使馆。我找人先把旗杆重新立起来，把大王棕树锯成一截截搬下来，然后用油毛毡把房顶封好。我和吕淑琴搬回到使馆里住了。

一连好几天，我都去邮局给居华大使打电话，但都没有国内的消息。我有点着急起来，时间不等人，国内再没有消息，就有可能错过提供援助的最佳时机。错过了最佳时机，援助就不能在外交上达到最佳效果。

"你别急,再等等。"居华在电话里说。听得出来,居华大使自己也有点急。对居华来说,他既管着基比,也管着吉多,现在两个地方都受灾,都需要我们在外交上有所表示。

那天,我和吕淑琴一起在收拾院子。连续几天下来,院子有了点模样。

"好像电话铃在响。"吕淑琴说。

我停下手中的活,仔细听了听,果然有电话铃声从屋里传来。前几天我去邮局打电话,每次去,我都同他们说一次,要他们尽快把使馆的电话修好,看来现在终于修好了。

"是,是电话铃声。"说着,我跑进屋里,操起电话。

"钟良啊,"电话那头是居华,"告诉你一个好消息,国内的指示来了,有一艘货轮将在近期运送救灾物资来我们基比和吉多。"

"真的?"我有点不敢相信。国内直接派船运送救灾物资,以前好像从来没有听说过。

"当然是真的,"居华说,"这艘船现在就在海上,本来要去别的地方,根据国内指示,临时改了航程,先到我们这里来。"

"是这样,那现在需要我做什么?"我问。

"你一方面等待具体通知,"居华说,"另一方面立即通知对方做好接收援助物资的准备。"

"没问题,我立即去办!"我说。

"钟代办,您看,那艘货船叫'明远'号。"陆明说。

陆明的话把我从回忆中拉回来。我抬头一看,果然看见那艘船的船头上写着"明远"两个红色大字。

"这艘船还真大。"穆尼说。

"气派。"狄维普说。

"一会儿,我们要不要上去?"尤素福问。

"肯定要上去。"德皮说。

"对,我们上去,"我说,"我得到的指示是要请代总统阁下上船。"

"那行,我让他们联系一下。"尤素福说。

我一想,对啊,船与船之间,他们有办法联系。尤素福离开了一会儿,回来说,"代总统阁下,代办先生,他们已经联系好了。"

"好的。"穆尼说。我也点了点头。

说话的工夫,快艇已经驶到"明远"号船边,放慢速度靠向货船。

"明远"号是艘万吨级货轮,小艇在边上简直像是蚂蚁见了大象。货轮无比高大,我们只能抬着头仰望。"明远"号上很快有云梯放下,接着有两个人顺着云梯爬下来。一个中年,一个青年。中年是船上的大副,青年是翻译。

他们一下到艇上,我就迎了上去。

"我是驻吉多使馆代办钟良。"我说。然后我把穆尼代总统、狄维普部长和在场的其他人也一一介绍给他们。

他们礼貌地同我和穆尼他们打招呼。

"钟代办,我们船长请您上船,他在上面等您。"大副对我说。

"让我先上?"大副的话出乎我的意料。

"是的,请您先上,钟代办。"大副又重复了一遍。

我一想也对。船上是我们国家的领土,船长让我先上去,是让我在自己的领土上接待穆尼。

"代总统阁下,那我先上去给您探路。"我对穆尼说。

"请。"穆尼说。

345

我跟着大副上了云梯。云梯是晃动的,爬起来不容易。我费了点劲,才上到甲板。

船长在甲板上等着我,见到我,一边握手,一边自我介绍。

"是钟代办吧?欢迎欢迎!我是'明远'号船长贺海。"

"谢谢贺船长。"我有点小激动,两只眼睛竟然有点潮湿。要知道,我这是回到了自己的家里。

"钟代办,一会儿吉多代总统上来,您站在前头。"贺海让我排在他的前面。

"你站在前面。"我推让说。

"不,应该是您站在前面,您代表国家。"贺海客气地说。

我刚想再推让,穆尼已经在大副的陪同下上到甲板,我赶紧迎上去,一边表示欢迎,一边向他介绍贺海船长。

"代总统阁下,"贺海说,"我们这艘船载着一批援助物资,本来是要去另外一个洲。经过这片海域的时候,我们接到国内通知,说是南陆地区的吉多和基比遭受热带风暴袭击,受灾严重,要求我们改变航线,先把货物送过来。"

"是这样,"穆尼说,"十分感谢贵国政府在我们困难的时候,伸手援助我们。我们感激不尽。"

"你们还没有去过基比吧?"我问。

"没有,吉多是第一站,明天我们去基比。"贺海说。

"Wow(哇),我们是第一站。"狄维普说。

"是的。"贺海说。

"我们感觉很幸运,"穆尼说,"这也得感谢代办先生,这是他的功劳。"

"您客气了,代总统阁下,我也没有做什么。"我说。穆尼的夸奖让我有些不好意思。

"没有你,可就没有这艘船来。"穆尼笑着说。

"我们要不要到会议室坐一下？"等所有吉多方官员上了船，贺海问我。

"等会儿再说吧，"我说，"先带他们去看看援助物资。"

"那好。"贺海说。

贺海船长带着我们来到装满货物的船舱。船上装着各种救灾物资，吃的有米面油、各种罐头，用的有帐篷、桌椅，医用的有各类仪器药物，还有建筑材料。

"帐篷会很有用，有没有简易床？"狄维普问。

"有。"贺海说。

"罐头里有没有水果罐头？"德皮问。

"也有，罐头的品种很多。"贺海说。

"真是太感谢了，"穆尼说，"这么多物资。"

"钟代办，现在有个问题，我们的船进不去，船上的货物怎么卸下去？"贺海问。

"这你不用担心，我们已经想到了。"我说。

"是吗？那最好。"贺海说。

就在这个时候，有船员过来向贺海船长报告，"报告船长，海上有几十条船正朝我们'明远'号驶来。"

"什么船？"贺海问。

"不知道。"船员回话说。

"我们过去看看。"我对贺海说。

我同穆尼、狄维普和贺海走出船舱，来到甲板。前面的海湾里，有大大小小几十艘船正在驶过来，船头上是海神的双眼。有十来条船大一点，其他都是小船。我知道，这其中有博特船长的那条船。布莱恩告诉我，他会让博特船长也开船来。他也要来，来看看从国内来的船。他的腿还没有好利索，还绑着绷带，但他说他会拄着拐杖来。布莱恩还坚持要把吕淑琴也捎上。如果是这样,那吕淑琴也会在船上。

"这么多船?"贺海惊讶地问。

"对,"我说,"这是穆尼代总统他们准备好的。"

"是啊,我们没有别的办法,我们的港湾,千吨级的还能进去,像这样万吨级的船只就进不去了,我们只能组织这些船来驳货物。"穆尼说。

"是这样,"贺海恍然大悟,"行,我让他们做好卸货的准备。"

贺海刚走开,穆尼便对我说:"代办先生,有件事想同你说。"

我没有说话,我觉得穆尼应该有重要的事情要说。我把目光从海上收回来,看着穆尼,等着他往下说。

"我同狄维普部长和德皮常秘商量过了,正好他们也在这里,"穆尼说着,招招手,把狄维普和德皮叫过来。"我同他们商量好了,我想达鲁总统也会同意的,那个协议,我们明天就签。"

"您说的是哪个协议?"我一下子没有反应过来。

"还能有哪个协议?"狄维普说。

"就是那个海洋观察站的协议。"德皮插话说。

"太好了!"我几乎不敢相信自己的耳朵。这实在是我等待已久的消息,没有比这个更好的消息了。我激动地同穆尼、狄维普和德皮一一握手。

海上有鼓声和呜哩哩的叫声传过来,我们不约而同地转过头去。我望着前方,感觉有点不真实。远处是吉多美丽的海岸线,眼前是从海湾里驶来的船队,鼓声和呜哩哩的叫声就是从船上传过来的。这是吉多节日庆典才有的声响。船队越来越近,鼓声和呜哩哩的叫声越来越响,空气里都是舞动的节奏,海水一涌一落,似乎也在随之舞蹈。穆尼情不自禁地踏着节拍摇摆起身体,狄维普忍不住也跟上了,然后是尤素福和德皮。

我也跟着摇摆着跳起来。

尾声

我的故事到这里就讲完了。不过总觉得还没有把结尾完全交代清楚。那就拾遗补缺，再多啰唆几句。

热带风暴灾害过后不到一年，我奉命调任其他工作岗位，离开了吉多。回想起来，那场热带风暴是谁也没有预料到的。那是一场巨大的灾难，于我而言，却成了一次可遇不可求的机会。那场风暴竟拯救了我们同吉多的关系。

两天后，我同狄维普部长签署了双方合作建设海洋观察站的协定，穆尼代总统出席见签。我离开吉多前，海洋观察站已开始动工兴建。再后来，观察站顺利建成运行，成为我们国家对外合作当中的一个成功典范。我听到消息，十分高兴。这里面当然有我的一份功劳。

达鲁总统病情稳定后从 E 国回到吉多，我特地带着吕淑琴去看望他。达鲁总统瘦了许多，一下子变老了，手脚不利落，脑子也不是很清楚。不过，他还能认出我。我向他介绍了吕淑琴，絮絮叨叨说了我们同吉多两国间正在做的事，他微笑地听着，似乎还点了头。我想他是听明白了的。离开前，我站在达鲁总统面前,深深向他鞠了一躬,表达对他的崇敬与感激之情。我的眼眶里含着泪水。

穆尼因为在救灾中应对得当,表现突出,在几个月后举行的大选中高票胜出,如愿以偿当上了总统。狄维普作为穆尼的竞选搭档出战,也众望所归成为副总统。我在吉多余下的日子里一直与他们保持着密切关系,得到他们的大力支持和慷慨帮助。

尤素福总监一如既往地忙碌,也依然每周出海打鱼,但我没敢再跟他一起出过海。我们两家成了好邻居,吕淑琴和胖嫂成了很好的朋友。她们时常约着一起去看望鲍尔斯夫人,帮她做点事。

德皮喜得儿子后,同我的关系变得密切起来,有事也愿意帮我。不过,他性格中难以克服的缺陷,时不时会暴露出来,使他经常在工作中迷失。大概是因为这个原因,穆尼最终把他外放去当了大使,接替他的是副常秘罗杰。

伦杰在我之后也离任了。遗憾的是,我们再也没有联系过。外交人生就是这样。每到一个新的国家,我们会结识一批新的朋友。我们相逢、相识、相知,然后相别,此生永不再见。

布朗在我之前离任。布朗本来就好酒,大概是在吉多工作上屡遇挫折,郁郁不得志,酒越喝越多。听说,他离开吉多后有一次在飞机上喝多了,撒了点酒疯,被一家航空公司起诉,不得不提前结束他的外交生涯。

布莱恩的伤很快就好了。布莱恩后来如愿来了趟国内,还专门到太爷爷林阿六的老家寻祖归宗。布莱恩的那趟旅行是我安排的,但他成行的时候,我已离开吉多。我很想知道他回老家的感受,但那时通讯不便,也就没有了他的消息。后来听我的继任者说,那次布莱恩回老家,拜了林氏祠堂,与林家的后人见了面，大哭一场。

离开吉多前，我很想带吕淑琴去一趟红鱼岛，却终未找到机会。

离开吉多前一天，我开着车，带着吕淑琴绕着吉多岛慢慢转了一圈。我们依依不舍地跟这个天远地远的岛国告别。吉多又像一幅卷轴，在我们眼前渐渐展开。那是一幅幅熟悉的画面，让我想起在吉多的日日夜夜，喜怒哀乐、五味俱全的日日夜夜。我经常感叹自己把生命中的一部分留在了吉多。

我很想再回吉多去看看，却再也没有回去过。吉多成了一段难以忘怀的记忆，深深地铭刻在我的心里，时间越长，竟变得越来越清晰起来。